14

fourteen

와타리 와타루 지음

퐁칸⑧ 일러스트

Content

역시 내 청춘 러브코메디는 잘못됐다. 14

1판 1쇄 발행 2020년 4월 10일
1판 2쇄 발행 2024년 2월 22일

지은이_ 와타리 와타루
일러스트_ 퐁칸⑧
옮긴이_ 박정원
일본판 오리지널 디자인_ numata rina

발행인_ 최원영
편집장_ 김승신
편집진행_ 권세라 · 최혁수 · 김경민 · 최정민
편집디자인_ 양우연
관리 · 영업_ 김민원

펴낸곳_ (주)디앤씨미디어
등록_ 2002년 4월 25일 제20-260호
주소_ 서울시 구로구 디지털로 26길 111 JnK디지털타워 503호
전화_ 02-333-2513(대표)
팩시밀리_ 02-333-2514
이메일_ lnovellove@naver.com
L노벨 공식 카페_ http://cafe.naver.com/lnovel11

ISBN 979-11-278-5491-1 04830
ISBN 979-11-278-4350-2 (세트)

값 9,000원

Shizuka Hiratsuka
Komachi Hikigaya
Yoshiteru Zaimokuza
Hayato Hayama
Saika Totsuka
Haruno Yukinoshita

My youth romantic comedy is wrong as I expected.
Haruno and Yukino

역시 내 청춘 러브코메디는 잘못됐다.14

y youth romantic comedy is
rong as I expected.

장인물 【character】

fourteen

히키가야 하치만………… 주인공. 고2. 성격이 삐뚤어졌다.

유키노시타 유키노………… 봉사부 부장. 완벽주의자.

유이가하마 유이………… 하치만과 같은 반. 주위의 눈치를 보는 경향이 있다.

토츠카 사이카………… 테니스부원. 무진장 귀엽지만 남자.

카와사키 사키………… 하치만과 같은 반. 약간 불량스러워 보인다.

하야마 하야토………… 하치만과 같은 반. 인기인. 축구부.

미우라 유미코………… 하치만과 같은 반. F반 여학생들의 정점에 군림한다.

에비나 히나………… 하치만과 같은 반. 미우라 그룹이지만 부녀자.

잇시키 이로하………… 축구부 매니저. 1학년으로 학생회장에 당선.

자이모쿠자 요시테루………… 오타쿠. 라이트노벨 작가 지망생.

오리모토 카오리………… 하치만과 중학교 동창. 카이힌 마쿠하리 종합고등학교 학생.

히라츠카 시즈카………… 국어 교사. 생활 지도 담당.

유키노시타 하루노………… 유키노의 언니. 대학생.

히키가야 코마치………… 하치만의 여동생. 중학교 3학년.

일본판 오리지널 디자인
numata rina

Prelude 1…

단 한마디.

단 한마디만 전하면 되는데, 무척 오랜 시간이 걸리고 말았다.

역 앞의 인파에 몸을 담그고 망설이는 사이, 그토록 따스하던 저녁해는 바다 너머로 저물고 드러난 손가락은 차갑게 얼어붙었다.

두 손으로 움켜쥔 휴대폰 속 시계가 맞다면, 학교를 나선 지 한 시간하고도 15분이 지났다.

시선은 줄곧 화면에 머물러 있었으련만 깨닫고 보니 시계의 숫자는 급속하게 바뀌어, 확인할 때마다 실낱같은 한숨이 새어나왔다.

가로등과 상점가의 조명도 어느새 환하게 빛나기 시작했고, 거리를 누비던 교복 차림의 학생들이 자취를 감춘 대신 정장을 입은 사람들이 드문드문 생겨났다.

얼얼하게 곱은 손가락을 천천히 움직여 아직 잘 다루지 못하는 메신저 앱에 한 글자 한 글자 입력한 다음, 수없이 읽어보고 또 읽어보았다.

마지막으로 닿았는지조차도 불분명할 만큼 살며시, 종이비행기를 손끝으로 쓸었다. 전송되지 않으면 좋을 텐데. 그렇게

생각하며.

그러나 내가 보낸 메시지는 금세 대화창에 표시되고 말았다.

지금 볼 수 있니?

그렇게만 쓰여 있었다.

겨우 일곱 글자밖에 되지 않는 그 문장에 의미는 없다. 하지만 그녀라면 분명 뭔가 눈치채줄 테지.

간신히 보낸 메시지를 지그시 응시했다.

1분 지났으려나, 2분 지났으려나 하고 시계를 확인해도, 그 숫자는 변하지 않고 그저 조용히 응고된 채였다.

보낸 메시지를 취소할 수 있다고 들은 기억이 나서 무의식중에 손을 움직였지만, 그 손끝이 화면에 닿는 일은 없었다.

전송을 취소했다는 사실은 상대방에게 전해진다고 했던 게 떠올랐기 때문이다. 그녀라면 그 흔적을 보고 연락해올 게 틀림없다는 생각이 들었다. 그러면 결국 마찬가지다.

고민하는 사이, 불현듯 읽음 표시가 생겨났다.

그리고 몇 초 후에 재깍 답장이 왔다. 이유도 장소도 묻지 않고, 그저 지금 가겠다고만 쓰여 있었다. 그녀다운 명랑함이 묻어나는 대답에 저절로 미소가 흘러나왔다.

내가 있는 곳을 알려주고 휴대폰을 집어넣었다.

그녀의 집은 여기서 별로 멀지 않다. 금방 도착하겠지.

기다리는 동안 조용히 눈을 감고 귀를 기울였다.

바람에 흔들리는 잎사귀 소리. 전철의 출발 신호음. 자동차 엔진 소리. 술집 호객꾼의 외침. 쇼핑몰에서 흘러나오는 노

래. 지나가는 사람들의 음성. 횡단보도의 음향 신호.
그 수많은 소리 속에 이따금 섞이는, 떨리는 숨소리.
그리고 그녀의 발소리가 들려왔다. 폴카[#1]처럼 경쾌하고 활기차던 소리가 왈츠처럼 조용해지는가 싶더니, 이윽고 멈추어 섰다.
자, 그럼 어디서부터 이야기할까? 어디까지 이야기할까? 나는 천천히 눈을 뜨고, 내 앞에 선 그녀를 바라보았다.
두꺼운 트렌치코트에 어깨가 트인 니트, 롤업 청바지라는 캐주얼한 옷차림은 성격이 활발한 그녀에게 잘 어울렸지만, 느슨하게 두른 머플러에서는 여성스럽고 부드러운 면모가 엿보였다.
정말로 귀엽고, 사랑스러운 소녀다.
"왔니?"
인사를 건네자 그녀가 방긋 웃더니, 연분홍빛 감도는 갈색 당고머리를 찰랑이며 고개를 끄덕였다.
뛰어왔는지 아직 숨이 차서 응, 하고 대답한 모양이었지만, 그 목소리는 말의 형태를 갖추지 못했다. 파닥파닥 손으로 가볍게 바람을 부치며 그녀가 스륵, 머플러를 풀었다.
그 모습을 보고, 나는 이 계절이 끝난다는 것을 깨달았다.

#1 **폴카** 흥겨운 민속 춤곡.

그럼에도 히키가야 하치만의 일상은 계속되어간다.

뺨을 타고 흘러내린 물방울이 수면으로 빨려 들어가며 작은 파문이 일었다.

싸늘한 정적이 감도는 아침 공기 속으로 똑똑, 물 떨어지는 소리만이 울려 퍼졌다.

물에 젖은 눈꺼풀을 살짝 들어 올리자 흐릿한 시야 속으로, 창문으로 새어든 서광에 수면이 반짝반짝 빛나는 게 보였다.

세면대에 담긴 물에 낯이 익을 대로 익은 음울한 표정과 졸린 눈이 비쳤다.

마개를 열자, 희뿌옇게 탁해진 물과 함께 수면에 일렁이던 실루엣도 서서히 사라져갔다.

수건을 쥐고 조금 거칠게 물기를 닦자, 깊은 한숨이 새어나왔다. 들이마신 공기에는 세안제에 들어간 민트향이 섞여 있었다.

정면 거울을 보자 변함없이 우울해 보이는 얼굴과 마주쳤지만, 청량감도 한몫해 평소보다는 다소 산뜻해 보였다.

최소한 어제보다는 봐줄 만한 꼴이 된 것 같았다.
무언가가 끝날 때란 의외로 싱거운 법인지도 모른다.
일 년 가까이 이어져왔던 봉사부의 승부는 어제 내 패배로 막을 내렸다.
입가에 댄 수건 너머에서 옅게 스며 나오는 숨결은 체념이 아니라 안도에 가까운 빛을 띠고 있었다.
이것으로 끝났다.
이제는 마지막으로 부탁받은 소원을 이루어주기만 하면, 아니, 마지막으로 남은 계약을 이행하기만 하면 된다.
유키노시타 유키노의 소원은 유이가하마 유이의 소원을 들어주는 것.
그게 지금 내가 할 수 있는 유일한 일이다.
기합을 넣듯 찰싹찰싹 때리며 니베아 스킨을 발라 흡수시키고, 쏴아 손을 씻었다.
달력이 넘어가면서 물도 미지근해졌는지, 아침에 일어나서 세수하는 것도 그리 고역이 아닌 계절이 되었다.
그래도 손끝만은 차가웠다.
그 손가락을 녹이듯 수건으로 꼼꼼히 닦고, 나는 화장실을 나섰다.
별로 넓지도 않은 집 안은 여전히 잠에 취해 있는지, 쥐죽은 듯 고요하기만 했다. 그 정적을 깨뜨리지 않도록 느릿한 걸음걸이로 복도를 가로질렀다.
거실에는 아무도 없었고, 벽시계의 초침이 시간을 새기는

소리가 또렷이 들려왔다.

평소 같으면 나도 아직 침대에서 늘어지게 자고 있을 시간대다.

부모님은 아직 꿈나라에 계시는 걸까, 아니면 한창 바쁜 시기라서 새벽같이 출근하신 걸까? 좀처럼 가늠이 되지 않았지만, 어느 쪽이든 딱히 문제될 것은 없었다.

부엌으로 가서 전기 포트를 켰다.

물이 끓기를 기다리며 인스턴트 커피가 담긴 병을 머그컵에 대고 잘그락잘그락 가볍게 흔드는데, 덜컹 하고 요란한 소리를 내며 거실 문이 열렸다.

"어이쿠, 깜짝이야……."

화들짝 놀라 어깨를 들썩이고, 거칠어진 호흡을 가라앉히듯 나직하게 중얼거렸다.

쭈뼛거리며 흘끗 시선을 향하자, 애묘 카마쿠라가 문 앞에서 늘어지게 하품을 하고는 보란 듯이 기지개를 켜는 모습이 보였다. 우리 집 고양이는 언제부터인가 폴짝 뛰어올라 문고리에 매달려 문을 연다는 과격한 기술을 터득해서, 한밤중에 시전하기라도 하면 소스라치게 놀라고 만다.

다시 앞으로 시선을 돌리자, 머그컵에 커피가루가 수북하게 쌓여 있었다. 기겁하는 바람에 그만 와르르 쏟아버린 모양이었다.

"얀마, 천천히 들어오라고, 천천히……. 여기가 면접장이었으면 너 직방으로 탈락이거든……?"

타일러본들 고양이가 알아들을 리 없었고, 카마쿠라는 할짝할짝 세수를 하느라 바빴다.

인상을 팍 구기는데, 카마쿠라 뒤에서 잠옷 차림의 코마치가 흐느적흐느적 다가왔다. 나를 본 코마치가 눈을 비비며 하품 섞인 목소리로 말했다.

"아, 오빠. 좋은 아침."

"그래, 잘 잤냐?"

내 대답에 살짝 고개를 끄덕인 코마치가 타박타박 냉장고 앞으로 가서 우유를 꺼냈다. 나는 말없이 찬장에서 꺼내온 컵을 내밀었다.

컵을 받아든 코마치는 응응 고마워 고마워, 하고 중얼중얼 입속말로 인사를 하고, 변함없이 잠이 덜 깬 기색으로 타박타박 고타츠로 다가갔다. 위태로운 걸음걸이로 걸어가는 코마치를 카마쿠라가 우유를 달라고 야옹야옹 조르며 뒤따라갔다. 애교스럽게 머리를 비벼대는 카마쿠라를 발로 가볍게 얼러주고, 코마치는 컵에 우유를 따라서 단숨에 들이켰다.

꿀꺽꿀꺽 컵을 비우고 푸하, 탄성을 지르고 나니 그제야 완전히 정신이 든 모양이었다. 번쩍 눈을 뜬 코마치가 내 쪽을 쳐다보더니 놀란 기색으로 다시 한 번 보았다.

"엇?! 뭐야?! 빨리도 일어났네!"

"어어…… 뭐야……. 늦게도 알아차리네……."

코마치는 눈이 휘둥그레져서 입가에 하얀 우유 수염이 생긴 채로 입을 딱 벌렸다.

"웬일이야? 오늘 무슨 일 있어?"

"아니, 별일 없어. 그냥 눈이 떠져서."

대답하며 머그컵을 하나 더 꺼내 산더미처럼 쌓여버린 인스턴트 커피를 그쪽에도 나눠담고, 전기 포트로 뜨거운 물을 부었다.

향기와 함께 모락모락 피어오르는 김 너머의 컵 속에는 지독하게 써 보이는 시커먼 덩어리가 채 녹지 않고 응어리져 있었다. 두 컵으로 나눴는데도 여전히 조금 진했지만, 우유와 설탕을 듬뿍 타면 그만이다. 나는 머그컵을 들고 고타츠로 향했다.

코마치는 꼬물꼬물 고타츠로 들어가서 야옹야옹 시끄럽게 울어대는 카마쿠라를 사뿐히 무릎에 앉히더니, 우유 수염을 단 채로 나를 빤히 쳐다보았다.

"흐음……."

어딘가 관찰하는 듯한, 또는 감탄하는 듯한 눈빛이 왠지 낯간지러워, 나는 그 시선을 피하듯 티슈 상자로 손을 뻗어 휴지를 두세 장 쓱쓱 뽑아서 코마치에게 건네주었다.

"수염."

"아차차."

코마치가 티슈로 입가를 톡톡 닦는 동안, 나는 고타츠 위에 놓인 우유를 집어 들어 머그컵에 콸콸 따랐다. 그렇게 카페오레를 두 잔 만들어, 그중 하나를 코마치 앞으로 쓱 밀어주었다.

그러자 코마치는 어리둥절한 표정을 지었지만, 곧 피식 웃고

는 컵을 눈높이로 들어 보였다.

"고마워."

그 말에 고개를 끄덕이고, 손끝을 녹이듯 머그컵을 쥐었다. 그리고 후우, 가느다란 입김으로 살짝 식혀서 후루룩 들이켰다. 코마치도 양손으로 감싸듯 머그컵을 들고 후후 불어서 식히며 흘끔 이쪽을 곁눈질했다. 그러다 나하고 눈이 마주치자 흐음, 고개를 끄덕였다.

"……응, 잠을 못 잔 것 같지는 않네. ……눈이 썩어서 헷갈리지만."

코마치가 말끝에 장난스러운 말투로 덧붙였다. 내가 일찍 일어나는 경우가 워낙 드물다 보니 어디가 아픈 건 아닌지 걱정해준 눈치였다. 세상에, 우리 코마치, 착하기도 하지……. 그 마음씀씀이에 내 나름대로의 사의(謝意, 샤이), 즉 감사의 뜻을 표하고자 나는 에헴 하고 일부러 뻐기듯 웃어 보였다. 왜냐면 샤이하니까! 솔직하게 고맙다고 말 못하거든! 사의니까!

"바보야, 완전 꿀잠 잤거든? 심지어 내 역사에 길이 남을 역대 최고의 기상이었다고. 자, 이 또렷한 눈매를 보라니까?"

나는 눈에 부릅 힘을 주며 말했다. 스타버스트 스트림[#2]을 날릴 것 같은 눈빛이면 부릅보다는 역시 또렷(きりっと, 키릿토)이겠지?

그런 나와 대조적으로 코마치의 눈은 쓱 가늘어졌다. 그리

#2 스타버스트 스트림 일본의 라이트노벨 작가 카와하라 레키의 소설에 등장하는 이도류 연격 기술. 『소드 아트 온라인』의 키리토, 『엑셀 월드』의 흑설공주가 사용한다.

고 수상하다는 듯 나를 보며 턱에 손을 얹고 흐음 생각에 잠기는가 싶더니, 미심쩍은 기색으로 고개를 갸웃했다.

"……또렷하다기에는……."

어쩐지 석연찮은 반응이 돌아오고 말았다. 그런 표정을 지으니까 나도 좀 찜찜해지잖아……. 입가를 씰룩거리는데, 코마치가 빙그레 웃었다.

"아무튼 괜찮으면 됐어."

"걱정 마. 짧은 시간이었지만 푹 잤으니까."

실제로 잠을 설치지는 않았다. 바쁜 나날에서 해방되어 긴장이 풀렸는지 아니면 정신없이 일하느라 피로가 쌓였던 건지, 어젯밤에는 배터리가 나간 것처럼 순식간에 잠에 빠져들었다.

꿈조차 꾸지 않을 만큼, 깊이.

다만 잠들기까지는 조금 시간이 걸렸다.

집에 돌아온 후로 침대에 누워 끊임없이 뒤척이며, 휴대폰만 뚫어지게 들여다봤기 때문이다. 그러면서 자초지종을 유이가하마에게 알려야 하나 말아야 하나 고민을 거듭했다. 시험 삼아 메시지를 작성해보기도 했지만, 그때마다 너무 길어지거나 짧아지는 바람에 썼다가 지우기를 되풀이했다.

그러다 밤늦게 연락하는 것도 민폐라는 데 생각이 미쳤고, 이런 문제는 따로 날을 잡아 직접 이야기하는 게 낫겠다고 마음먹는 사이 눈꺼풀이 스르륵 내려앉으며 의식이 사라졌다.

잠들기 직전에 본 시계의 숫자를 떠올리며 대충 계산해보

니, 얼추 세 시간 정도는 잤다는 결론이 나왔다.

일설에 따르면 인간의 수면은 뇌세포의 피로를 풀어주는 렘수면과 몸의 피로를 풀어주는 논(non) 렘수면이 한 세트가 되어 약 90분 주기의 사이클로 돌아가며, 상쾌하게 잠에서 깨어나려면 얕은 잠인 렘수면이 끝나갈 때 일어나는 게 좋다나 뭐라나.

그 수면법을 마스터하면 취직해서 일을 시작했을 때도 저렴, 저가, 저비용 노동력이라는 삼박자를 두루 갖춘 훌륭한 사축으로 거듭날 수 있을 게 틀림없다. 하루에 딱 한 시간 반만 자면 나머지 시간에는 무한히 일할 수 있다고! 히이잉……. 그러다 죽는다구…….

어쨌거나 나중에는 거의 백퍼센트 죽는다 할지라도 그게 지금은 아니다. 지금의 나는 오히려 평소보다 다소 생기 있는 편이었다.

실제로 한 지붕 밑에 사는 누이동생의 눈에도 그렇게 비치는 모양이었다. 코마치는 쌉싸름한 카페오레를 홀짝이며 나직하게 중얼거렸다.

"흐음……. 진짜 그런 것 같기는 해. 뭔가 개운해 보여."

"하던 일이 무사히 마무리됐으니까."

어깨에 손을 얹고 목을 돌리자 뚜둑 경쾌한 소리가 났다. 내 말에 코마치가 고개를 갸웃하며 일이라니? 하고 시선으로만 물어왔다.

"전에 이야기했던 프롬 말인데, 무사히 열리게 됐거든."

"아, 맞다. 기억나. 그렇구나. 프롬이 열리는구나. 완전 기대돼!"

함박웃음을 지으며 코마치가 말했다.

프롬이 연례행사로 자리 잡으면, 소부고 입학이 결정된 코마치도 졸업할 때 프롬에 참여할 수 있게 된다. 어쩌면 내 이야기를 듣고서 내심 기대했는지도 모른다. 그렇게 생각하니 왠지 흐뭇해졌다.

"벌써부터 졸업 이야기라니 성격 한번 급하구만……. 그전에 먼저 입학식부터 하라고. 아니지, 중학교 졸업식이 먼저인가?"

"응, 다음 주야."

문득 생각나서 묻자, 코마치가 태연하게 대답했다.

"맙소사, 코앞이잖아. 뭐야, 몇 시 시작인데? 장소는 어디고? 학부형 접수처는 있대냐?"

"아니아니 잠깐, 댁이 왜 와? 댁은 부르지도 않았잖아. 댁은 학교 가야 되잖아."

코마치가 정색을 하고 휘이휘이 손사래를 치며 따박따박 잇달아 반론했다.

그 지적에는 천하의 나도 찍소리 못했다. 대신 큭 소리는 했다.

당연한 이야기지만, 초대받지 못한 자리에는 가면 안 된다.

예를 들면 학급 모임이나 동창회, 아니면 단순히 친구들끼리 놀 때도 마찬가지다. 부르지도 않은 녀석이 뻔뻔하게 나타났다가는 분위기가 한없이 미묘해지는 법이고, 자칫하면 분위기가 나빠지기까지 한다. 설상가상으로 해산 후에는 현실 대화와 SNS를 막론하고 「자, 제가 지금부터 『걔 왜 왔대?』라

고 질문할 테니, 여러분께서는 그 이유를 말씀해주시면 됩니다. 네, 엔라쿠 씨[#3]가 가장 빨랐네요!」라는 식으로 뒷담 넘치는 재치 겨루기 대회가 시작될 게 분명하다.

그야 친구들끼리 신나게 노는데 외부인이 끼어들면 어느 정도는 비난을 살 수밖에 없다. 부른 적도 없는데 멋대로 와버리는 놈들, 진짜 쓰레기라니까. 이를테면 마감이라든가. 걔 정말 분위기 파악 못하더라. 「여보세요. 나 마감인데……. 지금 네 바로 뒤에 있어…….」[#4] 같은 느낌으로 뒤돌아보면 녀석이 있어서[#5], 그야말로 사이코 호러가 따로 없을 지경이라고. 그쯤 되면 완전히 심령 현상으로, 그 존재는 유령이나 요괴에 가까운 측면이 있다. ……어라? 그럼 혹시 마감도 실존하지 않는 건가?

그렇게 생각할 뻔했으나, 과거의 경험에 비추어보면 마감과 납기는 확실히 존재한다. 마감은 있습니다![#6] 존재하지 않는 것은 내가 코마치의 졸업식에 참석할 가능성뿐이다.

크윽 신음하며 흘끗 눈치를 살피자, 코마치가 팔짱을 낀 채 못마땅한 기색으로 어휴 한숨을 쉬었다. 미간에 깊이 파인 주름으로 보아, 아무래도 「걱정 마! 이 오빠는 거의 언제 어디서나 불러주지 않으니까 괜찮다고! 눈총을 받아도 멀쩡해! 그런 분위기는 익숙하거든!」 하고 뻗댈 상황은 아닌 듯했다.

#3 엔라쿠 씨 일본 전통 코미디 라쿠고를 전문으로 하는 라쿠고가로, 특정 주제에 관해 누가 가장 재미난 대답을 하는지 겨루는 「재치 겨루기(大喜利)」를 유행시킨 예능프로 『쇼텐』의 출연자.
#4 여보세요~뒤에 있어 괴담 「메리 씨의 전화」의 패러디.
#5 뒤돌아보면 녀석이 있어서 일본 드라마 『뒤돌아보면 녀석이 있다』의 패러디.
#6 마감은 있습니다! 만능세포 논문 조작 사건을 일으킨 오보카타 하루코의 말 「만능세포는 있습니다!」의 패러디.

"……안다고 안 간다고 농담이라고."

크으읏 한동안 아쉬움을 삼킨 후에 그렇게 말했다. 그러자 코마치는 어이없다는 듯 에휴 짧은 한숨을 쉬고 눈을 감더니, 그래그래 이제야 말귀를 알아듣는구나 하고 고개를 끄덕여보였다.

"알면 됐습니다. ……그게, 코마치 아마 울 거고, 그런 모습 보여주는 거 창피하니까."

코마치는 슬그머니 시선을 돌리고 나직하게 덧붙였다. 오빠 입장에서는 자주 봐온 탓에 여동생의 우는 얼굴을 봐도 아무 느낌이 없지만, 한창 예민할 나이인 코마치에게는 그렇게 간단한 문제가 아닌가 보다. 엇, 아니지. 곰곰이 생각해보니 아무 느낌도 없지는 않은걸? 무진장 귀엽다고 생각해버렷! 심지어 안 울 때도 언제나 언제든지 언제까지나 귀여울 정도라고.

지금도 흠흠, 티 나게 헛기침을 하며 화제를 돌리려 하는 게 귀엽고, 쑥스러움을 감추듯 생긋 밝은 미소를 짓는 것도 귀엽다. 귀엽게 입을 여는 모습도 귀여워!

"그러니까 오빠는 따로 졸업 축하 해줘야 해! 알았지?"

"그래. 이것저것 축하해줘야지. 생일 축하도 아직 못 해줬고."

요즘 워낙 정신이 없었던지라 많은 일들이 기약 없이 미뤄지고 말았다. 특히 코마치 생일을 제대로 축하해주지 못한 건 통탄할 일이었다. 그런 미안함도 더해져서 살짝 쓴웃음을 지으며 말하자, 코마치는 도리도리 가볍게 고개를 저었다.

"괜찮아. 무리할 거 없어. 시간 될 때 해주면 충분하니까.

그리고 아직 다들 바쁠 거 아냐? 프롬도 있고."

분명 코마치는 별 생각 없이 한 말이었으리라.

하지만 나는 한순간 말문이 막히고 말았다.

"……어, 그래, 뭐 그렇지. ……사실 난 시간이 남아돌지만 말이야. 꼭 해야 하는 일도 있긴 하지만, 그것도 딱히 스케줄이 잡혀 있는 건 아니라서."

그 사실을 감추듯 빠르게 덧붙이고, 가볍게 어깨를 으쓱하며 너스레를 떨었다.

하지만 그런 어설픈 연기가 코마치에게 통할 리 없다. 15년이나 오누이로 함께 살아와서 내 버릇도 성격도 속속들이 꿰고 있는 코마치다. 아마 내가 말문이 막히지 않았더라도, 변명하듯 쓸데없는 소리를 늘어놓지 않았더라도 십중팔구 뭔가 눈치챘을 테지.

미심쩍은 기색으로 나를 가만히 응시하던 코마치가 다소 껄끄러운 표정으로 입을 열었다.

"있잖아……."

신중하게 운을 떼기는 했지만, 코마치는 도중에 잠시 말을 끊고 머그컵을 입에 댔다. 입술을 축이듯 카페오레를 한 모금 마시는 모습이 마치 말할까 말까 망설이는 것처럼 보였다.

굳이 묻지 않아도 코마치가 하려는 말이 뭔지는 대충 짐작이 갔다. 그래서 나도 식기 시작한 카페오레를 홀짝이고, 이어질 말을 기다리기로 했다.

잠자코 시선으로만 재촉하는 나를 보고 코마치가 머그컵을

내려놓더니, 내 반응을 살피듯 조심스럽게 물었다.

"오빠, 무슨 일 있었어?"

예전에도 비슷한 질문을 받은 적이 있었다. 늦가을인지 초겨울인지 정확히 말하기 어려운, 수학여행에서 돌아온 지 얼마 안 되었을 무렵에 들었던 말과 몹시 흡사했다.

그때는 코마치도 농담인 척 익살로 포장했지만, 오늘은 조금 달랐다. 그것이 오랜만에 터진 남매싸움의 도화선이 되었음을 잘 알기에 묻기를 망설였던 거겠지.

그래도 코마치는 묻지 않을 수 없었던 것이다. 단순한 호기심으로 반쯤 재미삼아 캐물은 게 아니라, 다툼으로 번질 수 있음을 알면서도 일부러 파고들어주었다. 그 따스한 배려와 착한 마음씨에 내 입가에는 저절로 미소가 번졌다.

"……그래. 있었어."

그런 말이 불쑥 튀어나왔다.

내 대답이 뜻밖이었는지, 코마치가 입을 딱 벌렸다. 그리고 커다란 눈을 두세 번 깜빡이더니, 놀라움이 가시지 않은 표정으로 다시 물었다.

"있었나요?"

그 얼빠진 말투에 나는 쓴웃음과 함께 고개를 끄덕였다.

"있었지. ……아주 많은 일들이 있었어."

대답하는 목소리에서는 자연스럽게 되돌아갈 수 없는 시간을 그리워하는 달콤한 울림이 묻어났다. 말하는 사이, 진정으로 그 나날들이 끝났구나 하는 실감이 뒤따라왔다.

"많은 일들이 있었나요?"

"그래."

예상했던 것보다도 훨씬 또렷한 목소리가 흘러나왔다. 망설임도 주저함도 없이, 나는 똑바로 코마치의 눈을 바라보았다.

"그래요?"

코마치는 앳된 말투로 대꾸하고, 흐음 나직하게 중얼댄 것을 끝으로 침묵에 빠졌다. 그리고 뭔가를 골똘히 생각하듯 내 얼굴을 빤히 쳐다보았다.

"뭐야, 왜 그래?"

말없이 일직선으로 꽂혀 들어오는 시선을 견디지 못하고 그만 입을 열고 말았다. 그러자 코마치는 눈썹 하나 까딱하지 않고 천연덕스럽게 대답했다.

"그냥. 솔직하게 대답하는 게 왠지 기분 나빠서."

"뭐냐고……. 네가 먼저 물어봤잖아……."

맥이 탁 풀려서 대꾸하자, 코마치가 울컥한 기색으로 입술을 삐죽 내밀었다.

"그야 보통 사실대로 대답할 거라고는 생각 안 하잖아."

"아, 그러냐……. ……하긴 그런가. 그렇지."

궁시렁거리면서도 납득하자, 코마치가 응응 힘주어 고개를 끄덕였다.

확실히 맞는 말이기는 했다.

그냥 시답잖은 소리를 주절주절 늘어놓으며 얼버무릴 수도 있었다. 지난번처럼 험악한 말과 태도로 그 이야기는 꺼내지

말라는 암시를 주었어도 됐을 터였다. 그렇지만 나는 익살스럽게 잡아떼는 대신, 미소를 지으며 편안하게 대답했다.

그 점이 코마치에게는 수상쩍게 느껴진 모양이었다. 그래서인지 이제는 아예 불안한 얼굴로 나를 바라보았다.

"……무슨 일이 있었는지 물어봐도 돼?"

코마치는 천천히 말을 고르며, 눈만 살짝 들어 내 표정을 살폈다.

나는 생각에 잠긴 시늉을 하며 벽시계를 보았다. 그러자 코마치도 한순간 그쪽을 돌아보았다. 하지만 이내 다시 내 쪽으로 시선을 돌리더니, 입을 굳게 다문 채로 내 대답을 기다렸다.

등교 시각까지는 아직 조금 여유가 있었지만, 그래도 지금부터 설명하기에는 시간이 부족할 것 같았다. 게다가 아침 댓바람부터 입에 올릴 만한 화젯거리도 아니다. 무엇보다도 내게는 아직 해야 할 일이 남아 있었다. 이런 상황에서는 어떤 이야기를 하든 어정쩡하고 두서없는 소리만 나올 테지.

이 자리에서 내가 할 수 있는 말은 그리 많지 않았다. 그중에서 이것만큼은 확실하다고 생각되는 것을 선택했다.

"다 끝나면 꼭 이야기하마."

아마 한 치의 거짓도 없이, 이 모든 것이 끝나면 나는 언젠가 분명히 코마치에게 전후사정을 남김없이 털어놓을 테지.

하지만 그 때가 지금은 아니다. 언제가 될지조차 알 수 없는, 머나먼 훗날의 이야기다.

"……응, 알았어."

대답하기까지 약간 공백이 있었지만, 코마치는 이내 빙그레 웃으며 군말 없이 그렇게 대답해주었다.

꼬치꼬치 캐묻지 않는 게 코마치 나름의 배려라는 사실은 안다. 그 사려 깊은 태도에 마냥 응석을 부리려니 어쩐지 염치없게 느껴져, 나는 변명하듯 덧붙였다.

"……미안하다. 그런 상황이다 보니 다 함께 모여서 축하해주기는 조금 힘들지도 몰라."

지난번 코마치의 생일날, 나는 소박한 부탁을 받았다. 하지만 아마도 그 부탁을 들어주기는 어려울 테지. 그 점에 관해 짧게나마 양해를 구하고 싶었다. 그게 내 자기만족에 불과하다는 사실은 익히 알지만, 말없이 그냥 넘어가는 것도 불성실하게 느껴졌다.

이런 두루뭉술한 말투로, 어중간하기 그지없는 화법으로 뭔가가 전해졌을 리도 없다. 하지만 나를 가만히 바라보는 코마치의 눈 속에는 못 말린다는 느낌의 다정함이 어른거렸다.

"그래……? 응, 뭐 그럼 하는 수 없지."

코마치는 미소를 머금은 목소리로 대답했다. 그 음성은 밝았지만, 웃음에서는 어딘가 쓸쓸한 기색이 묻어나는 것처럼 보였다.

하지만 그것도 찰나에 불과했다.

코마치는 고개를 절레절레 저을 기세로 한숨을 쉬더니, 내 앞으로 손가락을 척 들이대고 잠자리를 잡을 때처럼 손가락을 뱅글뱅글 돌리며 또박또박 설명했다.

"말했잖아. 최악의 경우에는 오빠만 있어도 된다고."

"그, 그러냐……?"

그 기세에 눌려 내가 약간 주춤하자, 코마치가 손가락을 쭉 내밀어 내 볼을 콕 찔렀다.

"오히려 코마치 개인적으로는 파티할 때 서프라이즈로 오빠한테 뭔가 답례할 작정이었으니까 반대로 잘됐다고 해도 과언이 아니라고! 남들 앞에서는 부끄러우니까!"

말이 끝나기가 무섭게 코마치가 꺄아~ 하고 소리치며 자기 얼굴을 감싸더니, 쑥스러움 타는 척을 하기 시작했다.

"뭐야……. 서프라이즈라니 뭐냐고……. 미리 알려줬는데도 감동적이잖아……."

장난스러운 분위기에 내가 적당히 장단을 맞추자, 코마치가 에헴 가슴을 폈다.

"그렇지? 코마치 기준으로 포인트가 높다니까!"

"그러게나 말이다……. 하치만 기준으로는 난이도가 높다만……. 내가 과연 능숙하게 놀라는 척을 할 수 있으려나……?"

내가 불안해하는 사이, 코마치는 유난히 진지하고 어른스러운 표정을 지어 보이며 너스레를 떨듯 엄숙하게 선언했다.

"아무튼 이번에는 식구들끼리 조용히 치르도록 합시다."

"말투가 이상하잖아. 암매장이냐고. 장례식도 아니고……."

내가 투덜대자, 코마치는 빙그레 웃었다.

"자, 그럼…… 아침을 먹어볼까요?"

코마치가 일어나서 콧노래를 흥얼거리며 부엌으로 향했다.

그러자 그 뒤를 따르듯 카마쿠라도 고타츠에서 쑤욱 기어 나왔다. 보아하니 카마쿠라도 아침 먹을 시간인 듯했다. 식욕이 폭발하는지, 평소에는 숨겨두는 발톱이 언뜻언뜻 드러나며 마룻바닥을 찍찍 긁었다. 야야, 하지 마. 마루에 흠집 생기잖아.

집주인 마인드로 그 발소리를 들으며 슬슬 발톱 깎아줄 때가 됐구만, 하고 집사 마인드로 바라보고 있자니, 불현듯 그 소리가 멎었다.

뒤이어 카마쿠라가 이쪽으로 고개를 돌리더니 뭔가를 재촉하듯 작게 야옹 울었다.

"아, 오빠. 카 군한테 츄르[#7] 좀 줘."

울음소리를 들은 코마치가 대면형 주방에서 살짝 까치발을 들고 얼굴을 내밀었다.

"오케이."

읏차 몸을 일으키자, 카마쿠라가 목을 고롱고롱 울리며 내 다리에 머리를 툭툭 부딪쳐왔다. 아무래도 코마치가 바빠서 못 챙겨준다는 걸 깨닫고 나를 닦달하기로 마음먹은 모양이었다. 세상에, 내 새끼지만 어쩜 이렇게 똑똑하담……?

힐끗 시계를 확인하자, 평소에 내가 아침을 먹는 시간보다는 조금 이른 시각이었다.

좋아. 나답지 않게 모처럼 일찍 일어났으니, 오늘은 오랜만에 우리 집 애묘들 마음껏 예뻐해 주도록 하자고.

#7 츄르 고양이 간식.

× × ×

이른 오후의 교실에서 내 손가락을 가만히 응시했다.

오늘은 아침부터 하늘에 구름 한 점 없이 맑고 화창해서, 해가 높이 떠오르자 기온도 덩달아 올라갔다. 바람은 셌지만, 남쪽에서 불어오는지 습하고 따스한 온기를 품고 있었다.

난방을 켜놓은 교실에서는 그 따스함이 한층 아늑하게 느껴졌다. 수면부족도 한몫해서 등교한 후로 계속 졸음이 밀려와, 꾸벅꾸벅 졸다가 책상에 엎드리기를 반복했다.

지금도 마침 편안한 낮잠에서 막 깨어난 참이었다. 다만 팔을 베개 삼아 불편한 자세로 자다 보니, 눌려서 피가 잘 안 통했는지 손끝에만 묘하게 싸늘한 냉기가 감돌았다.

어제오늘은 밝은 햇살을 영접했지만, 내일이나 모레부터는 다시 추워질 테지. 2~3일 주기로 기온이 오르내림을 거듭하며 조금씩 봄다운 날씨로 변해가는 법이니까.

등하굣길에 보는 강변의 벚나무 길은 새순이 움트려면 아직 멀어서, 변함없이 앙상한 가지를 드러낸 채였다. 하지만 한 달 후에는 하나미가와(花見川), 즉 꽃구경 강이라는 이름에 걸맞게 흐드러지게 피어난 벚꽃을 볼 수 있을 터였다.

그때쯤이면 코마치도 그 통학로를 지나다닐 테지. 그렇게 미래예상도Ⅱ[#8]를 머릿속에 그려보며 후아암 나직하게 하품을 했다.

#8 미래예상도Ⅱ 밴드 그룹 DREAMS COME TRUE의 노래 제목.

하품하는 김에 찔끔 나온 눈물 너머로 시계를 보니, 곧 수업이 끝날 시간이었다. 6교시라는 점도 한몫했는지 나를 필두로 한 대부분의 학생들이 집중력이 떨어져, 교실에는 나른한 분위기가 흘렀다.

하물며 수업 중인 과목이 수학이라면 더 말할 나위도 없다. 나처럼 사립 문과로 진로를 잡은 사람은 3학년 때 수학 수업이 아예 없다. 입시 과목에도 포함되지 않으므로 귀에 들어올 리 만무하다.

심심풀이 겸 슬쩍 고개를 돌려보니, 꾸벅꾸벅 조는 녀석에 책상 밑에서 휴대폰을 만지작대는 녀석, 멍하니 창밖을 내다보는 녀석 등등 저마다 각자의 방식으로 지루함을 달래는 중이었다.

한편 기말고사가 임박한지라, 수업은 안중에도 없이 개인적인 공부에 힘쓰는 사람도 있었다. 속칭 『부업』이라는 행위다. 공부하는 책 위에 교과서를 덮어 위장하는 정도의 성의를 보이는 애들은 그나마 정상참작의 여지가 있다. 하지만 개중에는 「뭐가 문젠데요? 저 지금 공부하는 중이거든요?」 하고 배짱 튕기듯 참고서를 잔뜩 쌓아놓고 빨간색 암기용 셀로판지를 팔랑대는 대담무쌍한 인간도 있다. 어디의 누구라고 콕 집어 말하지는 않겠지만, 사가미 미나미 같은 인간이 바로 그런 타입이다.

다만 사가미의 경우에는 진심으로 장래를 내다보고 한 발 먼저 입시공부에 돌입했다기보다는 「내가 이렇게 열심히 하고 있

다」라고 어필하는 게 목적인 것처럼 보이기도 했다. 그렇지 않고서야 구태여 쉬는 시간에 「어떡해~ 이러다간 나 아무 대학도 못 가겠어~. 저번 모의고사도 C판정#9이었다니까~? 이젠 다 끝장이야~」 하고 은근슬쩍 자학을 가장한 자랑을 섞어가며 친구에게 「에이, 아냐!」라는 반응을 뜯어내는 답정너 짓을 해대지는 않을 테니까. 2학년 때 C판정을 받으면 대개는 합격한다. 오히려 더 높은 데를 노리라고 조언해주고 싶을 정도다.

사가미 씨네 미나미 양은 집에서도 저러려나……? 그 집 동생도 참 고생이 많겠네……. 어머, 그러고 보니 카와 어쩌고 양도 동생이 있지 않았던가요? 하고 동네 아주머님처럼 흘끗 교실 앞 창가 쪽으로 시선을 향했다.

그러자 푸르스름한 흑발 포니테일은 고개를 푹 수그린 채 꼼질꼼질 뭔가 바느질하는 눈치인 게, 아무래도 진짜 부업을 하는 모양인데……. 카와 어쩌고 양 주변만 분위기가 80년대잖아…….

물론 착실하게 수업을 듣는 사람도 있었다. 아니, 사실은 거의 대부분이 그랬다. 그중에서도 나보다 조금 뒷줄에 앉은 트레이닝복 차림의 학생은 수업 태도가 대단히 귀여웠다.

무엇을 감추랴. 그 학생이야말로 바로 내 친구, 토츠카 사이카다. ……한 번 더 말해둘까? 내 친구, 토츠카 사이카다.

토츠카는 칠판을 뚫어지게 응시하다가 흠흠 고개를 끄덕이

#9 C판정 일본 대학별 모의고사는 응시자의 성적에 따라 등급을 매기는데, A~B등급은 합격권, C는 아슬아슬한 범위로 봄.

고는 쓱쓱 필기를 시작하나 싶더니, 불현듯 생각에 잠긴 것처럼 그 손을 멈추고 샤프로 입술을 톡톡 두드렸다.

그러다 내 시선을 느꼈는지, 토츠카가 샤프를 살랑살랑 흔들었다. 창문으로 새어드는 햇살을 받아 비단결 같은 머리칼이 반짝였고, 그 미소는 눈부시게 빛났다. 꺄아 난 몰라 너무 귀여워. 밤하늘에 빛나는 신비로운 달빛? 그야말로 스타 트윙클이 따로 없잖아…….

하지만 빤히 쳐다보다가 들킨 게 조금 무안하기도 해서, 나는 그래, 하고 가볍게 고개를 끄덕여주고 다시 정면으로 시선을 돌렸다.

슬슬 수업이 끝날 때가 됐다. 나는 팽개쳐뒀던 노트를 펼치고 형식적인 수준으로나마 칠판에 적힌 내용을 베껴 썼다. 계속 이리저리 요리조리 흘끔댔다가는 이상한 사람으로 여길 테니까. 이미 그렇게 여기고 있을 테지만.

샤프로 끄적끄적 필기를 하는 도중에 종이 쳐서 수업이 끝났다. 전달사항만을 짧게 통보하는 게 다인 종례도 마무리되었다.

방과 후의 내 일정은 하나뿐이다.

유이가하마에게 어제 일을, 승부의 경위를 들려주고, 그 소원을 듣는 것.

교실에 웅성거리는 소음이 퍼져나가는 것을 들으며 나는 꾸물꾸물 집에 갈 준비를 했다. 그래봐야 챙길 짐이 많은 것도 아니다. 코트를 걸치고 목도리를 칭칭 감기만 하면 대충 끝난

거나 다름없다.

그럼 이제…… 하고 생각에 잠긴 척, 더 넣을 짐도 없는 휑한 가방을 괜스레 열었다 닫았다 하며 교실 뒤편에 있는 유이가하마의 모습을 슬그머니 훔쳐보았다.

F반 아이들이 삼삼오오 교실을 나서는 가운데, 볕바른 창가 한쪽에는 평소와 같은 멤버들이 모여 있었다.

자기 자리에 늘씬하고 예쁜 다리를 꼬고 앉아 있는 미우라 유미코를 중심으로, 코트 차림의 유이가하마와 에비나 양이 주위의 빈 의자에 둘러앉아서 재잘재잘 수다를 떠는 중이었다. 세 사람을 지켜보기라도 하듯 어른스러운 미소를 띤 채로 하야마 하야토가 맞장구를 치고, 토베, 오오오카, 야마토 바보 삼형제가 다시 관련된 화제를 꺼내는 모습은 매일같이 봐서 익숙해진 풍경이었다.

변함없이 화려한 분위기가 감돌아서 제삼자는 접근하기 힘든 구석이 있었다. 게다가 지금은 뭔가 한창 신나게 이야기 중인 것처럼 보였다.

이렇게 되면 유이가하마에게 말을 붙이기가 더더욱 껄끄러워진다.

얼마 전에도 비슷한 상황에 처했고 그때는 가까스로 말을 거는 데 성공했지만, 나중에 「그냥 평범하게 말 걸라구!」라는 핀잔을 듣고 말았다. ……평범한 게 가장 어렵단 말입니다.

따라서 이럴 때는 발상의 전환이 필요하다. 인류의 지혜를 빌리면 구태여 말을 걸지 않아도 된다. 직접 하기 어려운 말도

편지로는 전할 수 있다고 무라사키 시키부[#10] 선배님도 말씀하셨는걸!

살며시 휴대폰을 꺼내서 편지봉투 모양의 아이콘을 터치했다. 그러자 작성하다 만 문자 메시지가 화면에 떴다.

제목도 본문도 새하얗게 비어 있는 와중에 오로지 받는 사람만 적혀 있었다.

어제부터 내내 붙잡고 있었지만 밤늦게까지 뭐라고 써야 좋을지 갈피를 잡지 못해, 끝끝내 보내지 못한 문자가 임시 보관 상태로 남아 있었던 모양이다.

빈칸이던 본문에 『오늘 시간 있냐?』라고만 쓰고, 송신 버튼을 꾹 눌렀다.

그러자 바로 전달됐는지, 유이가하마가 재킷 주머니에 손을 넣어 휴대폰을 꺼내더니 능숙하게 친구들의 말에 맞장구를 치며 시선만 화면으로 떨구었다.

그리고 흘끗 나를 돌아보았다. 그 시선에 고개를 끄덕여 보이자, 유이가하마가 조금 피곤한 것처럼 한숨을 내쉬었다.

"미안, 잠깐만."

생글생글 미소를 띤 채 용건은 밝히지 않고 친구들에게 양해를 구하더니, 타박타박 이쪽으로 다가왔다. 하지만 한 발짝씩 내디딜 때마다 그 표정은 점점 더 언짢고 불만스러운 느낌으로 변해갔고, 내 자리까지 왔을 때는 이미 뺨이 볼록했다.

#10 무라사키 시키부 헤이안 시대의 문인으로 『겐지 이야기』의 작가. 페이트 등의 작품에 캐릭터로 등장.

"말했잖아. 평범하게 말 걸라구!"

주위를 신경 써서인지 목소리를 낮추기는 했지만, 말투는 완전히 잔소리하는 느낌이었다.

"……아니, 가장 무난한 방법을 택한 거다만."

"이 거리에서 문자라니 이상하잖아!"

"거리에 구애받지 않는 게 문자의 장점이라고."

그 어떤 부끄럼쟁이든 인터넷의 힘을 빌리면 막말을 폭포수처럼 쏟아낼 수 있거든☆ 심지어 요새는 인싸조차도 인터넷에서 미친 듯이 날뛰어대니까 말이지…….

내 실없는 대답에 유이가하마의 눈초리가 가늘어지더니, 싸늘한 눈빛으로 나를 내려다보았다. 그 차가운 눈길에서 벗어나려고 얼버무리듯 헛기침을 했다.

그럼 다시 정식으로, 이번에는 평범하게 물어보자.

"……오늘 시간 있냐?"

"오늘……?"

앵무새처럼 따라한 유이가하마가 한순간 몸을 굳혔다. 그리고 무의식적인 행동인지 오른손을 들어 꼬물꼬물 당고머리를 만지작거리기 시작했다. 내가 갑자기 말을 꺼내는 바람에 당황한 눈치였다. 반응으로 보아 오늘은 시간이 안 나는 듯했다.

"우움……."

고민하듯 잠시 뜸을 들이더니, 친구들이 있는 방향을 흘끗 곁눈질했다. 그리고 조금 난처한 기색으로 웃었다.

"미묘할지두. 유미코네랑 놀러갈지두."

지두(かも, 카모)라니……. 두 번이나 연발하다니 너무 불확실한 거 아니냐? 그렇게 지두지두 해대는 거, 카모가와 씨 월드 CF 정도일지두…….

그렇게 또다시 실없는 소리가 흘러나오려는 걸 꾹 참았다.

실제로 유이가하마의 오늘 스케줄은 아직 미정이겠지. 방금 전까지 미우라 일행과 주고받던 대화의 흐름에 따라서는 집에 가는 길에 곧장 어디론가 놀러갈 가능성도 있는 셈이다. 만약 그렇다면 방해하기도 미안하다.

나는 딱히 오늘 보지 않아도 상관없다. 언젠가 꼭 이야기할 수만 있으면 된다. 설령 오늘은 날이 아니라 해도 조만간 반드시 이야기하기로 마음먹었다.

여전히 손에 쥐고 있는 휴대폰에 표시된 캘린더에는 그저 끝없는 공백만이 가득했다.

그렇다면 일정을 조절하기 쉬운 내가 유이가하마에게 맞추는 편이 낫겠지.

"뭐 꼭 오늘이 아니어도 돼. 내일이든 모레든 글피든 그글피든 상관없으니까."

"후보가 너무 많잖아! 힛키, 그렇게 한가해……?"

유이가하마가 놀라움과 기막힘이 반씩 뒤섞인 목소리로 물었다. 하지만 그 인식에는 다소 잘못된 부분이 있음을 짚고 넘어가지 않을 수 없었다. 나는 단호한 표정으로 정정했다.

"천만에, 한가하지는 않아. 할 일 자체는 많다고."

예를 들면 녹화한 다음 손도 안 댄 애니메이션을 본다든가,

내내 쌓아두기만 했던 책을 읽는다든가, 첫 섬을 개척한 후로 쭉 방치해둔 빌더즈라든가, 설레는 마음으로 프로틴을 사놓고 사흘도 채 못 가서 때려치운 근력운동이라든가, 동영상 스트리밍 서비스로 아이카츠 시리즈 전편을 정주행하는 1인 응원상영회 등등, 진짜 무지하게 많아서 평생 해도 못 다할 지경이다. 심지어 아이카츠를 반복해서 보기만 해도 인생이 끝나버릴 정도라니까? 아아, 인생이 다섯 번 있으면 좋을 텐데! 그럼 난 다섯 번 모두 아이카츠를 볼 거야.

그렇게 덧붙여줄까 했으나, 그보다 먼저 유이가하마가 살짝 감탄 섞인 목소리를 내는 바람에 그만 타이밍을 놓치고 말았다.

"우와, 진짜? 뭘 하는데?"

유이가하마는 고개를 갸웃하며 커다란 눈망울로 내 얼굴을 가만히 바라보았다. 그 눈동자에 호기심이 가득한 것을 보니, 단순히 신기해서 물어본 눈치였다. 하지만 막상 그 순수한 눈빛을 마주하자, 아까 하려던 잡소리를 늘어놓기가 껄끄러워졌다.

"……그, 그냥 이것저것. 아무튼 정말 무진장 많다니까? 많다만…… 그런 건 아무 때나 할 수 있거든."

슬그머니 시선을 피하며 입속말로 웅얼웅얼 대꾸해서 대화를 마무리 지었다. 하는 김에 흠흠 헛기침도 해서 확실하게 평정을 되찾고, 다시 유이가하마 쪽을 보았다.

"그러니까 너한테 맞추마. 언제 시간이 되는지 알려줘."

내 말에 유이가하마는 팔짱을 끼고 잠시 생각에 잠겼다. 그 얼굴에는 희미한 수심이 어른거렸다.

하지만 이내 부드럽게 미소 짓더니, 힘 있게 고개를 끄덕였다.

"우움…… 그럼 그냥 오늘루 해."

"그래도 되겠냐?"

흘끗 미우라 쪽으로 시선을 향해 저쪽 약속은 괜찮으냐는 의미도 담아서 묻자, 유이가하마는 가볍게 웃었다.

"응. 확실하게 정해진 건 아니니까 괜찮아."

"그래? 미안하다."

내가 살짝 고개를 숙여 보이자, 유이가하마는 신경 쓰지 말라는 듯 도리도리 고개를 저었다.

"그럼 가서 짐 챙겨올게."

그 말을 끝으로 유이가하마는 얼른 그 자리를 떠나, 잰걸음으로 미우라 일행에게 돌아갔다. 집에 갈 준비도 하고, 작별 인사도 해야 할 테지.

그 사이 나는 한 발 먼저 복도로 나가서 기다리기로 했다. 남들이 보는 앞에서 유이가하마와 함께 교실을 나서는 건 아무래도 낯 뜨겁다.

난방 때문인지 교실 문은 닫혀 있었다. 그 문을 드르륵 열고 나와서, 등 뒤로 닫았다.

그 손잡이에서 손가락을 뗀 순간.

서늘한 감촉에 흠칫했다.

내 손끝에는 마치 빠지지 않는 가시처럼 줄곧 냉기가 서려 있었다. 그 사실을 잊으려고 코트 주머니에 손을 쑤셔 넣고 벽에 등을 기댔다.

복도 창문은 단단히 닫혀 있었고, 여러 교실에서 새어나오는 난방의 열기도 더해져 생각보다 훨씬 따뜻했다.

그런데도 손끝은.

그 문에 마지막으로 닿았던 손끝만은 지금도 여전히 차가운 채였다.

× × ×

금속 배트의 경쾌한 타격음, 볼을 패스해달라는 외침, 금관악기의 음색.

방과 후의 소리는 거리가 멀어질수록 더 맑아지는 느낌이 들었다.

한창 하교할 시간은 지났는지, 우리가 교문을 나섰을 때는 오가는 학생들의 모습도 별로 눈에 띄지 않았다. 주택가를 가로지르듯 난 샛길에도, 그 옆 놀이터에도 인적은 없었고, 해질녘의 스산한 바람이 나뭇가지를 바스락바스락 흔들 뿐이었다.

사람의 왕래가 많지 않은 길을, 나는 자전거를 끌며 유이가하마의 보폭에 맞추듯 평상시보다 천천히 걸었다.

"시간 뺏어서 미안하다."

"에이, 아냐."

나란히 걷던 유이가하마는 밝은 목소리로 그렇게 대꾸하고 가볍게 고개를 저었다. 그 반응에 고마운 마음을 담아 고개를 끄덕여 보였다.

비록 불러내는 과정은 꼴사나웠을지언정, 어쨌거나 유이가하마와 이야기를 나눌 만한 상황을 만드는 데는 성공했다.

그나저나 어디서부터 이야기하는 게 좋을까?

자초지종을 설명하려면 이야기가 조금 길어질 듯했다. 이럴 때는 어딘가 조용한 장소로 가는 편이 나을지도 모른다. 시끄러운 곳이나 번잡한 곳은 아무래도 사람들의 이목이 신경 쓰여서 이야기하기가 껄끄럽다.

그렇다면 사이제나 카페는 좀 어울리지 않는 것 같고……. 어쩐다……?

결정을 내리지 못하고 고민하는데, 유이가하마가 아, 하고 뭔가 생각난 기색으로 입을 열었다.

"맞다, 어제 유키농한테 들었어. 프롬, 열리게 됐다며?"

느닷없이 튀어나온 화제에 움찔했다. 하마터면 그 자리에 멈춰 설 뻔했지만, 가까스로 걸음을 내딛고 침묵을 메우듯 입을 열었다.

"어, 그래……. 들었냐?"

"응, 밤에 라인이 와서, 만나서 잠깐 이야기했거든."

유이가하마가 살짝 시선을 내리깔았다. 다만 입가에는 여전히 미소가 걸린 채였다.

"그래……?"

저절로 쓴웃음이 새어나왔다.

둘의 관계를 생각하면 그 정도 소식은 전해주었다 해도 이상할 게 없다. 무엇보다도 프롬의 성사 여부에 관해서는 유이

가하마도 줄곧 마음을 써왔으니, 그 문제로 연락을 주고받는 것은 자연스러운 일이다.

다만 그 거침없는 행동력이 마치 옛날의 유키노시타 유키노를 보는 것 같았다. 좋게 말하면 신속하고 결단력 있지만, 나쁘게 말하면 남의 사정과 의도를 무시하고 독불장군처럼 결론을 내린 다음 저돌적으로 밀어붙이곤 했더랬지.

그 사실이 그리움을 불러일으켰다.

돌이켜보면 나 역시 옛날과 다를 바 없다. 변함없이 우유부단해서, 번번이 미적미적 핑계를 대며 문자 한 통 보내지 못하다가 간신히 말을 걸어서 지금에 이르렀으니까.

하지만 덕분에 결심이 섰다.

"잠깐 들렀다 가도 되겠냐?"

"……응."

걸음을 멈추고 놀이터 쪽을 가리키며 묻자, 유이가하마는 한순간 이맛살을 찌푸렸지만 이내 고개를 끄덕였다.

아마 지금 제대로 이야기하지 않으면, 나는 또다시 질질 끌면서 뒤로 미루고 말 테지.

근처 자판기에서 차가운 캔 커피와 따뜻한 홍차를 뽑아들고 놀이터 안으로 들어갔다. 가로등 밑에 있는 벤치 옆에 자전거를 세워놓고, 자리에 앉았다.

슬쩍 눈짓을 해서 앉으라고 권하자, 유이가하마는 등에 멘 백팩의 어깨끈을 꼭 움켜쥐었다. 표정은 어딘가 딱딱해 보였지만, 잰걸음으로 걸어오기 시작했을 때 그 입가는 이미 희미

하게 풀려 있었다.

그리고 내 옆에 서는가 싶더니, 백팩을 벤치에 내려놓았다.

"이야~ 놀이터 와보는 거, 왠지 오랜만이야."

어디에나 있을 법한 놀이터이건만, 유이가하마는 신기한 듯 주위를 두리번거렸다. 그러다 그 시선이 한 곳에 못 박혔다.

그쪽을 보니 그네가 있었다. 지극히 평범하고 흔해빠진 놀이기구로, 눈길을 끌 만한 구석은 하나도 없었다.

그러나 유이가하마는 탁탁, 경쾌한 발걸음으로 그쪽으로 다가갔다.

"야, 뭐해? 어디 가?"

제지해봤지만, 유이가하마는 이미 그네의 쇠사슬을 짤그락대고 있었다. 선수를 빼앗긴 나는 하는 수 없이 그 뒤를 따라갔다.

"우와, 그네 작은 거 봐. 원래 이랬나?"

유이가하마는 신기하다는 듯 탄성을 흘리며 조심조심 그네에 앉았다. 천천히 발을 구르면서 반동을 일으키자, 쇠사슬이 삐걱삐걱 소리를 내며 끼익끼익 울기 시작했다.

"어떡해 어떡해! 오랜만에 탔더니 왠지 무서워! 생각보다 무섭다구!"

유이가하마는 허둥지둥 땅에 발을 딛고 후우 겁먹은 한숨을 내쉬었다. 그런 유이가하마에게 페트병에 담긴 홍차를 쓱 내밀었다.

"어릴 때는 그런 거 신경 안 쓰이지. 나도 툭하면 그네에서 뛰

어내려서, 그때마다 넘어지는 바람에 무릎이 까지고 그랬다고."

홍차를 받아든 유이가하마는 작은 소리로 고맙다고 인사하고, 한 모금 마셨다.

"아, 나두 그랬던 거 같아……. 근데 왠지 신기하다. 힛키두 그런 걸 했구나."

유이가하마는 쇠사슬에 팔을 감고 발을 땅에 댄 채로 천천히 그네를 앞뒤로 흔들며 나를 올려다보았다. 놀리는 듯한 그 시선이 한순간 흘끗 옆에 있는 그네로 향했다.

그러나 그 권유에 넘어갈 생각은 없었다. 거기 앉는 대신, 나는 그네를 둘러싼 울타리에 걸터앉았다.

그리고 한손으로 캔 커피를 따서 가볍게 목을 축였다.

"유이가하마."

혀뿌리에 남은 씁쓸함을 삼키고, 말을 이었다.

"네 소원을 알려주라."

내 말의 의도를 짐작하기 어려웠는지, 유이가하마는 고민하듯 뜸을 들이더니 입을 꾹 다물고 난감한 미소를 지었다.

"뭐?"

"미안, 표현을 바꾸마. 내가 해줬으면 하는 일이랄까, 내가 들어줬으면 하는 소원을 말해봐."

"소원……?"

그러자 유이가하마는 깍지 낀 손을 허벅지 사이에 끼우고 몸을 좌우로 흔들며 잠시 생각하는 기색이더니, 이윽고 뭔가 떠오른 듯 입을 열었다.

"많아. 말 걸 때 더 자연스럽게 해주면 좋겠다든가, 흘끔흘끔 쳐다보지 말았으면 좋겠다든가, 또 문자 답장두 더 빨리 보내주면 좋겠구, 편식하는 버릇두 고치면 좋겠구, 아, 맞다, 그리구 또……."

"알았어 알았다고 잘못했다고 태어나서 미안하다고. 그나저나 듣다 보니 새삼 느끼는데, 나란 놈도 꽤나 이상한 인간이구만. 엄청 기분 나쁘잖아……?"

유이가하마는 손가락을 하나씩 꼽아가며 줄줄이 열거해나갔다. 가만 놔두면 한도 끝도 없이 쏟아져 나올 기세라, 나는 그 말을 가로막듯 빠르게 대꾸했다. 더 들었다가는 진심으로 좌절해버리겠다고. 내가 자괴감에 빠져서 중얼거리자, 유이가하마는 더없이 진지한 얼굴로 고개를 갸웃했다.

"이제 와서 뭘……."

"스스로 생각하는 거하고 남한테 듣는 건 대미지가 다르잖아. 게다가 뭔가 많고 길고 모조리 단점 지적이라서 정말로 뼈아프다고……. 아니 뭐 가급적 고치려고 노력하기는 할 거다만……."

"절대 못 고칠 테니까 됐어……."

유이가하마는 지친 기색으로 한숨을 쉬더니, 어깨를 축 늘어뜨렸다. 어쩜 좋아, 포기해버렸나 봐……. 지적당한 부분은 개인적으로도 문제라는 자각이 있으니까, 노력해서 고쳐볼 생각이었건만……. 하지만 어지간해서는 못 고칠 거라는 자각도 있었기에, 나는 그저 쓴웃음만 지을 수밖에 없었다.

얼버무리려고 아하핫 어색하게 웃자 유이가하마는 못마땅

한 듯 언짢은 한숨을 내쉬었지만, 곧 뭔가를 깨달은 듯 입을 열었다.

"아, 그치만 오늘처럼 갑자기 약속 잡는 버릇은 좀 고쳐주면 좋을지두. 한가할 때는 전혀 상관없지만, 미리 준비해두고 싶을 때두 있으니까."

"어, 그래. 그건 정말 미안하다."

실제로 요즘 내가 유이가하마를 불러낼 때는 갑작스러운 상황인 경우가 많았다. 아까만 해도 유이가하마는 친구들과 오늘 일정을 의논하던 참이었고. 그렇게 생각하자 미안한 마음이 들어 솔직하게 사과했다. 그러자 유이가하마는 만족스럽게 고개를 끄덕였다.

"그리구……."

"또 있어? 꽤 많구나? 늘 미안해서 어쩐다니?"

내 말에 유이가하마가 쿡쿡 웃었다.

그 바람에 나도 그만 덩달아 웃고 말았다.

계속 이런 잡담만 주고받을 수 있다면 얼마나 편할까. 중요한 이야기는 하나도 꺼내지 않고 평소와 다름없는 척하며, 의도적으로 핵심은 비켜가면서.

하지만 내가 그렇게 하도록 내버려두는 것은 나 자신에 대한 배신이다.

나는 손 안의 커피를 단숨에 비우고, 여전히 차디찬 손끝에 열기를 불어넣듯 꽉 움켜쥐었다. 그러자 얇은 알루미늄 캔은 너무나 쉽게 콰직, 우그러지고 말았다. 그 찌그러진 부분을

펴려고 빙글빙글 돌리며 꾹꾹 눌러봤지만, 결국 다른 곳이 움푹해져서 점점 더 심하게 일그러지기만 할 뿐이었다.

이제는 원상태로 돌아갈 수 없음을 알면서도 미련을 떨쳐버리지 못하고 캔을 만지작거렸다. 그때마다 뽀각뽀각 우스꽝스러운 소리가 났고, 그 속에 불현듯 웃음기 어린 내 숨결이 섞였다.

"……내가 하려던 이야기는 그런 게 아냐."

흘러나온 목소리는 생각했던 것보다 훨씬 부드러웠고, 심지어 다정하기까지 했다. 나는 손에 쥔 캔에서 시선을 들어 유이가하마를 보았다.

유이가하마는 여전히 그네에 앉아 있었다. 살짝 발을 구르더니, 달랑 내민 발끝을 바라보며 느릿하게 흔들리는 상태로 물었다.

"그럼 뭔데?"

"전에 말한 승부, 기억하지? 이긴 사람은 뭐든지 요구할 수 있다고 했던 거."

"……그치만 승부는 아직 안 끝났잖아."

어딘가 토라진 듯한 말투가 평소보다 앳되게 느껴져, 나도 모르게 입꼬리가 올라갔다. 때로는 깜짝 놀랄 만큼 어른스러운 표정을 짓건만, 지금은 굉장히 어리게 보였다. 그 사실이 어쩐지 재미있었다.

"그렇기는 하다만…… 내가 패배를 인정해버렸으니까. 그렇게 된 이상…… 승부는 끝난 셈이지."

"그건 힛키 혼자 생각일 뿐이잖아."

서쪽 하늘에는 어느덧 어스름이 깔리기 시작했다. 꼭두서니 빛과 군청색이 서서히 그 비율을 바꾸어갔고, 성급한 샛별이 반짝였다.

"아니, 내가 졌어. 속 시원할 만큼 깨끗하게 완패했지."

그렇게 말하고 하늘을 올려다보았다.

실제로 후련한 심정이기는 했다.

뜻하지 않게 마지막 승부의 장이 된 프롬의 개최 문제. 그 추진 과정에서 유키노시타는 내가 내세운 더미 프롬이 승패를 도외시한 들러리 계획이라는 것을 한눈에 꿰뚫어보고, 그 결과를 예측한 상태로 승부를 받아들였다. 그 말은 곧 내가 상대방을 읽어내는 데 실패했다는 뜻이나 다름없다. 유키노시타 유키노의 전략이나 사고회로가 아니라, 그 각오의 깊이를 잘못 읽어낸 셈이다.

몸에서 힘을 빼듯 크게 한숨을 쉬자, 입김은 하얗게 변하지도 않고 그저 소리 없이 허공으로 녹아들었다.

승자는 정해지지 않았을지라도 패자가 정해져 있다면, 결과적으로 승부는 난 셈이다.

"그러니 네 소원을 들어주게 해줘."

줄곧 가슴속에 묵직하게 얹혀 있던 말을 마침내 끄집어냈다. 고작 그 한마디를 하는데 몹시 오랜 시간이 걸리고 말았다.

꼭 오늘만의 이야기는 아니다. 처음 이 승부가 시작되었을 때부터 나는 언젠가 이 말을 하게 될 거라고 마음속 깊은 곳

에서 생각하며 지난 일 년을 보내왔으니까.

유이가하마는 다리에 힘을 꽉 주어 흔들리는 그네를 멈춰 세웠다. 쇠사슬이 끼익끼익 울었고, 그 소리가 잦아들기를 기다리듯 입을 꾹 다물고 있던 유이가하마가 이윽고 나직하게 말했다.

"난 욕심쟁이라서 하나만 못 골라. ……그래두 괜찮아? 전부 들어달라구 해두 돼?"

수그렸던 고개를 들고 얼굴만 이쪽으로 향한 유이가하마가 장난스럽게 웃었다. 그 말에 나는 어깨를 으쓱해 보였다.

"소원 빌기의 정석이구만……. ……뭐 힘닿는 범위 내에서라면 어떻게든 해보마."

"그런 말은 안 하는 게 좋을 거 같아."

유이가하마는 살며시 눈을 내리깔면서도 또렷한 음성으로 말했다. 그 옆얼굴이 슬퍼 보여서, 나는 말문이 막히고 말았다.

"힛키는 항상 그러잖아. 사실은 할 수 없는 일인데, 힘닿는 범위 내에서라며 결국 어떻게든 해내버려. 엄청나게 무리해서."

그러면서 유이가하마는 다리를 앞뒤로 흔들어, 그 반동으로 다시 천천히 그네를 움직였다.

"그니까 간단한 것만 부탁하려구. 난 소원 같은 건 잘 모르지만, 하구 싶은 일은 있으니까."

"흐음, 뭔데?"

조금씩 조금씩 속도를 높여가는 그네를 착실하게 눈으로 좇으며 물었다.

"우선…… 유키농 일을 거드는 거. 프롬, 끝까지 제대루 지켜보구 싶어."

"그래?"

"그다음은 뒤풀이. 유희부랬나? 걔들하구 중2하구, 또 유미코랑 히나랑……."

"흠……."

"또 코마치두 축하해주고 싶어."

"하긴."

"그리구 어딘가 놀러가구 싶어."

"아하."

가까워졌다 멀어지고, 다시 가까워진다.

그때마다 들려오는 말에 나는 적당히 맞장구를 쳤다.

유이가하마가 밝힌 소원들은 딱히 의외랄 것도 없었다. 프롬 문제는 유이가하마라면 그렇게 말하겠거니 싶어 납득이 갔고, 뒤풀이 운운도 그러고 보니 전에 그런 이야기를 했었지, 하고 짚이는 구석이 있었다. 코마치에 관해서는 그저 고맙다는 말밖에 나오지 않았다. 놀러가는 건 솔직히 감이 안 잡히지만, 나라도 괜찮다면 언제든지 동행할 의향이 있었다.

그네의 속도가 점차 느려지자, 유이가하마의 음성도 나직하게 변해갔다.

"그리구……."

그 말은 도중에 끊겼다.

놀이터 관목 울타리 바로 옆에 있는 샛길로 떠들썩한 목소

리가 지나갔다. 그쪽으로 시선을 향하자, 우리와 똑같은 교복을 입은 남녀 몇 명이 걸어가는 게 보였다.

언뜻 보기에 아는 얼굴은 없는 듯했지만, 유이가하마는 그들이 지나갈 때까지 침묵을 지켰다. 그 사이에도 그네의 움직임은 점점 잦아들어, 마침내 끼익, 쓸쓸한 쇳소리만이 울려 퍼졌다.

나는 그저 조용히 시선을 보내며, 유이가하마가 말을 잇기를 기다렸다.

유이가하마도 그 사실을 깨달았는지, 살짝 숙였던 고개를 들고 나를 향해 미소 지었다.

"그리구…… 힛키의 소원을 들어주는 거려나?"

노을을 등지고 유이가하마가 후훗 웃었다. 군청색 어둠이 번지는 가운데, 어슴푸레한 잔광과 가로등 불빛이 자아내는 은은한 빛이 그 갸름한 얼굴을 아름답게 비추었다.

이번에는 적당히 맞장구를 칠 수가 없었다.

애초에 나는 유키노시타 유키노의 소원을 들어주기 위해서 이곳에 왔다.

유키노시타의 소원은 유이가하마의 소원을 들어주는 것이다. 그런데 바로 그 유이가하마가 내 소원을 들어주겠다고 한다. 이런 식으로는 돌고 돌아서, 다람쥐 쳇바퀴 돌듯 끝없이 이어져갈 뿐이다.

"내 소원이라. 어려운걸……."

뭐라고 해야 할지 고민하다가, 그렇게 의미 없는 대꾸를 했다.

"그치? 그러니 생각해둬. 내 소원 들어주는 동안에. 나두 생각해둘 테니까."

그 말을 끝으로 유이가하마는 읏차 기합을 넣고 일어섰다. 그리고 짤그랑짤그랑 불안정하게 흔들리는 그네에서 한 발짝 떨어지더니, 빙글 이쪽으로 몸을 돌려 저녁노을을 등졌다.

"……그래서 제대루 말할 거야. ……그러니 제대루 말해줘. 힛키가 어떻게 하구 싶은지."

새빨갛게 타오르는 석양이 눈을 찔러, 내 눈은 저절로 미소 짓듯 가늘어졌다. 눈부신 역광에 흐려진 시야 속에서 나는 고개를 끄덕였다.

그런 내 모습을 확인하고, 그녀는 환하게 웃은 것처럼 보였다.

Prelude 2…

손 안에서만 느껴졌던 떨림은 금세 심장까지 전해졌다.

무슨 일이 있는 게 분명하다고 생각했으니까 놀라지는 않았지만.

마침내 올 것이 왔구나 하는 체념으로 내 심장은 바르르 떨렸다.

수업 끝나고 선생님에게 불려가는 그의 뒷모습을 배웅하며, 교실로 돌아오는 일은 없겠구나 하고 확신했다.

도무지 놀러갈 기분이 아니었다.

집에 오자마자 교복도 벗지 않고 거실 소파에 드러누워 하염없이 천장만 바라보았다. 그러다 치마도 재킷도 다 구겨지겠다고 엄마한테 한참 잔소리를 듣고 나서야 마침내 꾸물꾸물 옷을 갈아입고 내 방 침대에 쓰러졌다. 푹신한 이불에 파묻히자, 마치 그 속에 푹 박혀버린 것처럼 꼼짝도 할 수 없었다.

휴대폰은 딱 한 번 진동하고 침묵했다.

그일까, 아니면 그녀일까.

잘은 모르겠지만, 십중팔구 좋은 소식은 아니겠지.

아예 다른 사람한테서 온 연락이라면 좋을 텐데. 그렇게 생각하며, 나는 느릿느릿 팔을 뻗어 휴대폰을 눈앞으로 가져왔다.

화면 맨 위에는 그녀가 보낸 메시지가 떠 있었다.

굳이 앱을 켜지 않아도 한 줄밖에 안 되는 메시지는 고스란히 알림창에 표시되어, 읽었다는 티를 내지 않고도 금세 확인해버리고 말았다.

지금 볼 수 있니?

심플하기 그지없는 메시지는 아무것도 알려주지 않았다. 그저 무슨 일이 있었구나 하는 것만 짐작할 수 있을 따름이었다.

못 본 척할걸 그랬다.

모르는 척하고 이따가 답장하면 조금이나마 더 이어갈 수 있지 않을까? 그런 비겁한 생각이 고개를 들었다.

하지만 그보다도 그녀가 내게 이야기하고 싶어 한다는 게 기뻐서 눈물이 핑 돌아, 내 기분은 완전히 뒤죽박죽이었다.

아마도 나는 줄곧 기다렸던 거겠지.

그녀가 말해주기를 기다렸다.

내가 먼저 말하기는 무서우니까.

그래서 금방 가겠다고 짧게 답하고, 팽개쳐두었던 코트를 도로 껴입었다. 현관에서 뒤꿈치가 구겨진 스니커즈를 신는 사이에 답장이 와서, 약속 장소를 확인했다.

우리가 가야만 하는 곳은 분명히 있다.

여기서 멀지 않은, 아주 가까운 곳이다. 이제 곧 끝난다.

뛰어갈 생각은 전혀 없었지만, 바깥으로 나오자 점점 걸음이 빨라졌다.

역 앞 큰길에는 사람이 꽤 많았다.

하지만 가로등 밑 벤치에 앉은 그녀의 모습은 바로 눈에 띄었다.

손을 치마 위에 가지런히 모으고, 반듯한 자세로 눈을 감은 채 그대로 공기 속으로 녹아들어갈 것처럼 조용히 앉아 있었다. 코트를 입기는 했지만 밤에는 아직 꽤 추운데, 그녀는 추위를 느끼지 못하는 듯했다.

내 발소리를 들었는지, 그녀가 천천히 눈을 떴다. 그리고는 겨울 밤하늘처럼 시리도록 맑은 미소를 지었다.

"왔니?"

말문이 막힐 만큼 아름다운 미소였다. 숨 막힌다는 말은 바로 이런 느낌을 가리키는 거겠지.

뛰어온 탓에 숨이 찬 시늉을 하며, 나는 소리 없이 고개를 끄덕였다.

그리고 얼른 머플러를 풀며 옆에 앉았다. 안 그러면 계속 홀린 듯 쳐다보고 말 것 같았으니까.

이렇게 아름다운 아이는 본 적이 없었다. 귀여운 애나 예쁜 애는 많이 봐왔지만, 한숨이 날 만큼 아름다운 아이는 처음이었다.

한숨 대신 길고도 깊은 숨을 내쉬고, 나는 그녀에게 물었다.

"무슨 일이야?"

"이야기를 조금 하고 싶어서."

그렇게 운을 뗀 그녀는 잠시 뜸을 들였다. 그리고 천천히 말을 고르듯 이야기하기 시작했다.

"……프롬, 열리게 됐어."

"그렇구나. 다행이다……."

그 말을 듣고서야 비로소 마음이 놓였다. 요즘 줄곧 그 일로 가슴을 졸였으니까. 한순간 그 삐딱한 눈빛이 머릿속을 스쳐가, 휴우 안도의 한숨이 새어나왔다. 그 소리가 꽤 컸던 탓인지 그녀가 쿡쿡 웃었다.

"네 덕분이야."

"난, 아무것두……."

한 게 없어. 못했어.

그렇게 덧붙이는 대신 살짝 고개를 저었다.

그런 나를 물끄러미 바라보던 그녀가 불현듯 먼 곳을 바라보며 나직하게 입을 열었다.

"……그리고 그 덕분이지."

그 말에 나는 흠칫 몸을 떨었다. 그녀의 얼굴을 똑바로 볼 수가 없어, 나는 바닥으로 시선을 떨구었다.

"……아니야. 유키농이 열심히 했으니까……."

"괜찮아. 나도 아니까."

위로 같은, 변명 같은 내 말에 이번에는 그녀가 살며시 고개를 저었다.

"또 의지해버렸네……."

농담 같은 그녀의 말투는 어딘가 어린아이 같아서, 평소의 어른스러운 분위기와는 딴판이라 조금 놀랐다.

반사적으로 고개를 들자, 그녀는 쑥스러움을 타는 건지 시

치미를 떼는 건지 모를 수줍은 미소를 지었다.

"그라면 틀림없이 그렇게 할 줄 알면서도, 나는 거절하지 못했어."

그녀는 살며시 눈을 들어 저 멀리 시선을 향했다. 나도 같은 방향을 보았지만, 눈에 들어오는 것은 고층빌딩뿐이었다.

"하지만 그것도 이제 끝이야."

소음으로 가득 차 있을 밤거리에서도 그녀의 부드럽고 가냘픈 목소리는 똑똑히 들렸다. 마치 저 너머에서 반짝이는 빌딩 불빛처럼.

어둠 속에서 빨간 불빛이 천천히 켜졌다가 조용히 사그라지고, 곧이어 차츰 번져가는 말간 빛 같은 목소리.

그 목소리가 세찬 바람에 흩날렸다.

"전부 솔직하게 말했어."

그녀의 긴 머리카락이 나부껴 베일처럼 얼굴을 가리고 말았다. 바람이 그치자, 그녀는 흐트러진 머리카락을 손으로 빗어 살며시 귀 뒤로 넘겼다.

그리고 그녀는 미소 지었다.

봄날의 밤바람이 많은 것을 씻어 내린 것처럼 새하얀 미소를.

내가 줄곧 좋아했고, 지금도 좋아하는 아름다운 미소를.

그 모습을 보고, 나는 이 관계가 끝난다는 것을 알았다.

2

언젠가 이 관계에도 익숙해지는 날이 온다.

포근한 햇살 따사로이 비추는[#11] 점심시간, 늘 먹는 곳에서 오물오물 타임[#12].

점심 연습 중인 테니스부의 구령 소리를 BGM 삼아 멍하니 밥을 먹었다.

어제보다는 기온이 조금 떨어졌지만, 그래도 밖에 나와 있는 게 힘들지는 않았다. 아침저녁으로는 춥지만 낮에는 코트를 껴입지 않아도 괜찮을 정도가 되었다. 옅게 구름 낀 하늘에서 쏟아지는 햇볕에 몸을 담그니 무척 기분이 좋았다.

불과 며칠 만에 거리는 계절을 뛰어넘은 듯했다. 이렇게 차츰 봄으로 접어드는 거겠지.

매점에서 사온 팔다 남은 빵을 와구와구 입에 쑤셔 넣고, 차를 들이켜 꿀꺽 삼켰다. 만족스러운 한숨이 저절로 후우 새어나왔고, 나는 턱을 괴고 따스한 햇볕 속에서 눈을 감았다.

#11 포근한 햇살 따사로이 비추는 헤이안 시대의 문인 키노 토모노리의 시구.
#12 오물오물 타임 평창 올림픽 때 일본 여자 컬링 팀의 간식 시간에서 생겨난 유행어.

테니스 코트에서 공이 통통 튀는 소리와 테니스부 부장 토츠카의 목소리에 귀를 기울이는데, 그 속에 사박, 모래 밟는 소리가 섞였다.

반사적으로 돌아보자, 나풀나풀 흔들리는 연분홍색 당고머리가 눈에 들어왔다. 유이가하마도 나를 발견했는지, 가슴 높이로 든 손을 살랑살랑 흔들었다.

"어라, 웬일이냐?"

"음료수 사러온 김에. 자."

유이가하마가 들고 온 맥캔을 내밀더니 치맛자락을 잡고 내 옆에 앉았다. 나는 아직 따끈한 맥캔을 받아들고도 그걸 어떻게 해석해야 좋을지 몰라, 괜히 던졌다 받았다 하며 물었다.

"뭐야, 이거 받아도 되는 거냐? 얼만데?"

"됐어. 어제는 힛키가 샀잖아."

"참, 그랬지. 그럼 사양 않고 마시마."

"응."

일부러 답례하러 와준 거니……? 착한 아이로구나……. 나는 캔을 칙 따서 따끈하고 달달한 맥캔을 후루룩 들이켰다.

서서히 퍼져나가는 온기에 음음 바로 이 맛이야, 하고 고개를 끄덕끄덕하는데, 문득 시선이 느껴졌다.

흘끗 옆을 돌아보니 유이가하마가 무릎을 끌어안은 채로 고개를 비스듬히 기울여 나를 보고 있었다. 햇실 같은 그 눈빛이 유난히 따스해서, 약간 가슴이 술렁였다.

동요를 감추듯 슬그머니 시선을 돌리고, 손에 쥔 맥캔의 성

분 표시를 뚫어지게 응시했다.

뭐지? 왠지 아까부터 묘한 행복감이 느껴지는데, 맥캔이란 거 혹시 남용하면 안 되는 물건이었나? 설마 위험한 흰 가루가 듬뿍 들어 있다던가……? 그렇게 생각했더니만, 아니나 다를까 들어 있었습니다! 행복을 선사하는 위험한 흰 가루! 이름하여 설탕!

그렇게 실없는 생각을 하며 마음을 가라앉히는데, 유이가하마가 말을 걸어왔다.

“뒤풀이 어떡할래? 언제 할까?”

“으음…….”

대화의 공백을 메우듯 적당히 대꾸하며 생각에 잠겼다.

뒤풀이란 어제 저녁에 유이가하마가 꺼낸 이야기였다. 유이가하마의 소원 중 하나라고 할 수 있겠지.

저번 더미 프롬 프로젝트에 힘을 보태준 자이모쿠자와 유희부원들, 미우라와 에비나 양에게 고마움을 표하자는 취지일 테지만……. 자이모쿠자 측이 그런 멤버 구성을 반길 리가 없단 말이지…….

그렇지만 유이가하마가 원하는데 내가 퇴짜를 놓을 수도 없는 노릇이다.

별다른 반발이 없자 승낙한 것으로 이해했는지, 유이가하마는 휴대폰을 톡톡 두드리며 뭔가 확인하기 시작했다.

“유미코랑 히나는 오늘 시간 된다구 했구, 나두 괜찮으니까 오늘루 할까 싶어서.”

"제 스케줄은 안 물어보셨습니다만?"

그러자 유이가하마가 심통 난 기색으로 입술을 삐죽 내밀었다.

"힛키는 한가하다구 그랬잖아. 내일두 모레두 글피두."

"네, 그랬지요……."

뜻밖의 형태로 일정을 확인해준 꼴이 되어버리는 바람에 고개를 움츠릴 수밖에 없었다. 부주의한 발언은 조심해야 해! 게다가 내가 한가한 건 사실이니 부정할 수도 없는 노릇이다.

"그럼 문제는 중2네인데……."

유이가하마가 넌지시 세 사람의 일정을 확인해달라고 요구해왔다.

"오늘로 해."

"응? 그래두 돼?"

망설임 없는 대답에 유이가하마가 의아한 표정으로 고개를 갸웃했다. 그 반응에 나는 힘주어 고개를 끄덕여 보였다.

"걱정 마. 그놈들은 백퍼센트 한가하니까. 난 빠삭하다고."

"자신감이 넘치잖아……?"

유희부라는 정체불명의 동아리는 별다른 활동 내역이 없고, 자이모쿠자야 말할 필요도 없으니, 그놈들에게 약속 따위 있을 리 만무하다. 나도 정체불명의 동아리에서 비슷한 생활을 해와서 안다. 난 빠삭하다고.

다만 거의 항상 스케줄이 잡혀 있을 터인 유이가하마 양은 좀처럼 이해가 가지 않으시는지, 입을 꾹 다물고 새치름한 눈

초리로 나를 흘겨보았다.

"……걔들 안 오면 남자는 힛키뿐이니까 알아서 해."

"뭐야, 그거 끔찍하잖아……."

속칭 하렘이라는 구도를 즐길 수 있는 사람은 황제뿐이다. 실제로는 여자들만 가득한 공간에 남자가 혼자 있으면 속이 울렁거려서 토할 것 같은 기분이 드는 데다, 여름철 아이스티 빰치게 땀이 삐질삐질 흘러서 겨드랑이에 홍수가 난다. 그 상태로 방치되면 그나마 낫지만, 누군가 친절한 마음으로 『아까부터 땀나는데 괜찮아? 더워?』라고 묻기라도 하는 날에는 겨드랑이는 양반이고 입에서 나이아가라 폭포가 쏟아질지도 모른다.

뒤풀이 장소가 내가 익히 아는 부실이라면 익숙함도 한몫해서 변명으로 점철된 이론무장으로 스스로를 속여 넘길 수도 있겠지만, 낯선 환경에서는 그야말로 꿔다놓은 보릿자루 모드가 되어 돌부처 타임이 시작될 게 틀림없다.

하지만 그 자리에 자이모쿠자와 유희부원들이 가세하면, 어머나, 신기해라! 돌부처가 네 개로 늘었네!

하기는 겨울 베옷도 안 입는 것보다는 낫다는 속담도 있으니, 아예 없는 것보다야 낫겠지. 미우라와 에비나 양이 어떻게 생각할지는 제쳐두고, 최소한 내 멘탈에는 도움이 된다.

"어떤 식으로 말을 꺼낼지 생각해볼 필요가 있겠는데? 그 놈들은 그냥 부르면 절대로 안 올 거거든."

"그래?"

좀처럼 납득이 가지 않는지 유이가하마가 고개를 갸웃했다. 그 말에 나는 힘주어 고개를 끄덕였다.

"그렇다니까. 미우라 같은 타입이 있다는 걸 알면 죽어도 안 올걸? 초면인 인싸들하고 뒤풀이라니, 일종의 고문이라고. 두 시간 내내 시계만 들여다보고 뻔질나게 음료수만 리필하러 다니겠지. 심지어 자리에 앉아 있는 시간보다 화장실에 가 있는 시간이 더 길 지경이라니까? 난 빠삭하다고."

"너무 빠삭하잖아! 대놓구 경험담이구!"

유이가하마의 비통한 절규를 응응 그래그래 고개를 끄덕이며 흘려 넘기고, 나는 턱 언저리를 가볍게 쓸며 말했다.

"미우라 쪽하고 직접적인 면식이 없다는 게 문제구만."

"아…… 응, 하긴……."

그 지적에는 유이가하마도 수긍이 가는지, 입속말로 나직하게 공감을 표했다. 미우라가 착한 애라는 거야 나도 알지만, 초면에 그렇게 고압적으로 굴면 아무래도 위축되기 마련이다. 나도 아직까지 위축되어 있거든!

하지만 익숙한 사람이 보기에는 그런 것쯤은 사소한 문제인 듯했다. 유이가하마가 짝 손뼉을 치고 나를 돌아보더니, 손가락을 살랑살랑 흔들며 설명했다.

"아, 그치만 중2는 유미코랑 히나를 알잖아. 중2가 중간에서 잘 다리를 놔주면……."

"미우라 쪽하고 직접적인 면식이 없다는 게 문제구만……."

"또야?!"

"바보야, 심지어 나조차도 구면이라고 할 수 있는지 의심스러울 정도라고. 자이모쿠자한테는 남보다 못한 관계라는 인식밖에 없을걸? 뭣보다 자이모쿠자가 딴 사람을 챙긴다는 게 가능할 거 같냐?"

"우움, 그건……. 힛키, 파이팅!"

유이가하마는 힘내자오![#13] 라고 외치듯 가슴 앞에서 두 주먹을 불끈 쥐었다.

그 해맑은 미소에 나는 쓴웃음을 지을 수밖에 없었다. 힘내라고 해봤자 무리라니까…….

왜 굳이 서식지가 다른 생물들을 한데 몰아넣으려고 하는 건데? 미우라이언과 노예모쿠자가 한자리에 모이다니 콜로세움이냐고? 그런 짓을 했다가는 잔인무도한 살육 쇼가 펼쳐진다는 걸 세계사 시간에 배우지 않았니?

그러나 나 역시 노예 신세인지라, 가하마 황제의 명을 거역할 수는 없었다.

"……아무튼 잘 꼬드겨보마. 그보다 뒤풀이란 거, 어디서 뭘 할 거냐?"

"우움, 노래방에서 적당히……라는 느낌이려나?"

유이가하마는 후움 생각에 잠긴 표정으로 허공을 바라보며 대답하고, 다시 나를 돌아보았다. 괜찮겠느냐고 묻는 듯한 눈빛에 나는 흐음 하고 한동안 고심했다.

#13 힘내자오! 만화 『NEW GAME!』에 등장하는 스즈카제 아오바의 대사. 「오늘 하루도 힘내자오!」의 패러디.

"옳거니……. 그럼 어떻게든 될 거 같다만."

어떤 핑계를 대서 불러내는 게 좋을까 머리를 굴리며, 나는 덧붙였다.

"수업 끝나고 가서 말해보마."

"응, 알았어."

고개를 끄덕인 유이가하마는 자세를 고치고 다시 무릎을 끌어안았다.

아까보다도 몇 센티미터 가까운 거리에서, 서늘한 바람에 휘날리는 부드러운 머리카락을 살며시 귀 뒤로 넘겼다.

나는 그 모습을 곁눈질하며 시린 손끝으로 아직 온기가 남은 캔을 꽉 움켜쥐고, 달짝지근한 커피를 입으로 가져갔다.

뒤풀이에 관한 상담은 다 끝난 줄 알았으나, 유이가하마가 자리를 뜰 기미는 없었다.

……하긴 날씨도 좋고, 딱히 내가 여기를 전세 낸 것도 아니고. 잠깐 여기서 한가로이 시간을 보내다 들어가도 상관은 없다만.

싱숭생숭한 마음을 달래고자 테니스 코트 쪽으로 시선을 돌렸다.

방금 전까지 통통 울려 퍼지던 테니스공 소리도 그치고, 테니스부원들이 무리지어 철수하는 모습이 보였다.

연습을 막 끝낸 참이라서인지 우락부락한 테니스부원들은 꾀죄죄하고 땀내나 보였으나, 그 속에서도 단연 눈에 띄는 존재가 있었다. 꼭 그리스 신화에 나오는 달의 여신처럼 프리티

하고 큐어큐어한 테니스부 부장 토츠카 사이카였다. 반짝우와(キラやば, 키라야바)~☆

땀을 훔치며 테니스 가방을 고쳐 메는 토츠카를 향해 가볍게 손을 흔들었다. 그런 나를 보고 토츠카가 살짝 손을 들어 마주 흔들어주었다.

이런 식으로 남몰래 은밀하게 사인을 주고받는 느낌, 정말 이지 끝내준다니까……? 예를 들면 성우 라이브에 가서 주위 사람들이 미친 듯이 응원봉을 휘두르며 필사적으로 콜을 외쳐대는 와중에 한 발짝 물러서서 베가마냥 팔짱을 낀 채 남친 모드로 가볍게 고개를 끄덕이는 느낌에 가깝다. 어라, 그 정도면 거의 사귀는 사이나 마찬가지 아닌가? 그건 그냥 남이잖아…….

우리를 발견한 토츠카는 옆에 있는 부원에게 간단히 양해를 구하고, 서둘러 이쪽으로 뛰어왔다.

그 모습에 유이가하마가 힘차게 손을 흔들었다.

"아, 사이! 야헬롱~!"

"응, 야헬롱."

토츠카도 가볍게 숨을 헐떡이면서도 힘차게 손을 들어 똑같은 인사를 건네고, 나에게도 생긋 웃어 주었다. 으음, 이토록 근사한 인사라니…… 일본어의 아름다움에 전율하고 말았다. ……근데 그거, 일본어가 맞나? 야헬롱은 대체 어느 나라 말이지……? 그렇게 심오한 의문에 사로잡혀 진지하게 고민에 빠져들려던 찰나, 유이가하마가 우와~ 하고 감탄한 기색으로

말했다.

“테니스 연습하구 오는 거야? 대단하다. 엄청 날씬해질 거 같아.”

“나, 날씬……? 그, 글쎄. 그런가? 난 잘 모르겠는데.”

토츠카는 난감함이 가득 담긴 미소를 지었지만, 유이가하마는 정색을 하고 휘휘 손을 내저었다.

“에이, 그게 무슨 소리야? 사이, 진짜 날씬하거든? 살 좀 찌워. 치사해.”

“치사한가……?”

쓴웃음을 짓는 토츠카의 옆구리를 유이가하마가 손가락으로 콕콕 찔러대기 시작했다.

“앗, 잠깐, 하지 마…….”

“봐! 엄청 가늘잖아! 힛키, 엄청 가늘어!”

토츠카가 몸을 뒤틀며 피하려고 했지만, 유이가하마는 그 애처로운 몸부림을 무시하고 내게 까닥까닥 손짓을 했다.

호오~? 나도 만져도 되는 게요~? 하고 손을 뻗으려 했다.

뻗으려 했으나…….

“하지만…… 말려줘…….”

토츠카가 그렁그렁한 눈으로 내게 도움을 청해왔다. 그 모습을 본 순간, 나는 꼼짝도 할 수 없게 되어버렸다. 가슴에 화살을 맞아버렸거든…….

그러니까 대신 화제를 돌려서 이 상황을 해결해버리자고!

“토츠카, 오늘 저녁에 시간 되냐?”

내 말이 의외였는지, 토츠카가 어리둥절한 얼굴로 고개를 갸웃했다. 유이가하마도 토츠카를 콕콕 찌르다 말고 덩달아 고개를 비스듬히 꼬았다.

"노래방 가자는 이야기가 나와서 말이야. 전에 프롬 문제로 상담한 적이 있었잖아? 그 일이 잘 풀려서, 축하도 할 겸……."

더미 프롬에 관해서는 토츠카에게도 상의한 바 있다. 그 자리에 토츠카가 있어주었기에 내가 자세한 사정을 털어놓을 마음이 들었다고 해도 과언이 아니다. 아직 그 답례를 제대로 하지 못했으므로 토츠카는 꼭 뒤풀이에 와주었으면 했다.

"맞아맞아! 사이두 같이 가!"

유이가하마가 손뼉을 짝 치며 적극적으로 거들자, 토츠카도 거절하기가 껄끄러운지 으음…… 하고 잠시 생각한 끝에 입을 열었다.

"……동아리 끝난 후라도 괜찮으면 갈게."

수줍은 기색으로 대답하는 토츠카에게 나는 흔쾌히 고개를 끄덕여보였다.

그러자 점심시간이 끝났음을 알리는 종이 쳤다.

"교실루 돌아갈까?"

그렇게 말하며 쓱 몸을 일으킨 유이가하마가 치마에 묻은 모래를 털었다. 나도 뒤따라 일어나 슬슬 바닥을 드러내려는 캔의 내용물을 입에 털어 넣었다. 들어가는 길에 빵 봉지와 깡통을 처리하고, 차가운 손끝을 호주머니에 찔러 넣었다.

이것으로 오늘의 일정은 정해졌다. 뒤풀이 이야기가 나왔을

때는 솔직히 마음이 무거웠는데, 조금은 기대되기 시작했다.

× × ×

저물기 시작한 봄 햇살이 공중 연결통로를 가득 채웠다.

달리 오가는 이도 없는 조용하고 평화로운 공간에 두 사람의 발소리가 새겨져갔다.

왠지 함께 따라나선 유이가하마가 살짝 걸음을 빨리해 내 옆에서 나란히 걷기 시작했다. 앤 대체 왜 따라오는 거람……? 그런 의문이 들기는 했지만, 굳이 입 밖으로 내지는 않았다.

"중2두 부실에 있대?"

"그럴걸?"

유이가하마의 말에 짤막하게 대꾸했다. 유희부원들과 자이모쿠자는 아마 아직 더미 프롬 사이트와 SNS 계정을 관리하고 있을 터였다. 그 임무가 종료되었음을 알리는 김에 뒤풀이 자리에 불러낼 수 있다면 일거양득이다.

특별관이 가까워질수록 방과 후의 소란스러움은 멀어져갔고, 이윽고 싸늘한 정적만이 감도는 구역에 위치한 유희부 부실에 도착했다.

그 문을 거침없이 열어젖혔다. 그러자 바로 우리의 등장을 알아차린 자이모쿠자가 터벅터벅 이쪽으로 다가와 우리를 맞이했다.

"흐흠. 왔느냐, 하치만. 야헬롱~!"

자이모쿠자가 트렌치코트를 펄럭이며 우렁찬 목소리로 인사하자 그 뒤에서 사가미 동생이 척 안경을 고쳐 쓰며 얼굴을 내밀었고, 하타노도 쓱 안경을 밀어 올리며 고개를 까닥해 보였다.

"아, 야헬롱입니다."

"오셨어요? 야헬롱요."

음, 아주 멋진 인사네! 혼자 흐뭇해하는데, 뒤에서 몹시 언짢은 듯한 숨소리가 들려왔다.

"……."

흘끗 돌아보니, 히이잉…… 가하마 양, 눈이 무서워요오……. 매서운 눈초리로 차가운 시선을 보내며 못마땅한 얼굴로 뺨을 부풀린 게 진노한 기색이 역력하셨다.

"힛키…… 저거 못하게 해."

유이가하마는 내 소맷자락을 잡아당기며 음산한 목소리로 말했다. 야, 너 토츠카 때는 그런 말 안 했잖아……. 하긴 당연하지! 토츠카는 귀여우니까! 저놈들이 하는 건 안 귀여워.

납득하면서도 나는 일단 진정하라고 손짓으로 다독이며 유이가하마에게 의자를 권했다. 유이가하마가 탐탁지 않은 기색으로나마 자리에 앉자, 나도 그 옆에 있는 의자를 빼내 털썩 주저앉았다.

"그 뭐냐, 오늘은 할 이야기가 좀 있어서 왔다만……."

그렇게 말문을 열자, 유희부와 자이모쿠자가 이쪽으로 시선을 향했다.

"너희들의 협력에 힘입어 무사히 프롬이 열리게 돼서 그 사실을 알려주러 왔다. 짧은 시간이었지만 수고 많았다. 큰 도움이 됐어. 고맙다."

내가 깊숙이 고개를 숙이자, 유이가하마도 뒤따라 정중하게 인사를 했다.

"그러니 더미 프롬의 운영도 오늘로 끝이야."

고개까지 숙인 게 뜻밖이었는지 사가미 동생과 하타노는 잠시 얼떨떨해하는 눈치였지만, 곧 웃음기 어린 옅은 숨결을 흘렸다.

"그래요?"

"잘됐네요."

"으으음, 그리하여 한 건 해결[#14]이라고 생각하는 요시테루였다……."

자이모쿠자는 어쩐지 아련한 눈빛이 되어 감개무량한 기색으로 중얼거렸다. 그러나 나는 그 말을 싹 무시하고 흠흠 헛기침을 한 다음, 한껏 근엄한 표정을 지었다.

"따라서 이 실행 위원회도 금일부로 해산하며, 추후 『야헬롱』을 인사말로 사용하는 것을 금지하겠습니다."

그 선언에 잠시 침묵이 내려앉았고, 괴괴한 정적이 흐른 후 약간의 텀을 두고 사가미 동생과 하타노의 안경이 주르륵 흘러내렸다.

"헉……."

#14 그리하여 한 건 해결 명판관을 주인공으로 하는 일본 사극 『토야마의 킨상(遠山の金さん)』에 나오는 유명 대사.

"마, 말도 안 돼……."

"뭐가 불만인 건데……?"

유이가하마는 앞에 앉은 유희부원들에게 냉랭한 눈길을 보내며 어이없다는 듯 한숨을 쉬었다.

어쨌든 야헬롱 금지령으로 인해 적당히 분위기가 가라앉았으므로, 정신 차릴 틈을 주지 않고 곧바로 몰아치기로 했다. 자고로 사람을 속여먹을 때는 동요했을 때나 약해졌을 때를 노려야 직방인 법이거든! 좌절한 모습을 목격하셨다고요? 자아, 찬스입니다!

"그런 고로 노래방에 간다."

「아, 엄마? 나야 나[#15]」 만큼이나 가벼운 분위기로 통보했다. 그러자 유희부원들이 흐리멍덩한 눈으로 나를 보았다.

"……누구랑요?"

"친구하고요?"

"하치만에게 친구는 없다."

"너한테는 그런 말 듣고 싶지 않거든……?"

자이모쿠자만이 평소와 다름없이 쌩쌩한 모습으로 얄미운 소리를 지껄여댔다. 바로 맞받아쳤지만, 자이모쿠자는 「음하하하, 맞는 말이로고」 하고 호쾌하게 웃어젖혔다.

"중2, 재네들이랑 친구가 아니구나."

유이가하마는 마치 놀란 것처럼 말했지만, 흐음…… 하는 심드렁하기 그지없는 목소리에서는 대놓고 관심 없는 티가 묻

#15 아, 엄마? 나야 나 전화로 자식을 사칭해서 돈을 뜯는 「나야 나 사기」의 전형적인 멘트.

어났다. 그 말에 두 유희부원이 경악한 표정으로 우리를 쳐다보았다.

"헉."

"컥……."

왜들 저렇게 놀라는 거람……? 자이모쿠자하고 친구가 아니라는 말이 그렇게 충격적이었나? 오히려 기뻐해야 마땅한 거 아닌가? 내심 의아해하며 반응을 살피는데, 사가미 동생과 하타노가 「재……」, 「네들……」 하고 입만 뻐끔거리다가 어깨를 축 늘어뜨렸다. 가만히 보니 유이가하마가 이름을 기억하지 못한다는 사실에 충격을 받은 눈치로, 두 사람의 기분에 연동된 것처럼 안경이 주르륵 흘러내렸다.

그래, 그 심정 이해한다. 요 근래 가하마 양을 공주처럼 떠받든 것도 그렇고, 조금은 친해진 느낌이 났으니까……. 그나저나 나도 힛키라고 불리기는 하지만 풀 네임으로 불린 적은 없다 보니, 이름을 기억하는지 의심스럽다는 학설의 조속한 검증이 요구된다.

"됐으니까 이따가 노래방 가자고, 노래방."

냉정한 판단력을 잃어버린 사이에 담판을 지으려고 나는 마구 닦달했다. 그러나 뭔가 마음에 걸리는 점이라도 있었는지, 사가미 동생과 하타노가 인상을 찌푸렸다.

하다노는 흘리내릴 데로 흘러내려 케미스트리 카와바타[#16]의

#16 카와바타 일본 R&B 그룹 케미스트리의 멤버로, 선글라스를 턱까지 내려서 쓰고 다니는 스타일로 유명함.

선글라스처럼 된 안경을 척 고쳐 썼다.

"응? 이따가? 갑자기 쳐들어와서 다짜고짜 강권이라니, 저 사람 심각한데……?"

사가미 동생도 충격에서 벗어났는지, 앞머리를 쓸어 넘기면서 레이밴이냐 싶을 만큼 안경을 한껏 UPUP시키는 게 잔뜩 업된 분위기였다.

"저 사람, 좀 이상한 거 아닌가……?"

"조금이 아닌 게 아닐지……?"

뒤이어 자이모쿠자까지 가세해서 셋이서 속닥속닥 내 인신공격을 해댔다. 그러자 보다 못한 유이가하마가 수습에 나섰다.

"그게, 뒤풀이 같은 건데…… 혹시 다른 스케줄이 있어? 다들 오늘 시간이 될 거라구 듣구 온 건데……."

유이가하마가 째릿 날카로운 눈빛을 보내왔다. 그 시선이 『역시 안 된다잖아……』라고 마구 질책해왔다. 덤으로 책상 밑에서 남몰래 툭 부딪쳐온 무릎이 『어쩔 거야?』라고 다그치기까지 했다.

움츠러든다, 어깨가 움츠러든다……. 천적과 맞닥뜨린 흰얼굴소쩍새[#17] 만큼이나 잔뜩 움츠러든다…….

이제 어떻게 구워삶아야 하나 고민하며 슬쩍 앞을 보니, 사가미 동생과 하타노가 안경을 벗고 렌즈를 뽀득뽀득 닦고 있었다.

"음…… 결정 난 거라면 하는 수 없죠."

#17 흰얼굴소쩍새 천적을 만나면 몸을 잔뜩 움츠려 나뭇가지로 위장하는 습성이 있음.

"나 참, 뭐 시간을 내려면 못 낼 거야 없지만요."

서서히 홍조가 번져가는 얼굴을 홱 돌리더니, 시큰둥한 척 하며 도로 안경을 썼다. 그 어조는 다소 퉁명스러워서, 마치 성우가 진행하는 라디오 프로그램에서 생방송 전화 연결을 했을 때 왠지 시건방진 말투가 되어버리고 마는 사춘기 청취자 같았다.

"진짜? 다행이다~."

유이가하마가 활짝 웃자, 사가미 동생과 하타노는 잇달아 헛기침을 하면서「네 뭐 그러게요」하고 모기만한 목소리로 어눌하게 중얼거렸다.

잠깐, 남자들! 유이한테만 너무 너그러운 거 아냐? 그렇게 면박을 줄까 했으나, 내가 저 입장이었더라도 비슷한 태도를 취했으리라는 건 충분히 상상이 갔다. 그렇게 생각하니 아무래도 양심이 켕겨서, 크윽 울분을 삼키는 게 고작이었다.

"노래방이라. 하는 수 없군. 허면 빛나는 것을 준비함이 어떠한가?"

자이모쿠자가 유난히 엄숙하게 말하자, 안경 콤비가 아~ 하고 힘차게 고개를 끄덕였다. 오직 유이가하마의 반응만이 한 박자 늦었다.

"빛나는 거……? 아…… 초밥[#18]!"

"아냐."

왜『그거구나!』라는 분위기로 납득하는 건데?『아하~』라는

#18 초밥 일본에서는 초밥 재료로 쓰이는 등 푸른 생선을 빛나는 것(光り物)라고 부름.

반응이라니 이상하잖아. 전갱이나 전어를 휘두르다니 민폐 그 자체고, 꼭 뭔가 해괴망측한 의식 같잖아. 운영진에게 질질 끌려 나가서 즉시 퇴장이거든?

물론 내가 굳이 설명할 필요도 없이, 사가미 동생과 하타노는 정확하게 이해하고 있었다.

"오늘 펜라 안 가져왔는데."

"다이소에서 리움 사갈까?"

유희부원들 사이에서 그런 대화가 오가자, 그제야 유이가하마가 고개를 갸웃했다. 얘는 역시 외래어를 조심해야 한다니까!

"펜라? 리움?"

"펜라이트라는 전자식 응원봉하고, 사이리움이라는 1회용 야광봉을 말하는 걸걸?"

참고로 사이리움 같은 경우, 성우 덕후는 리움이라고 줄여 부르고, 아이돌 덕후는 사이라고 줄여 부르는 경향이 있다(본인 조사).

노래방 가는데 굳이 그런 것까지 챙겨가야 되느냐고 생각하는 사람도 있을지 모르지만, 그런 부류가 존재한다는 이야기는 가끔 귀에 들어오곤 한다. 파티 룸을 빌려서 여럿이 모여, 라이브 공연장 못지않게 뜨겁게 달아오르는 경우도 있다고 들었다.

실제로 오타쿠와 노래방은 궁합이 잘 맞는 편이니 이상한 일은 아니다. 노래방 리모컨의 선곡 이력을 살펴보면 흘러간 노래와 애니송만 가득하니, 노래방은 이제 오타쿠와 노인의 성지라고 해도 과언이 아니다.

허물없는 사람들끼리 신나게 어울려 놀 경우, 노래방은 최적의 장소 중 하나다.

문제는 오늘 모일 멤버들은 허물없기는커녕 서로 이름도 모른다는 거다만…….

노래방에 가면 이것도 하고 싶고 저것도 하고 싶고 더더 하고 싶다며[#19] 시끌벅적하게 꿈에 부풀어 있는 세 사람에게는 도저히 말 못하겠다. ……말하면 안 올 테고.

꼬리를 밟히기 전에 후딱 튀어야겠다. 나는 유이가하마에게 슬슬 가자는 눈짓을 보내고, 얼른 자리에서 일어섰다.

"먼저 가서 자리 잡아둘게. 장소가 정해지면 연락하마."

"이따 봐!"

유이가하마도 후다닥 일어나서 함께 부실을 나서려고 한 순간, 안경 콤비 중 한 명이 우리를 불러 세웠다.

"아, 잠깐만요. 이 사이트도 이제 없애버리는 편이 나을까요?"

뭔가 싶어 돌아보자, 사가미 동생이 책상 위의 노트북을 이쪽으로 돌려놓았다. 그 화면에는 더미 프롬 공식 사이트가 떠 있었다.

애초에 유키노시타가 계획한 프롬을 성사시키기 위한 들러리이자 버림패로 기획된 물건으로, 그 사이트는 이미 제 역할을 다했다. 더 이상 관리하고 운영할 필요는 없다. 불필요한 혼란을 야기할 가능성을 생각하면 오히려 삭제하는 게 바람직하겠지.

#19 이것도 하고 싶고~더더 하고 싶다며 일본 밴드 BLUE HEARTS의 노래 「꿈」의 가사.

거기에 적혀 있는 것도, 적지 않은 것도, 이미 다 끝난 일이다.

그러니 싹 날려버려도 상관없다. 아니, 가급적 신속하게 지워버려야 한다.

"……글쎄다, 뭐 급할 건 없으니까 시간 날 때 하든가."

하지만 막상 튀어나온 것은 전혀 다른 말이었다.

설령 지금 없애지 않더라도 언젠가는 전자의 바다에 매몰되어, 임종을 지켜보는 사람도 없이 조용히 사라져갈 테지. 하지만 내 손으로 처리하자니 그 치열했던 나날을 없었던 일로 만들어버리는 것 같아서 망설여졌다.

내가 생각하기에도 미련 가득한 대답에 무심코 쓴웃음이 어려, 희미하게 휘어지고 일그러진 입술에서는 자조를 닮은 한숨이 새어나왔다.

그 숨소리를 어떻게 해석했는지, 사가미 동생과 하타노는 얼굴을 마주보더니 알겠다고 살짝 고개를 끄덕여 보였다. 나 역시 잘 부탁한다는 말을 덧붙이며 마주 고개를 끄덕여주고, 빙글 몸을 돌렸다.

그렇게 나는 모니터에 비친 노을 지는 바다를 배경으로 서 있는 소녀들의 모습을 외면했다.

× × ×

방과 후의 한적한 복도를 천천히 걸었다.

낮에는 북적북적했던 학생들도 동아리 활동을 하러 갔거나

귀가한 후라, 학교 안은 한산했다.

유희부 부실을 나와서 현관으로 향하며 유이가하마와 어느 노래방으로 갈까 상의하다 보니, 어느덧 학생회실 앞으로 접어들었다.

그때 그 문이 열리며 황갈색 보브컷이 쏙 빠져나왔다. 학생회장 잇시키 이로하였다. 뒤이어 학생회 멤버들이 속속 모습을 드러냈다. 그 속에서 물결치는 긴 흑발을 보고, 유이가하마가 후다닥 달려갔다.

"아, 유키농!"

유이가하마가 손을 흔들며 뛰어가는 방향에는 유키노시타가 있었다. 달려들듯 덥석 끌어안는 유이가하마를 유키노시타는 당황해하면서도 받아주었다.

"어제 이야기한 거 있잖아, 봄방학 내내 한대."

"그러면 문제없겠구나. 후반이라면 얼마든지 시간을 낼 수 있으니까."

유키노시타는 그렇게 대답하며, 뺨을 비벼댈 기세인 유이가하마를 살살 부드럽게 달래서 떼어냈다.

주워들은 내용으로 미루어보아 봄 방학 스케줄에 관한 이야기임은 짐작이 갔지만, 그렇다고 그 사이에 끼어들기는 껄끄러웠다.

한 번 걸음을 멈추고 나니 무료함도 더해져서, 쓸데없는 생각을 할 시간이 생겨나고 말았다. 어떻게 행동하는 게 가장 자연스러울지를 따져보면서도, 여기 우두커니 서 있으면 이상

하게 비칠 것을 알기에 느리게나마 걸음을 옮겼다.

그러자 임원들 속에 있던 잇시키가 나를 발견하고 휙 돌아보았다.

"아, 선배님도 같이 계셨네요?"

"어, 그래. 고생이 많다."

대답하는데 유키노시타가 시야 끄트머리로 힐끗 내 모습을 확인하는 바람에 눈이 마주쳤다. 하지만 그 눈길은 이내 다시 엇갈리고 말았다. 유키노시타가 눈을 깜빡인 순간 나도 시선을 옆으로 미끄러뜨렸고, 결과적으로 내가 말을 건 상대는 대각선 앞에 있는 잇시키가 되었다.

"……잘 돼 가냐?"

질문을 받은 잇시키는 어리둥절한 기색으로 커다란 눈을 두어 번 깜빡였지만, 이내 다시 입을 열었다.

"글쎄요? 어떻게 생각하세요?"

잇시키는 살짝 미소를 머금은 얼굴로 유키노시타에게 바통을 넘겼다.

"아, 응, 그냥……."

느닷없이 지목당하는 바람에 놀라기라도 했는지, 유키노시타는 입속말로 나직하게 속삭이듯 중얼거렸다. 그리고 앞머리를 매만지며, 생각을 정리하듯 눈을 감았다.

"추진하게 된 경위가 경위이니만큼 최선이라고 말하기는 어렵지만, 현재 상황에서 큰 문제가 있는 것도 아니야."

빙빙 돌린 애매한 설명에 유이가하마와 나는 한순간 얼굴을

마주보았다. 그 침묵이 「그러니까 그게 무슨 소리냐고……?」라고 말하고 있었다.

“그냥 그럭저럭이라는 뜻이에요.”

그 공백을 메우듯 잇시키가 쓴웃음을 지으며 가볍게 어깨를 으쓱해보였다. 옳거니, 무진장 알아듣기 힘들었지만 한마디로 딱히 좋지도 나쁘지도 않다는 뜻이구만. 나는 대충 납득했지만 앞에 있는 유이가하마는 그렇지도 않았는지, 꾹 끌어안은 채인 유키노시타의 팔을 붕붕 흔들었다.

“유키농, 설명이 서툴러! 헷갈린다구!”

“미, 미안……. 아무래도 순조롭다고 할 만큼 잘 되어가는 상황은 아니라서, 어떻게 설명하면 좋을지 고민하다가 그만…….”

유키노시타는 어쩔 줄 몰라 하며 화끈 얼굴을 붉히고, 부끄러운 듯 고개를 숙였다. 앞머리를 만지작거리는 속도도 더 빨라져서, 이제는 표정이 거의 보이지 않을 정도였다.

“너무 솔직해! ……그치만 그런 점이 유키농다워.”

후훗 웃은 유이가하마가 유키노시타의 팔을 더 꼭 껴안았다. 그러자 유키노시타는 「좀 떨어지렴……」 하고 들릴락 말락한 목소리로 중얼거렸지만, 실제로는 반쯤 포기한 기색으로 달라붙게 내버려두었다.

여느 때와 다름없는, 어찌 보면 전보다 더 가까워진 것 같은 느낌마저 드는 그 모습에 나는 적잖이 안도했다.

“……괜찮을 거 같네.”

무심코 중얼거린 말에 잇시키가 조금 복잡한 얼굴을 했다.

"지금으로선 어떻게든 되지 않을까 싶어요. 아직 확실한 건 아니지만요~."

동의를 구하듯 고개를 비스듬히 기울이는 잇시키에게 유키노시타는 엷은 쓴웃음을 지어 보였다.

"기한 내에 마칠 수 있을 정도는 된다고 생각해."

"그렇다고 하시네요."

"흐음, 어쨌거나 무리는 하지 마라."

"에이, 지금도 엄청 무리하고 있다고요. 안 그러면 제때 못 끝내니까요. 솔직히 일손이 진짜 간절해요~."

그리고 잇시키는 확인하듯 유키노시타 쪽으로 힐끔 시선을 향했다. 그러나 유키노시타는 바로 대답하는 대신 턱에 손을 얹고 한동안 생각한 다음, 막힘없이 설명했다.

"확실히 오늘과 내일이 고비니까 부담이 되기는 하겠지만……. 다른 사람을 동원하지 않아도 어떻게든 될 거라고 생각해. 다 잇시키가 애써준 덕분이야."

마지막으로 생긋 미소를 덧붙이자, 잇시키가 얼굴을 발그레하게 물들이며 우웃, 말문이 막힌 표정을 지었다.

"……뭐 오늘은 힘들다만 내일부터는 거들어줄 수 있으니까, 필요하면 말해라."

"정말요?!"

"잇시키, 내일은 테크니컬 리허설 중심으로 갈 예정이라 대규모 작업은 없어. 그러니 사람이 많을 필요는 없지 않겠니?"

"그래요……?"

유키노시타와 내 시선이 잇시키에게로 쏠렸다. 그러자 잇시키가 난감한 기색으로 살짝 손을 들었다.

"저기, 근데요……. 전 통역이 아니거든요……?"

"미안. 내가 일본어가 영 서툴러서 말이야. 일본인하고 제대로 대화할 자신이 없거든."

"언어 문제가 아니야! 소통력 문제라구! 다른 말로두 절대 무리야……."

유이가하마에게 따끔하게 지적당하고 말았다. 실례잖아. 이래봬도 바디랭귀지에는 일가견이 있다고! 쓴웃음과 폭포수 같은 땀과 한숨만으로 「이제 집에 가고 싶어……」를 온 세상 사람들에게 정확하게 전달할 자신이 있다니까?

그렇게 땀을 삐질삐질 흘리며 쓴웃음과 함께 한숨을 내쉬자, 잇시키가 체념한 듯 어깨를 축 늘어뜨렸다.

"그런 거면 하는 수 없겠네요……. 유키노 선배님도 말주변은 없으니까요."

그 말에 유키노시타가 눈썹을 꿈틀 치켜세웠다.

"잇시키, 그건 중대한 오해야. 잘 모르나 본데, 신분이 높은 사람과 직접 대화를 나누는 것은 무례한 행동이라고 보는 시각도 있거든?"

"헉, 뭐야. 이 선배 무서워……."

어깨를 덮은 머리카락을 손등으로 쓸어 넘기며, 유키노시타가 잇시키를 향해 미소 지었다. 그 모습에 잇시키가 흠칫 몸을 사렸다. 하긴 그런 문화도 있기는 하지! 그래, 현대 사회에

도 신분의 격차는 있는 법이니까. 훈장을 받은 일등 국민[#20]은 무슨 짓을 하든 웬만하면 봐주잖아?

제풀에 납득하는데, 서기 양이 몇 발짝 떨어진 곳에서 쭈뼛쭈뼛 입을 열었다.

"저기, 슬슬 체육관으로 가셔야 하는데……."

"아, 그렇구나. 미안해."

유키노시타는 서기 양에게 사과하고, 살며시 유이가하마의 품에서 빠져나왔다.

"그러면 이만 가볼게. ……또 보자."

"응, 또 봐."

유이가하마가 살랑살랑 손을 흔들자, 유키노시타는 살짝 고개를 끄덕였다. 그리고 가죠, 하고 손짓으로 잇시키 일행을 재촉하며 걸음을 옮겼다.

떠나기 직전에 잇시키가 뽀르르 이쪽으로 달려와 내 어깨에 손을 얹더니, 그것을 받침대 삼아 살짝 까치발을 든 채로 소곤소곤 귓속말을 건넸다.

"……행사 당일에는 도와주셔야 해요. 사실 전 언제든지 대환영이지만요."

"그래. 시간 나면."

"어차피 남는 게 시간이면서. 그냥 솔직하게 알았다고 하면 되잖아요. 하여튼 성가시다니까."

#20 훈장을 받은 일등 국민 훈장을 받은 전직 고위 관료가 교통사고로 큰 인명피해를 내고도 체포되지 않은 것을 비꼬는 말.

귓가에 감도는 달콤한 숨결을 피하듯 몸을 젖혀 거리를 벌리자, 잇시키가 못마땅한 기색으로 뺨을 볼록 부풀렸다. 그리고 툴툴거리며 서둘러 유키노시타 일행을 쫓아갔다.

그 뒷모습을 배웅하고, 우리도 발길을 돌려 현관으로 향했다.

"잘 될 것 같아서 다행이야."

"그러게."

유이가하마의 밝은 목소리에 그렇게 대답하며 내심 자문했다.

정말 잘 될까? 더 자연스럽게 행동할 수 있게 될까?

걸음을 내딛은 이상, 피아의 거리는 확실하게 멀어져간다. 서로가 목표로 해야 할 곳은 이미 달라져버리고 말았다.

어디까지나 아주 잠깐 특수한 환경에 놓여 있었기에 성립했던 관계다. 그 상황이 파국을 맞이했으니 유키노시타와 나 사이의 거리감도 변하는 게 당연하다.

그 시간에, 그 공간에 익숙해져갔던 것처럼.

이 관계에도 틀림없이 위화감을 품지 않게 되겠지.

익숙해지고 친숙해진 끝에 멀어져가는 데에도, 틀림없이 익숙해질 테지.

Prelude 3…

내 말이 끝나자, 그녀는 조용히 탄식을 흘렸다

"글쿠나……."

나직하게 중얼거리고, 그대로 입을 다물었다.

밤이 깊어지자, 불어오는 바람에도 싸늘한 기운이 섞이기 시작했다.

가지 끝에서 흔들리는 잎사귀 소리를 들으며, 나도 모르게 내 몸을 살며시 감싸 안았다.

한기를 느낀 것은 바람 때문만이 아니라, 아주 잠시나마 싹튼 침묵 때문이었는지도 모른다.

그녀의 반응이 궁금해 조심스럽게 시선을 향한 순간, 그만 눈이 마주치고 말았다.

그러자 그녀는 생긋 웃더니, 벤치 위를 스르륵 미끄러져 내 옆으로 다가앉았다. 그리고 다정하게 물어왔다.

"무슨 이야길 했는데?"

둥글고 커다란 눈망울이 장난스럽게 흔들리며, 가만히 나를 올려다보았다.

따스한 눈빛이었다. 호기심을 전면에 내세웠지만, 사실 그 눈빛 깊은 곳에는 이지적인 빛이 숨어 있었다. 그 영리함을

드러내지 않으려고 애쓴 나머지, 크게 뜬 두 눈은 촉촉하게 젖은 채였다. 그 따스함이 내게는 한없이 사랑스럽게만 느껴졌다.

그 눈을 앞에 두자, 이제 와서 얼버무릴 수 있으리라는 생각은 들지 않았다. 그래서 그에게 고했을 때처럼 거짓 없는 말을 천천히 풀어놓았다.

"그냥 즐거웠다는 이야기……. 우리 셋이 함께 보낸 지난 일 년이 처음 겪는 일투성이여서, 몰랐던 일들뿐이어서, 정말…… 즐거웠다고."

두서없는 말이었지만 그녀는 눈을 감고 살짝 고개를 숙인 채, 한마디 한마디에 가만히 고개를 끄덕여주었다.

"나두 마찬가지야. ……이상해. 꼭 다 끝난 거 같잖아."

이윽고 고개를 든 그녀의 얼굴에는 미소가 감돌았다. 하지만 수줍게 웃으면서 덧붙인 말에는 어딘가 슬픈 울림이 묻어났다. 그래서 내 눈썹도 자연스럽게 아래로 처졌다.

"맞아. 이게 마지막이니까."

"뭐?"

말투와 달리, 되묻는 그녀의 표정에 놀란 기색은 없었다. 당연한 일이다. 겨울이 시작되었을 때부터 우리는 줄곧 그 끝을 의식해왔으니까.

"승부 말이야. 끝났어."

마치 전등이 꺼진 것처럼 그녀의 표정이 어둡게 가라앉았다.

"맘대루 끝내지 말아줘. 난 끝낼 마음, 조금두 없는데……."

"미안. ……미안해. 하지만 이제 끝내고 싶어."

그럴듯하게 포장할 수도 없어, 그저 나약한 말만이 흘러나왔다. 조금 다르게 표현할 수 있는 말재주가 있으면 좋았으련만. 그러나 거짓을 섞지 않고, 진실을 말하지 않고 전하기는 쉽지 않아서, 그 대신 나는 그녀의 손을 꼭 잡았다.

"그러니까 하다못해 네 소원만이라도 이루어주고 싶어. 네가 바라는 것을 나 역시 바라니까."

"……그런 거 바란 적 없어."

그녀가 내 손을 꼭 맞잡아왔다. 힘은 담기지 않았지만, 대신 열기가 담겨 있었다. 쓱 고개를 들고, 그녀는 긴 속눈썹을 떨며 나와 똑바로 눈을 마주했다.

"난 전부 갖구 싶어. 쭉 지금 이대루, 전부 다."

그것은 그 눈 내리던 날, 그녀가 했던 말이었다.

아마도 그 말이 계속 나를 움직여왔던 것이리라. 그 말을 들었을 때부터, 그 말을 그가 부정했을 때부터, 계속…….

그 소원은 우리 세 사람이 공통으로 꿈꾸었던 게 아닐까? 그렇게 멋대로 상상해버릴 만큼, 그 나날들은 너무나도 아늑했다. 하지만 그렇기에 깨닫고 만다. 그녀의 소원이 그 형태 그대로 이루어지기는 어렵다는 사실을.

"……완전히 똑같을 수는 없겠지만, 그래도 비슷한 형태가 되기는 할 거야."

그러니 이것이 올바른 관계, 올바른 결말일 게 분명하다고, 나는 기도하듯 중얼거렸다.

"틀림없이 그가 다 이루어줄 테니까."

내가 유일하게 친구라고 부를 수 있는 사람. 그녀이기에 이루어주기를 바란다.

그렇게 지독하게 이기적이고 감상적인 말을 입 밖으로 내기가 껄끄러워, 나는 말없이 그녀를 바라보았다.

"우움, 글쎄……."

그녀는 고개를 갸웃하고는 난감한 기색으로 쓴웃음을 지으며 꼬물꼬물 당고머리를 매만졌다.

"어쩐지 완전히 엉뚱한 방식으로 이루어줄 거 같아서, 편하게 부탁하질 못하겠어……."

그 평가에 나는 그만 웃고 말았다. 맞다, 전적으로 공감한다. 여태까지의 경험에 비추어보면 충분히 상상이 갔다. 여태까지도 그는 우리가 생각지도 못한 방식으로, 또는 바란 적도 없는 형태로 누군가의 소원을 이루어왔으니까. 그렇게 생각한 순간, 문득 예전에 읽은 단편소설이 떠올랐다.

"……조금 알 것 같아. 원숭이 손[#21] 같지."

"응? 원숭이?"

그녀는 고개를 갸웃하며 눈을 깜빡였다.

그 반응이 귀여운 나머지, 내 입가에는 저절로 미소가 어렸다.

"아무것도 아니야. 그냥…… 삐뚤어지고, 솔직하지 못하다는 뜻이야."

#21 원숭이 손 영국 작가 윌리엄 위마크 제이콥스의 단편소설에 등장하는 소재. 가진 사람의 소원을 들어주지만, 원치 않는 형태로 소원을 이루어준다.

“하긴 그래. 그냥 평범하게 해주면 되는데두, 왠지 꼭 엄청 이상한 방법을 택한다니까…….”

지친 한숨소리가 들려와, 나도 덩달아 웃었다.

“동감이야. 옆에서 휩쓸리는 사람 입장도 생각해주면 좋을 텐데 말이지.”

“맞아.”

둘이 마주보고 웃다가, 불현듯 가슴이 욱씬 아파왔다.

이제는 그 무모한 행동거지에 휩쓸릴 일도 없겠구나. 그 사실을 깨달아버린 탓에 웃음소리가 그치고 말았다.

부자연스러운 침묵을 어떻게 해석했는지, 그녀가 걱정스런 시선을 보내왔다. 그 눈빛에 나는 살며시 고개를 저었다.

“……봄 방학에 가고 싶은 곳 있니?”

전혀 상관없는 질문을 하며, 나는 애써 웃어 보였다.

부자연스럽고 어설프고 어색하다는 사실은 나도 알지만, 그래도 내일부터는 더 능숙하게 웃어야만 하니까.

사실은 어떤 표정을 지어야 좋을지 모르겠지만, 눈을 마주쳐도 될지조차 좀처럼 판단이 서지 않지만, 자연스럽게 이야기할 자신도 전혀 없지만, 화젯거리라고는 하나도 떠오르지 않지만, 예전에는 어떤 식으로 행동했는지도 기억나지 않지만.

그래도.

나는 분명 한결 능숙하게, 훨씬 더 잘 해낼 수 있게 될 테니까.

3

틀림없이 그 향기를 맡을 때마다 떠오르는 계절이 있다.

역 앞 노래방에 있는 어느 방 안.

벽을 통해 옆방에서 나는 중저음이 울려 퍼졌다. 천장을 올려다보듯 뒤통수를 벽에 기대자, 그 소리가 한층 선명하게 들려왔다.

아니, 정확하게는 그 소리밖에 들리지 않았다.

거참 이상하구만. 방에는 사람이 일곱 명이나 있는데 말이야…….

인원에 비해 다소 넓은 방이기는 해도 노랫소리는커녕 이야기소리조차 나지 않았고, 오로지 헛기침 소리와 한숨 소리, 드링크 바에서 가져온 음료수를 빨대로 쪼록 빨아 마시는 소리만 들릴 뿐이었다.

그 밖에 들려오는 소리라고는 기껏해야 플라스틱끼리 부딪치는 무기질적인 소리뿐. 그쪽으로 시선을 향하자, 턱을 괸 채 언짢은 기색으로 휴대폰을 딱딱 두드리고 있는 미우라 유미코가 보였다.

미우라 양옆으로는 에비나 양과 유이가하마가 포진했고, 유이가하마에게서 조금 떨어진 옆자리가 나, 그 옆이 다시 자이모쿠자와 사가미 동생, 하타노 순으로 느슨한 ㄷ자 형태를 그리며 앉아 있었다.

내가 자리 잡은 정중앙을 경계로 남녀가 쫙 갈리는 바람에 어깨 모세가 된 기분이었다. 다만 위치가 한가운데이다 보니 양옆의 상황이 한눈에 들어왔다.

심기가 불편해 보이는 미우라. 내 알 바 아니라는 듯 무관심으로 일관하는 에비나 양. 난감한 기색으로 웃는 유이가하마. 반면에 자이모쿠자와 유희부원들은 안절부절못하며 사방으로 눈을 굴려댔다.

명색이 더미 프롬의 뒤풀이건만 분위기를 띄울 만한 요소라고는 찾아볼 수 없었고, 멘탈만이 멀리멀리 하늘나라로 날아가는 중이었다.

아까 유희부 부실에서는 나름 신나게 떠들어댔으면서 지금은 조용하기 짝이 없었다. 너희들 분위기 너무 다운된 거 아냐? 진정제 계열 약이라도 빨았냐? 락(落)스라도 마셨냐고.

하긴 유희부원들은 미우라나 에비나 양과는 초면이니 어쩔 수 없다.

우리 같은 인종은 동류를 대할 때는 초장부터 고압적으로 굴지만, 여자들 상대로는 낯가림이 발동하고 만다. 나 정도 경지에 오르면 일면식은 물론이고 이면식 삼면식이 있어도 낯을 가릴 지경이라서, 마음만은 언제나 신입. 즉 평생 현역인

프레시맨이라 할 수 있다.

그런 관계로 나 역시 미우라와 에비나 양을 앞에 두고, 입 한 번 벙긋하지 않았다.

노래하는 사람 하나 없이 싸늘하게 분위기가 식어가는 가운데, 유이가하마가 내 소맷자락을 잡아당기며 귓속말을 했다.

"히, 힛키…… 뭔가 불편해……."

싱그러운 시트러스 향이 코끝을 스쳤고, 소곤소곤 귓가를 자극하는 속삭임이 낯간지러웠다.

"그러게나 말이다……."

이토록 진심에서 우러난 동의를 해보기는 처음인지도 모른다. 한숨과 함께 중얼거리고, 나는 몸을 뒤틀었다. 너무 딱 붙지 말라고……. 이러면 낯 뜨겁다고요! 특히 외부인이 있는 상황에서는 더더욱! 보라고, 방금 미우라하고 에비나 양이 힐끔 이쪽을 곁눈질했잖아! 그래도 딱히 싫지는 않으니까 이런 건 다음 기회에 부탁드립니다!

그렇게 유이가하마를 눈으로 견제하며 슬금슬금 물러나 거리를 벌렸다. 유이가하마는 한순간 의아한 표정을 지었지만, 이내 내 행동의 의도를 깨달았는지 부끄럼 타듯 시선을 휙 돌렸다. 이제 됐나 싶어 안도의 한숨을 쉬는데, 아까보다는 다소 조심스럽게 소매를 잡아끄는 느낌이 나는가 싶더니 애써 벌려놓은 간격을 도로 쓱 좁혀왔다. 왜 이래?

"힛키, 어떻게 좀 해봐……."

"아니, 나더러 어쩌라고……."

쓴웃음으로 대답하고, 평정을 유지하며 몸을 약간 앞으로 내밀었다. 그리고 소매를 잡은 유이가하마의 손가락을 부드럽게 떼어낸 다음, 겐도 포즈[#22]로 심사숙고해보았다.

이 상황에서 내가 분위기를 띄우려고 애써본들 계란으로 바위치기, 코끼리와 스모하는 꼴이 되기 마련이다. 리모컨으로 자이모쿠자를 후려치고 그대로 은퇴해버릴 정도라고[#23].

"근데 너 쟤들한테 뭐라고 설명하고 데려온 거냐?"

"웅? 힛키랑 딴 애들이랑 노래방 간다구 했는데……?"

아리송한 듯 고개를 갸웃하며, 유이가하마가 별것 아니라는 분위기로 설명했다.

"겨우 그 정도 설명만 듣고 용케 따라왔구만……. 미우라, 알고 보면 호구냐고……."

"힛키두 중2네한테 아무 말 안 했잖아……."

"그야 말하면 안 올 테니까."

실제로 지금도 자이모쿠자와 사가미 동생, 하타노 3인방은 원망스러운 얼굴로 나를 째려보는 중이었다.

그렇다고 계속 이 상태로 멀뚱하니 앉아 있을 수도 없는 노릇이다.

일단 언제든지 자이모쿠자를 후려칠 수 있게 리모컨을 집어 들려고 손을 뻗은 순간, 그 손을 덥석 붙잡혔다. 그리고 소맷

#22 **겐도 포즈** 『신세기 에반게리온』에 등장하는 이카리 겐도 특유의 자세. 두 손을 얼굴 앞에서 깍지 낀 채로 양쪽 팔꿈치를 탁자에 기댄다.
#23 **리모컨으로~정도라고** 하루마후지 코헤이라는 스모 선수가 후배를 노래방 리모컨으로 구타해서 물의를 빚고 은퇴한 적이 있음.

자락을 잡아끄는 느낌이 났다. 이번에는 유이가하마 말고, 그 반대편에서…….

돌아보니 자이모쿠자가 버림받은 대형견처럼 울망울망한 눈으로 나를 바라보고 있었다.

"하, 하치마안……."

"시끄러 자이모쿠자, 시끄럽다고. 조용히 해."

"지금보다 더?! 본관, 아까부터 한마디도 안 했다만? 어색해 죽겠다만?"

목소리가 쓸데없이 좋다 보니, 성량을 낮추었음에도 불구하고 자이모쿠자의 음성은 유별나게 귀에 쏙쏙 들어왔다. 그래서인지 심심한 기색으로 앉아 있던 하타노와 사가미 동생 역시 스슥, 몸을 이쪽으로 돌렸다.

"……그러게나 말이다. 여기는 초상집인가요? 하고 100명한테 물어보면 108명이 그렇다고 대답할걸?"

"소비세 포함[#24] 판매가냐고……."

"더 늘어나겠네요……."

하타노와 사가미 동생도 씁쓸한 표정이 되어, 똑같이 모기만한 소리로 맞장구를 쳤다. 이것 봐, 어느새 두 명이 늘어서 110명, 세율 10퍼센트가 됐잖아!

그렇게 속닥속닥 떠들 수 있었던 것도 잠시뿐. 방 전체에 만연한 무거운 분위기 탓에 숨죽인 웃음소리도 점차 잦아들어갔다.

메마른 웃음이 습기 찬 한숨으로 바뀌자, 남성 멤버 전원이

#24 소비세 포함 일본의 소비세는 원래 8%였으나, 최근에 10%로 인상됨.

동시에 슬며시 맞은편의 상황을 살폈다.

미우라는 비스듬히 꼰 다리를 흔들며, 느슨하게 컬을 넣은 머리카락을 손가락으로 빙글빙글 꼬아 지루한 티를 팍팍 내는 중이었다. 그 바람에 남성 일동은 모두 잔뜩 주눅이 든 상태였다.

다만 미우라는 딱 보기에 태도가 험악해서 그렇지, 생각하기에 따라서는 친절하다고 볼 수도 있다. 온몸으로 불평불만을 표출하며 말 걸지 말라는 분위기를 뿜어내주고 있으니, 대처하기도 쉽다. 이쪽도 억지로 관여할 필요가 없으므로 오히려 마음 편하다.

하지만 유이가하마는 그런 미우라에게 마음이 쓰이는지, 스륵 소파를 타고 이동해 미우라에게 찰싹 달라붙어서 리모컨을 꾹꾹 누르기 시작했다.

"유미코, 뭐 부를래?"

"음……."

유이가하마가 애교스럽게 어깨를 부딪쳐오자 아무래도 무시하기 힘들었는지, 미우라는 시큰둥하게 대꾸하면서도 떨떠름하게나마 눈앞의 리모컨으로 시선을 떨구었다.

둘이 이마를 맞대고 소곤소곤 이야기하는 사이 미우라의 기분도 조금씩 나아지기 시작했는지, 이따금 나직한 웃음소리를 내며 유이가하마의 허벅지를 찰싹 때렸다.

옆에서 보면 사이좋은 소녀 콤비가 장난치는 것처럼 비치는 게, 몹시 훈훈한 광경이 아닐 수 없었다.

자, 그럼 미우라는 유이가하마에게 맡겨두기로 하고…… 문

제는 이쪽이라니까, 이쪽. 그렇게 생각하며 에비나 양 쪽을 흘끗 훔쳐보았다.

에비나 양은 시종일관 웃는 낯을 하고 있지만, 그 미소는 눈동자 속을 들여다볼 수 없는 엷은 가짜 웃음이었다. 가장 무서운 건 사실 이런 타입이라고……. 어른스럽게 대응하는 사람은 그 속내를 짐작하기 어려워서 상대하기 까다롭다.

어떡해야 하나 두근두근 가슴을 졸이는데, 에비나 양이 불쑥 입을 열었다.

"유희부면 게임하는 동아리 맞지?"

"아, 네."

주눅 든 기색이던 하타노가 움찔하더니 당황한 기색으로 횡설수설 대답했다. 사가미 동생도 비록 소리를 내지는 않았지만, 초고속으로 격렬하게 고개를 끄덕였다. 반응이 돌아오는 것을 확인하고, 에비나 양이 생긋 웃으며 다시 물었다.

"재밌겠다. 어떤 게임을 해?"

"아, 보드게임이라든가……."

"아하, 그렇구나~. 나도 보드게임은 좀 하는데."

"아, 그렇군요."

"요새 유행이잖아."

"그렇죠."

"마피아 게임이라든가."

"그렇죠……."

"또 방 탈출 게임이라든가."

"……그렇죠."

에비나 양의 말에 하타노와 사가미 동생이 번갈아가며 대답했다.

그렇죠, 그렇죠, 그렇죠 그렇죠 그렇죠 그렇죠 하고 어미가 미묘하게 루프하다가 이윽고 페이드아웃 되어갔다. 90년대 가요 끝부분이냐고.

에비나 양이 마음을 써준 덕분에 표면적으로는 커뮤니케이션이 성립되어, 겨우 대화 비슷한 이야기가 오가기는 했다. 하지만 숨 막히는 분위기라는 점에는 변함이 없었다.

느리지만 확실하게 공기가 탁해져가는 것을 피부로 느끼며, 나는 가늘고 긴 숨을 내쉬었다. 문득 옆을 보니 자이모쿠자가 금붕어처럼 입을 뻐끔거리고 있었다. 이해한다. 꼭 산소가 희박해진 것 같은 착각이 일지.

자이모쿠자와 나는 서로를 흘끗 곁눈질하며 보일락 말락하게 고개를 끄덕이고, 순간적으로 아이 컨택을 했다.

"힘들지 않냐?" "죽겠다." "뭔가 화제를 추가하는 게 나으려나?" "추가되는 건 데미지뿐인 게 아닌지?" "하긴."

성대가 거의 울리지 않을 만큼 작은 목소리로 속삭이다가 도로 입을 다물고, 맞장구 대신 맥 빠진 한숨만 내쉬었다.

재미없는 대화는 침묵만 못하다. 특히 침묵에 관해서라면 우리 둘 다 스티브 시걸[#25] 못지않은 프로 아닌가. 썰렁한 미팅

#25 **스티븐 시걸** 일본에서 스티븐 시걸 주연의 영화 제목이 대개 『침묵의 ○○』으로 번역된 데서 나온 말.

처럼 겉돌기만 하는 대화가 마무리될 때까지는 침묵을 지키기로 마음먹고 반쯤 명상의 세계로 빠져든 순간, 불현듯 파국의 순간이 찾아왔다.

“응, 보드게임 재미있지. 그거 말고는 또 뭘 해?”

에비나 양이 입가에 살짝 미소를 머금고 무심하게 물었다. 그 말에 사가미 동생과 하타노가 얼굴을 마주보았다. 그 안경이 번쩍 빛났다.

그 모습에 자이모쿠자의 안테나가 파직 반응했는지, 「머, 멈춰라!」라고 들릴락 말락 한 소리로 외치며 보일락 말락 손을 뻗었다. 그러나 행동거지가 지나치게 소심했던 탓인지, 그 제지는 유희부원들에게 전해지지 못했다.

사가미 동생이 안경 위치를 쓱 바로잡았다.

“아, 그게, 카탄이나 스코틀랜드 야드로 대표되는 메이저한 게임만 즐기는 건 아니고요……. 체스나 장기, 오셀로 같은 고전 게임도 하고, 반대로 도구가 없어도 즐길 수 있는 수평사고 퍼즐[#26]도 하는데요.”

“물론 겜마[#27]에도 가고, 신작도 플레이하지만요. 그 밖에는 TRPG도 하고요. 요즘은 CoC, 아, 크툴루의 부름 같은 거요. 사실 최종적으로는 직접 게임을 디자인하는 게 목표니까 이것저것 전반적으로 다 해볼 생각이기는 하지만요. 혹시 관심 있으시면 부실에 많이 가져다놨으니 언제든지 해보실 수

#26 수평사고 퍼즐 출제자가 어떤 상황을 제시하면 스무고개 형식으로 그 사건의 진상을 추리하는 게임.
#27 겜마 전기를 필요로 하지 않는 보드게임 등을 중심으로 하는 게임 행사 「게임마켓」의 줄임말.

있다고나 할까요?"

하타노는 안경을 척 추켜올리고 피식 비웃는 듯한 미소로 마무리했다. 방금 전까지의 어눌한 대답이 믿기지 않을 만큼 유창한 설명이었다.

……우리들, 왜 전문 분야에서는 달변가가 되어버려? 상대방이 빈틈을 보이며 이쪽의 취미에 관심이 있는 듯한 반응을 내비치면, 이때다 싶어 우월함을 과시하며 장광설을 늘어놓는 것은 우리의 나쁜 버릇이다.

코평수를 넓히고 거친 콧김을 뿜어내는 유희부원들은 만족스러운 기색이 역력했지만, 자이모쿠자와 나는 공감성 수치에 시달리며 머리를 쥐어뜯고 말았다.

그러나 에비나 양은 역시 대단했다. 우리 같은 인종의 특성을 어느 정도 이해하는지라, 딱히 내색하지 않고 응응 고개를 끄덕이며 가볍게 흘려 넘겨주었다.

"그렇구나~."

에비나 양은 무성의하지만 무난한 맞장구를 쳤다. 다만 그런 에비나 양과 나란히 앉은 유이가하마와 미우라는 얼빠진 표정으로 입을 딱 벌렸다.

"말 엄청 빨라……."

"윽……."

둘 다 많은 말을 하지는 않았지만, 그 말투와 표정에서는 경악의 빛이 생생하게 묻어났다. 사실 미우라 양은 아예 노골적으로 몸을 사리셨지만요. 그러지 말아주련?

사가미 동생과 하타노도 그 사실을 깨닫고, 어색한 웃음인지 쓴웃음인지 모를 애매한 미소를 짓더니 시무룩하게 고개를 떨구었다.

결과적으로 방 안에는 또다시 무거운 분위기가 흐르기 시작했다.

아무래도 글렀나 보군요……. 포기하려는 찰나, 똑똑 문을 두드리는 소리가 들려왔다.

주문한 음식이 나왔나 싶어 돌아본 순간, 우리가 미처 대답할 틈도 없이 콰당 요란한 소리를 내며 문이 열렸다.

"워후~!"

"워후~!"

걸걸한 아재 목소리로 외치며 우당탕 쿵탕 들어온 사람은 토베 카케루, 꾀꼬리 같은 미성으로 외치며 반짝반짝 우와우와 들어온 사람은 토츠카 사이카였다. 같은 말인데 왜 이리 귀여움의 차원이 다른 거람? 토츠카 너무 토츠큐트하지 않니? 반짝우와~☆

혼자 실없는 생각을 하는 사이, 두 사람 뒤에서 하야마 하야토가 모습을 드러냈다. 들고 온 쟁반에는 드링크 바에서 가져온 듯한 음료수가 놓여 있었다.

"하치만, 많이 기다렸지?"

"아, 토츠카. 와줬구나."

그렇게 대답하며 옆자리의 자이모쿠자를 퍽퍽 떠밀어 빈 공간을 만들었다. 이러면 토츠카가 자연스럽게 내 옆에 앉게 된

다는 계산이지! 치밀한 GOD 전략에 나 스스로도 전율을 금할 수 없었다.

그나저나 토츠카는 우리가 부른 게 맞다만, 나머지 둘은 왜……? 하고 맞은편의 미우라 일행 옆에 앉는 하야마와 토베에게 미심쩍은 시선을 보냈다. 그 사실을 깨달은 토츠카가 쓴웃음을 지었다.

"실은 오는 길에 마주쳤거든. 그래서 노래방 이야기를 했더니 토베가……."

"아하……."

돌아보니 토베는 잽싸게 에비나 양 옆자리를 꿰차고, 싱글벙글 수줍수줍 뒤통수를 긁적이는 중이었다.

"어랍쇼, 유미코랑 에비나도 있었잖어? 어이쿠, 고건 몰랐네~. 참 신기한 우연인걸~?"

형편없는 발연기였다. 그래도 이번만큼은 원더풋! 하고 칭찬해주고픈 심정이었다.

하야마 일행이 합류한 덕분에 미우라도 한결 마음이 편해졌는지, 맞은편 소파에는 화기애애한 분위기가 감돌기 시작했다. ……반대로 유희부원들은 불편해하는 기색이 역력했지만, 그래도 아까처럼 싸늘하게 얼어붙은 상태보다야 낫겠지.

자리마다 대화가 오가기 시작해 어찌어찌 뒤풀이다운 상태가 되자, 유이가하마가 내 어깨를 톡톡 쳤다.

"힛키, 건배사 할래?"

"……건배사아~?"

"죽어도 싫은가 보네……."

내가 입매를 팍 일그러뜨리고 대꾸하자, 옆자리의 토츠카가 쓴웃음을 지었다.

"그런 건 적성에 맞는 녀석이 해야지."

그렇게 말하며 적성에 맞는 녀석 쪽을 힐끗 보았다. 그러자 우리가 하는 이야기를 들었는지, 하야마가 이쪽을 보더니 어깨를 으쓱해 보였다. 그리고 다시 미우라와 이야기하기 시작했다. 하야마 선배, 역시 자상한 타입은 아니지 싶네요.

하지만 이 자리를 마련하게 된 계기인 더미 프롬을 기획한 사람은 바로 나다. 그러니 모두의 노고를 치하할 생각이라면 내가 건배사나 인사말을 하는 게 맞겠지.

"……좋아, 그럼 어디 한마디 해볼까?"

내 말에 유이가하마는 미소 띤 얼굴로 힘주어 고개를 끄덕였고, 토츠카는 가슴 앞에서 살짝 박수를 쳤다. 그 따스한 반응에 힘입어, 나는 다소 거창하게 헛기침을 하고 잔을 들었다.

"주제넘지만 한 말씀 드리겠습니다."

유이가하마와 토츠카가 우레와 같은 박수갈채를 보냈다. 그러자 다들 무슨 일인가 싶어 어리둥절한 기색으로 얼굴을 마주보면서도, 주변의 분위기에 맞추어 박수를 쳤다.

익숙하지 않은 탓에 약간 껄끄러운 기분을 맛보면서도 나는 천천히 말문을 열었다.

"어, 잔치가 한창입니다만……."

"그건 끝날 때 하는 인사잖아?"

잠깐 숨을 돌리는 사이, 하야마가 황당한 기색으로 지적했다. 시끄러 시끄럽다고 지금 이야기하는 중이니까 지금부터 이야기할 거니까! 하고 손짓으로 제지하며, 나는 다시 짤막하게 말을 이었다.

"지난번에는 큰 도움을 받았다. 너희들 덕분에 다 잘 풀렸어. 고맙다. 자, 그럼 건배."

간단하게나마 인사말을 하고 건배를 제의하자, 모두 내 말에 호응해서 건배를 외치며 근처에 앉은 사람과 잔을 부딪쳤다.

아무래도 이것으로 간신히 뒤풀이다운 모양새는 갖춰진 듯했다. 나는 안도의 한숨을 내쉬고, 「그럼 여러분, 지금부터 잠시 담소의 시간을 갖도록 하겠습니다」라고 선언하듯 소파에 털썩 몸을 묻었다.

× × ×

지금이야말로 잔치가 한창동 프린스 호텔이라는 멘트를 쳐야 할 때가 아닐까. 뒤풀이는 바야흐로 절정으로 치달았다.

초반에는 유희부와 미우라 일행이 불협화음을 일으켰지만, 하야마가 중간에서 싹싹하게 조율해준 덕분에 두 그룹 사이에서도 띄엄띄엄 대화가 오가기 시작했다. 토베가 앞장서서 노래를 부르기 시작하자 토츠카가 쑥스러워하면서도 그 뒤를 따랐고, 그런 흐름이 생겨나자 모두들 알아서 순서대로 노래하기 시작했다.

그렇게 되면 당연히 자이모쿠자와 유희부원들에게도 노래할 차례가 돌아오기 마련이지만…… 그때는 또다시 하야마가 나서주었다.

치바 출신 유명 밴드의 애니메이션 타이업 곡을 슬쩍 입력해놓고 맨 첫 소절을 부른 다음, 「알아?」 하고 물어보며 자연스럽게 마이크를 내밀었다. 그것을 자이모쿠자가 쭈뼛쭈뼛 받아들었고, 뒤이어 유희부원들까지 합세하자 모두가 노래해도 괜찮을 만한 분위기가 조성되었다.

자이모쿠자와 유희부도 즐길 수 있도록 적당히 말을 걸어줌과 동시에, 이 정도 노래면 우리도 안다고 넌지시 암시하는 고도의 테크닉이었다.

하야마는 여전히 빈틈없었다. 이런 식의 형식적인 사교활동을 시켜놓으니 아주 천재가 따로 없구만…….

존경 반 두려움 반으로 하야마를 쳐다보는데, 마찬가지로 하야마를 바라보는 이들이 있었다.

"하야마 선배, 정말 좋은 분이야……."

"처음으로 선배라고 부를 만한 사람을 만난 것 같아……."

하타노와 사가미 동생은 황홀경에 빠지다시피 한 표정으로 하야마를 바라보며 감격의 눈물을 머금었다. 그리고 자이모쿠자와 나를 흘끗 보더니 흥, 하고 대놓고 개무시하는 경멸의 표정을 지었다.

하야마하고 비교해봤자 스펙 차이는 내가 더 잘 아니까 새삼스레 열 받을 이유도 없다. 근데 말이야~. 사람이 그래도

되는 건가~? 그렇게 노골적으로 티를 내다니 말이야~. 그런 건 별로 바람직하지 않다고 생각하거든? 그러니까 선배로서 비꼬는 말 한마디쯤 징글징글하게 해두는 편이 좋으려나? 선배로서! 모름지기 선배란 그런 존재니까!

그리하여 재수 없게 나하고 더 가까운 쪽에 앉은 사가미 동생의 어깨를 툭 쳤다.

"호오, 하야마가 마음에 드냐? 누나하고 취향이 똑같구만. 아주 붕어빵이야."

"젠장!"

사가미 동생은 요란하게 혀를 차며 인상을 팍 썼다. 그렇지 바로 그거야, 그 얼굴이 붕어빵이라니까? 우후후, 네놈의 그런 얼굴이 보고 싶었다고……. 음습한 희열에 젖어 흡족하게 웃는데, 자이모쿠자가 못 말리겠다는 표정으로 어깨를 으쓱하더니 질렸다는 듯 휴우, 한숨을 쉬었다.

"하지만, 바로 그런 점이 문제다."

자이모쿠자한테까지 쓴소리를 듣고 말았다……. 근데요. 댁도 선배 취급 못 받기는 마찬가지였거든요?

그래도 뒤통수치듯 후배들을 뒤풀이에 불러다놓고서 빈정거리기까지 하고 나니 살짝 양심이 켕겼다. 이 정도면 욕을 처먹어도 싼 수준이다.

뭔가 보상을 해야 하나 고민하는데, 토츠카가 갑자기 내 허벅지 언저리를 톡톡 두드렸다. 그 소프트한 터치에 저절로 새어나오려는 야릇한 소리를 필사적으로 삼키며, 왜 그러냐고

눈으로 물었다.

"음료수 좀 가져올게."

고개를 살짝 기울인 토츠카가 빈 잔을 흔들어보였다. 밖으로 나가게 비켜달라는 뜻이겠지. 그 말에 불현듯 어떤 아이디어가 떠올랐다.

"앉아 있어. 내가 나가는 김에 다른 애들 것까지 다 가져오마."

"괜찮겠어?"

토츠카의 목소리에서는 어딘가 조심스러운 기색이 느껴졌다. 반응이 어째 토츠카도 따라나서려는 분위기여서, 걱정 말라는 듯 찡긋☆ 윙크를 날려주었다.

"어차피 가는 길이니까."

반론하지 못하도록 얼른 일어나서 테이블에 놓인 빈 컵을 챙겨들고 후다닥 방을 나섰다.

유리컵을 쟁반에 싣고 비틀비틀 걸어서 드링크 바로 향했다.

그러다 에스프레소 머신 앞에서 느슨하게 컬을 넣은 금발을 빙글빙글 꼬며 뭔가 곰곰이 생각 중인 미우라와 마주쳤다. 뭘 마실까 고민하는 눈치였다.

미우라도 나를 발견한 모양이었지만, 딱히 말을 붙이지도 않고 흘끗 곁눈질하는 데 그쳤다. 물론 저도 아무 말 안 했으니 피차일반이지만요!

나는 옆에 있는 음료 디스펜서 앞에 서서 탄산음료를 따르기 시작했다. 미우라는 나보다 반 발짝 뒤에 있다가 쓱 손을 뻗어 카푸치노 버튼을 눌렀다.

에스프레소 머신이 우웅 작동하며 커피 추출음에 이어 스팀 나오는 소리가 울려 퍼졌다. 슬쩍 보니 칠흑 같은 에스프레소 위에 새하얀 거품이 넘실넘실 차오르는 게 보였다.

"있잖아……."

미우라가 불쑥 입을 열었다. 누구에게 하는 말인지조차 알기 힘든 나직한 중얼거림이었지만, 혼잣말이라기에는 조금 큰 목소리였다. 내게 한 말이겠거니 싶어 그쪽으로 고개를 돌렸으나, 미우라의 시선은 여전히 머신에 놓인 컵을 향한 채였다.

컵 위로 하얀 거품이 천천히 퍼져 나갔고, 그중 한두 방울이 톡 터졌다.

"너 말야, 어떻게 생각해?"

"뭘?"

내게 던진 질문이라는 확신이 서고 나서야 비로소 대꾸할 수 있었다. 그러나 미우라의 말은 모호해서, 그 뜻을 가늠하기가 힘들었다. 짧게 되물은 다음, 대답을 기다리는 동안에도 쉬지 않고 콜라를 따르고 다 차면 컵을 바꾸었다.

실내에 틀어놓은 유선 방송과 곳곳에서 흘러나오는 노랫소리, 음료 디스펜서의 낮은 구동음, 유리컵이 달그락달그락 부딪히는 소리로 인해 주위는 소란스럽다고 해도 과언이 아니었지만, 이상하게 조용한 느낌이 들었다.

이윽고 그 속에 옅은 한숨이 섞였다.

"유이 얘기야."

예상하지 못했던 말에 나는 음료를 따르던 손을 멈추었다.

아니, 멈추고 말았다.

"……그래."

그저 침묵을 메우기 위한, 의미 없는 대답을 했다.

그리고 그 행동을 후회했다. 무슨 소리냐고 딱 잡아뗄걸 그랬다. 아니면 차라리 그냥 무시해버리는 편이 나았을지도 모른다.

그러지 못한 까닭은 내 마음속에 적잖이 걸리는 게 있었기 때문이다. 그래서 허를 찔리는 바람에 반사적으로 대답해버리고 만 거겠지.

미우라는 조용히 숨을 죽이고, 가만히 내가 말을 잇기를 기다리는 눈치였다.

그러나 들려줄 말은 아무것도 없었다. 성실하게 대하고자 했기에 오히려 말이 나오지 않았다.

이 상황에서 침묵을 지키는 것이 비겁한 행동임은 안다. 하지만 갖은 말을 동원해 미우라를 이해시키려 드는 것 역시 비겁하기는 마찬가지라는 생각이 들었다.

내가 말을 아끼자 애가 탔는지, 미우라가 거칠게 커피 잔을 집어 들었다. 그리고 달칵 소리를 내며 쟁반 위에 올려놓더니, 짜증스러운 기색으로 한숨을 쉬었다.

"나아, 딱히 네 친구도 아니고, 히키오 따윈 알 바 아니고, 어찌되든 상관없거든? ……그치만 유이는 다르니까."

처음에는 사나운 말투였지만, 가볍게 숨을 고른 후에 흘러나온 중얼거림은 부드럽게 잠겨 있었다. 그 음성이 어쩐지 우

는 것처럼 들려, 저도 모르게 돌아보고 말았다.

그러나 내 시선 끝에 있는 미우라의 눈에는 눈물 한 방울 고여 있지 않았고, 오히려 뜨거운 불길만이 이글이글 타올랐다.

"그러니까 어정쩡하게 굴지 말아줄래? 그딴 태도, 열 받거든?"

의연하게 노려보는 그 눈빛에 숨이 막혔다. 압도당했다고 해도 과언이 아니었다.

그 이유는 절대 무서워서나 겁먹어서가 아니라, 아마도 그 다정함에 압도되었기 때문이리라.

돌이켜보면 미우라는 오만할 정도의 진지함으로 자기 주위의 친한 사람들을 쭉 지켜봐왔다. 하야마나 에비나 양은 말할 필요도 없고, 유이가하마에게도 줄곧 마음을 써온 게 분명했다. 특히 최근에는 봉사부 활동이 없었으므로 함께 보내는 시간도 많았을 터였다. 그랬기에 지켜보면서 뭔가 느끼는 바가 있었던 거겠지.

그 눈빛은 결코 나를 향한 것이 아니었지만, 그럼에도 나를 그 자리에 못박아두기에 충분한 강함을 지니고 있었다.

그저 이 상황을 모면할 작정으로 적당히 둘러댔다가는 바로 간파당하고 말 것 같았다.

"……노력하마."

고개를 끄덕이며 나는 그렇게 대답했다. 그 말 속에 거짓은 없었지만, 대신 알맹이도 없었다. 그렇지만 달리 적절한 답변이 떠오르지 않았다.

미우라는 한동안 말없이 나를 쏘아보았지만, 곧 어깨에 내

려앉은 머리카락을 휙 쓸어 넘기고 시시하다는 듯 콧방귀를 꼈다.

"그냥 그렇다고. 갈게."

볼일은 끝났다는 듯 미우라는 빙글 발길을 돌렸다.

그 뒷모습을 보자, 나도 모르게 혼잣말이 흘러나왔다.

"착하네……."

별로 큰 소리로 말한 것 같지도 않은데, 내 말이 들렸는지 미우라가 우뚝 걸음을 멈추었다. 그리고 비스듬히 몸을 돌려 나를 보았다.

"뭐래? 웃겨, 재수 없어."

혐오로 얼굴을 일그러뜨린 채 고압적인 말투로 그렇게 내뱉고, 미우라는 느슨하게 컬을 넣은 금발을 빙글빙글 꼬며 아까보다 빠른 속도로 성큼성큼 멀어져갔다.

찰랑이는 머리카락 사이로 엿보이는 볼은 쑥스러움에 발그레하게 물든 것처럼 보였다, 그래서 나는 아까와 같은 혼잣말을, 이번에는 입속으로만 중얼거렸다.

× × ×

방으로 돌아오니 하야마가 마이크를 잡고 노래하고 있었다.

하타노와 사가미 동생이 나눠주었는지 모두가 몸을 들썩이며 야광봉을 흔들고, 각종 구호와 콜을 외쳐대느라 바빴다. 거기다 미러볼 조명까지 더해지자, 실내는 완전히 광란의 도

가니로 변했다. 왠지 토베 혼자만 수건을 붕붕 휘둘러대는 게 젖은 채로 맛이 가버린 느낌[#28]이었지만, 어쨌거나 무척 흥겨운 분위기였다.

그 와중에 미우라만이 유일하게 황홀한 표정으로 응원봉을 좌우로 흔들고 있었다. 아까와는 딴판으로 행복에 겨운 얼굴이신걸……? 나아 양이 즐거워 보여서 다행이야…….

열광적인 실내 분위기에 편승하는 대신, 나는 가지고 온 음료수를 테이블에 늘어놓고 소파에 걸터앉았다.

워낙 이런 분위기에 자연스럽게 녹아들지 못하는 성격이라, 영 거북했다.

토베와 유이가하마 일행은 물론이고 자이모쿠자나 유희부원들도 오타쿠 행사로 경험을 쌓은 덕분인지 놀 때는 놀 줄 알건만, 나는 궁상맞게 다리를 달달 떨듯 무릎으로 리듬이나 맞추는 게 고작이었다.

딱히 삐딱하게 굴 생각은 없지만 왠지 멋쩍은 기분이 든다고나 할까, 잔뜩 들떠서 설쳐대는 나란 존재가 창피하게 느껴져서 괜히 점잔을 빼게 된다. 저도 알기는 합니다만, 이게 좀처럼 고쳐지질 않더라고요!

그런 내가 할 수 있는 일이라고는 탬버린을 짤랑짤랑 흔드는 토츠카의 허벅지를 하염없이 바라보는 것뿐이었다.

멍하니 쳐다보며 턱을 괴고 커피를 홀짝홀짝 마시는데, 그

#28 젖은 채로 맛이 가버린 느낌 일본 레게그룹 「쇼난노카제」의 노래 「수련화」의 가사 패러디로, 뮤직비디오에 수건을 휘두르는 장면이 있음.

런 나를 발견했는지 유이가하마가 다가왔다.

"잘됐다. 그치?"

"뭐가?"

내가 되묻자, 유이가하마는 실내를 천천히 둘러보았다. 그 표정에서는 안도의 빛이 묻어났고, 후훗 흘러나온 숨결에는 미소가 어른거렸다.

"……어쩐지 다들 사이좋아 보인다구 할까, 즐거워 보여."

"그야 계기만 있으면 잘 지낼 수 있지 않겠냐? 좀 노는 애들과 과시형 오타쿠는 정신구조가 비슷하니까."

남자들, 특히 토베와 유희부원들, 덤으로 자이모쿠자 쪽을 흘끗 보면서 말하자, 유이가하마가 못마땅한 기색으로 입술을 삐죽였다.

"우리 노는 애들 아니거든……? 근데 비슷하다구? 정반대 아니구?"

"공통점은 많지. 몰려다니면 기세등등해진다든가, 반짝이는 걸 좋아한다든가, 검은 옷을 즐겨 입는다든가……."

"왠지 까마귀 같아……."

"까마귀가 지능은 더 높을 것 같다만."

"말이 심하잖아!"

유이가하마가 가볍게 항의했지만, 워후워후 소리치며 타월을 휘두르는 토베나 우렁차게 콜을 넣으며 울트라 오렌지로 빛 공해를 일으키는 자이모쿠자를 보고 있노라면 차라리 까마귀가 더 낫겠다는 생각이 들 만도 하지 않습니까……?

실제로 「노는 애들과 과시형 오타쿠의 정신구조 대체로 일치 가설」이 완전 허무맹랑한 소리 같지는 않단 말이지.

게다가 노는 애들은 생각보다 애니메이션이나 만화를 좋아하는 편이다.

십여 년 전쯤에는 소위 오타쿠들이 학교에 가져온 만화책을 수업시간에 읽다가 홀딱 빠져서 뒷권을 빌려가는 일도 있었다고 들었다. 그보다 더 윗세대로 거슬러 올라가면 파칭코나 슬롯머신 게임기 등을 통해 애니메이션의 존재를 접하고 빠져드는 경우도 있었다고 한다.

애니메이션과 만화가 일본 대중문화의 대명사로 간주되고, 오타쿠라는 단어에서 차별적이고 경멸적인 뉘앙스가 옅어진 현대 사회에서는 쌍방의 거리감이 더욱 줄어들었다.

일반 기업이 애니메이션 작품과 콜라보레이션을 하는 일도 늘었고, TV 예능 프로그램에서 오타쿠 문화가 긍정적으로 다루어지는 경우도 많아졌다. 그러한 변화에 다소 상업적인 의도가 담겨 있음은 부정할 수 없으나, 그래도 널리 받아들여질 만한 기반이 마련되었다는 점은 확실하다.

고령자라면 또 모를까, 청년층이라면 애니메이션이나 게임을 좋아한다는 이유만으로 까이던 시대는 지났다고 보아도 좋다. SNS와 동영상 사이트의 발전에 힘입어 유행과 트렌드가 한층 뚜렷하게 가시화된 결과, 일종의 패션으로 정착된 느낌마저 들 정도다.

유행에 민감한 여고생들이 스마트폰으로 FPS 게임을 하고,

SNS 트렌드에 애니메이션과 게임 관련 키워드가 넘쳐나는 것도 모자라 e스포츠의 올림픽 종목 채택이 논의되는 시대 아닌가. 과거에는 경멸의 대상이었던 오타쿠 문화에 대한 거부감은 확실히 옅어지는 추세다. 다만 그 사실 하나만으로 애니메이션, 특히 속칭 모에물로 분류되는 장르가 일반 대중에게 받아들여졌다고 보기는 어렵다.

다만 청년층이 그러한 서브컬처에 친숙함을 느낀다는 사실만큼은 분명하다.

특히 음악계에서 그러한 변화가 두드러진다. 인기곡 차트의 순위는 말할 필요도 없고, 실제 이벤트에서도 그러한 경향을 엿볼 수 있다. 유명 DJ나 작곡가가 성우와 애니송 싱어에게 곡을 주는 경우도 적지 않으며, 서브컬처 쪽 기호의 하나로서 샘플링하는 사례도 종종 보인다. 또 애니송 클럽 이벤트도 늘어났다. 오타쿠 세계와는 인연이 없을 듯한 대형 클럽 이벤트에서도 지역이나 DJ에 따라서는 애니송을 틀어주는 경우도 있는지, 워후워후 춤추며 즐기는 영상을 본 적도 있다.

다시 말해 음악 쪽에서는 인싸와 오타쿠의 조합은 모순되지 않는다.

무엇보다도 인싸나 파티족은 재미있으면 장땡이라는 가치관의 소유자일 테니, 어떤 의미로는 오히려 장르에 대한 차별의식이 없을지도 모른다. 마음 맞는 친구와 마이 브로만 곁에 있으면 뭐든지 거리낌 없이 즐길 수 있는 게 핵인싸 핫피플 파티족의 특징이니까.

실제로 지금도 토베는 잔뜩 신바람이 난 기색이고…….

그렇게 생각하는 사이, 유이가하마가 살며시 어깨를 기대왔다. 반사적으로 몸을 빼서 거리를 벌리려 했지만, 유이가하마가 내 소맷자락을 잡아당기는 바람에 그 시도도 수포로 돌아가고 말았다.

다시 몸을 뒤틀려고 하자, 유이가하마가 입가에 손을 대고 귓속말을 하려는 포즈를 취했다. 그러면 아무래도 들어줄 수밖에 없다. 나는 살짝 고개를 기울여 귀를 가까이했다.

스피커에서 흘러나오는 굉음과 토베 일행이 질러대는 괴성이 쩌렁쩌렁 울려 퍼지는 와중에도 소곤소곤 가슴속을 간질이는 듯한 그 음성은 또렷하게 들려왔다.

"……토요일에 우리 집에 안 올래?"

귀를 의심하며 흘끗 곁눈질하자, 유이가하마는 수줍어하며 당고머리를 꼬물꼬물 매만졌다. 그 말의 의미를 따져보기에도 전에, 나는 거의 조건반사적으로 대답했다.

"아니, 안 갈 거다만……."

말이 떨어지기가 무섭게 유이가하마가 뺨을 볼록 부풀렸다.

"한가하다구 했잖아."

"어, 뭐 한가한 건 맞는데……."

갈 이유가 없잖아. 그렇게 덧붙이려 했으나, 그 전에 유이가하마가 입을 열었다.

"코마치 생일 선물 말이야, 케이크 만들어주기루 했잖아. 그러니까 오면 어떨까 해서."

"아…… 그랬지 참. ……뭐, 그런 거면…… 갈게. 고맙다."

코마치 생일 선물에 관해서는 예전에 유이가하마에게 상담한 적이 있었다. 그 후 프롬 자숙 이야기가 나오는 바람에 흐지부지돼버렸는데, 유이가하마는 그 일을 기억하고 있었나 보다. 이렇게까지 마음 써줬는데 『어쩐지 좀 부끄러워서 못 가겠어요……』라는 이유로 거절할 수도 없는 노릇 아닌가.

내가 끄응 신음하며 대답하자, 유이가하마는 힘차게 고개를 끄덕이고 후훗 흐뭇한 기색으로 웃었다.

"응! 그날은 엄마두 집에 있을 거니까, 이것저것 배울 수두 있을 테구!"

"가기 껄끄럽구만……."

가하마마 개인에게는 아무런 악감정이 없고 심지어 호감이 있을 정도지만, 같은 반 여자애의 엄마라는 위치가 더해지자 부담감이 확 밀려왔다. 이래봬도 난 꽤나 기쁘고도 수줍은 세븐틴이라고.

어깨를 축 늘어뜨리고 중얼거린 내 혼잣말은 와아~ 하는 환호성에 묻혀서 사라지고 말았다. 깨닫고 보니 때마침 하야마가 노래를 끝낸 참이었다. 다른 일행들에게 맞춰 건성으로 박수를 치자, 하야마가 커튼콜 못지않게 거창한 포즈로 왕자님 같은 인사를 했다. 저 녀석도 의외로 분위기를 잘 맞춘다니까.

반주가 끝나자, 순간적으로 느슨한 분위기가 흘렀다.

하지만 이내 다음 곡의 전주가 시작되었고, 토베가 주위를

둘러보았다.

"누구 거? 이거 누구 거래?"

"아, 내 거야, 내 거!"

유이가하마가 벌떡 일어나더니, 미우라와 에비나 양 쪽으로 타박타박 다가가서 마이크를 들었다.

여자 셋이 나란히 소파에 앉아서 몸을 좌우로 살랑살랑 흔들며 요즘 유행하는 노래를 부르기 시작했다. 그러자 남자들이 들고 있는 야광봉도 부드럽게 옆으로 흔들렸다. 솔직히 최신 히트곡은 하나도 모르지만, 미우라가 남자들의 시선을 의식해서 한껏 수줍음을 타며 노래하는 게 귀여우니까 됐어!

딱히 할 일도 없고 해서 나도 야광봉이나 탬버린이 필요하다고 내놔내놔 어필하는 눈빛을 보내다가, 방금 노래를 마친 하야마와 눈이 마주치고 말았다.

그러자 하야마는 피식 입꼬리만으로 웃더니, 사가미 동생에게서 야광봉을 건네받아 내 옆으로 다가왔다.

말없이 내민 야광봉을 나 역시 말없이 받아들었다. 일단 꺾기는 했지만, 흔들 마음은 조금도 나지 않았다.

……거북하다. 야광봉을 전해준 건 고맙다만, 이 녀석은 왜 또 내 옆에 앉는 거냐고? 볼일 다 봤으면 가주는 게 예의 아냐? 애초에 야광봉도 그냥 던져줬으면 됐거든?

나는 무언의 압력을 가하며 시원찮게 야광봉을 흔들었지만, 하야마는 그런 내 속내를 아는지 모르는지 쟁반에 놓인 컵 중에서 자기 몫의 음료수를 들고 장기 체류 태세에 들어갔다.

"노래 안 해?"

시선은 어디까지나 여자애들 쪽에 둔 채로, 빨대에서 입을 떼고 하야마가 물었다.

"공짜로는 못하지."

"여태까지 실컷 무료봉사해놓고 그런 말이 나와?"

"무료면 다행이게? 맨날 사비로 부담하느라 손해의 연속이라고."

서로 얼굴도 보지 않고, 영양가라고는 없는 잡담을 주고받았다. 그저 어색함을 달래기 위한 시답잖은 대화였다.

그러나 하야마는 재미가 붙었는지 몸을 살짝 앞으로 내밀고 이쪽을 돌아보더니, 씨익 짓궂게 웃었다.

"그런데도 계속한 이유는 남자의 오기야?"

그 말을 들은 순간, 나는 야광봉을 흔들던 손을 멈추고 말았다. 그리고 그대로 「아이참~」 하고 투정하듯 얼굴을 감쌌다.

"……쓸데없는 거 기억하지 말라고 쪽팔리니까 관두라고 싹 다 잊어버려 다시는 언급하지 마 죽는다."

나는 머리를 쥐어뜯으며 깊은 회한에 사로잡혀 씩씩거렸다. 그 말을 들으며 하야마는 입가에 손을 얹고 진심으로 유쾌한 듯 소리 죽여 웃었다. 이 자식, 진짜 성격 한 번 끝내주는구만.

이윽고 하야마는 웃음을 거두고, 무척 어른스러운 눈빛으로 나를 보았다.

"손해는 아직 만회할 수 있잖아?"

"어려울걸……? 그럴 기회는 이제 없을 것 같고."

하야마의 시선에서 벗어나고자, 나는 어깨를 으쓱하고 다시 앞을 보았다. 더는 할 이야기가 없음을 보여주려고 컵을 집어 들고, 오랜 시간에 걸쳐 천천히 커피를 마셨다.

앞에서는 어느새 일어난 세 소녀가 노래하고 있었다. 노래는 마침 후렴구로 접어들어, 옆에서 흥을 돋우는 토츠카와 자이모쿠자, 유희부도 잔뜩 신바람이 난 눈치였다.

토베는 아예 룸에 있던 탬버린을 짤랑짤랑 흔들며 워후워후 소리를 질러대기까지 했다.

"있잖아, 넌……."

소리의 홍수 속에서 하야마가 불현듯 입을 열었다. 그러나 주위의 소음에 묻혀 지독하게 알아듣기 힘들었다.

되물을 마음도, 입술을 읽을 마음도 나지 않아, 나는 눈길을 돌렸다. 하야마도 굳이 다시 말하지는 않고 그저 한숨만 쉬었다.

"거참 시끄럽네……."

누구에게랄 것 없이 내뱉은 말은 소음에 휩쓸려 사라졌다. 공허한 중얼거림은 그 누구에게도 전해지지 않는다.

귀에 들어오는 것이라고는 밝은 음악과 화려한 노랫소리, 활기찬 리듬뿐. 그것은 마치 어딘가 다른 방에서 들려오는 것처럼 느껴졌다.

그 바람에 떠올리고 말았다. 취한, 혹은 취한 척했던 그 사람이 한 말을.

그래서 나는.

잔치의 끝을 예고하는 콜 소리가 들려오기를 기다렸다.

× × ×

떠들썩한 뒤풀이로부터 며칠이 흐른 토요일.

평소 같으면 집에서 뒹굴뒹굴 마음 가는 대로 빈둥거리며 편안한 시간을 보낼 테지만, 오늘은 조금 사정이 달랐다.

나는 일전에 약속한 대로 유이가하마네 집에 와서 전전긍긍하는 중이었다.

유이가하마네 집을 찾은 것은 오늘이 두 번째다. 그래봤자 처음 온 날은 유이가하마 방에만 들어갔을 뿐이고, 그때는 유키노시타도 같이 있었다.

하지만 오늘은 나 혼자였다.

게다가 안내받은 곳이 하필 거실이라서 무진장 부담스러웠다.

개어놓은 빨래와 이름 모를 관엽식물, 꽃무늬 커버를 씌운 티슈 상자, 유리 그릇장에 장식된 드라이플라워, 베란다에 늘어선 화분, 은은한 나무 향을 풍기는 방향제. 무엇 하나 우리 집과 비슷한 구석이 없었다.

생활감이 느껴지는 공간, 특히 가족의 냄새가 짙게 배어 있는 곳에 생판 남이 발을 들여놓는 데는 다소 용기가 필요하기 마련이다. 그렇다고 유이가하마 방에 들어가는 데는 용기가 필요 없다는 뜻은 절대 아니지만 말이다. 오히려 엄청 필요해 무진장 필요해 죽도록 필요하다고.

하지만 거실은 또 다른 의미로 조심스러웠다.

특히나 다른 식구들의 모습이 보이지 않을 때는 더더욱…….

어라? 가하마마도 있을 거라고 하지 않았나……? 그렇게 생각하며, 거실로 안내된 후로 나는 내내 우두커니 서서 사방을 두리번거렸다.

그러나 아무리 둘러보아도 나하고 유이가하마 말고는 아무도 눈에 띄지 않았고, 집 안은 쥐 죽은 듯 고요하기만 했다. 들려오는 소리라고는 아일랜드 식 주방으로 들어간 유이가하마가 찬장을 부스럭부스럭 뒤지는 소리뿐이었다.

실내복 겸용인지, 유이가하마는 흰색 A라인 후드 원피스에 몽실몽실한 슬리퍼라는 꽤나 편한 차림새였다. 헐렁하고 여유로운 핏도 한몫해서 휴일 느낌을 물씬 풍겼다.

반면에 나는 남색 옥스퍼드 셔츠에 치노 팬츠를 입었다. 예전에 코마치가 골라주었던 무난한 옷차림. 아니, 코마치와 함께 다녀도 창피하지 않을 정도로는 깔끔한 복장이었다. 위에 재킷 하나만 걸치면 비즈니스 캐주얼이라고 해도 손색이 없었다.

딱히 멋을 냈다기보다는 만의 하나 가하파파와 마주칠 경우에 대비하여 실례가 되지 않도록 단정한 스타일을 연출한 것뿐이다. 다시 말해 그런 옷을 고를 만큼은 긴장한 상태였다.

그런 나와는 대조적으로 유이가하마는 콧노래를 흥얼거리며 차를 끓이기 시작했다.

"차 내올 테니까 적당히 앉아 있어."

"그, 그래……."

나는 시키는 대로 식탁에 놓인 의자를 뺐다. 4인용으로 배치된 좌석 중 문에서 가장 가까운 의자에 앉았다. 심심해서 무심코 식탁을 보니 베이킹 교재가 몇 권 놓여 있었다.

오늘 나는 디저트를 만들려고 이 집에 왔다. 잘 하면 가하마마의 가르침을 받을 수 있을지도 모른다는 계산을 깔고 왔지만, 그 모습은 눈에 띄지 않았다. 토요일이라 가하파파도 있을지 모른다고 각오하고 왔으나, 그쪽도 부재중이신 눈치였다.

……그런데 말입니다?

그러면 이번에는 아무도 없는 집에 단둘뿐이라는 상황이 되어버리는 게 아닌지요?

아니, 잠깐만. 이 집에는 분명히 식구가 또 한 명, 아니, 또 한 마리 있을 터였다. 그 모습을 찾는 사이, 유이가하마가 쿠키와 차를 담은 쟁반을 들고 타박타박 다가왔다. 그리고 내 옆자리에 풀썩 앉더니 차를 내주었다.

"어, 땡큐. ……근데 사브레는?"

"엄마랑 산책 갔어. 아마 곧 올 거야."

"그래……?"

내 옆에 앉은 유이가하마는 턱을 괴고 베이킹 교재를 팔랑팔랑 넘기며 다과로 챙겨온 쿠키를 집어 들었다. 완전히 제집 같구만. 하긴 자기 집이니까 당연하겠지만. 그 편안한 행동거지에서 평소에도 이렇게 저 의자에 앉아서 노닥거리는 모양이구나 하는 감이 왔다.

반면에 내가 앉은 의자는 평소에 쓰는 사람이 없는 눈치였

다. 4인용 세트 가운데 이 의자만 사용감이 없는 느낌이 들었다. 아마 부모님은 반대쪽 의자를 쓰시는 거겠지.

그렇게 생각하자 바로 그 부모님, 특히 파파님이 부쩍 신경 쓰이기 시작했다.

"……저기, 물어볼 게 좀 있는데."

"웅?"

펼쳐놓은 레시피 책에 시선을 고정한 채 두 번째 쿠키를 냠냠 먹으며, 유이가하마가 고개를 갸웃했다.

"오늘 아버님께서는 어찌하고 계신다니?"

"말투가 왜 그래? 징그러."

유이가하마는 깔깔 웃었지만, 나는 도무지 웃음이 나지 않았다. 가하마마를 만나는 것까지는 그나마 괜찮다고 할까 심지어 좀 만나고 싶을 정도지만, 가하파파와 마주치면 어떡해야 할지 통 감이 잡히지 않았다. 내가 가하파파 입장이면 무조건 날 죽여 버릴 거라고. 어떤 관계든 사랑하는 딸에게 접근한 시점에서 아웃이다. 의심스러우면 죽이고 보자 정신[#29].

"아빠는 출근했을걸? 잘은 몰라두."

내 걱정이 무색하게 유이가하마는 천연덕스러운 말투로 대답했다. 다행이다……. 뭐라고 인사드려야 좋을지 모르겠는걸…….

안도의 한숨을 내쉬며 가슴을 쓸어내리는데, 유이가하마가 의자를 날삭날삭 움직여 내 옆에 찰싹 달라붙었다. 나는 그만

#29 의심스러우면 죽이고 보자 일본에서 무죄 추정의 원칙과 동일한 뜻으로 쓰이는 「의심스럽다고 벌할 수는 없다」의 패러디.

큼 슬그머니 엉덩이를 옆으로 뺐다. 그 결과 살짝 벌어진 틈새로 유이가하마가 레시피 책을 쓱 밀어놓았다. 같이 보자는 뜻인가 보다.

“암튼 나두 이것저것 생각해봤는데, 너무 어려운 건 아무래두 힘들지 않을까?”

“그야 당연하지. 실패하지 않을 만한 게 좋겠다만…….”

나도 턱을 괴고 유이가하마와 반대쪽으로 체중을 실은 채, 자유로운 손으로 책장을 팔락팔락 넘겼다.

뭘 만들까 생각하면서 페이지를 넘길 때마다 근사한 디저트 사진들이 눈에 들어왔다. 머핀, 마카롱, 타르트 타탱, 피낭시에, 카눌레, 플로랑탱……. 하나같이 놀라울 만큼 예쁘고 맛있어 보였다. 이 정도면 코마치도 기뻐할 게 틀림없다.

다만 내가 이것들을 만들 수 있느냐는 별개의 문제다. 아니, 솔직히 불가능하다고……. 우선 노른자와 흰자를 분리하라니, 어떻게 하는 거람……? 분리한 흰자는 어떡하면 좋지……? 바르나? 바르면 돼?

함께 책을 들여다보던 유이가하마도 끄응 신음을 흘렸지만, 이윽고 불쑥 중얼거렸다.

“……쿠키? 정도? 라면? 가능할? 지두?”

어쩜 이토록 미덥지 못할 수가……. 고개를 갸웃하기를 통산 다섯 번. 덤이라도 붙여주듯 마지막으로 한 번 더 고개를 꼬더니, 나를 힐끔 올려다보았다.

“그러게. ……그거라면 나도 만들 수 있을지 모르지.”

"무슨 뜻이야?"

유이가하마를 빤히 쳐다보며 깊은 공감을 담아 엄숙하게 대꾸하자, 유이가하마가 어깨를 찰싹 때렸다.

"아야야……."

별로 아프지는 않았지만, 혼잣말처럼 중얼거리며 얻어맞은 어깨를 살살 어루만졌다.

그런데 그때 그 어깨 뒤에서 얼굴을 쏙 내미는 사람이 있었다. 바로 유이가하마의 엄마였다. 막 산책을 마치고 돌아온 모양이었다. 가하마마는 봄 분위기가 물씬 풍기는 파스텔 톤의 얇은 니트에 롱스커트를 입고, 품에는 애견 사브레를 안고 있었다.

"에이, 엄마는 반대야~. 좀 더 인상에 남을 만한 게 좋지 않을까?"

온화한 말투로 지적하며, 가하마마가 유이가하마와 나 사이로 빼꼼 고개를 내밀고 레시피를 들여다보았다. 그러니까 뭔가 가깝고 따스하고 부드럽고 뭔가 끝내주게 향긋한 냄새가 나서 난 이제 틀렸어. 갑자기 이런 말을 해서 미안해. 하지만 정말이야. 게다가 귓가에서 사브레가 난리난리 개난리야, 멍멍 할짝할짝해대…….

"안녕하세요……. 오늘은 잘 부탁드립니다……."

사브레가 정신없이 얼굴을 핥아대는 와중에 간신히 인사하자, 가하마마는 생긋 웃었다.

"나만 믿으렴! 힘낼게!"

"엄마……. 나중에 부를 테니까 저리 가 있어……."

유이가하마가 못살겠다는 듯 한숨을 쉬며 일어나서 가하마마의 등을 마구 떠밀었다.

"유이 네가 가르쳐달라며~."

"그니까 필요할 때 부른다구!"

가하마마의 저항에 유이가하마가 더 세차게 등을 떠밀었다. 결과적으로 엎치락뒤치락하다가 등으로 밀어내기 게임[#30]처럼 되어버리고 말았습니다. 저렇게 모녀가 아웅다웅하는 모습도 꽤 괜찮은걸……?

"자자, 너무 그러지 마. 여차하면 도움을 받을 수도 있으니까……."

어찌나 훈훈한지 평생 감상하고픈 심정이었지만, 그냥 놔두면 한없이 실랑이를 벌일 기색이었기에 결국 끼어들고 말았다. 그러자 가하마마가 천군만마를 얻은 것처럼 반색을 했다.

"맞아맞아~. 그러니까 엄마도 같이 생각하는 게 낫지 않겠니?"

가하마마가 생긋 웃으며 말하자, 유이가하마의 입에서 어휴 불만스러운 숨결이 새어나왔다.

"……알았어, 맘대루 해. 그럼 엄마는 어떤 게 좋을 거 같아?"

못마땅한 기색으로 자리에 앉은 유이가하마가 앞에 있는 의자를 척 가리켰다. 그러자 가하마마가 쿡쿡 웃으며 우리 앞에 앉았다.

#30 등으로 밀어내기 게임 여럿이 등을 맞대고 서서 서로를 밀어내는 게임.

"기왕 손수 만드는 거니까, 조금 더 센스 있는 게 좋지 않을까?"

"센스 있는 거……?"

유이가하마는 천장을 올려다보며 우움 생각에 잠겼다.

"힛키 군은 뭐가 좋을 거 같니?"

무릎에 앉혀놓았던 사브레를 안아들고, 가하마마가 상반신 전체로 크게 고개를 갸웃했다. 그 품에 안긴 사브레도 덩달아 고개를 갸우뚱했다. 그 앳된 몸짓에 나는 입가로 번지는 미소를 감추고자 턱에 손을 얹었다.

"센스 있는 거면…… 세련되고, 인스타에 올리기 좋고, 비싸 보이고, 동네 엄마들한테 으스댈 수 있는 거 말인가요?"

"노골적이네~."

"설마 했는데, 완전히 주부 시선이잖아?!"

가하마마는 약간 경직된 미소를 지었고, 유이가하마는 도리어 안쓰럽게 여기는 듯한 시선을 보내왔다. 그나저나 표현이 노골적이라고 지적할지언정 내용 자체는 부정하지 않다니, 역시 성인 여성은 무섭군요.

"……아, 혹시 마카롱 같은 건가요?"

나는 잠시 생각한 끝에 사브레를 빤히 쳐다보며 말했다. 내가 보는 건 어디까지나 사브레다. 그 뒤쪽에는 눈길조차 주지 않고, 오로지 사브레만을 뚫어지게 응시했다. 그렇다는 설정이다. 결과적으로는 이것저것 시야에 들어와 버리지만, 그건 불가항력이라고 말할 수밖에 없다.

"땡~."

그 목소리에 시선을 들자, 가하마마가 손가락 두 개를 살짝 포개서 가위표를 만들어보였다. 이 집 엄마 뭐야? 왜 이리 귀여운데……? 뒤이어 가하마마는 흠흠 헛기침을 하더니, 진지한 표정으로 뻘소리를 했다.

"마카롱은 선물 받는 거지 만드는 게 아니란다."

"응, 선물 받으면 기뻐."

"하지만 만드는 건 힘들지."

유이가하마는 에헤헷 해맑게 웃었고, 가하마마는 뺨에 손을 얹고 한숨을 쉬었다.

그렇게 만들기 번거로운가 싶어 레시피를 살펴보니, 정말 마카로나주가 어쩌고 저쩌고 쓰여 있는 게 상당히 복잡해 보였다. 덤으로 가격도 꽤나 나갈 듯했다. 이래서야 사기도 만들기도 힘들겠구만.

그럼 뭘 만들면 좋을꼬? 고개를 갸우뚱하는데, 가하마마가 흠흠 헛기침을 했다.

"그래서 이 엄마는 과일 타르트를 추천합니다!"

"웅? 그거 왠지 어려울 거 같은데?"

유이가하마가 떨떠름한 표정을 지었다. 나도 떨떠름한 표정으로 힘주어 고개를 끄덕였다.

그렇게 이름이 다섯 글자씩이나 되는 건 무리 아냐? 난 베이킹 쪽은 문외한이나 마찬가지고 유이가하마도 서툰 편이니까, 그런 우리가 만들어봤자 뒤떨어진 과일 타르트가 나올 뿐

이거든요? 하고 눈빛으로 가하마마에게 호소했다.

그러자 가하마마는 생긋 웃더니 가로로 V자를 그려보였다. 추가로 윙크, 덤으로 혀도 쏙 내밀었다.

"괜찮아 괜찮아! 타르트 시트는 완제품도 팔아서 그냥 속만 채우면 되니까 걱정 안 해도 돼☆ 게다가 한번 만드는 법을 익혀놓으면 다른 과일로도 얼마든지 응용할 수 있거든."

"그 정도면 나두 할 수 있을지두!"

가하마마의 말에 유이가하마가 눈을 초롱초롱 빛내며 와아 탄성을 질렀다. 하긴 기성품을 잘 활용해서 만든다는 전제가 붙으면 난이도는 다소 내려가겠지. 그 설명에는 나도 납득이 갔다.

"그래, 그렇겠네. ……그런가?"

"하, 할 수 있어! 할 수 있다구! ……아마두."

일말의 불안이 가슴속을 스치는 바람에 무심코 옆을 돌아보고 말았다. 그러자 유이가하마는 내게 고개를 끄덕여 보이고, 주먹을 불끈 쥐면서 힘차게 단언했다. 하지만 말끝에 쓸데없는 한마디가 덧붙고 말았다. 그거야, 그거. 바로 그렇게 덧붙이는 게 문제라고. 그게 불안의 근원이라니까? 그렇게 『색다른 맛 추가!』 같은 어레인지를 하거나 비장의 조미료 같은 걸 첨가하려다가 번번이 사고를 치잖아. 하긴 그런 점은 내가 신경 써주면 그만이다만.

"좋아, 해볼까?"

"응!"

마주보고 고개를 끄덕이는 우리의 모습에 가하마마가 후훗 웃었다.

"그럼 이제 재료를 사러 갈까?"

유이가하마와 내가 찬성하자, 사브레도 신이 나서 멍멍 짖었다. 으음, 하지만 안타깝게도 사브레는 집 보기 담당이려나?

× × ×

저녁때를 앞둔 시간이라는 점도 한몫했는지, 유이가하마네 집에서 가까운 이온 마트의 식품 매장은 왁자지껄하게 붐볐다.

활기 넘치는 마트 안에서 앞서가는 유이가하마와 가하마마를 따라다니며 돌돌 카트를 밀었다. 2단으로 쌓인 바구니 안에는 쌀과 고기, 과자 등이 들어 있어서, 손잡이에도 묵직한 느낌이 전해져왔다. 타르트 재료 구입뿐만 아니라 일상적인 장보기도 겸한 쇼핑이었다.

앞에서 걸어가던 가하마마가 나를 돌아보더니 생긋 웃었다.

"미안해서 어쩌지? 무거운 것만 사버렸네."

"괜찮아요. 이런 건 익숙하거든요."

실제로 엄마나 코마치가 장보러 갈 때 동행하는 일도 없지는 않다. 어릴 때는 자주 따라가서 부모님 몰래 장바구니에 과자 넣기를 시도하곤 했더랬지. ……실은 방금 눈앞에서 유이가하마 양이 한 짓이지만요!

하지만 이렇게 식품매장을 주의 깊게 살펴보기는 처음인지

도 모른다. 엄마나 코마치의 짐꾼 노릇을 할 때는 고분고분 지시에 따를 뿐이고, 나 혼자 갈 때도 이거 사와 저거 사와 품목을 정해주는 경우가 대부분이다. 그 결과 「왜 이걸 사왔어?」라고 언짢은 얼굴로 타박을 당하는 일도 허다하다. 연두부와 모두부의 차이 따위 모른다고. 둘 다 맛있다고…….

그 정도의 장보기 스킬밖에 없는 내가 이 상황에서 할 수 있는 일이라고는 짐 나르기뿐이라, 세 발짝 뒤에서 얌전히 가하마마를 따라갔다.

"역시 남자애가 있으니까 다르네. 왠지 신선해!"

틈틈이 그런 대화를 나누며 매장을 돌다 보니 청과물 코너 앞에 다다랐다. 채소는 물론이고 우리가 찾던 과일도 즐비했다. 바나나와 사과, 오렌지 같은 익숙한 과일을 시작으로 너희들 키위 파파야 망고구나?[#31] 하고 따로 확인하고 싶어질 정도로는 흔치 않은 열대 과일에 이르기까지 폭넓은 상품을 갖추고 있었다.

"어떤 과일로 할까?"

진열대 앞에 선 가하마마는 팔짱을 낀 채 뺨에 손을 얹고 흐음 생각에 잠겼다. 그러자 유이가하마가 힘차게 손을 들었다.

"복숭아!"

"복숭아가 나오려면 아직 멀었단다. 여름이 제철이거든."

가하마마는 상냥한 말투와 달리 딱 잘라 기각했다.

"글쿠나……. 복숭아는 지금이 제철인 줄 알았어……."

#31 너희들 키위 파파야 망고구나 나카하라 메이코의 히트곡 제목.

"하긴 봄 과일 같은 이미지이긴 하지."

실제로 카트 안에는 유이가하마가 휙휙 던져 넣은 복숭아 과자가 가득했다.

복숭아 명절이라고도 불리는 3월 3일 삼짇날을 챙기는 문화의 영향인지도 모른다. 식품 회사 역시 그러한 이미지를 판매 전략에 활용하는지, 해마다 3월이 오면 백도 맛 주스나 추하이, 과자가 시즌 한정 상품으로 발매되고는 한다. 그러다 보니 여름이 제철이란 게 좀처럼 실감이 나지 않았다.

요새는 수입이나 하우스 재배도 보편화된 탓에 식품의 제철을 파악하기가 점점 더 어려워지는 느낌이 든다. 내가 아는 만화 원작자 같으면 「하지만 일본 식품 회사에도 잘못이 있어요」라고 했을 거라고. 이 백도 맛을 만든 사람은 누구냐!

그렇게 실없는 생각을 하는 사이, 가하마마가 진열대 앞으로 쓱 다가섰다.

"요즘 제철 과일은…… 딸기(苺, 이치고)!"

그렇게 말하며 가하마마가 가리킨 것은 과일을 파는 매대 맨 앞, 가장 눈에 띄는 코너였다. 그곳에는 팩에 담은 딸기가 빽빽하게 진열되어 있었다. 화려한 깃발 장식과 귀여운 POP 광고판으로 꾸며놓아, 그야말로 대 스타미야 이치고 축제를 방불케 했다.

"우와, 그것두 왠지 의외야. 딸기는 겨울 과일이란 느낌인데."

유이가하마는 허리를 굽혀서 얼굴을 가까이 대고 킁킁 냄새를 맡더니, 에헤헷 행복한 미소를 지었다.

“향긋해…….”

“그럼 딸기로 할까?”

그렇게 말하며 손을 뻗으려는데, 가하마마가 내 팔을 살며시 제지했다.

“안 돼~.”

귓가에서 부드럽게 속삭이는 바람에 나는 반사적으로 몸을 획 젖히고 말았다. 매장에 감도는 달콤한 향기까지 더해져, 귀뿐만이 아니라 온몸이 간질간질한 감각에 사로잡혔다. 하마터면 「하응」 같은 소리가 흘러나올 뻔한 것을 꾹 참으며 왜 안 되느냐고 의문 어린 시선을 보내자, 가하마마는 타이르는 듯한 표정으로 손가락을 척 치켜세웠다.

“딸기는 수제 디저트에 적합하지 않아요.”

“그, 그래요……?”

이상하네. 딸기로 만든 디저트는 이 세상에 수도 없이 많을 것 같은데 말이야. 이상하네. 이 사람, 대체 언제까지 내 손을 잡고 있으려는 거람? 이상하네. 전혀 싫지가 않네.

내가 고개를 갸우뚱하자, 유이가하마가 가하마마의 팔을 획 잡아끌며 사이로 끼어들었다.

“왜 적합하지 않은데? 딸기 디저트는 많이 있잖아?”

“바로 그래서야. 딸기는 먹을 기회가 많잖니? 더 인상적인 걸로 해야지.”

그 대답에 「무슨 뜻이냐?」 하고 옆을 돌아보자, 유이가하마가 「몰라」 하고 고개를 도리도리 저었다. 그럼 정답은 무엇이

온지요? 하고 우리는 동시에 가하마마를 바라보았다.

그러자 가하마마는 정답을 알려주는 대신 생긋 웃더니, 다른 질문을 던졌다.

"힛키 군은 어떤 과일을 좋아하니?"

막상 물어보니 얼른 떠오르는 게 없었다. 뭘까 생각해보는데, 어찌된 영문인지 유이가하마가 냉큼 대답했다.

"땅콩[#32]이지?"

"왜 네가 대답하는데? 그보다 과일, 과일이라고. 우리 지금 과일 이야기 하는 중이거든?"

"그치만 힛키, 치바 좋아하니까……."

"너 치바 사람은 땅콩이나 먹으라고 해![#33] 라고 생각하는 거 아니냐?"

있잖아, 그거 알아? 땅콩은 과일도 아니고 나무 열매도 아니고 사랑의 열매는 더더욱 아니고, 콩이래. 이거 콩알 상식이라고. 그렇게 우쭐한 얼굴로 콩알 상식을 설파해줄까 했으나, 그러기 전에 유이가하마가 심통 난 기색으로 입술을 삐죽 내밀고 불만스러운 표정으로 물었다.

"그럼 뭘 좋아하는데?"

"……굳이 따지면 배겠지. 치바 배는 일본제일, 아니, 세계제일이라고."

"역시 치바였어!"

#32 **땅콩** 땅콩은 치바의 특산물임.
#33 **치바 사람은 땅콩이나 먹으라고 해** 영화 『날아라 사이타마』에서 파생된 밈.

"그야 치바라는 이유도 없지는 않다만, 그냥 배를 좋아해. 특히 행수(幸水) 품종. 맛은 말할 것도 없고, 그 아삭함이 정말 끝내준다니까? 완전 맛있어. 여름철이면 우리 집에서는 박스로 사다먹는다고."

"생각보다 훨씬 진심이었잖아?! 무서워!"

딱히 열변을 토하지도 않았는데 어째 유이가하마가 기겁한 눈치잖아……? 거참 이상하네, 난 그냥 묻는 말에 대답했을 뿐인데…….

한편 가하마마는 경악하는 기색도 없이 턱에 손을 얹고 흐음, 진지하게 고려해보는 눈치였다.

"배도 이 시기에는 안 나오니까……. 하긴 복숭아는 통조림이 있지만."

"응, 복숭아 통조림 맛있어……."

에헤헷, 어딘가 기쁜 얼굴로 유이가하마가 중얼거렸다. 얘 진짜 복숭아 좋아하네……. 그렇게 생각하며 곁눈질하는데, 가하마마가 흠흠 고개를 끄덕이더니 결론을 내렸다.

"그래, 오히려 좋을지도 모르겠구나. 통조림을 쓰면 콩포트[#34] 하는 수고를 덜 수 있으니까."

"어…… 오히려요?"

오히려라니 무슨 소리람? 고개를 갸우뚱하자, 유이가하마도 똑같이 우움, 고개를 갸웃했다.

"콩포트……? 아하…… 안심이구, 쾌적한……."

#34 콩포트 과일을 설탕에 조려 만든 프랑스 디저트.

"맞아~."

절대로 아냐. 그건 컴포트(comfort)라고. 가하마마는 사랑하는 딸의 착각을 아는지 모르는지, 생글생글 웃으며 넘어갔다.

아하, 저런 교육 방침이 저 크고 너그러운 기질을 낳는 거군요. 아무렴요. 어디인지는 말 안하겠지만, 참으로 크고 탐스럽게 성장했으니까요. 유전뿐만 아니라 환경 역시 중요하군요. 부디 이대로 무럭무럭 자라주기를……. 따스한 눈길을 보내자, 그 시선을 느꼈는지 유이가하마가 빙글 이쪽을 돌아보았다.

"복숭아 통조림이라……. 힛키, 어떡할까?"

"난 뭐든 상관없다만. 코마치도 딱히 가리는 건 없고. 그러니까 복숭아도 괜찮지 않겠냐?"

여름철에 우리 집에서는 배가 더 자주 등장하지만, 그래도 코마치의 취향에 비추어보면 복숭아는 좋아하는 과일에 속할 터였다. 나도 딱히 복숭아가 싫지는 않다. 오히려 터질 듯한 피치, 너~무 좋아![#35]

다만 통조림을 사용한다고 하니 딱 한 가지 마음에 걸리는 점이 있었다.

"복숭아 통조림을 쓰면 제철하고는 상관없어지지 않나요?"

흘끗 의문을 담은 시선을 향하며 묻자, 가하마마는 한순간 의아한 표정을 지었다. 그렇지만 이내 후훗, 부드럽게 미소 지

#35 터질 듯한 피치 너~무 좋아 광고가 독특하기로 유명한 하즈키 돋보기 CF의 「하즈키 돋보기, 너~무 좋아!」라는 멘트 패러디.

었다.

“그래, 지금은 그렇지. ……하지만 계절은 다시 돌아오니까.”

그 목소리는 무척 다정했지만, 희미하게 쓸쓸한 울림이 묻어났다. 살짝 고개 숙인 옆얼굴은 해질녘의 그녀를 닮아 희미한 우수를 품고 있었다. 저 표정은 틀림없이 어른들의 전유물이다.

“몇 년 후에 어른이 돼서 복숭아를 먹으면 그런 일도 있었지~ 하고 떠오르겠지? 바로 그런 점이 수제 디저트의 매력이란다.”

유이가하마의 엄마는 살며시 한쪽 눈을 감고, 비밀스러운 주문을 알려주듯 속삭였다. 내게는 마치 그 음성에 신비로운 마력이 깃든 것처럼 느껴졌다. 그만큼 그 말은 자연스럽게 수긍이 갔다.

“뭔가 멋진 말 같아!”

마찬가지로 감명 깊게 들은 기색으로 유이가하마가 눈을 반짝이며 말했다. 쏟아지는 존경의 시선에 가하마마는 입가를 가리고 쿡쿡 웃고는 장난스럽게 윙크를 했다.

“그렇지? 남자한테는 이게 제일 잘 먹힌다니까?”

“뭔가 꽝인 거 같아! 갑자기 계산적인 느낌으루 변해버렸잖아…….”

두 사람의 대화를 옆에서 듣다가, 나는 그만 쓴웃음을 짓고 말았다. 분명 남자한테는 더없이 잘 먹힐 테지.

상큼하고 싱그러운 향기를 맡을 때마다, 녹아내릴 듯한 달

콤함에 빠져들 때마다, 그 계절을 떠올리게 된다.

그러니 틀림없이 오늘 일도 잊지 못하겠지.

과연(さすが, 사스가) 가하마마, 줄여서 사스가하마마다. 통조림 코너로 향하는 유이가하마 모녀에게 존경을 넘어 경외, 심지어는 공포의 눈빛을 보내며, 나도 서둘러 그 뒤를 따랐다.

두 사람은 오손도손 팔짱을 끼고, 경쾌한 발걸음으로 계속 수다를 떨었다.

"엄마두 그런 거 했어?"

"그럼~. 너희 아빠도 아직까지 그때 이야기를……."

대답하려는 가하마마를 유이가하마가 가로막았다.

"우움…… 아냐, 역시 관둘래. 아빠 그런 이야기 듣는 거, 왠지 좀 징그럽구……."

파파, 너무 불쌍해…….

× × ×

남의 집 부엌은 아무래도 느낌이 다르다.

싱크대 위치, 수도꼭지 트는 방법, 보일러의 온수 스위치, 그릇의 배치, 키친 매트의 무늬, 세제 냄새. 그런 소소한 차이들이 신선한 감각을 불러일으킨다.

그중에서도 가장 신선하게 느껴진 것은 바로 앞치마 차림이었다.

머리핀을 입에 물고 밀크티 색의 긴 머리카락을 목 뒤에서

느슨하게 다시 묶은 다음, 둥글게 틀어 올린다. 그리고 반들반들한 입술에 닿았던 조그만 꽃장식이 달린 머리핀을 찌른다.

끝으로 프릴 달린 원피스형 앞치마를 걸치고, 등 뒤로 늘어진 끈을 단단히 묶는다.

그런 가하마마의 모습에 나도 모르게 가슴이 설레고 말았다.

우리 집 식구들은 웬만해서는 앞치마를 챙겨 입지 않는다.

우리 집 부엌에서 목격되는 광경과는 완전히 딴판이다. 코마치는 실내복으로 쓰는 촌티 풀풀 나는 자주색 추리닝을 입고 프라이팬을 촥촥 흔들고, 엄마는 편한 평상복 차림에 생기 없는 눈으로 냄비에 식재료를 넣거나 하염없이 소면을 삶는다. 그리고 거의 부엌에 서는 일이 없는 아버지는 묘하게 겉멋든 잠옷을 입은 채 들뜬 기색으로 전자레인지에 우유를 데우고는 한다. 심지어 나 정도 경지에 오르면 반라도 마다하지 않는다. 그런 장비로 괜찮은가?[#36] 같은 질문을 받는 일조차 없다.

이렇게 만사가 대충인 가정에서 자라면, 샤방하게(주방이니까) 앞치마를 챙겨 입고 부엌일을 하는 모습에 일종의 동경심을 품게 된다.

정성스러운 일상이란 이런 걸 말하는 거려나…….

멍하니 쳐다보는데, 내 시선을 느낀 가하마마가 생긋 웃었다. 그리고 살포시 내 손을 잡더니 짙은 남색 앞치마를 쥐어

#36 그런 장비로 괜찮은가? 2011년 발매된 게임 『엘 샤다이 : 메타트론의 승천』에 등장하는 대사. 대사가 등장하는 장면의 상황이 황당해서 이후 대사 자체가 밈이 되었다.

주었다.

"미안해서 어쩌지? 파파가 쓰는 앞치마밖에 없네."

"엇, 아뇨, 전……."

사실 앞치마 같은 건 없어도 상관없거든요. 알몸이면 충분합다, 알몸이면……. 그렇게 덧붙이려 했으나, 꾹꾹 퍽퍽 떠넘기다시피 하는 바람에 거절할 수가 없었다.

하는 수 없이 앞치마를 허리에 둘러보니, 길을 잘 들여놓아서인지 몸에 착 감겼다. 아무래도 유이가하마 양 댁은 파파님도 부엌일을 하는 가정인가 보다.

부모님은 두 분 다 요리를 하시는 모양인데, 따님은 왜 요리를 못하는 거지?

그렇게 생각하며 의심스러운 눈길을 보내자, 당사자인 유이가하마는 뭔가 하늘하늘 나풀나풀 걸리쉬한 앞치마를 단정하게 차려 입은 채였다. 예전에 유키노시타와 함께 외출했을 때 샀던 물건이다. 매장에 걸려 있을 때에 비하면 어느 정도 사용감이 느껴지기는 했지만, 그래도 소중하게 아껴 입은 티가 났다.

유이가하마는 옷자락에 달린 프릴을 만지작거리며 조금 의기양양하게 웃어 보였다.

"어때? 요리 엄청 잘할 거 같지 않아?"

"……."

의외로 그럴듯했다.

채광창으로 새어드는 석양에 벽 쪽에 달린 간접 조명이 어

우러져 따스한 색감의 빛이 탄생한 데다 부엌이라는 공간까지 가세하여, 그 광경에는 카탈로그에 싣기에도 부족함이 없을 만큼 행복한 분위기가 감돌았다.

그 바람에 바보 같은 망상이 머릿속을 스쳐가고 말았다.

그 생각을 떨쳐내듯 나는 다소 빠른 말투로 대꾸했다.

"어울려 어울려, 나도 제법 괜찮지 않냐?"

말 나온 김에 허리에 두른 앞치마를 탁 치며 묻자, 유이가하마는 눈살을 찌푸리고 떨떠름한 표정을 지었다.

"우움…… 응, 어울려."

"뭐야, 왜 망설이는데?"

"아, 응, 그게…… 점원 같아서 멋있긴 한데, 왠지 앞치마에서……."

유이가하마는 인상을 쓰며 내뱉듯 말을 이었다.

"……냄새 날 거 같아."

"너무한 거 아니냐? 나한테도 물론 실례다만, 이거 너희 아빠 거잖아?"

"응, 그러니까……."

"깨끗하게 빨았으니까 걱정 마~."

가하마마가 쿡쿡 웃으며 끼어들었다.

"그럼 이제 시작할까?"

느긋하고 푸근한 가하마마의 말에 유이가하마가 힘차게 주먹을 치켜들었다.

"아자!"

"아…… 아자……."

나도 손짓하는 복고양이마냥 소심하게 손을 들 수밖에 없었다. 쪽팔려…….

부엌 조리대에는 이미 각종 재료가 줄줄이 놓여 있었다. 시판 타르트 시트와 복숭아 통조림, 생크림 같은 주재료를 시작으로, 어레인지에 쓸 생각인지 토핑용 초콜릿과 다른 과일 등등, 자질구레한 것까지 빠짐없이 준비되어 있었다.

막상 시작해보니 가하마마가 추천한 과일 타르트는 그렇게 만들기 어렵지 않았다. 아마 내가 베이킹 초보라는 점을 감안해서 메뉴를 골라주었기 때문이겠지.

타르트 시트 위에 얇게 자른 냉동 스펀지케이크를 깐 다음, 크림을 바르고 복숭아를 올린다. 그 후에는 나파주인가 뭔가 하는 젤라틴 같은 질감의 물풀 비슷한 것을 듬뿍 발라서 반들반들하게 윤기를 더해주는 게 다였다. 복숭아는 공기에 닿으면 변색되는 특성이 있는데, 나파주를 발라두면 시간이 지나도 예쁜 색이 유지된다나 뭐라나.

그 결과 당초에 예상했던 것보다도 훨씬 순조롭게 첫 번째 타르트를 완성하고야 말았다.

"이왕 하는 김에 다양한 종류로 만들어보는 것도 좋지 않을까?"

내 어깨너머로 빼꼼 고개를 내밀며 권유하는 가하마마의 말에 몇 개 더 만들어보기로 했다.

하지만 이 정도로 간단하면 뭔가 조금 더 공을 들이고 싶어

지는 게 인지상정이다.

그리하여 가하마 양의 머릿속에 놀라운 아이디어가 번뜩이셨습니다.

“아, 여기다 초콜릿 넣으면 무조건 맛있어질 거 같아!”

기발한 발상이라는 듯 유이가하마가 손뼉을 짝 쳤다.

판 초콜릿을 똑똑 부러뜨리는 그 모습에 불안이 엄습해왔다. 그래서 보다 못해 그만 참견하고 말았다.

“너 왜 또 그러는데? 그냥 평범하게 만들려고 마음먹으면 그렇게 만들 수도 있잖아?”

“우움…… 이래야 더 예쁘구, 맛있지 않을까 싶어서.”

대답하며 부러뜨린 초콜릿 조각을 과일의 산 위에 푹 쑤셔 박았다. 말캉말캉한 백도가 힘없이 뭉그러져, 그 음산한 비주얼은 어디로 보나 예쁜 것과는 거리가 멀었다. 불협화음이란 눈에 보이기도 하는구나 싶을 만큼 유감스러운 조합이어서, 마리아주가 탄생할 기미는 털끝만큼도 없었다.

“응용은 기본을 다진 다음에 해야 되는 거라고.”

“유키농한테두 똑같은 말 들었는데…….”

불쑥 튀어나온 그 이름에 표정이 굳어졌다.

“……그렇겠지. 일반상식이니까.”

나는 애써 평정을 가장하며 대꾸했다.

그러나 유이가하마는 신경 쓰는 기색도 없이 콧노래를 흥얼대며, 다시 초콜릿을 뚝뚝 쪼개기 시작했다.

“전에 자구 갔을 때두 같이 밥 해먹었거든? 맛있는 거랑 맛

있는 걸 합치면 보통 맛있어지는 법이잖아?"

"그거 어째 위험한 사고방식 같다만……."

"응? 그래?"

햄버거하고 콜라는 둘 다 맛있지만, 햄버거를 콜라에 삶아 먹으면 끔찍할 게 뻔하잖아……. 세상에는 조리법이라는 게 있다고…….

경악해서 입을 떡 벌리고 말을 잇지 못하는데, 그 사실을 안 유이가하마가 초콜릿 조각을 그 안으로 쏙 집어넣었다. 그리고 포크에 꽂은 복숭아를 마구 들이밀었다.

그 바람에 아~ 하고 먹여주는 것 같은 상태가 되어, 아, 안 돼, 어머님이 보고 계시잖아…… 하고 수줍어하지도 못하고, 시럽으로 떡칠된 입가를 손가락으로 훔치며 우물우물 받아먹을 수밖에 없었다.

"어때, 맛있지?"

"야……."

볼멘소리를 하면서도 우물우물 씹으며 실눈을 뜨고 가볍게 째려보았다. 아니 뭐 딱히 불만이 있는 건 아닙니다만, 하다못해 사전에 한마디 귀띔이라도 해주시면 저도 마음의 준비라고나 할까, 거절할 핑계를 생각해낼 수 있거든요……? 그렇게 항의하려 했지만, 그보다 입 안에서 느껴지는 위화감이 앞섰다.

복숭아의 상큼함과 초콜릿의 감미로움이…… 으음…… 안 어울려…….

"……이런 건 네가 먼저 먹어본 다음에 해주지 않으련?"

못 먹을 정도는 아니었으므로 어찌어찌 꾸역꾸역 삼키고, 지극히 조심스러운 멘트로 감상을 대신했다.

하지만 내 완곡한 표현이 썩 와 닿지 않았는지, 유이가하마는 의아한 듯 고개를 갸웃했다.

"어라……? 당연히 맛있을 줄 알았는데……."

나직하게 중얼거리며 유이가하마도 시식해보았다.

그리고 몇 초 후에 한없이 미묘한 표정으로 살짝 고개를 끄덕이는가 싶더니, 그 뒤로는 아무 말도 하지 않았다. 그것 보세요. 역시 안 어울리잖습니까! 아무튼 유이가하마도 미각 자체는 정상이라니까. 조리 과정에 문제가 있을 뿐이지…….

그렇게 생각하는데, 우리를 지켜보던 가하마마가 입가에 손을 얹고 쿡쿡 웃었다.

"초콜릿을 넣고 싶으면 이렇게 하는 게 낫지 않을까?"

시범을 보여주겠다는 듯 가하마마가 옆에서 작업에 착수했다.

남은 타르트 시트를 적당한 크기로 자른 다음, 그 위에 초콜릿을 바르고 과일을 얹었다. 눈 깜짝할 사이에 미니 사이즈 타르트가 완성되었다.

가하마마가 그 타르트를 조심스레 집어 들고 내 입가로 가져왔다.

"자, 아~."

"가, 감사합니다. 하지만 괜찮습니다."

무(無)다, 무의 경지다. 겨드랑이에 흐르는 땀과 두피를 적시는 땀을 무시하고 애써 냉정하게 대처하기로 했다. 나는 손

가락에 닿지 않도록 조심하면서 타르트를 넘겨받았다.

"……치~."

그러자 가하마마는 불만스러운 기색으로 깜찍하게 입술을 삐죽거렸지만, 하하하 이 히키가야 하치만, 예고만 해주면 마음을 죽이는 것쯤은 식은 죽 먹기라지요 하하하 그나저나 귀엽네요 하하하. 딱히 이유 없는 귀여움이 나를 덮쳐왔지만, 그 공격을 간신히 피해내고 타르트 맛에 집중했다.

"……맛있다, 너무 맛있어[#37]."

아까는 비보도 살인사건[#38] 뺨치게 맛이 다 따로따로 놀았건만, 이제는 타르트의 바삭함과 복숭아의 상큼함을 초콜릿이 부드럽게 감싸주어, 바람이 말을 걸어옵니다…….

무심결에 솔직하게 감탄하자, 가하마마는 활짝 웃으며 안도한 기색으로 가슴을 쓸어내렸다.

"다행이다. 자, 그럼 유이도 먹어보렴. 아~."

"아~."

작업 중인 유이가하마의 입가로 가하마마가 타르트를 가져갔다. 그러자 유이가하마는 스스럼없이 덥석 받아먹었다. 너 평소에도 자주 이러니……? 하고 뜨뜻미지근한 눈길을 보내자, 그 사실을 깨달은 유이가하마가 헉 하고 정신을 차리더니 새빨개진 얼굴로 말없이 마구 손사래를 치기 시작했다. 입 안이 타르트로 가득해서 소리는 전혀 나지 않았지만, 아냐아냐

#37 맛있다 너무 맛있어 「바람이 말을 걸어옵니다」로 시작하는 「쥬만고쿠 만쥬」의 CF 멘트.
#38 비보도 살인사건 『소년탐정 김전일』의 에피소드로, 비보도라는 섬에서 일어나는 토막 살인을 다룬다.

방금 그건 오해라구 아무튼 아니라구! 하고 격렬하게 부정하려는 의도만은 전해져왔다.

괜찮아 괜찮아 걱정 마 나도 다 아니까 그런 것도 좋지 나쁘지 않지, 하고 가슴 따스해지는 삐약삐약 아기 새 모이 주기 풍경에 힐링되는 느낌을 받으며 고개를 끄덕여 주었다. 그런 내 반응에 유이가하마는 납득한 건지 아닌지 뭔가 계속 웅얼거렸지만, 이윽고 그 눈동자가 놀라움으로 빛났다.

"아, 진짜네. 맛있어!"

"초콜릿을 넣으려면 바깥쪽 말고 타르트 시트 안쪽에 사용하는 게 좋아. 그러면 바삭바삭해서 맛있거든~."

"아하, 그렇구나."

머리에 쏙쏙 들어와! 라는 듯 유이가하마가 곧장 타르트 시트에 초콜릿을 추가하기 시작했다. 그 모습에 나는 살짝 감동하고 말았다. 말해주고, 해서 보여주고, 시켜보고, 칭찬해주지 않으면 사람은 움직이지 않느니……. 사람을 키워낸다는 게 어떤 의미인지를 이 두 눈으로 생생히 목도한 느낌이었다.

"이야……. 역시 대단한걸……?"

내가 나직하게 감탄하자, 가하마마는 자랑스럽게 가슴을 펴고 배시시 웃었다.

"그렇지? 내가 요리는 좀 하거든~."

아뇨, 방금 한 말은 따님을 다루는 실력이 대단하다는 뜻이었는데요……. 하긴 뭐면 어떠냐! 우쭐해 보이는 미소가 죽도록 귀여우니까 됐어!

"과일 타르트는 만드는 방식이 딱 정해져 있는 게 아니니까, 자기가 좋아하는 걸 넣으면 돼. 뜻밖의 조합이 더 맛있을 때도 있거든."

"그런가요?"

"그럼~."

가하마마는 부드럽게 웃으며 말했지만, 그건 역시 요리의 기본이 갖춰져서 머릿속으로 맛을 재현해볼 수 있는 사람에게나 가능한 일 같은데요…….

가하마마와 대화를 나누는 동안에도 내 의식은 시야 한구석에서 부지런히 어레인지에 힘쓰는 유이가하마에게로 쏠려 있었다. 쟤는 아까부터 뭘 저렇게 넣는 거람……?

"엄마, 어때?"

"응, 괜찮아 보이는데? 이제 비밀 재료만 넣으면 완성이네."

"비밀 재료?"

"그래. 최고의 조미료거든."

그리고 가하마마는 유이가하마의 귓가에 손을 대고 소곤소곤 뭔가를 속삭였다. 그 말을 들은 유이가하마의 뺨에 홍조가 어렸다.

"아이참, 그런 소리 할 거면 저리 가!"

"너무해~."

펄펄 뛰는 유이가하마에게 떠밀려, 가하마마가 내 옆으로 쫓겨났다. 딸이 상대해주지 않자, 그 다음 표적은 당연히 내가 되었다.

"맞춰봐, 힛키 군. 뭘 거 같아?"

"글쎄요. 뭘까요? 하하, 허기이려나요?"

생크림 짜느라고 바쁘다고! 라는 태도를 취하면서도 짬을 내어 듣는 시늉을 하며 모범답안을 내놓았으나, 가하마마는 생긋 웃는 얼굴로 꿈쩍도 하지 않았다.

큰일 났다. 이거 아무리 봐도 원하는 대답이 나오기 전까지는 진행이 안 되는 드래곤 퀘스트 같은 패턴이잖아!

"……혹시 그건가요? 남이 사줘서 먹는 밥. ……정말 맛있죠."

슬쩍 눈치를 살피면서 대답하자, 가하마마는 볼에 손을 얹고 난감한 기색으로 미소 지었다. 반면에 유이가하마는 대놓고 경악했다.

"힛키, 뭔가 삭막해……."

"그야 맛있기는 하지만~."

"엄마는 뭘 또 인정하구 그래?!"

딸의 일침에 가하마마는 헛기침을 하고 다시 입을 열었다.

"가정식 기준으로 생각해보렴."

모름지기 음식 맛을 더하는 최고의 조미료라 하면 허기, 일 안하고 먹는 밥, 대마초 필 때의 먼치즈[#39]를 들 수 있다(다양한 가설이 있습니다). 개인적으로 웬만한 음식은 마늘, 등기름, MSG를 넣으면 거의 무조건 맛있어진다고 생각하지만, 대상이 디저트라면 그 답변은 백퍼센트 오답이겠지.

그렇다면 요구하는 답변은 명백하다.

#39 먼치즈 대마 흡입 후에 느끼는 극심한 허기.

"역시 진심…… 인가요?"

쑥스러움 어린 웃음과 함께 대답하자, 가하마마는 정답 여부를 말해주는 대신 부드럽게 미소 지었다.

× × ×

"그럼 식을 때까지 기다릴까?"

냉장고 문을 탁 닫으며 가하마마가 말했다.

나파주인지 버나지인지 헷갈리는 광택제를 굳히는 의미에서도 과일 타르트는 식혀줄 필요가 있다고 했다. 하긴 과일은 대체로 차게 해서 먹는 게 더 맛있으니까.

거의 대부분의 조리 과정을 마치고, 앞치마를 벗으며 거실로 향했다. 딱히 까다로운 작업은 아니었지만, 익숙하지 않은 일이었던 만큼 약간의 피로와 뿌듯한 성취감이 느껴졌다.

그럼 어디 느긋하게 쉬어보실까~? 하고 비틀비틀 소파로 다가가는데, 누군가 내 셔츠 자락을 잡아당겼다.

고개를 돌리자, 한쪽 팔로 애견 사브레를 안아든 유이가하마가 내 옷자락을 붙잡고 있는 게 보였다.

"저기, 이쪽이야……."

입가를 가리듯 사브레의 몸에 얼굴을 묻고 작은 목소리로 중얼거리더니, 다시 내 셔츠를 잡아끌며 어디론가 데려가려 했다.

"어, 그래……. 아, 그럼 이따 뵙겠습니다."

가하마마에게 꾸벅 고개 숙여 인사하고, 유이가하마가 이끄는 대로 거실을 나섰다.

"그래, 쉬고 있으렴~. 다 되면 부를 테니까."

은쟁반에 옥구슬 구르듯 낭랑하게 들려오는 가하마마의 웃음소리를 뒤로하고, 총총히 걸음을 옮기는 유이가하마를 따라갔다.

도착한 곳은 유이가하마의 방이었다.

권하는 대로 쿠션에 앉자, 유이가하마는 사브레를 끌어안은 채로 자기 침대에 앉았다.

"우움…… 어떡하지? 뭐 할래?"

유이가하마가 조금 난감한 표정으로 물었다. 언젠가 불꽃축제날에도 비슷한 질문을 받았던 기억이 났다. 그 바람에 습관처럼 또다시 실없는 소리가 튀어나오고 말았다.

"글쎄다……. 어떡할래? 일단 집에 갈까?"

"안 가! 게다가 우리 집은 여기거든?! 완전 내 방이거든?!"

유이가하마가 씩씩대자, 사브레도 뒤따라 캥캥 짖었다.

"근데 실제로 할 게 없잖아."

"아, 응……. 그렇긴 한데……. 맞다. 졸업 앨범 볼래?"

생각났다는 듯 유이가하마가 침대 옆 책꽂이로 손을 뻗어 벨벳 표지의 앨범을 꺼냈다.

"봐서 어쩌라고……? 『추녀한테 별명 붙이기 선수권』 정도밖에 할 게 없잖아?"

"그런 거 안 해! 저질이야! 진짜 저질!"

저질이야, 진짜 저질, 하고 유이가하마가 작은 소리로 다시 중얼거렸다. 한 번도 아니고 여러 번, 그것도 나직한 목소리로 말하니 진심처럼 들려서 꽤나 속이 쓰렸다.

"아니, 남자한테는 그렇다니까. 듣자하니 그것 말고는 여자를 소개받기 위한 카탈로그로 써먹는 게 고작이라던데? 거의 소개팅 앱 수준이라니까?"

"그것두 저질이라구!"

교실에서 토베 등등이 하는 이야기를 주워들은 게 다인 어중간한 지식을 풀어놓자, 유이가하마가 으~ 하고 인상을 썼다.

"힛키두 그런 적 있어? 누군가 소개받는다거나……."

"나 같은 경우에는 우선 나한테 누군가를 소개해줄 사람부터 소개받아야 된다만……."

"아, 응……. 하긴……."

이해하신 것 같으니 다행입니다.

"아, 근데 중학교 시절의 유이가하마는 좀 궁금한걸?"

"……역시 관둘래. 창피해. 취소, 취소."

유이가하마는 안고 있던 사브레를 풀어주더니, 앨범을 얼른 책꽂이 구석에 도로 꽂아 넣었다.

……아쉽구만.

그렇게 생각하며 가볍게 어깨를 으쓱하는데, 사브레가 이쪽으로 힘차게 돌진해왔다.

"어이쿠, 왔냐?"

멍멍 할짝할짝 기운 넘치는 사브레를 안아들고 한바탕 쓰

다듬어주자, 털이 사방으로 흩날리기 시작했다. 아무래도 사브레는 한창 털갈이 시즌인 모양이었다. 아하, 그래서 아까 요리할 때는 부엌에 못 들어오게 했던 건가…….

뒤늦게 납득하는데, 털투성이가 된 내 모습에 유이가하마가 꺄악 소리쳤다.

"어떡해! 미안! 사브레, 이리 와!"

"괜찮아. 고양이 키워서 익숙하니까. 그보다 브러시 좀 주라."

"아, 응……."

유이가하마가 내미는 브러시를 받아들고, 책상다리로 앉아서 무릎에 올려놓은 사브레의 등을 빗어주었다. 빗질하는 사이, 사브레는 얌전히 몸을 내맡기고 쌕쌕 기분 좋은 콧소리를 냈다.

한동안 빗질을 하고 있자니, 유이가하마가 무릎걸음으로 살금살금 옆으로 다가와 흥미진진한 기색으로 내 손놀림을 관찰하기 시작했다.

"우와, 진짜 능숙하네?"

"그야 동물을 키우다 보면 자연스럽게 그렇게 되니까. 된장국에 털이 둥둥 떠다녀도 그런가 보다 하게 되고."

"그건 좀……."

유이가하마가 어이없다는 듯 어깨를 늘어뜨렸다. 그러다 뭔가 생각났는지 몸을 일으키더니, 옷장 쪽으로 갔다가 금방 되돌아왔다.

그리고 내 옆에 털썩 무릎을 꿇고 다리를 양옆으로 벌리고

앉더니, 뭔가를 내밀었다.

"짠~. 자, 받아."

그렇게 말하며 건네준 것은 일명 돌돌이(コロコロ, 코로코로), 즉 접착식 테이프 클리너였다. 반려동물이나 중장년층 아저씨를 키우는 집에서는 필수품이나 다름없는 물건이다. 둘 다 털이 픽픽 빠지니까……. 또 베개가 퀴퀴하다.

돌돌이는 평소 집안을 청소할 때는 말할 나위도 없고, 반려동물이 애교를 부릴 때 옷에 묻는 털을 제거하는 데도 무척 편리하다.

"땡큐, 이따가 쓰마."

"내가 해줄게."

말을 마치자마자 유이가하마는 돌돌이 커버를 벗기더니, 내 어깨와 등을 롤러로 마구 문질러대기 시작했다.

"됐어, 됐다고, 하지 마, 간지럽다니까?"

몸을 배배 꼬면서 피하려 했지만, 유이가하마는 짓궂게 웃으며 더욱 집요하게 돌돌이를 굴려댔다. 도망치면 도망칠수록 오히려 가학심에 불이 붙는지, 유이가하마는 잔뜩 신바람이 나서 나를 쫓아왔다.

"문질문질~."

개털이 묻었을 만한 곳을 남김없이 부비부비당해, 간지럽고 낯 뜨겁고 부드럽고 향긋해서 못 견딜 지경이었다.

어설프게 저항했다가는 예기치 못한 스킨십이 발생할 우려가 있는지라 도망치는 데도 신경이 쓰였다. 구체적으로는 교

감신경을 혹사하는 바람에 아까부터 땀이 뻘뻘 나는 중이랍니다!

"야야, 관두라니까? 난 코로코로보다 봉봉[#40] 파라고. 아! 앗, 잠깐, 안 돼, 제발 그만……."

아, 앙대! 돌돌이가 아니라 봉봉이가 닿아버렷~! 아이큐가 7조쯤 낮아진 듯한 괴상한 소리가 흘러나오려는 찰나, 똑똑 문을 두드리는 소리가 났다.

그러자 그전까지 희희낙락하던 유이가하마가 움찔 몸을 굳히더니, 후다닥 내게서 떨어졌다.

"유이, 들어가도 되니~?"

"응."

나긋한 목소리에 유이가하마가 짧게 대답했다. 방금 전까지 소란을 피워댄 게 무색하리만큼 태연한 표정이었다. 반면에 나는 사브레를 끌어안고 헉헉대는 꼴이 그야말로 위험한 수인러 그 자체였다.

가까스로 숨을 고르는데, 문이 조심스럽게 열리더니 가하마마가 얼굴을 내밀었다.

"힛키 군, 저녁 먹고 갈래?"

"아뇨, 늦기 전에 실례할까 하는데요……."

아무리 그래도 그렇게까지 신세를 질 수는 없다. 자고로 멋진 남자란 박수칠 때 떠날 줄을 알아야 하는 법이니까.

"그래?"

#40 코로코로, 봉봉 어린이 만화 잡지 이름.

내 대답에 가하마마는 조금 아쉬운 표정을 지었다.
하지만 그것도 잠시뿐, 이내 만면의 미소를 띠며 말했다.
“그치만 이미 다 차려버렸는걸♪”
그리고 가하마마는 혀를 빼꼼 내밀고 에헷 윙크를 했다(가로☆브이).
유키노시타의 어머니와 달리 뭔가 굉장히 마음이 편안해지는걸…… 하고 생각했더니만, 이 집 엄마도 책략가였어!

× × ×

달아오른 뺨을 스치는 밤바람이 기분 좋았다. 저녁식사를 대접받고 나서 유이가하마네 집을 나서자, 거리는 어둠에 잠겨 있었다. 케이크도 무사히 완성되어, 내 손에는 상자에 담긴 과일 타르트가 들려 있었다. 상자가 흔들리지 않도록 신중하게 걸음을 옮기는데, 일부러 배웅하러 나와 준 유이가하마가 걱정스러운 기색으로 내 얼굴을 들여다보았다.
“힛키, 너무 많이 먹은 거 아니야? 괜찮아?”
“어. 이 정도야 뭐…….”
대답하는 사이에도 극심한 포만감이 밀려왔다.
유이가하마 모녀와 함께 먹은 저녁은 무척 맛있었지만, 가하파파가 언제 돌아올지 몰라 전전긍긍하느라 식사시간 내내 긴장을 늦추지 못했다.
그 바람에 대화에도 집중이 안 되어 주구장창 맞장구만 치

다 보니, 만화 일본 옛날이야기에 나오는 것 같은 고봉밥을 권하는 대로 넙죽넙죽 퍼먹는 신세가 되고 말았다.

……그치만, 잘 먹으면 가하마마가 기뻐해주는걸!

쌀밥을 볼이 미어지도록 입에 그러넣을 때마다 「암, 남자애라면 역시 이래야지!」라고 말하듯 흐뭇한 표정을 지어주는 바람에 나도 「할 수 있드아!」라는 기분이 되어버려, 그만 한 그릇 더 달라고 부탁하고 말았다.

그 끝은 결국 과식으로 이어졌다. 그냥 걷기만 하는데도 배가 터질 것 같은 느낌이라, 자꾸만 얼굴을 찌푸리게 되었다. 그러자 유이가하마가 면목 없다는 듯 두 손을 모으며 말했다.

"미안해. 우리 엄마가 좀 들떴나 봐. 남자애가 잘 먹는 걸 보면 기쁜 거 같더라구."

"엄마들이란 원래 그런 면이 있으니까……. 우리 집도 시골 가면 아버지하고 나한테는 밥을 엄청 퍼주시거든. 스태미나 타로[#41]가 따로 없을 지경이라고."

"그 정도야?!"

기겁하는 유이가하마에게 그래그래 정말이라니까 하고 고개를 끄덕여 보였다. 아니 뭐 딱히 싫은 건 아니지만요. 할머니가 해주시는 밥도, 스태미나 타로도 맛있으니까! 스태미나 타로, 너~무 좋아♡ 좋아하다 못해서 엉덩이로 돋보기를 깨부술 정도다[#42].

#41 스태미나 타로 일본 뷔페 이름.
#42 엉덩이로 돋보기를 깨부술 정도다 의자 위의 돋보기를 깔고 앉는 장면으로 유명해진 「하즈키 돋보기」의 CF는 「하즈키 돋보기, 너무 좋아」라는 멘트로 끝남.

그렇게 시답잖은 대화를 주고받으며 역 쪽으로 걸음을 옮겼다. 나란히 걷기 시작하자, 유이가하마가 나직한 목소리로 말했다.

"오늘은 고마웠어."

"그건 내가 해야 할 말 아니냐?"

"응. 그치만 즐거웠으니까. ……같이 만드는 거, 뭔가 좋은 거 같아. 재밌구."

"작업 효율로 따지면 혼자 만드는 게 낫다만."

불쑥 튀어나온 얄미운 소리에 유이가하마가 치~ 하고 뺨을 부풀렸다. 그 반응에 나는 쓴웃음으로 답했다.

"그래도 실제로 요리를 해보니까, 뭐랄까, 작업하는 느낌은 아니더라. 같이 만드는 건 확실히 재미있더라고."

"응, 그럴지두."

유이가하마가 조용히 미소 지었다. 나는 그 말에 고개를 끄덕였다. 그리고 들고 있는 상자의 상태를 확인하듯 신중하게 반대쪽 손으로 옮겨들며, 천천히 말을 짜맞추어나갔다.

"……코마치도 그쪽을 더 반길지도 모르지. 걔는 집안일도 엄청 좋아하니까."

요즘은 체험형 이벤트가 유행이고, 각종 공연을 비롯한 라이브 엔터테인먼트 산업도 극도의 호황을 누리고 있다. 그러니 코마치에게 선물을 한다면 응당 그 체험 자체를 선물해야 하지 않을까?

돈으로는 살 수 없는 가치가 있다. 살 수 있는 것은 부모 돈

으로, 마스터 니트[#43].

그렇게 같잖은 생각을 하는데, 유이가하마가 호오 감탄한 듯한 소리를 냈다.

"글쿠나. 같이 만드는 것두 좋을지두!"

"그래. 그래서 말이다만, 이거……."

대답하며 상자에 담긴 과일 타르트를 쓱 내밀었다. 유이가하마는 그것을 어리둥절한 얼굴로 바라보다가 고개를 갸웃했다.

"쿠키, 잘 먹었어. 그래서, 그 답례랄까……. 조금 이르기는 하다만."

설명을 곁들이며 쭈뼛쭈뼛 상자를 건네주려 하자, 유이가하마가 후훗 웃었다.

"재료가 똑같잖아."

"그렇지도 않아. 티 안 나게 비밀 재료를 넣었거든……."

유이가하마의 말마따나 타르트 재료는 그 부엌에 놓여 있던 것뿐이다. 하지만 그래도 나는 내 나름대로, 가하마마에게 배운 대로 아주 약간의 비밀 재료를 첨가해두었다.

상자를 가만히 응시하던 유이가하마가 장난기 어린 눈빛으로 흘끔 내 얼굴을 올려보았다.

"후움……. 뭘 넣었는데?"

"알려주면 비밀 재료가 아니잖아."

"하긴."

유이가하마는 피식 웃으면서도 그 상자를 받아주었다.

#43 돈으로는~니트 마스터 카드 CF의 내레이션을 패러디한 것.

“이제 그만 들어가라. 또 보자.”

“응. 학교에서 봐.”

가슴 앞에서 살랑살랑 손을 흔드는 유이가하마에게 고개를 끄덕여주고, 나는 역을 향해 걷기 시작했다.

잠시 그렇게 걷다가, 불현듯 슬쩍 뒤를 돌아보았다. 그러자 여전히 그 자리에 서 있던 유이가하마가 힘차게 손을 흔들었다. 그 인사에 가볍게 손을 들어 화답하고, 나는 다시 걸음을 재촉했다.

주말 저녁을 만끽하러 나온 사람들이 추위가 누그러든 역 앞 큰길을 한가로이 거닐고 있어, 오랫동안 이어져온 겨울의 끝을 실감하게 했다.

계절의 변화는 거리의 야경에도 나타나는지, 가로등과 네온사인, 그리고 빌딩과 아파트에서 새어나오는 은은한 빛도 유난히 휘황찬란해 보였다.

어쩌면 앞으로는 이런 일상이 나를 기다리고 있는지도 모른다.

미우라의 질문에 대한 대답 같은 것이 불현듯 떠올랐다.

그녀의 소원을 하나씩 이루어주며 하루하루를 이어갈 수 있다면.

그런 이루어질 수 없는 상상을 했다.

Prelude 4…

많은 이야기를 나누었다.

봄방학 때의 일정이라든가, 놀러가고 싶은 곳 같은 이야기만을.

그것이 서투른 그녀가 나름대로 말을 돌리려고 애쓴 결과임은 알지만.

화제 전환도 부자연스럽고 미소도 어딘가 어색해서, 진짜 서투르구나 싶었다.

다른 건 뭐든지 다 잘하면서, 거짓말하는 것도 둘러대는 것도 사실대로 이야기하는 것도 영 어설프기만 하다.

계속 그렇게 딴청을 피울 수 있었으면 좋았을 테지만 시간은 금방 흘러서 조금 추워졌고, 역 앞을 오가는 사람도 찾기 어려워졌다. 우리의 말수도 점차 줄어들었고, 조금 있으면 전철도 끊길 테고, 그러면 나도 그녀도 아무데도 가지 못하게 되어버린다.

그 사실을 깨닫지 못한 척하고, 여태까지처럼 아무 상관없는, 그저 즐겁기만 한 이야기만을 나누고 싶었다.

사실은 계속 이대로 지내도 괜찮았을 거다.

그녀의 말처럼, 내 소원을 이루어준다면 그것으로 충분했겠지.

하지만 그것만으로는 만족도, 납득도 할 수 없으니까.

"……하구 싶은 거, 엄청 많네."

조금씩 불빛이 꺼져가는 높은 빌딩을 올려다보며 중얼거렸다. 그런 내 말에 그녀는 나직하게 맞장구를 치고, 미소 같은 숨결을 흘렸다.

"그러게."

"응, 다 하구 싶어. 다 갖구 싶어."

그리고 나는 아까보다도 아주 살짝 거리를 좁혀 그녀의 어깨에 어깨를 맞대고, 그대로 잠들어버릴 것처럼 머리를 기댔다.

"……난 욕심쟁이니까, 전부 받아갈 거야. 유키농의 마음째루, 전부."

나는 욕심쟁이니까.

재미있는 것도 기쁜 것도 맛있는 것도 다 좋아하니까. 그래서 요리도 베이킹도 잘 못하지만 하나도 싫지 않고, 토핑은 모조리 다 올리고 싶고, 다양한 조합을 시험해보고 싶으니까, 그게 실패로 끝난다 해도 상관없다. 맵고 써도 아무렇지 않다.

그러니까 딱 한 번만 물어보자.

그녀가 아무 말도 하지 않으면 나도 아무 말도 하지 말자. 그녀가 말하면 나도 말하자.

비겁하다는 건 안다.

그렇지만 비겁하기는 우리 셋 다 마찬가지다. 모두 비겁하다. 불가능하다는 걸 알면서, 이루어지지 않을 걸 알면서, 그 소원을 이루고 싶어서 못 배기는 욕심쟁이다.

하지만 그중에서도 아마 내가 제일 욕심쟁이겠지.

단 것도 쓴 것도, 아픈 것도 괴로운 것도.

상처도 아픔도 다 가지고 싶으니까.

나는 고개를 들고 그녀를 똑바로 마주보았다. 그리고 얼굴과 얼굴이 맞닿는 게 아닐까 싶을 만큼 가까운 곳에서 그녀의 눈을 응시했다.

"……그러니까 유키농의 마음, 알려줘."

말을 끝맺은 순간, 그녀의 입에서 주저하는 듯한, 망설이는 듯한 숨결이 흘러나왔다. 커다란 눈동자가 불안하게 흔들렸다.

부드러워 보이는 입술을 살짝 벌린 채로 긴 속눈썹을 가늘게 떨며, 눈물을 쏟을 듯한 표정을 지었다.

하지만 나는 이제 눈을 돌릴 수 없었다.

줄곧 보지 않으려 했고, 못 본 척했고, 모르는 시늉을 해왔지만, 더는 그럴 수가 없어서, 나는 그저 가만히 그녀를 바라보았다.

아름다운 머리카락을, 젖은 눈시울을, 하얀 얼굴을 계속 바라보았다.

그녀는 딱 한 번 입술을 꼭 깨물듯 입을 다물었지만, 이윽고 흘끗 주위를 둘러보았다.

역 앞에는 이제 우리 말고는 거의 사람이 없다시피 했고, 말소리가 들릴 만한 거리 안에는 아무도 눈에 띄지 않았다. 하지만 그래도 그녀는 주위의 시선을 의식하듯 내게 살며시 어깨를 기댔다. 조심스럽게 몸을 맞대오는 그 모습이 꼭 아기

고양이 같았다.

그리고 입가에 손을 대고는 작고 나직하게, 딱 한마디를 속삭였다.

아마도 내가 듣고 싶지 않았던 말을.

하지만 그 말을 듣자, 나는 역시 웃어버리고 말았다.

뺨도 입매도, 그리고 아마 눈빛도 어찌해볼 수 없을 만큼 부드럽게 풀리고 말았다.

흠칫 몸을 뗀 그녀의 얼굴은 불안해 보였고 겁먹은 것 같았지만, 그 뺨은 어둠 속에서도 알 수 있을 만큼 발그스름한 빛을 띠고 있었다.

그런 그녀의 얼굴을 보고, 나는 정말로 곤란해지고 말았다.

싫어할 수 있었더라면 좋았을 텐데.

× × ×

말했다.

말해버렸다.

말하지 않을 생각이었건만.

입에 담아버리면, 인정해버리면, 돌이킬 수 없다는 사실을 알았으니까. 그릇에 가득 찬 물이 넘쳐흐르듯, 부풀어 오른 풍선을 바늘로 건드리듯, 네네 얇은 피막으로 감싸놓았던 것이 팡 터져 나오고 말 테니까.

그래서 나는 입을 굳게 다물었던 것이다. 이대로 삼켜버리

면 된다는 걸 알고 있었으니까.

하지만 그녀의 눈동자가 그것을 허락해주지 않았다.

이런 이야기를 남에게 하는 것은 아마도 처음이고, 틀림없이 이번이 마지막일 테지.

그녀에게만 전하려고 파르르 떨리는 입술을 벌려, 가냘프게 흔들리는 음성으로 참회하듯 딱 한마디를 속삭였다.

어떤 표정을 지으려나, 어떤 말을 하려나 싶어 조심스레 살펴보니, 그녀의 얼굴에는 따스한 미소가 감돌았다.

그리고 아무 말 없이, 그저 살짝 고개를 끄덕여주었다.

처음으로 입 밖에 낸 말이련만, 그녀는 이미 오래 전부터 눈치채고 있었던 것 같은 느낌이 들었다. 그러면서도 내가 말할 때까지 기다려준 것이다.

"그럼 나두 말할게."

그리고 그녀는 조용히 눈을 감고 내 어깨에 손을 얹더니, 다른 한 손으로 입가를 살짝 가리듯 감싸고 천천히 얼굴을 가까이했다.

가느다란 손끝의 젤네일, 연한 블러셔로 물들인 분홍빛 볼. 윤기 나는 도톰한 입술, 부드럽게 휘어진 속눈썹.

그녀의 귀여운 부분과 맵시 있는 부분, 예쁜 부분이 모두 천천히 다가와서.

마치 입맞춤을 하는 것 같았다.

엉뚱한 생각이 드는 바람에 갑자기 부끄러워져 몸을 뒤로 젖힐 뻔했지만, 꾹 참고 나도 살짝 고개를 기울였다.

이윽고 그녀는 손가락을 살살 깨무는 강아지처럼, 내 귓가에 대고 속삭였다.

분명 내가 듣고 싶었던 말을.

나는 안도의 탄식을 흘리며, 입 밖으로 나올 뻔한 말을 삼키듯 조용히 턱을 당겼다.

그녀는 내 어깨에서 손을 떼고 몸을 조금 뒤로 물렸다. 그리고 나와 눈이 마주치자 쑥스러운 기색으로 웃으며 당고머리를 살짝 매만졌다.

"우리의 소원은 아마두 같겠네."

"……그래."

아마도 그것만큼은 확실하다고 생각한다.

다만 그 소원을 약간의 차이도 없이 완벽하게 이루어내기는 너무나도 어려워서, 나는 그것과 가장 가까운 형태를 택했다. 언젠가 내가 더 잘 처신할 수 있게 되면 분명히 이루어질 거라고 믿으며.

기도하는 심정으로 내가 고개를 끄덕이자, 그녀는 살짝 고개를 저었다.

무엇에 대한 부정인지 알 수 없어 시선으로만 묻자, 그녀는 전혀 다른 이야기를 꺼냈다.

"아마 힛키두 똑같을 거야."

불쑥 튀어나온 그 이름에 내 몸이 흠칫 굳어졌다. 그 경직을 풀어주려는 듯 그녀가 살며시 내 손에 손을 포갰다.

"뭔가를 포기하지 않기를 바라는 게 아닐까?"

아무렇지 않게 중얼거린 그 한마디가 뜻밖에도 내 가슴을 찔렀다. 저도 모르게 힘없이 어깨를 떨구고 있다가 문득 그녀를 돌아보자 그 시선은 이미 저 먼 곳을, 이제는 더 이상 반짝이지 않는 밤하늘을 바라보고 있었다.

"우리의 거리는 물리적인 게 아니니까. 멀리 떨어져두, 얼굴을 보지 못하게 돼두…… 마음의 거리는 달라지지 않을 거란 느낌이 들어."

"……그럴까?"

"응, 아마두. ……마음이 변해버리면 아무리 가까이 있어두 한없이 멀기만 해."

그 말을 나는 누구보다도 가까운 곳에서 들었다.

그저 포개지기만 한 상태였던 손은 어느새 이어져 있었다.

약속을 주고받듯 새끼손가락만이 살며시 얽힌 채.

맞닿은 부분은 결코 크지 않았다. 체온은 그다지 높지 않았고, 기온도 그리 낮지는 않았다.

그럼에도 뚜렷한 온기가 전해져왔다.

"나랑 유키농의 소원이 같다면, 내 마음두 전부 받아가."

"그래. 꼭 그렇게 할게."

그러면 분명 변치 않을 테니까. 그녀가 짤막하게 말했다.

정말로 변치 않는다면 얼마나 멋질까.

말과 온기를 교환하며, 나는 기도하는 심정으로 살며시 눈을 감았다.

이 따스함을 잊는 일은 결코 없으리라.

그러니 이 손이 떠나갔을 때의 차가움 역시 잊지 못할 테지.

그리고
유키노시타 유키노는
조용히 손을 흔든다.

이른 봄볕이 창문으로 비쳐들었다.

엄숙한 분위기가 흐르는 가운데, 이따금 오열을 참는 것처럼 훌쩍이는 소리가 들려왔다.

눈앞에는 검은색 계통의 교복을 입은 사람들이 도열해 있었다.

살짝 시선을 돌려보면 말쑥한 정장을 차려입은 사람들이 주위를 둘러싸고 있어, 여기가 학교 체육관이 아니었더라면 장례식처럼 보였을지도 모른다.

다만 단상 위에 높이 걸려 있는 졸업장 수여식이라는 현수막과 앞에 늘어선 사람들의 가슴에 달린 조화 코르사주가 약간의 화사함을 더해주어, 이 자리가 축하의 장임을 알 수 있었다.

옆에 있는 친구들과 어깨를 맞대고, 또는 손을 맞잡고, 목이 메어오는지 힘겹게 숨을 고르는 여학생들의 모습은 그야말로 이별이라는 말을 형상화한 것 같았다. 3년간의 고교생

활을 추억하고 자기 청춘과의 이별을 아쉬워하는 상황이니만큼 자연스럽게 그런 분위기가 형성되는 거겠지.

다만 그 감동적인 분위기도 관계자끼리만 공유하는 감정일 뿐, 나처럼 철저한 제삼자에게는 그야말로 남의 신파극을 구경하는 거나 다름없었다. 선배들과 별다른 접점이 없었던 내 입장에서는 두세 시간 동안 접이식 의자에 속박당한 채로 꾸벅꾸벅 졸기만 하다가 끝나는 행사일 뿐이었다.

오늘 이 경사스러운 날에 새로운 출발을 맞이하는 그들에게 특별한 감흥을 느끼는 것도 아닌지라, 그저 오랜 세월에 걸친 간섭에서 해방되는 모습을 감상하는 시간에 불과했다.

그렇다고 완전히 무감동, 무감정하게 바라보기만 하는 것은 아니고, 일말의 연민을 느끼기는 했다.

이 학교를 떠나는 순간부터 저들은 고등학생이라는 지위를, 청소년이라는 신분을 박탈당한다. 어린 시절부터 악동이었든, 10대 때부터 불량학생이라 불렸든, 나이프처럼 바짝 날을 세우고 건드리는 사람 모두를 상처 입혔든, 그런 과거와는 아무 상관없이 뜨거운 마음을 의자에 속박당하고 꿈이 책상에 깎여나간다 해도 그 지배에서 졸업해야만 한다[#44]. 졸업사진 속의 그들은 인파에 휩쓸려 변해가는 것이다[#45].

하긴 이 자리에 있는 많은 학생들은 아마 대학에 갈 테니 몇 년간의 모라토리엄을 누릴 수야 있겠지만, 그래봤자 고등학생

#44 어린 시절부터~졸업해야만 한다 일본 팝 밴드 체커즈의 노래 「뾰족뾰족 하트의 자장가」 가사.
#45 인파에 휩쓸려 변해가는 것이다 마츠토야 유미의 노래 「졸업사진」의 가사.

과 대학생은 사회에서 받는 대우가 다르다. 집행유예 처분을 받았을 뿐, 비호와 보호의 대상에서 제외된다는 것은 마찬가지다.

그렇게 생각하니 판에 박은 듯 통일된 규격에 따라 일렬로 늘어선 그 모습이 마치 출하를 기다리는 상품처럼 보이기도 해서, 이 조용한 분위기마저도 왠지 으스스하게 느껴졌다.

내 기억이 정확하다면 작년에도 비슷한 생각을 했을 터였다. 휴대폰을 볼 수 없는 상황에서 따분함을 달랠 방법은 많지 않다. 이렇게 영양가 없는 생각이나 하는 것 말고는 딱히 할 일도 없다. 작년에는 나 홀로 가위 바위 보를 했는데, 내년에는 어떻게 시간을 때우면 좋담……?

그런 생각을 하다가, 문득 내년에는 내가 졸업하는 당사자임을 깨달았다.

옳거니. 우리 학교는 왜 굳이 하급생까지 졸업식에 참여시키는지 궁금했는데, 이제야 비로소 납득이 갔다.

우리에게 주어진 시간이 유한하다는 사실을 일깨워주려는 의도겠지.

단상 위에서는 어느 높으신 분께서 유익한 말씀을 들려주고 계셨다.

그 소리를 한 귀로 흘려들으며, 슬그머니 주위를 둘러보았다.

아마, 분명히, 십중팔구.

졸업하면 지금 시야에 들어오는 사람들 중 대부분과는 두 번 다시 만날 일이 없을 테지.

남녀로 확연하게 나뉘어 반별로 일렬횡대 히라가나 순으로 늘어선 이들 가운데, 졸업 후에도 얼굴을 볼 사람이 과연 몇이나 될까.

개인적으로 연락을 취하면 어떻게든 되겠지만, 내 성격상 굳이 자진해서 연락하려고 들지는 않을 테지. 게다가 새로운 환경에 잘 적응하면 적응할수록 과거를 돌아보는 빈도는 줄어들기 마련이다. 내가 그 새로운 환경에 문제없이 적응할지는 미지수지만, 적어도 주위 사람들 대부분은 그럴 거다.

언뜻 시야에 들어온 사람들로 말하자면, 예컨대 토츠카 사이카. 토츠카하고는 아마 어느 정도 교류를 하면서 나름대로 관계를 유지해나가려고 할 테지. 실제로 지금만 해도 맨 먼저 시선이 갔을 정도니까 말이야!

덤으로 그 옆에 있는 토베도 눈에 들어와 버렸지만, 토베하고는 틀림없이 연락 안 하겠지. 애초에 연락처도 모르고.

다시 그 옆, 즉 내 왼쪽 옆에 앉은 하야마 하야토는 일방적으로 내 연락처를 알기는 하지만, 저쪽에서 애써 접점을 만들려고 하지는 않을 거다. 설령 연락이 온다고 해도 『재깍 답장하면 너무 들이대는 것처럼 보이려나……?』 하고 내 안의 사춘기적 모먼트를 한껏 표출한 끝에 답장 없이 방치해버릴 게 기정사실 급으로 뻔하다.

따지고 보면 하야마 하야토가 내 연락처를 알게 된 것도 내가 원했던 바는 아니었다. 그저 나와 오리모토 카오리의 우연한 재회에서 비롯된 하야마 하야토의 성가신 일을 처리하기

위해 내 전화번호를 알려준 것뿐이다. 나는 지금도 하야마의 연락처를 모른다.

그 결과 하야마가 하루노에게 내 연락처를 멋대로 알려준다는 우행을 저지르는 바람에, 받지 않아도 될 스트레스를 받는 처지가 되고 말았다.

그 사실을 떠올리자 새삼 속이 부글부글 끓어올라, 하야마를 슬쩍 째려보았다.

그러자 시선을 느낀 하야마가 왜? 하고 눈으로 물어왔다. 내가 너무 노골적으로 쳐다본 모양이다.

아무것도 아니라고 고개를 젓는 김에 저 멀리로 시선을 향했다.

워낙 덩치가 크다 보니, 앞에 앉은 C반 애들 가운데 자이모쿠자의 모습이 눈에 확 들어왔다. 이러니저러니 해도 저 녀석하고는 졸업한 뒤에도 만날 것 같은 예감이 든다.

그럼 그 외에는……?

그렇게 생각하자 왠지 마음이 싱숭생숭해져, 내 시선은 또다시 우왕좌왕 갈피를 잡지 못하고 정처 없이 흔들렸다.

그러자 찰랑이는 푸르스름한 흑발 포니테일과 수상쩍게 빛나는 안경, 덤으로 산만한 적갈색 보브컷이 눈에 들어왔다. 카와사키와 에비나 양, 사가미 미나미는 출석번호가 붙어 있는 모양이었다. 이런 행사가 아니고서야 의식할 기회도 없는 일이다 보니 그 사실이 조금 신선하게 느껴졌다. 하긴 이제 와서 깨달아봤자 이 학급에서 보낼 시간은 2주일도 채 남지 않

았으므로 무의미한 정보이기는 했다. 특히 사가미는 졸업은커녕 3학년으로 올라가기도 전, 지금보다도 한참 전부터 교류 제로인 관계로 완벽하게 쓸모없는 정보다.

카와사키는 학원에서 마주치는 일이 생길지도 모르지만, 그래봐야 목례인지 그냥 고개를 끄덕인 건지 헷갈리는 인사나 주고받는 게 고작이겠지. 에비나 양도 누군가 중간에서 기회를 만들어주지 않는 한 만날 일은 없을 테고 말이다.

에비나 양과 나를 잇는 실낱같은 끈은 결국 유이가하마 유이다. 유이가하마의 존재가 없다면 에비나 양과 내가 만날 일은 아마 없을 테지.

물론 그건 단지 에비나 양뿐만 아니라, 지금 나와 알고 지내는 이들 중 대다수에게 해당되는 이야기라고 봐도 좋았다.

뭉친 어깨와 뻐근한 허리를 푸는 시늉을 하며, 살짝 고개를 내밀었다.

그러자 불현듯 분홍빛 감도는 갈색 당고머리가 흔들리는 게 눈에 들어왔다. 그 옆에서 느슨하게 물결치는 풍성한 금발머리도.

유이가하마 유이와 미우라 유미코는 나란히 앉아 있었다. 거리가 있어서 정확하게 보이지는 않았지만, 어렴풋이 손을 마주잡고 있는 것처럼 보였다.

졸업식 분위기의 영향인지 아니면 코앞으로 다가온 진급과 반 변경에 생각이 미쳤는지, 미우라가 코를 훌쩍이더니 옷소매로 쓱 눈시울을 훔쳤다.

그러자 그 모습을 본 유이가하마가 쓴웃음을 지으며 티슈

를 내밀었다. 그 과정에서 뭔가 소곤소곤 이야기가 오가는가 싶더니, 이윽고 유이가하마도 살포시 눈가를 눌렀다.

유이가하마가 조용히 눈물을 닦는 모습을 보다가 문득 생각했다.

유이가하마하고는 졸업하고 나서도 만나게 될까?

기껏해야 일 년 후의 일이건만, 그 상황이 좀처럼 상상이 가지 않았다. 지금은 아직 동아리나 교실에서 얼굴을 볼 기회가 있으니 인연이 이어지고 있지만, 그런 조건이 사라진 후에도 쭉 같은 관계를 유지할 수 있을까?

또다시 고개를 돌리려다가.

……그만두었다.

아무리 그래도 우리보다 뒤에 있는 반까지 보이지는 않겠지. 하물며 히라가나 순으로 따지면 끄트머리에 앉아 있을 사람이 보일 리가 없다.

그 수려한 흑발과 희고 갸름한 얼굴이 지금 어떤 표정을 짓고 있을지는 더 이상 알 수 없는 셈이다.

나는 나직하게 한숨을 쉬고, 얌전히 앞을 보았다.

그러자 왼쪽 옆사람이 살짝 거리를 좁혀오나 싶더니, 내 귀에 대고 조용히 속삭였다. 달콤한 음성과 서글서글한 말투에도 불구하고, 그 목소리에서는 어딘지 모르게 매몰찬 느낌이 났다.

"산만하네……?"

"……심심하니까. 옆에 앉은 녀석하고 친하지 않으면 이럴 때는 할 게 없거든."

“마치 평소에는 친한 사람이 있는 거 같은 말투인걸?”

하야마의 빈정거림에 나는 대답 대신 가볍게 어깨를 으쓱해 보였다. 그리고 하야마 쪽으로는 눈길 한 번 주지 않고, 짐짓 자세를 고쳐 시선을 정면에 두는 것으로 응수했다. 몸짓을 통해 대화할 의사가 없음을 알리려는 의도였다.

그러나 왼편에서 들려오는 하야마 하야토의 목소리는 그치지 않았다.

“찾는 중이야?”

“……뭘?”

아까 뒤돌아보려다 만 내 마음속 깊은 곳을 간파당한 느낌이 들어, 신경질적인 목소리가 흘러나왔다. 그러면서 동시에 하야마를 슬쩍 째려보았다. 그러자 하야마가 턱을 쓱 들어 대각선 앞쪽을 가리켰다.

그 시선 끝에 학생들의 모습은 없었다. 그저 말쑥한 옷차림의 어른들이 앉아 있을 뿐이었다. 일명 내빈석이라고 불리는 자리다.

그 속에서 유키노시타의 어머니를 발견했다.

그 미모도 한몫해서, 검은색 계통의 기모노는 멀리서도 바로 눈에 띄었다.

“……왜 온 거지?”

“지역 의원이 이런 행사에 참석하는 일은 드물지 않아. 다만 일정이 겹치는 곳이 많으니까, 대리인 자격으로 온 거겠지.”

“흐음…….”

심드렁하게 맞장구를 쳤지만, 한편으로는 하야마의 설명에 납득했다.

방금 전에도 모처의 의원님께서 인사를 하고 들어가신 참이다. 그 이전으로 거슬러 올라가면 진행을 맡은 교사가 어디어디의 누구누구 님이 보내주신 축전이라며 분에 넘치오나 대신 낭독하겠다고 한 다음, 많은 분들이 보내주셨으므로 나머지는 아쉽지만 생략한다느니 뭐라느니 했던 기억도 났다.

"듣고 보니 중학교 때도 그랬던 거 같긴 하네."

"공립이면 특히 더 그렇겠지. 입학식이나 졸업식 때면 틈틈이 그런 식으로 어필을 하니까."

불쑥 내뱉은 내 혼잣말(특기)에 하야마가 옅은 한숨과 함께 대답했다. 보아하니 심심풀이에 동참해줄 생각인 듯했다. 둘 다 상대방의 얼굴을 보는 대신 시선을 앞에 둔 채로, 일시적이고 무의미한 잡담을 이어나갔다.

"흐음, 학부형이고 학생이고 전혀 안 듣는 것 같다만……. 그냥 타성적으로 계속하는 건가?"

내 말에 하야마가 질렸다는 듯 한숨을 쉬었다.

"말이 심하잖아……. 이런 건 전통이라고 해야지. 게다가 의미가 없는 건 아니잖아? 교사나 학부형도 다 표밭이니까."

"어디로 보나 네 말이 더 심하거든……?"

나 역시 질렸다는 듯 한숨을 쉬자, 옆에서 피식, 득의양양한 미소를 머금은 소리가 들려왔다. 다른 녀석들 앞에서는 거의 보여주지 않는, 약간 일그러진 산뜻한 미소. 바로 그 표정

을 짓고 있을 게 분명했다. 굳이 하야마의 얼굴을 보지 않아도 그 표정이 생생하게 떠오르는 바람에, 그 사실에 또다시 진절머리가 났다.

그것 말고도 또 하나 나를 진절머리 나게 하는 점이 있었다.

흘끗 시선을 향한 곳, 즉 내빈석에 앉은 유키노시타의 어머니 옆자리에는 그녀를 쏙 빼닮은 여자가 한 명 더 있었다.

유키노시타 하루노는 고상한 검은색 정장을 차려입고 무릎에 올려놓은 가방에 손을 얹은 채, 다소곳이 눈을 내리깔고 있었다.

"……근데 그 딸까지 있는 이유는 뭐냐?"

"모르지. 소개 차원이거나, 인사하러 왔거나…… 뭐 그런 거 아니겠어?"

"흐음……."

의미 없는 숨소리로만 맞장구를 쳤지만, 머릿속에서는 불길한 예감이 소용돌이쳤다.

하루노는 이후에 열릴 프롬에도 얼굴을 비출까? 이제 나하고는 상관없는 일이지만, 그럼에도 하루노가 남긴 말은 여전히 내 가슴속에 앙금처럼 똬리를 틀고 있었다.

그 불안감을 언어화하지 않고 침묵하는 사이, 하야마가 피식 쓴웃음을 지었다.

"내 설명이 납득이 안 되는 모양이지?"

"아니 뭐 이치에는 맞지 않냐? 내 알 바는 아니다만."

부지불식간에 동요했는지, 쏘아붙이듯 그렇게 대꾸하고 말

았다. 어깨 너머 시야 끄트머리에 잡힌 하야마의 얼굴은 희미한 미소를 머금고 있었다.

"마음에도 없는 소리 하지 마."

"그건 피차일반 아냐?"

곁눈질로 째려보았지만, 하야마는 눈썹 하나 까닥 않고 가볍게 흘려 넘기고는 내빈석 쪽으로 시선을 향했다.

"……아마 지켜보러 왔겠지."

"흐음, 하긴."

턱을 당기며, 이야기를 끝맺기 위한 형식적인 대꾸를 했다.

어지간한 대화는 이런 식으로 응수하다 보면 마무리되는 법이다. 그 반응은 곧 네 이야기에 관심이 없다, 대화를 마치고 싶다는 신호나 다름없으니까.

하지만 하야마는 그 정도로 물러날 생각이 없는지, 목소리를 낮추고 다시 입을 열었다.

"이번에는 뭘? 이라고 되묻지 않네?"

조용한 음성이었지만, 그 속에는 명백한 도발이 내포되어 있었다. 하야마 하야토가, 또는 그 화법에 지대한 영향을 끼친 유키노시타 하루노가 이렇게 조롱하는 듯한 말투를 쓸 때는 침묵해봐야 소용없다. 양쪽 다 시선과 분위기로 대답을 이끌어내려고 하니까.

하야마와 하루노는 내가 싫어하는 부분만 쌍둥이처럼 빼닮았다. 둘이서만 이야기하는 모습은 거의 본 적이 없지만, 참으로 가슴 설레는 즐거운 수다 타임일 테지.

하지만 나도 최근 들어 겨우 이런 화법에 적응이 되었다. 경험에 비추어보면 지금은 딴청을 피워야 할 타이밍이다.

"그야 짐작이 가니까. 저 사람, 동생이 뭐만 했다 하면 거의 다 보러 오려고 하잖아? 나 참, 그렇게 시간이 남아도는 거냐고……."

내가 맥 빠진 얼굴로 대답하자 참기 힘들었는지 하야마가 풉, 웃음을 터뜨렸다.

"그렇지. 심지어 그걸 위해 일부러 시간을 만드는 낌새마저 있어. 그만큼 신경 쓰여서 견딜 수가 없는 거야."

"으아…… 무셔라……. 여동생한테 집착하는 게 나 못지않구만……."

저 양반 나만큼이나 한가한 거냐고. 나도 코마치를 위해 늘 스케줄을 비워둘 정도거든! 하긴 요새는 그 정도는 아니지만. 지나치게 간섭하면 미움을 사는 법이니까! 듣고 계십니까?! 유키노시타 양의 언니 분! 지나치게 간섭하면 미움을 산다고요! 그리고 히키가야 양의 오빠 분도 다시 한 번 잘 새겨듣도록 하세요!

저도 모르게 메마른 웃음이 새어나왔고, 그 영향인지 하야마도 덩달아 웃었다.

그렇게 농담 삼아 웃어넘기려고 했다.

그러나 하야마의 얼굴에는 더 이상 웃음기가 없었다.

"그렇지만 동생만은 아니야. 틀림없이 네 결단도 보러 왔을 걸?"

"……."

이번에는 적당히 받아넘길 수조차 없었다.

하야마 하야토의 말은 분명 옳다.

내가 대답을 하지 않자, 듣고 있느냐고 확인하듯 하야마가 팔꿈치로 쿡 찔렀다. 그 바람에 혀 차는 소리가 새어나오며, 덤으로 얄미운 소리도 튀어나왔다.

"산만하구만. 너 그러다 생활기록부에 적힌다."

"심심해서 그래. 옆에 앉은 녀석과 친하지 않으면 이럴 때는 할 게 없거든."

되돌아온 빈정거림에 나는 쳇 하고 입매를 일그러뜨렸다. 저기요. 그러면 댁은 토베하고도 친하지 않은 게 되어버리거든요?

그렇게 생각했을 때, 바로 그 친하지 않은 토베가 하야마 옆에서 불쑥 얼굴을 내밀었다.

"뭔데 뭔데 뭔데? 옆이 뭐 어쨌다고?"

"아무것도 아냐. 토베, 시끄러워. 조용히 해."

하야마가 부드러운 미소와 반대로 따끔하게 일침을 놓았다. 그러자 토베는 「뜨어……」 하고 중얼거리며 시무룩하게 고개를 도로 집어넣었다.

마침내 주위가 조용해지자, 나는 다시 단상으로 시선을 향했다.

어느새 높으신 분의 유익한 말씀은 끝난 후였고, 사회자의 목소리가 다음 순서를 알렸다.

"이어서 재학생 대표의 송사가 있겠습니다."

그 멘트에 애교 넘치는 캔디 보이스가 네~ 하고 대답했다. 엇, 이 가식적이면서도 앙큼하고 깜찍한 대답은, 설마……? 하고 생각하는데, 잇시키 이로하가 단상으로 올라왔다.

맞다, 저 녀석 송사를 맡았다고 그랬지……? 그 문제로 히라츠카 선생님하고도 상의했다는 둥, 선생님을 바람맞히고 도망 다녔다는 둥 했던 거 같은데…….

자, 그럼 이로하스와 히라츠카 선생님, 주로 히라츠카 선생님의 노력의 성과를 보여주실까? 그렇게 생각하며 나도 자세를 바로하고, 마이크 앞에서 꾸벅 인사하는 잇시키를 보았다.

"혹독한 겨울이 가고, 부드러운 햇살 속에 어렴풋이 봄 내음이 감도는 계절이 되었습니다."

아코디언처럼 꼬깃꼬깃 접은 종이를 펼쳐들고, 잇시키는 사뭇 우등생 같은 차분한 분위기로 송사를 낭독하기 시작했다. 평소의 무책임한 태도는 자취를 감추고, 교사와 학부모가 원하는 이상적인 학생회장의 이미지를 연출해냈다.

송사는 순조롭게 진행되어, 선배들과의 추억, 동아리 활동과 학생회 활동에서 경험한 선배들 팍팍 치켜세우기용 에피소드를 열거해나가던 잇시키의 목소리가 갑자기 떨렸다.

"돌이켜보면 언제나 선배님의 도움으로……."

이따금 코를 훌쩍이면서 흐르지도 않는 눈물을 훔치는 시늉을 하는 게, 과연 우리의 영악한 이로하스답구먼…….

여태까지 이런 행사를 할 때는 무대 뒤에서 프로듀서마냥 지켜보는 경우가 많았지만, 오늘은 객석이다. 시점이 바뀌면

관점도 달라지기 마련이다. 그라운드석에서의 올바른 감상법은 물론 남친마냥 맨 뒤에서 팔짱 끼고 지켜보는 거다.

그렇다고 여기서 벌떡 일어섰다가는 미친놈처럼 보일 테니, 오늘은 관계자석에 앉은 기분으로 「넌 네가 있고 싶은 곳을 찾았구나. 그때보다 훨씬 더 빛나 보여」 하고 야마자키 마사요시[#46]를 머릿속 BGM으로 틀어놓고 옛 남자처럼 지켜보는 게 정답이겠지. 그것도 미친놈 같기는 마찬가지다만…….

하지만 어떤 입장에서 보든 간에, 눈물을 참아가며 송사를 읊는 모습은 보는 사람의 가슴을 찡하게 만들기 마련이다. 분위기 조성용의 가짜 눈물인 걸 알아도, 그 씩씩함이 하치만 기준으로 포인트가 높다고나 할까.

그래그래, 노력했구나 잇시키 귀엽다 귀여워. 히라츠카 선생님에게 깨지면서도 때로는 땡땡이를 치고, 때로는 적당한 핑계를 대고 튀곤 했지만, 그래도 노력했으니까 말이야. ……그런 걸 노력했다고 해도 되나?

그렇게 아버지 같은, 오빠 같은 심정으로 지켜보고 있노라니 갑자기 가슴이 뭉클했다. 그래서 하야마에게 들키지 않을 정도로만 살짝 턱을 들고, 천장을 바라보았다.

만약에 잇시키가 내년에도 학생회장을 맡는다면, 내가 졸업할 때도 잇시키는 송사를 읽어주겠지.

지금 눈앞에서 펼쳐지는 광경은 내가 내년에도 보게 될 모

#46 야마자키 마사요시 초속 5cm의 주제곡 「One more time, One more chance」 등으로 유명한 서정적인 노래를 많이 부른 가수.

습이다.

그런가……. 졸업하면 잇시키하고도 만날 일이 없어지겠구나…….

깊은 감회에 젖어 있는 사이, 송사는 어느덧 끝자락으로 접어들었다.

잇시키가 들고 있던 종이를 도로 접고, 한 박자 뜸을 들였다.

그리고 시선을 쓱 앞으로 향하더니, 눈꼬리에 맺힌 눈물을 손끝으로 훔치고 미소 지었다.

"마지막으로 선배님들의 건강과 활약을 기원하며, 송사를 마칩니다. ……재학생 대표, 잇시키 이로하."

마지막에는 한층 낭랑한 목소리로 이름을 밝히고, 꾸벅 고개를 숙였다. 단상을 뒤로할 때는 눈물을 보이지 않고, 허리를 반듯하게 편 채 아름답게 퇴장했다.

1학년임에도 송사라는 중요한 역할을 멋지게 완수해낸 잇시키 이로하의 의젓한 모습에 나도, 그리고 다른 참석자들도 모두 아낌없는 박수갈채를 보냈다.

서서히 잦아드는 박수의 물결과 함께, 내 개인적인 클라이맥스 역시 지나가고 말았다.

지금부터는 주제 파악 못하고 나대는 인싸가 졸업장 수여식에서 이름을 불렸을 때 「네, 건강합니다![#47]」 같은 정신 나간 소리를 해서 분위기를 잡치는 꼴이나 구경하는 치지가 되겠지.

#47 네, 건강합니다! 치바 등 일본 일부 지역에서는 초등학교 출석체크 시에 「네, 건강합니다!」라고 외치는 관행이 있음.

하여간 애정이라고는 없는 남의 졸업식이란 따분함의 극치다.

× × ×

……그렇게 생각했던 시기가 저에게도 있었습니다.

"이어서 졸업생 대표의 답사가 있겠습니다."

안내 멘트가 흘러나오자, 전 학생회장 시로메구리 메구리 선배가 힘찬 대답과 함께 단상으로 올라왔다. 그리고 중앙에 서서 꾸벅 고개 숙여 인사한 다음, 좌중을 찬찬히 둘러보았다. 마치 학생 한 명 한 명과 눈을 마주하듯 천천히 시선을 옮겼다. 나하고도 눈이 마주친 듯한 기분이 들었을 정도다.

그리고 메구리 선배는 생긋 웃었다. 그 언젠가 내게도 지어 주었던 그 포근한 미소였다.

졸업식의 엄숙한 분위기가 느슨해질 만큼 포근하고 편안한 목소리로 메구리 선배가 답사를 읽기 시작했다.

"따스한 햇살이 비추는 오늘 이 날……."

그러나 그 얼굴에 미소가 감돌았던 것은 첫머리뿐이었다. 답사를 읽어 내려가다가 목이 메어오기 시작했는지, 메구리 선배는 입술을 깨물고 흐느낌을 삼켰다. 가늘게 떨리는 목이 울지 마, 울면 안 돼 하고 스스로를 독려하는 것처럼 보였다.

그렇게 애쓰는 모습이 너무나도 가슴 찡한 나머지, 무심코 「찌이이잉……」이라고 입속으로만 중얼거리고 말았다.

난감하게도 오타쿠는 찌잉찌잉 열매 능력자라서, 걸핏하면

찡해지고 만다.

라이브를 보러 갔다가 금세 찡해져서 울고, 라이브가 끝나고 돌아가는 길에 트위터에 감성 충만한 관람기를 쓰다가 다시 찡해져서 울어버리고, 라이브 블루레이가 발매됐을 때 또다시 찡해져서 질질 짜는 등, 잘 있다가도 불쑥불쑥 찡해지고는 한다.

한마디로 그만큼 찡한 걸 좋아한다. 성우가 진행하는 라디오 방송의 전화 연결 코너나 상품 전달회[#48]에서 본의 아니게 거만한 말투로 대꾸하고 마는 츤데레 지방의 원주민 에스찡모다.

그렇게 실없는 생각이라도 하지 않으면 정말로 눈물이 핑 돌 것 같았다.

"또한 고교 시절의 더없이 소중한 경험 중 하나로 학생회 활동을 들 수 있습니다. 각 학급과 동아리, 뜻 있는 분들과 힘을 합해서 치러낸 행사들이 많았습니다. 그중에서도 가장 인상에 남은 건 문화제, 그리고 체육대회입니다. ……정말 힘들었어요!"

참고 또 참다가, 마침내 꽃망울이 터지듯 활짝 웃어 보였다. 그 미소에 콧등이 시큰해지더니, 시야가 와락 일그러졌다.

돌이켜보면 참으로 다사다난한 일 년이었지…… 하는 생각에 가슴이 뭉클해지며, 많은 일이 떠올랐다가 사라지기를 반복하

#48 상품 전달회 연예인 등이 판촉 목적으로 출연작의 CD나 BD, 책 등을 구매자에게 직접 전달하는 행사.

는 게 마치 주마등을 보는 것 같았다. 뭐야, 나 죽는 건가?

지금 단상에 서 있는 사람은 내가 유일하게 선배라고 부를 수 있는 사람이다.

나의 선배는 살며시 눈가를 훔치며 떨리는 음성으로 답사를 하고 있었다.

그 목소리를 들으며 코를 훌쩍이는데, 갑자기 옆에서 내 어깨를 툭툭 치는 느낌이 났다.

뭐냐고 시끄럽다고 감상에 젖어 있는 거 안 보이냐고 죽을래? 하고 인상을 팍 쓰며 돌아보자, 더 심하게 인상을 찌푸린 하야마가 눈에 들어왔다. 하야마는 말없이 엄지를 휙 꺾어, 저쪽을 보라는 신호를 보냈다.

돌아보니 하야마 옆옆자리에 앉은 토츠카가 호주머니에서 주섬주섬 휴지를 꺼내는 중이었다.

"하지만, 괜찮아?"

토츠카가 목소리를 낮추고 걱정스러운 기색으로 묻더니, 옆 사람을 통해 전달하는 방식으로 부지런히 이쪽으로 휴지를 보내왔다. 그러자 중간 통과 지점에 있는 토베가 안쓰러운 표정을 지었다.

"히키타니, 꽃가루지? 꽃가루잖어. 꽃가루 완전 위험하다니까?"

시끄러, 아니거든? 난 꽃가루 알레르기 같은 거 없다고. 이른 봄부터 초여름에 걸쳐 눈하고 코가 근질근질하지만 다 기분 탓이다. 인정하면 지는 거다. 부정하는 대신에 끄응 나직

하게 신음하자, 그 반응을 어떻게 해석했는지 토베가 휴지를 더 보태주었다.

"자자, 요것도 히키타니 줘. 사실 나도 꽃가루 알레르기걸랑? 초봄엔 늘 죽겠더라고."

"토베, 목소리가 너무 커."

하야마가 지적하자, 토베는 무성음으로 「뜨어……」라고 중얼거렸다. 속삭이는데도 시끄럽다니 어떻게 된 거냐고. 진짜 시끄럽구만, 저 녀석. 좋은 놈이지만 무진장 시끄럽다. 그나저나 과연 꽃가루 알레르기 환자다. 휴지를 상비하고 다니는 남자라니, 하치만 기준으로 포인트가 높다. 오히려 휴지를 안 들고 다니는 내가 하치만 기준으로 포인트가 낮을 정도다.

하야마를 거쳐 오면서 휴지 양은 더 늘어났다. 하야마는 아예 가슴 포켓에서 휴대용 티슈를 쓱 꺼내 통째로 내게 넘겨주었다. 나는 그것을 받아들고 코를 팽 풀었다.

"행큐……."

울먹이는 목소리로 말하며 티슈를 돌려주자, 하야마가 떨떠름한 표정으로 받아들었다.

"……그렇게 슬퍼?"

"그게 아냐. 뭐랄까, 나이가 드니 눈물이 헤퍼져서……. 요즘은 프리큐어가 힘차게 일어나기만 해도 눈물이 난다니까……."

"매주 일요일 아침부터 우는 거야……?"

"재방송도 하니까 평일에도 운다만."

"그, 그래……?"

하야마의 표정이 한층 더 떨떠름해졌다.

프리큐어와 아이카츠를 비롯한 여아용 애니메이션으로 단련된 내 눈물샘은 거의 시간차 없이 눈물을 발동할 수 있다. 고로 일주일에 두 번, 토요일과 일요일에는 대개 질질 짜는 신세가 되고, 심지어 요새는 MX와 치바 TV에서 재방송까지 해주니 총 네 번은 울 수 있다는 계산이 나온다. 온퍼레이드부터는 오프닝만 봐도 갤런 단위로 눈물이 쏟아져버린다.

그렇게 훌쩍거리는 사이에도 메구리 선배의 답사는 계속 진행되었다.

"이제부터 저희는 각자의 미래를 향해 한 걸음 한 걸음 스스로의 발로 걸어 나가야 합니다. 그 과정에서 큰 벽에 부딪친다 할지라도 이곳 소부 고등학교에서 얻은 수많은 추억과 배움, 긍지를 인생의 자양분으로 삼아 꿋꿋하게 살아가겠습니다. 진심으로 감사드립니다."

이윽고 답사는 맺음말로 향했다. 라이브로 치면 「다음이 마지막 곡입니다……」라는 느낌이다. 청중들 역시 「뭐~?! 시작한 지 얼마나 됐다고~?!」라는 분위기였다.

다만 관객들이 「끝나지 마라, 끝나지 마라……」 하고 간절히 빌어도 모든 라이브가 결국에는 끝이 나듯, 메구리 선배의 답사 역시 피날레를 맞이하고 말았다.

"저희를 위해 애써주신 모든 분들께 감사의 말씀을 드리며, 답사를 마치도록 하겠습니다. ……졸업생 대표, 시로메구리 메구리."

낭독을 끝마친 메구리 선배가 깊숙이 고개를 숙였다. 절도 있게 묵례한 채로 기나긴 시간이 흘러갔다. 그 정적의 시간 동안 들려오는 소리라고는 청중의 흐느낌과 탄식뿐이었다.

"얘들아, 정말 고마워! 정말 즐거웠어! 최고였어요! 그동안 감사했습니다!"

이윽고 메구리 선배가 천천히 고개를 들자, 그 얼굴에는 메구메구 메구링☆메구링 스마일이 가득했다.

"모두들, 문화하고 있나~!"

퇴장하기 직전에 마이크를 꼭 움켜쥐고, 메구리 선배가 힘차게 외쳤다. 그러자 참석자들 사이에서 웅성거림이 일었다. 학부형 석은 당황한 눈치였지만, 학생들은 이내 그 문답을 떠올리고「우오오오오!」하고 힘찬 함성을 내질러 화답했다.

그 반응에 메구리 선배는 생긋 웃더니 후읍, 크게 숨을 들이쉬었다.

"치바의 명물!"

"축제와 군무!"

"기왕 바보 됐는데!"

"춤 안 추면!"

"싱어송!"

수수께끼의 콜&리스펀스에 졸업생 재학생을 막론하고 모두가 그야말로 바보처럼 한껏 목청을 돋웠다. 지난번 문화제의 한 장면을 떠올리며, 너나할 것 없이 빙그레 웃었다.

그전까지 눈물샘을 자극하는 방향으로 흘러가던 분위기가

확 바뀌었다.

물론 좋은 쪽으로.

이게 바로 메구리 선배가 학생회장으로서 만들어온 분위기일 테지. 나는 선배들에 관해 전혀 아는 게 없다고 해도 무방할 정도고 딱히 관심도 없지만, 그래도 멋진 졸업식이었다는 생각이 들었다.

메구리 선배의 저 미소를 본 것만으로도 이 자리에 참석한 의미가 있었다고 할 수 있으리라.

이야~ 이거 완전 끝내주잖아?

집에 가면 감성 충만한 라이브 관람기를 써서 트위터에 올려야지!

× × ×

졸업식 후에는 간단한 종례를 하고 바로 하교하게 되었다.

오늘은 졸업생뿐만이 아니라 재학생에게도 이별을 아쉬워하는 날이다. 동아리에 소속된 아이들이나 어떤 식으로든 접점이 있는 아이들은 선배들과 인사를 나눌 생각인지, 서둘러 교실을 빠져나갔다.

평소 같으면 한참동안 노닥거렸을 하야마와 그 곁다리 바보 삼총사도 이미 모습을 감추었고, 테니스부 부장인 토츠카도 커다란 짐을 챙겨들고 뽀르르 교실을 나섰다.

이렇게 되면 선배들과 별다른 인연이 없는 나는 곧바로 귀

가하는 게 상책이다.

한산해진 교실에서 잽싸게 돌아갈 채비를 하는데, 유이가하마가 내 자리로 타박타박 다가왔다.

"학생회실 안 갈래? 메구리 선배가 와 있대."

"어…… 글쎄다, 뭐 인사 정도는 하고 싶다만……."

메구리 선배를 보는 건 분명 오늘이 마지막일 테지. 여러 가지로 신세를 졌으니, 작별 인사 정도는 하는 게 예의일 것 같았다.

하지만 질질 짜놓고 얼굴을 마주하려니 어째 민망했다. 괜찮으려나? 눈이 부은 건 아니겠지? 어쩜 좋아, 이런 얼굴로는 메구리 선배를 못 만난다구……! 냉장고에 등을 기대고 주저앉아 차가운 숟가락을 눈두덩에 대고 『지면 안 돼……』라고 중얼거리는 사회인 3년차 여사원을 겨냥한 스킨 CF 같은 짓을 하는 수밖에!

선뜻 승낙하지 못하고 머뭇거리자, 망설이는 게 이상했는지 유이가하마가 미심쩍은 기색으로 고개를 갸웃했다.

"근데 왜?"

"어, 그냥. 아무것도 아냐. 가자."

소녀회로가 합선되기 직전의 소녀틱한 소녀심을 설명하려니 낯 뜨겁기 짝이 없었다. 대화를 썩둑 자르듯 대꾸하고, 얼른 코트와 가방을 챙겨들고 일어섰다.

유이가하마는 여전히 아리송한 기색으로 고개를 갸웃거렸지만, 내가 걸음을 옮기자 의아한 표정을 지으면서도 쪼르르

뒤따라왔다.

그러다 교실을 나설 때쯤 내가 미적거린 이유를 알아차렸는지 타닥, 나보다 몇 발짝 앞으로 가서 이쪽으로 고개를 돌리고 내 눈을 빤히 쳐다보았다.

"……맞다, 힛키 엄청 울었지? 못 말려, 부끄럼 타는 거야?"

유이가하마가 웃음을 참는 기색으로 장난기 어린 말을 건넸다. 조금 연상 같은 눈빛으로 바라보는 바람에 씁쓸함과 민망함이 교차해서, 한순간 말문이 막혔다.

"부끄럼은 무슨."

얼버무리려고 조금 무뚝뚝하게 대꾸했지만, 그 반응이 또다시 유이가하마를 쿡쿡 웃게 만들고 말았다.

"유미코두 울어서, 나중에 엄청 부끄러워했거든. 진짜 귀여웠어……."

그 모습이 떠오르는지, 유이가하마가 생글생글 흐뭇한 미소를 띠며 중얼거렸다. 아하, 그래서 미우라 양이 후다닥 집에 가버리신 거군요. 부끄러우셨던 거군요. 귀여운걸? 미우라…….

하지만 울어버리는 마음도 이해는 간다. 나만 해도 그랬고……. 그렇게 생각하자 그만 변명 같은 말이 튀어나오고 말았다.

"근데 그럴 때는 보통 울지 않냐……? 잇시키의 송사만 해도 그 글러먹은 애가 이것저것 생각해서 애썼구나 싶어 대견하고, 무엇보다도 그거지. 메구리 선배 말이야. 처음에는 웃는 얼굴로 씩씩하게 읽으려고 하지만 끝내 울어버리고, 그 후에 다시 낭독을 마치고 지은 미소가 정말 최고였다니까? 특

히 맨 마지막에 주고받은 문답 말인데, 그거 어디로 보나 애드리브였잖아? 그게 또…….

"왜 이리 구구절절해?! 으, 소름끼쳐…… 무서워…… 좀 깬다구……."

깬다는 반응이 돌아오는 거야 어쩔 수 없지. 오타쿠는 걸핏하면 애드리브 운운하며 감동하는 족속들이니까. 각본이 있어도 애드리브라고 주장하는 게 프로레슬링 관전에 적합하다. 고로 오타쿠란 매우 프로레슬링 친화적인 존재이므로, 부시로드[#49]는 정말 대단하다고 할 수 있다. 뭐가 대단하냐면『이길 때까지 한다』라는 자세가 대단하다. 이 시대의 컨텐츠 기업에게 가장 필요한 자질 중 하나라고 해도 과언이 아니라고.

그렇게 구차하기 짝이 없는 반론을 늘어놓을 수도 있지만, 그보다 더 효과적으로 받아칠 수 있는 방법이 있었다.

"……근데 너도 울었잖아."

가자미눈으로 진득하게 쏘아보자, 유이가하마는 우웃 입을 오므렸다.

"그건 유미코가 우니까……. 좀 있음 반두 바뀔 거구, 이젠 진짜 곧 졸업이구나 생각하니까, 왠지 덩달아 눈물이 나서……."

유이가하마가 무안한 듯 아하핫 웃으며 얼버무렸다. 하지만 이내 발그스름하게 물든 얼굴을 획 돌리고 입술을 삐죽거리나 싶더니, 나직하게 입속으로 중얼거렸다.

"……근데 그런 건 왜 보구 그래?"

#49 부시로드 일본의 게임 · 애니메이션 회사. 프로레슬링을 후원해 레슬링 업계를 급성장시킴.

"너도 봤잖아……."

아웅다웅하며 계단을 내려가는데 갑자기 사람이 많아지기 시작했다.

3학년 교실이 본관 1층과 2층에 있기 때문인지, 복도 곳곳에서 학생들이 옹기종기 서서 이야기를 나누고 부지런히 사진을 찍는 모습이 눈에 들어왔다.

자세히 보니 어깨를 맞대고 사진을 찍고 나서도 바로 자리를 뜨지 않고, 다시 뭔가를 계기로 대화를 이어나가는 경우가 많았다. 헤어지기가 섭섭해서인지, 아니면 물러날 타이밍을 놓친 소심한 아싸인지는 모르겠으나, 어느 쪽이든 쉽사리 발길이 떨어지지 않는 것만은 확실해 보였다.

졸업생들에게 방해가 되지 않도록 조심스레 복도를 걷다가, 가슴에 조화 코르사주를 단 무리와 마주쳤다. 품에는 졸업 앨범을 소중하게 끌어안고 있었다. 앨범 끝의 빈 페이지를 채우려고 친구들에게 한마디씩 적어달라고 하러 가는 길인지도 모른다.

그들에게 길을 양보하고 스쳐지나가는 사이, 유이가하마가 나직하게 중얼거렸다.

"나 내년엔 분명 엉엉 울겠지……?"

무심결에 흘린 혼잣말 같은 느낌이라, 나는 어어 으응 하고 숨소리처럼 의미 없는 맞장구를 쳤다.

유이가하마는 아마 내년에도 울겠지. 미우라나 에비나 양 같은 친구들과 어깨를 맞대고, 손을 맞잡고, 밀어를 나누듯

다정하게 속삭이며 이별을 아쉬워할 게 분명하다.

오늘 운 까닭도 단순히 졸업식 분위기에 취해서는 아닐 것이다. 눈앞의 풍경에 미래의 나를 겹쳐보고, 언젠가 자신이 걷게 될 길을 상상했기 때문만은 아니다.

그보다 한층 더 가깝고 실감나는, 눈앞으로 닥쳐온 이별에 눈물지은 거겠지.

우리가 방금 떠나온 2학년 F반 교실. 그 문을 드나들 기회는 이제 손에 꼽을 정도밖에 남지 않았다.

별다를 것 없는 수업과 일상적인 점심시간, 평범한 방과 후의 한산한 풍경마저도 머지않아 잃어버리게 된다. 3학년이 되어 비슷한 풍경을 접하게 된다 할지라도, 그 구성원은 달라진다.

미우라는 지금의 학급에 각별한 애착을 느꼈을 게 틀림없다. 하야마 하야토의 존재는 말할 것도 없거니와 친구들과의 우정 또한 쉽게 얻을 수 있는 게 아니니까. 특히 유이가하마하고는 한바탕 마찰을 빚기도 했으니, 그만큼 정도 많이 들었을 테지. 그 점은 유이가하마 역시 마찬가지일 터였다.

반면에 나는 어떤가?

기껏해야 반이 바뀔 뿐 아닌가 하는 생각이 드는 것도 사실이다. 여태까지는 그런 변화에서 특별한 감회를 맛본 적이 없다. 애써 연락을 취하려고 들지도 않았고, 멀어진 만큼의 거리를 좁히거나 유지하려는 노력을 해본 적도 없다. 중학교를 졸업한 뒤로 여태까지 얼굴을 마주한 동창이라고는 오리모토 카오리 정도고, 그 재회도 우연의 산물에 지나지 않았다.

눈에서 멀어지면 마음에서도 멀어지는 게 세상의 이치다. 그리고 또 새로운 관계가 생겨나면 그만큼 거리를 좁혀가게 된다. 환경의 변화에 사람은 금방 익숙해지고 만다.

익숙해져서 친숙해지고, 다시 멀어진다. 그러면 끝이다.

우리는 항상 헤어짐의 과정에 있다.

반 변경이나 졸업식은 순탄하게 이별하기 위한 연습인 셈이다. 미리 기한을 설정해둠으로써 개개인의 심정과는 상관없이 피할 수 없는 이별을 맞게 된다. 대인관계 능력이 빵점인 사람일지라도 깔끔하게 이별을 고할 수 있는 친절한 시스템이다. 게다가 졸업했으니까, 반이 바뀌었으니까 같은 타당한 사유가 있으므로, 다시는 만나지 않아도 이상할 게 없다는 변명거리까지 제공해주는 애프터서비스도 딸려온다.

무수한 쁘띠 이별을 경험해온 덕택에 나도 이제는 이별의 프로로 거듭났다. 내 이별 기술은 어느덧 달인의 경지에 이르러, 말 한마디 하지 않고도 깨끗이 관계를 청산할 수 있을 정도다. 상대방이 의식하지조차 못하는 자연스러운 끝맺음, 이것이야말로 신의 테크닉. 무섭도록 빠른 이별, 내가 아니면 알아차리지 못했을 테지. 버릇이거든. 존재감을 죽이는 게.

그리고 그 말은 곧…….

나는 제대로 된 이별을 해본 적이 없다는 뜻이다.

아르바이트도 말없이 잠수를 타놓고서 나중에 유니폼을 착불로 보내는 만행을 저지르는 등, 그야말로 기념비적인 이별을 연출해온 나다. 이따가 메구리 선배하고 어떤 이야기를 나

눠야 한담……? 고민하는 사이, 학생회실 앞에 다다르고 말았다.

살짝 긴장한 채로 학생회실 문을 노크했다.

“드, 들어오세요~.”

더듬더듬 불분명한 대답이 돌아왔다. 문 건너편이라 정확하지는 않지만, 십중팔구 잇시키의 목소리겠지. 근데 왜 저렇게 지친 것 같은 분위기람……? 의아해하며 문을 열자, 그 의문은 바로 눈 녹듯 사라졌다.

열린 문 너머로 학생회실 한복판에서 유키노시타와 잇시키를 꼭 끌어안은 채 펑펑 울고 있는 메구리 선배가 보였다.

“정말정말 고마워~! 나 학생회 정말 좋아했었어~!”

“답답해…….”

유키노시타는 난감해하는 눈치였고, 잇시키는 슬그머니 고개를 돌린 채 성가시다는 표정으로 한숨을 쉬었다. 그래그래, 메구리 선배에게 들키지 않도록 나름대로 신경 썼다는 점은 높이 사주마.

그나저나 참 훈훈한 광경인걸……? 흐뭇한 심정으로 바라보는데, 메구리 선배가 우리를 발견했다.

“앗! 유이가하마랑 히키가야잖아! 와줬구나!”

그리고 이번에는 유이가하마에게로 달려와서 덥석 안겼다. 여자들 간의 스킨십에 익숙한지, 유이가하마는 아주 자연스럽게 마주 안아주었다. 역시 대단하구만……. 나는 『하와와! 나까지 껴안으면 어떠캐오?』 하고 콩닥콩닥해버렸다고.

"너희들도 수고 많았어! 무척 힘들었지만, 진짜 즐거웠어!"

"저두요!"

메구리 선배와 유이가하마가 손을 마주잡고 이야기를 나누기 시작하자, 마침내 해방된 유키노시타가 안도한 기색으로 가슴을 쓸어내렸다. 그 몸짓이 짙은 그리움을 불러일으켜, 무심결에 미소가 새어나왔다.

그 순간, 불현듯 눈이 마주쳤다.

그러나 유키노시타는 이내 휙 시선을 돌려 시계를 보더니, 옆에 있는 잇시키에게 말했다.

"이제 곧 업체에서 물건을 반입하러 올 테니까, 먼저 가볼게."

"지금요? 조금 이르지 않나요……?"

잇시키가 미심쩍은 기색으로 고개를 갸웃하며, 호주머니에서 부스럭부스럭 진행 일정표 같은 종이를 꺼냈다.

"으음~ 좀 미묘한 시간이긴 한데요. 그래도 늦는 것보다는 나을지도요. 저도 같이 갈까요?"

그 제안에 유키노시타가 고개를 저었다.

"체크만 하면 되니까 나 혼자서도 충분해. 그러면 시로메구리 선배, 이따가 프롬에서 뵙도록 하겠습니다."

"응! 이따 봐!"

메구리 선배가 생긋 웃으며 대답하자, 유키노시타는 꾸벅 고개를 숙이고 학생회실을 나섰다. 힘차게 손을 흔들어 그 뒷모습을 배웅하고, 메구리 선배도 흘끗 시계를 보았다.

"프롬 준비를 해야 하니까, 나도 옷 갈아입으러 가야겠네……."

메구리 선배가 나직하게 중얼거리자, 옆에 있던 유이가하마가 눈을 반짝 빛냈다.

"와! 어떤 드레스 입으시는데요?"

"굉장해! 그게 말이지, 야해!"

"야, 야하다구요……?"

메구리 선배의 직설적인 표현에 유이가하마가 흠칫했다. 그러나 메구리 선배는 왠지 우쭐한 기색으로 휴대폰을 꺼냈다. 유이가하마가 그 화면을 들여다보더니, 뭔가 소곤소곤 이야기하기 시작했다.

"노출은 별로 없지만, 실루엣이 뭔가 야해. 확실히 야해."

"아…… 진짜네요."

둘이 속닥속닥 대화를 나누는데, 그 사이로 잇시키가 빼꼼 고개를 내밀었다.

"가이드라인 아슬아슬한 곳을 파고들었네요. 기본적으로는 귀여운 스타일인데, 페티시를 자극한달까요?"

"그렇지? 카탈로그 보다가 이걸로 해야겠다고 마음먹고, 가서 입어보고 왔거든!"

"우와, 3학년들끼리 간 거예요? 다 함께 입어보는 거 재밌을 거 같아요!"

"응, 맞아. 일단은 내가 이것저것 연락하는 입장이다 보니, 뭔가 분위기를 타서 그대로 가게 돼버렸어."

설명하며 메구리 선배는 휴대폰 화면을 손가락으로 샤샤 넘겼다. 그럴 때마다 유이가하마는 와아 호오 이야 탄성을 지

르며, 눈망울 반짝반짝 반짝우와~☆라는 반응을 보여주었다. 한편 잇시키는 냉정함 그 자체였다.

“아하, 그랬군요. 참, 가이드라인 지도와 인솔 감사드려요.”

“별말씀을! 오랜만에 이벤트 하는 기분이 나서 무척 즐거웠어!”

아가씨들은 그렇게 즐거운 기색으로 드레스를 구경했지만, 그즈음 저는 『나도 저 휴대폰 화면 좀 볼 수 없으려나~?』 하고 안절부절못하며 기웃기웃하느라 바빴습니다.

이럴 때 남자 입장에서는 좀처럼 대화에 끼어들기 힘들다. 그야 물론 이런 이야기를 할 때는 빠져 있는 게 정답이라는 사실은 안다. 가령 보여줘~ 라는 한마디를 하는 데까지는 성공한다 쳐도, 그 후에 사회적으로 물의를 빚지 않을 만한 평가를 할 수 있으리라는 자신이 없다. 잘해봐야 『흐음, 야하네』 라고 말하는 게 고작이지 않을까. 그럴 바에야 가만있으면 중간은 간다.

그렇게 판단하고, 여자들이 화기애애하게 수다 떠는 소리를 들으며 돌부처 타입에 돌입했다.

이러다 공양물이 들어오는 게 아닐까 싶을 만큼 돌부처 노릇을 하고 있자니, 메구리 선배가 휴대폰을 집어넣고 내게 웃어 주었다. 아무래도 마음 써준 눈치였다.

“이런 옷은 입어볼 기회가 전혀 없으니까, 프롬을 열어줘서 기뻐. 히키가야, 고마워.”

“어, 아뇨……. 저하고는 별 상관이 없는데요. ……유키노시

타하고 잇시키 쪽에서 한 일이라서요."

"아, 그래……?"

느닷없이 말을 걸어오는 바람에 당황한 것도 한몫해서 횡설수설하며 어설픈 쓴웃음을 짓자, 메구리 선배의 표정이 조금 시무룩해졌다. 그 풀죽은 얼굴이 죄책감을 자극해서 가슴이 콕콕 쑤셔왔다. 그 바람에 위로하려고 그만 엉뚱한 소리를 하고 말았다.

"……뭐 그래도 일은 거들 생각이니까, 프롬에는 얼굴을 비출 거예요."

"그렇구나. 그럼 다행이고. 다들 볼 수 있으면 좋겠다고 생각했거든. 마지막이니까."

메구리 선배는 마음이 놓인 듯 포근한 미소를 지었다. 다만 맨 끝에 덧붙인 말에서는 쓸쓸한 울림이 묻어났다. 그 사실은 메구리 선배 본인도 자각하고 있었을지 모른다.

"졸업하게 될 줄은 몰랐는데……."

애틋한 눈길로 학생회실을 둘러보며, 메구리 선배가 나직하게 중얼거렸다.

그것은 분명 우리에게 한 말은 아니었다.

아무도 대답을 하지 못하자, 메구리 선배가 분위기를 수습하려는 듯 파닥파닥 경쾌한 손짓을 하며 말을 이었다.

"아, 정말 몰랐다는 말은 아냐! 당연히 졸업할 생각이었고, 대학에도 갈 거야! 그냥, 그런 게 아니라, 왠지……."

부드럽고 포근한 평소의 미소는 그 말끝과 함께 사그라졌

다. 불현듯 메구리 선배의 눈시울이 촉촉해졌다.

"왠지…… 왠지 말야."

눈꼬리에 맺힌 눈물을 감추듯 메구리 선배가 아핫 웃었다. 그 미소에 유이가하마가 다정하게 고개를 끄덕였다.

"네, 알 거 같아요."

메구리 선배는 쑥스러운 듯 작은 소리로 고맙다고 말하고, 다시 우리를 돌아보았다.

"……또 다 같이 재미있는 일들을 하도록 해. 난…… 이제 졸업하지만, 그래도 너희들에게는 아직 시간이 있으니까!"

"……네."

"……노력해볼게요."

유이가하마에 이어 나도 대답했다.

그 당부가 실현되리라는 생각은 들지 않았다. 하지만 지금 그런 이야기를 해봐야 무슨 소용이 있겠는가.

유이가하마와 나는 아마도 비슷한 표정을 하고 있지 않았을까. 억누르는 듯한, 견디는 듯한 표정을. 살짝 입술을 깨물고, 살며시 눈을 내리깐 채.

메구리 선배는 더 이상 아무 말도 하지 않고 우리에게 다정한 눈빛을 보내왔다. 그러다가 그 시선을 잇시키 쪽으로 돌렸다.

"잇시키 회장, 소부 고등학교 학생회를 잘 부탁합니다."

정중하게 허리를 굽힌 인사에 당황했는지, 잇시키는 멍하니 두어 번 눈을 깜빡였다. 하지만 이내 자세를 바로하고, 메구리 선배를 똑바로 응시했다.

"네, 감사히 넘겨받겠습니다. ……사실 이미 대부분 넘겨받았지만요."

"아하하, 하긴."

잇시키가 쓴웃음 섞인 목소리로 말하자, 메구리 선배가 천연덕스럽게 웃었다. 그렇게 한동안 웃더니, 메구리 선배가 뺨을 찰싹찰싹 때리며 읏차 기합을 넣었다.

"응, 됐어! 작별인사 끝!"

그리고 한 발짝 걸음을 내딛었다.

"그럼 이따 봐! 프롬에서 실컷 이야기하자! 꼭이야!"

힘차게 손을 흔들며 메구리 선배는 떠나갔다.

그리고 문을 닫으면서, 닫히기 직전까지 그 가느다란 틈새로 얼굴을 내비치며 손을 흔들었다. 『샤이닝』의 잭 니콜슨을 보는 것 같으니 자제해줬으면 한다. 게다가 저러면 이쪽도 마주 손을 흔들어줘야 할 것 같은 기분이 든다고…….

슬금슬금 움직이던 문이 완전히 닫힌 후에야 비로소 팔을 내릴 수 있었다. 휴우 지친 한숨이 새어나왔다.

그런 우리를 계속 지켜보고 있었는지, 잇시키가 불쑥 입을 열었다.

"근데요. 선배님은 메구리 선배를 꽤 좋아하시는 거 같아요."

"아, 나두 그 생각 했는데."

"……뭐? 저 선배를 싫어하는 사람이 있긴 해?"

"우움, 하긴 없을 거 같아. 근데 왜 좀 화난 말투인 건데……?"

유이가하마는 어이없다는 듯 아하핫 웃었다. 근데 이로하스

는 왜 침묵해버리는 거니? 팔짱을 끼고 『글쎄요. 당연히 있을 거 같은데요……』라는 표정을 지으면 안 되잖니? 바로 그런 점이 문제라고.

넌지시 나무라는 시선을 보내자, 그 사실을 알아차린 잇시키가 크흠, 가볍게 헛기침을 했다. 그리고 그 이야기는 접어두자는 듯 말을 돌리더니 씨익, 음흉하게 웃었다.

"자, 그럼 사랑하는 메구리 선배를 위해 봉사 좀 해주시겠어요?"

으음……. 그 말투, 뭔가 거슬려…….

× × ×

잇시키에게 이끌려 간 곳은 프롬 행사장인 체육관이었다.

뉘엿뉘엿 기울어가는 햇살이 바닥과 벽을 은은한 붉은빛으로 물들였고, 뒤쪽에 설치해놓은 스토브는 새빨갛게 타올랐다. 그 덕분에 공간이 넓은 것치고는 한기가 느껴지지 않았다.

대강 둘러보니 내부 장식도 순조롭게 진행 중인 눈치였다. 곳곳에 놓인 벌룬 아트와 플라워 스탠드, 미러볼 등이 흥겨운 분위기를 연출했다. 아까까지만 해도 졸업식답게 엄숙한 느낌이 났건만, 지금은 어딘가 들떠 보였다.

그렇게 화사한 실내에서 오직 유키노시타 유키노가 있는 곳에만 실무적인, 자칫하면 싸늘하게까지 느껴질 만한 분위기가 흘렀다. 유키노시타는 작업복 차림의 배송업자와 뭔가 상

의하는 중이었다.

그 모습을 먼발치에서 지켜보다가, 이야기가 마무리되어가나 싶은 타이밍에 잇시키가 우리를 놔두고 후다닥 달려갔다.

"유키노 선배님, 슬슬 시간 돼가요~!"

잇시키의 목소리를 들은 유키노시타는 업자에게 깍듯이 고개 숙여 인사하고, 빙글 몸을 돌려 서둘러 이쪽으로 다가왔다.

그러다 그 발걸음이 우뚝 멎었다.

"……히키가야."

재킷 옷깃을 꼭 움켜쥔 채, 나오려던 말을 삼킨 것 같은 표정을 지었다. 처진 눈썹과 내리깐 시선이 왜 여기 있느냐고 물어왔다.

뭔가 변명이라도 하는 편이 나았을지도 모른다.

그러나 공교롭게도 유키노시타를 납득시킬 만한 이유는 없었고, 적당한 구실을 갖다 붙여봐야 소용없다는 사실도 잘 알았다. 그저 상황의 흐름에 저항 없이 몸을 내맡기고 내가 아닌 누군가에게 책임을 전가한 결과, 이 자리에 오게 되었을 뿐이다.

할 수 있는 말이 아무것도 없었기에, 나는 그저 살짝 턱을 당겨서 눈인사를 건네듯 고개를 끄덕여 보이기만 했다.

"안녕, 유키농! 도와주러 왔어."

침묵에 빠져든 유키노시타와 나 사이로 유이가하마가 끼어들었다. 그러자 유키노시타는 면목 없다는 듯 고개를 숙였다.

"그러니……? 미안해."

"에이, 아냐! 신경 쓰지 마! 난 처음부터 거들 작정이었는걸?"

"고마워."

유이가하마가 밝은 목소리로 말하자, 유키노시타도 그제야 미소를 보였다. 나도 뭔가 한마디 해야 하나 싶어 입을 열려는데, 그것을 가로막듯 잇시키가 내 어깨를 툭 쳤다.

"아무튼 일손이 많아서 나쁠 거야 없으니까요. 선배님, 잘 부탁드릴게요~."

너스레를 떨듯 말하기는 했지만, 그 속에서는 더 이상의 실랑이는 사양이라는 무언의 압박이 생생하게 전해져왔다. 곧장 진행 대본을 나눠주기 시작한 것 역시 그런 의지의 표현일 테지.

"그럼 회의를 시작할까요?"

전원에게 진행 대본이 돌아가자, 잇시키가 가슴 포켓에서 펜을 꺼내서 싹싹하게 회의를 진행하기 시작했다.

"전체 총괄은 유키노 선배님이고, 저는 MC와 음향 관련을 맡을 예정이에요. 조명은 부회장 담당이고요. 서기는 음식 케이터링 쪽. 잡일은 축구부 말단을 중심으로 각 동아리에서 인원을 차출해왔어요."

잇시키의 설명을 반 이상 흘려들으며 슬쩍 체육관 안을 둘러보니, 실제로 학생회 임원이 아닌 낯선 얼굴들이 드문드문 눈에 띄었다. 아무래도 부장회 대표인 하야마의 협력을 얻어, 단순 작업에 필요한 인력을 보강한 모양이었다. 이렇게 하면 유키노시타와 학생회 임원진은 메인 스태프로서 주요 작업에

힘을 쏟을 수 있다.

옳거니 하고 납득하는데, 잇시키가 태연하게 덧붙였다.

"참, 그리고 의상 쪽 트러블 대응을 위해 무서운 사람이 와 줄 예정이에요."

무서운 사람이라니, 카와사키 말이냐? 꼭 반사회적 세력이라도 되는 것 같은 말투잖아……. 걔가 얼마나 착한 앤데…….

내가 기막혀하는 사이에도 잇시키는 진행 대본에 뭔가 끄적끄적 메모를 했다. 그러다 쓱 고개를 들더니, 그 커다란 눈으로 유키노시타를 보며 물었다.

"여기 두 분은 어떡할까요?"

그 질문에 유키노시타가 턱에 손을 얹고 흐음, 생각에 잠겼다.

"도움이 필요한 곳이라면 접수, 음향, 조명 쪽이겠구나."

"그럼 내가 접수를 맡을게. 힛키가 접수를 하긴, 좀……."

유이가하마가 얼른 손을 들어 자원했지만, 뒷부분에서는 대놓고 말을 흐렸다. 그러자 생략된 뒷말을 읽어낸 잇시키가 흠흠 고개를 끄덕였다.

"그러네요."

과연 가하마 양과 이로하스, 저를 속속들이 알고 계시는군요. 저도 제 주제를 잘 알기에 함께 흠흠 고개를 끄덕여두었습니다.

유키노시타는 그런 우리에게 가세하는 대신, 유이가하마 쪽을 돌아보았다.

"숫자 자체는 많지 않겠지만 학부형도 올 테니, 그 경우에는

명부에 이름을 기입하게 하렴. 나머지는 학생수첩으로 신원 체크를 하면 되고."

"접수창구에 토베 선배 같은 말단들을 세워둘 테니까요. 혹시라도 실랑이가 벌어지거나 하면 홀랑 떠넘기고 저나 유키노 선배님을 부르시면 돼요."

"응, 알았어."

잇시키가 빈틈없이 부연 설명을 하자, 유이가하마도 선선이 대답했다. 그나저나 토베, 말단이었냐……. 게다가 내내 서 있어야 되는 거냐고…….

"그럼 선배님은……."

"글쎄……."

잇시키가 유키노시타와 나를 번갈아보았다. 그러나 유키노시타의 목소리는 거기에서 끊겼다. 살며시 입술을 깨문 채 생각에 잠긴 기색을 내비쳤지만, 명확한 지시는 떨어지지 않았다.

다만 방금 전에 오간 대화로 미루어볼 때 남은 후보는 둘. 음향 아니면 조명이다.

"조명은 다양한 연출이 필요할 거 아냐? 진행 과정 전체를 파악하고 있는 사람이 아니라면 힘들 거 같다만."

옆으로 시선을 향하자, 잇시키가 고개를 끄덕였다.

"그렇겠죠? 그럼 음향 쪽 보조를 부탁드릴게요. 기본적으로는 제가 담당할 생각이었지만요. 아무래도 중간중간 자리를 비울 수밖에 없으니까요. 상주해줄 사람이 있으면 좋죠."

"오케이. 뭐 주의할 사항은 없냐?"

"진행 대본에 곡 넘버가 적혀 있으니까요. 기본적으로는 그냥 플레이리스트대로 틀면 돼요. 곡을 트는 타이밍도 큐 사인이 나오니까요. 별다른 문제는 없을 거 같아요."

"흐음, 그래?"

행사에서 쓸 노래의 플레이리스트는 이미 만들어놨고, 음원도 준비가 끝났다. 곡을 트는 타이밍도 큐 사인을 준다. 그러면 이제 기술적인 부분만 신경 쓰면 되는 셈이다.

"좀 시험해 봐도 되겠냐?"

무대 오른편, 1층과 2층 사이의 중이층에 위치한 조정실을 엄지로 가리키며 물었다. 아무리 보조라지만 실전에 들어가면 어떤 상황이 벌어질지 모른다. 그러니 간단한 조작 정도는 할 수 있게끔 실제로 장비를 다루어볼 필요가 있었다.

"아, 그러세요. 그럼 잠깐 가볼까요?"

그렇게 말하며 잇시키가 이쪽이에요, 하고 안내해주었다. 그 뒤를 따라서 우리는 줄줄이 조정실로 향했다.

무대 옆에서 이어지는 어두컴컴한 계단을 올라 작은 방으로 들어섰다. 그러자 유키노시타를 따라 들어온 유이가하마가 후아, 신기한 기색으로 실내를 두리번거렸다.

확실히 평소에는 발을 들여놓을 일이 없는 공간이다. 나도 문화제 때 잡일의 일환으로 음향 설비 전반을 점검한 기억은 있지만, 실제로 조작해본 경험은 없다.

잘 해낼 수 있으려나 불안한 심정으로 벽면의 작은 창 근처에 놓인 PA 콘솔을 보자, 조그만 빨간 램프가 힘없이 빛나고

있었다.

잇시키가 권하는 대로 콘솔 앞 의자에 앉았다. 콘솔에는 코팅된 사용 설명서와 각종 메모가 빼곡하게 적힌 플레이리스트가 놓여 있었다.

PA 콘솔은 학생도 조작할 수 있도록 최대 레벨로 추정되는 눈금에 종이테이프를 붙여서 빈틈없이 표시해놓았다. 주로 사용하는 페이더도 손잡이에 칼라 테이프를 감아서 한눈에 알아볼 수 있게 해두었다. 이 정도면 다루기가 까다롭지는 않을 듯했다.

"노래 좀 틀어보마."

"네."

잇시키의 양해를 얻은 다음, 버튼을 꾹 눌렀다. 그러자 토베 같은 녀석들이 달려보즈앗! 하고 외칠 법한 신명나는 EDM이 흘러나왔다.

뒤이어 진행 대본과 플레이리스트를 대조해 음원이 전부 갖추어져 있는지 확인하며, 실제로 곡을 틀어 재생기기의 조작법도 한번 쭉 시험해보았다. 이쪽도 별 문제는 없었다.

또 확인해야 될 점이 뭐가 있더라……? 그렇게 생각하며 진행 대본과 PA 콘솔을 노려보다가 불현듯 깨달았다.

음향 담당자의 업무는 단순히 음악을 트는 것만이 아닐 터였다. 소리와 관련된 일 전반이 그 범주에 속한다고 봐도 좋다. 그렇다면 마이크 관리 역시 내가 맡은 일에 들어갈 테지.

"마이크는? 어디다 몇 개나 둘 거냐?"

"네? 아, 잠시만요……."

잇시키가 팔랑팔랑 대본을 넘기기 시작했다.

그러나 그보다 먼저 유키노시타가 입을 열었다.

"내가 무대 좌측에 유선 하나, 잇시키가 무선 하나. 그리고 무대 우측에 예비로 무선을 하나 더 둘 예정이야."

유키노시타가 대답하며 재킷 주머니에서 흰색 민무늬 마스킹테이프를 꺼내더니, 그것을 착 뜯어서 각각의 페이더 밑에 붙였다. 나는 탁자 위를 굴러다니던 사인펜을 빌려, 그 테이프에 『유키노시타』, 『잇시키』, 『예비』라고 적어 넣었다.

이것으로 마이크도 확인이 끝났다. 그 밖에는……. 그렇게 생각하며 대본을 팔락팔락 넘기다 생소한 내용을 발견했다.

"이 슬라이드 쇼라는 건 뭐냐……?"

대본을 손가락으로 톡톡 치면서 묻자, 빼꼼 고개를 내밀어 들여다본 잇시키가 아~ 라는 느낌으로 한숨을 쉬었다.

"여기저기서 졸업생의 사진을 모아다가 영상을 만들었거든요. 딱히 대단한 편집이 들어간 건 아니지만요."

"호오……."

내가 모르는 사이에 프롬 계획은 다방면으로 업데이트되었던 모양이다. 하긴 요즘은 간단한 영상 편집쯤은 휴대폰으로도 가능한 시대니까. 퀄리티가 어느 정도인지는 모르지만, 약간의 수고를 들여 졸업생에게 소박한 기쁨을 선사하고 분위기를 띄울 수 있다면 가성비가 뛰어난 컨텐츠라 할 수 있겠지.

흐음, 이것저것 연구를 좀 했구만. 내심 감탄하며 나는 대

본의 해당 부분에 빨간 동그라미를 쳐서 표시를 했다.

"그럼 조작하는 데 신경 써야 할 건 슬라이드 쇼 정도인가? 영상 송출은 뭘로 하냐?"

의자를 빙글 돌리자, 내 정면에는 잇시키가 있었다. 그러나 질문의 대답은 그 옆에서 재깍 돌아왔다.

"컴퓨터로 할 거야. 테크니컬 리허설에서 조명 쪽 프로세스까지 합쳐서 확인을 마쳤어. 영상 송출은 이쪽에서 할 테니까 페이더 조작에만 신경 써주렴."

설명하며 유키노시타는 곧바로 컴퓨터를 켜기 시작했다. 실제로 보여주려는 모양이었다. 그렇다면 이 기회를 빌려 의문점을 전부 해소하도록 하자.

"오케이. 영상 시작할 때 검은 화면 들어가냐? 몇 초간?"

"검은 화면은 10초간 들어가고, 그 후에 카운트다운 연출이 10초 들어가."

"그 부분만 한번 연습해 봐도 되겠냐?"

"그러렴. 잇시키, 진행 멘트 좀 넣어주겠니?"

"……네? 아, 네!"

갑작스럽게 지명당하는 바람에 놀랐는지, 잇시키가 화들짝 정신을 차렸다. 유별나게 당황한 기색인 잇시키에게 유키노시타가 미심쩍은 눈길을 보냈다.

"왜 그러니?"

"아뇨, 그냥 대화가 엄청 활발하구나 싶어서요……."

안 그래요? 하고 잇시키가 유이가하마를 돌아보았다. 그러

자 유이가하마가 쓴웃음을 지었다.

“우움, 뭐 항상 그러니까…….”

난감한 기색으로 웃으며 당고머리를 꼬물꼬물 만지작거리는 모습에 유키노시타와 나는 입을 굳게 다물어버렸고, 미묘한 기류가 흘렀다. 이러다가는 조정실이 침묵 속으로 가라앉아 버릴 것만 같았다. 그 상황을 견디지 못하고, 나는 그만 반사적으로 능청을 떨고 말았다.

“아유, 미안해서 어쩐대? 평소에는 입도 뻥긋 안 하는 주제에 이럴 때만 막 떠들어대는 거, 재수 없지?”

“아, 네……. 뭐 그렇기는 한데요…….”

……그렇기는 하다고? 이로하스는 나를 재수 없다고 생각한단 말이야? 원망스러운 시선을 보내자, 잇시키가 딴청을 피우듯 흠흠, 헛기침을 하면서 겸사겸사 목을 풀었다. 그리고 한쪽 손에 투명 마이크를 쥔 시늉을 하며, 대놓고 리허설이라고 선언하듯 심드렁한 목소리로 입을 열었다.

“네, 그럼 다음 순서는 슬라이드 쇼입니다. 우와— 짝짝짝—.”

“……그리고 잇시키가 퇴장합니다. 조명이 천천히 암전되고, 완전히 꺼지면 영상이 나옵니다.”

무대감독마냥 유키노시타가 그 후의 진행 순서를 설명하며 컴퓨터를 조작했다. 그리고 마무리하듯 엔터키를 탁 쳤다.

무대 위로 내려온 스크린에 무음의 검은색 화면이 떴다. 그 사이에 나는 BGM과 마이크 등의 페이더를 내리고, 컴퓨터 음원의 페이더만을 올렸다.

조정실 창문으로 슬쩍 무대 쪽을 내다보자, 스크린에 비친 영상이 카운트다운 화면으로 넘어가서 차르르륵 필름 돌아가는 소리와 함께 숫자가 바뀌어가기 시작했다. 이윽고 숫자가 0이 되며 카운트다운이 끝나자, CF로 자주 접해서 익숙한 감동적인 멜로디와 함께 슬라이드 쇼가 시작되었다.

눈물을 부르는 서정적인 노래에 맞추어, 졸업생들의 지난 추억이 차례로 화면에 담겼다.

이야, 제법 잘 만들었는데? 완전히 남의 일처럼 그 영상을 감상하다가, 불현듯 깨닫고 말았다.

이 슬라이드 쇼는 분명 난생 처음 보는 영상일 터였다.

그런데 이걸 보다 보니 솟아오르는 이 감정은 대체 뭐람……? 그렇게 생각했을 때, 유이가하마가 불쑥 그 답을 내놓았다.

"왠지 본 적이 있는 거 같아……."

"그야 이 노래를 쓰면 이렇게 되기 마련이다만……."

그 기시감을 말로 다 표현하지 못하고[#50] 있자니, 제작을 담당한 눈치인 잇시키가 볼멘소리를 했다.

"뭐 어때요? 알기 쉬운 걸 우선시한 거라고요. 눈물 나니까 됐잖아요."

"패러디인 줄 알고 웃을 것 같은 기분도 들기는 하지만 말이지……."

유키노시타가 체념한 것처럼 쓴웃음을 지었다.

#50 말로 다 표현하지 못하고 일본 밴드 그룹 Off Course의 노래 「말로 다 표현할 수 없어」에서 따온 것으로, 슬라이드 쇼 형식으로 추억의 사진을 보여주는 메이지 생명보험사 CF송으로 유명함.

하지만 사실 잇시키의 주장에도 일리는 있다.

영상 자체는 그다지 독특하게 구성된 것도, 공들여서 연출한 것도 아니다. 그저 졸업생들의 사진과 휴대폰으로 찍은 듯한 이미지의 연속일 뿐이다. 하지만 음악이 눈물을 자아내는 만큼 당사자의 눈에는 감동적으로 비칠 게 틀림없고, 그 감동이란 말로 다 표현할 수 없을 게 분명하다.

이윽고 음악이 잦아들더니, 그럴싸한 배경에 『졸업을 축하드립니다』 운운하는 메시지가 뜨며 영상이 끝났다.

"이렇게 영상이 끝나면 천천히 조명이 켜지고, 다시 MC 멘트가 들어가."

유키노시타의 설명에 고개를 끄덕이며, 진행 대본에 영상의 재생 시간을 적어 넣었다.

"……오케이, 대충 이해했어. 이 정도면 영상 송출도 내가 할 수 있겠는데?"

"그렇게 해주면 고맙겠어. 테크니컬 리허설 때는 아무나 짬이 나는 사람이 해주었지만, 실제 행사에서는 아무래도……."

"그래, 뭐 기본적으로는 여기 쭉 붙어 있을 테니까 내가 하마. 이것저것 확인할 겸 장비를 좀 조작해 봐도 되냐? 실제로 소리가 날 텐데."

"개장하기 전까지는 상관없어."

"좋아. 그럼 회의는 이 정도면 되겠냐?"

진행 대본을 팔락팔락 넘기며 현시점에서 더 알아야 할 게 없음을 확인하고 고개를 들었다. 그러자 유키노시타와 눈이

마주치고 말았다.

물기 어린 눈은 미소로 부드럽게 휘어져 있었지만 어딘가 먼 곳을 보는 것처럼 느껴져, 나도 모르게 시선을 피하고 말았다.

"……그래. 그러면 뒷일을 부탁할게. 잇시키, 조명 쪽을 체크하러 갈까?"

유키노시타는 잇시키를 부르며 발길을 돌려 걸음을 옮겼다. 그 뒤를 잇시키가 허둥지둥 따라갔다.

"앗, 네, 알겠어요. 그럼 선배님, 이따 뵈어요."

그 말에 대답 대신 살짝 손을 들어 보이고, 나는 빙그르르 의자를 회전시켜 PA 콘솔 쪽으로 돌아앉았다.

등 뒤에서 탁탁 부산스러운 발소리가 멀어져갔다. 그리고 그 소리에 섞여 끼익, 의자 빼내는 소리가 났다.

돌아보니 옆자리에 유이가하마가 앉아 있었다.

"괜찮을 거 같아?"

걱정스러운 기색으로 묻는 유이가하마에게 가볍게 어깨를 으쓱해보였다.

"……뭐 아마 그렇겠지."

그렇게 대답했지만, 유이가하마는 조금 불안한 기색을 내비쳤다.

"그래……? 뭔가 어려운 이야기를 하는 거 같길래, 괜찮으려나 싶어서."

"익숙해지면 어떻게든 되겠지."

그 말을 끝으로 웃어 보이고, 나는 시선을 콘솔로 떨구었다.

그렇다. 아직 익숙하지 않은 것뿐이다.

그러니 조금이라도 빨리 익숙해져야 한다고 생각하며, PA 콘솔의 재생 버튼으로 손을 뻗었다. 시린 손끝으로 천천히 페이더를 올려, 제목도 모르는 곡을 틀었다.

흘러나온 노래는 들어본 적 없는 EDM이었다.

딱 들어도 클럽에서 나올 법한 트렌디한 음악에 무심코 눈살을 찌푸리고 말았다. 하지만 이런 스타일의 노래도 계속 듣다 보면 언젠가는 귀에 익을 테지.

믹싱 콘솔을 조작하는 법도, 낯선 EDM도, 귀에 거슬릴 정도인 응원 나팔 효과음도, 스피커 뒤에서 울리는 중저음도.

전부 머지않아 당연해지고, 익숙해져갈 테지.

× × ×

캣워크를 둘러싼 암막 틈새로 석양이 새어들었다. 그 햇살에 섞여, 한 줄기 스포트라이트와 미러볼의 난반사가 빛났다.

그 광경으로 미루어보아 조명의 최종 점검에 돌입한 모양이었다.

개장 시간이 얼마 남지 않았다.

그래서 음향 담당인 나 역시 각종 막바지 작업에 열을 올리는 중이었다.

"시험 중, 아아, 마이크 시험 중……."

무대 좌측에서 유선 마이크의 접속 상태를 확인하고 마이크 테스트에 들어갔다. 그러자 스피커에서 내 목소리가 흘러나왔다.

무대 오른편에 있는 조정실 창문을 올려다보자, 나와 함께 음향 쪽 일을 맡은 잇시키가 빼꼼 고개를 내밀었다. 그쪽을 향해 양손으로 크게 동그라미 표시를 해보였다.

그러자 잇시키도 생긋 웃더니, 나와 마찬가지로 블루투스 동글이~ 라는 듯 두 팔로 커다랗게 동그라미를 그리며 애교스럽게 몸을 살짝 기울였다. 거참 영악하고도 깜찍하구나…….

"히키가야."

부르는 소리에 돌아보니 유키노시타가 서 있었다. 손에는 마이크와 이어폰 등의 코드가 칭칭 감긴 검은 물체, 속칭 인터컴이라 불리는 통신기를 든 채였다.

"큐 사인은 이걸로 낼게."

"오케이. 왠지 옛날 생각나는데?"

건네주는 인터컴을 받아들고 물끄러미 바라보았다. 문화제 같은 행사가 열릴 때마다 써왔기 때문인지, 무심결에 솔직한 감상이 흘러나왔다.

"……."

그러나 유키노시타는 별다른 반응 없이 빙글 몸을 돌렸다.

"……나머지 하나는 잇시키에게 전해주렴."

"그, 그래."

그 말을 끝으로 더 이상 대화다운 대화는 오가지 않았다.

아까 회의를 할 때는 딱히 의식하는 일도 없이 매끄럽게 말이 흘러나왔건만, 지금 이 어두운 무대 뒤에는 그저 침묵만이 흘렀다. 뭔가 할 일이 있으면 약간의 침묵은 거슬리지 않을 텐데. 그렇게 생각하며 하릴없이 시선을 아래로 향하자, 내 손에는 여전히 유선 마이크가 들려 있었다.

"아, 맞다, 너 스탠드 쓸 거냐?"

불현듯 생각이 미쳐 묻자, 유키노시타가 이쪽을 돌아보았다. 그 표정에는 당혹스러운 기색이 역력했다.

"그, 그래……. 그럴 생각인데……."

말이 떨어지기가 무섭게 나는 대기 공간 안쪽에 놓여 있던 마이크 스탠드를 척 거머쥐었다. 그리고 그것을 유키노시타 앞으로 가져와서 마이크를 세팅했다.

"높이는? 이 정도면 되겠냐?"

쪼그려 앉은 채로 높이를 조절하는데, 머리 위에서 유키노시타가 난감한 기색으로 한숨을 쉬었다.

"……딱 맞아. ……이 정도는 내가 해도 되는데."

고개를 숙이며 중얼거린 말에 내 손이 멈칫했다. 아무리 어색함을 달래기 위해서였다지만, 또 쓸데없는 짓을 해버렸다는 자괴감에 입맛이 썼다.

"……그러게. 미안하다."

나는 마이크 스탠드를 놓고 일어나서 두 발짝쯤 물러났다.

"괜찮아. 사과할 것까지는……."

"어…… 하긴."

조명이 비쳐들지 않는 무대 뒤편의 어둠 속에는 말없는 숨소리가 고체처럼 응고되어, 몸을 움직이는 것조차도 망설여졌다.
그리 오랜 시간이 지났을 리도 없건만, 한참동안 그렇게 경직되어 있었던 것처럼 느껴졌다. 불편한 느낌을 받은 것은 유키노시타도 마찬가지였는지, 이윽고 옅은 한숨을 쉬더니 말하기 껄끄러운 기색으로 입을 열었다.
"……저기, 내 태도가 뭔가 이상하다면 미안해."
"어, 그, 아니, 딱히 이상하지는 않다만……."
불쑥 생각지도 못한 말을 꺼내는 바람에 그만 대놓고 버벅거리고 말았다.
"어떤 표정으로 이야기하면 좋을지 모르겠어서……."
이 녀석, 대단한걸……? 이렇게 무겁고 답답한 분위기 속에서 무슨 말을 하려나 싶었더니만, 설마 이런 이야기일 줄이야…….
하지만 유키노시타답다면 유키노시타다웠다.
유키노시타는 분위기에 민감한 타입이 아니다. 심지어 둔감할 정도다. 어쩌면 애써 분위기를 파악해야 하는 입장에 놓인 적이 없었다고 하는 편이 더 정확할지도 모른다.
다만 봉사부에서 셋이 일 년 가까이 부대끼는 동안, 조금씩 그 방법을 익힌 것처럼 보이기는 했다. 그게 긍정적인 변화인지 아닌지는 모르겠다. 나처럼 쓸데없이 예민하게 분위기를 읽어내고 자연스럽게 굴려고 노력하다가 괜한 뻘짓을 해버리는 경우도 있으니까.
사실은 나도 어떻게 대응하는 게 옳은지 좀처럼 감이 잡히

지 않았다.

저렇게 난처해하는 건지 쑥스러워하는 건지 알 수 없는, 눈물을 쏟기 직전 같은 표정을 마주하면 더더욱 그렇다. 자꾸만 앞머리를 매만지고 어깨에 내려앉은 길고 검은 머리카락을 끊임없이 손으로 빗어 내리며 불안한 기색으로 눈을 굴리는 모습을 보고 있자니, 무슨 말을 해야 좋을지 가늠이 되지 않았다.

"어, 그러냐……? 그냥 평범하게 하면 된다만……."

결국 한참을 망설인 끝에 상당히 어정쩡하고 두서없는 대답을 하고 말았다.

"평범……. 그래, 그렇지."

그 말을 곱씹듯 유키노시타는 가만히 고개를 끄덕였다. 나도 맞장구를 치듯 소리 없이 힘주어 고개를 끄덕였다. 옆에서 보면 마치 영역 싸움 중인 비둘기들 같겠지.

마음을 가라앉히려는지, 유키노시타는 평범, 평범…… 하고 입속으로 나직하게 중얼거렸다. 그 모습을 보고 있으니 오히려 내가 긴장이 풀렸다. 저절로 입매가 느슨해졌고, 그 덕분에 말도 술술 흘러나왔다.

"지금은 워낙 경황이 없으니까 다른 생각을 할 여유도 별로 없을 거 아냐? 조만간 평범하게 대할 수 있게 되지 않겠냐? 잘은 모른다만."

"마, 맞아. 상황이 나아지면 더 능숙하게, 잘 처신할 수 있게 될 거라고 생각해……."

우리는 이것이 평범한 관계라고 믿는다. 그러므로 평범해지

려고 애쓴다. 이 관계가 이상한 게 아니라고 믿고 싶으니까.

내가 조금은 자연스럽게 말을 붙여서인지, 유키노시타도 차츰 평정을 되찾아가는 눈치였다. 나직하게 헛기침을 하며, 유키노시타가 분위기 전환을 시도했다.

"아까는 다른 뜻이 있었던 게 아니라…… 그게, 일손이 부족한 건 사실이고, 그 점에 관해서는 감사하게 생각한다고 할까……."

"그래, 뭐 대충 이해가 가니까 됐어. 나도 뭔가 깊은 생각이 있어서 한 일은 아니거든. ……행사를 거들기로 한 것도 상황상 어쩌다 보니 그렇게 된 것뿐이고. 아무래도 전혀 관여하지 않을 수는 없겠더라고."

쓴웃음을 지으며 말하자, 유키노시타는 마음 쓰지 말라는 듯 고개를 저었다.

"어쩔 수 없다고 생각해. 잇시키도 너를 의지하잖니?"

그리고 마침내 미소를 지었다. 반쯤 놀리는 듯한 그 말투도 오랜만에 들어보는 느낌이었다. 그나저나 의지한다니, 참으로 근사한 우회적 표현인걸? 요새 유행하는 PC함이라는 건가?

"잇시키도 부쩍 성장한 느낌이니까 조만간 팽 당하는 거 아니냐? 그럼 앞으로는 이런 일을 할 필요도 없어지겠지."

"글쎄, 과연 그럴까? 그 애가 그렇게 쉽게 너를 놓아줄 것 같지는 않은데?"

"무섭게 왜 그러냐고 싫다고 무섭다고……."

혀가 돌아가기 시작하자 몸의 경직도 풀려, 나는 적당히 대꾸하면서 작업을 병행해나갔다. 마이크 선이 엉키지 않도록

둘둘 감는데, 그 소리에 미약한 진동음이 섞였다.

"잠깐만."

양해를 구한 유키노시타가 휴대폰을 꺼내 화면을 응시했다. 그리고 피곤한 기색으로 한숨을 쉬었다. 미간에 깊은 주름이 잡히는 게 백라이트에 비쳤다. 그리고 유키노시타는 그 표정을 유지한 채로 흘끗 조정실 창문을 올려다보았다. 나도 덩달아 고개를 들자, 조정실 창가에서 잇시키가 두 손을 모으고 꾸벅 고개를 숙였다.

"……뭐야? 무슨 일 생겼냐?"

"별일 아니야."

그렇게 말하고 유키노시타는 잰걸음으로 무대 뒤를 빠져나갔다. 뭔가 문제라도 생겼나? 왠지 마음에 걸려, 나도 유키노시타를 따라 무대 뒤에서 얼굴을 내밀었다.

그러자 무대 아래에서는 유키노시타와 히라츠카 선생님이 뭔가 이야기를 나누는 중이었다. 그리고 그 뒤에서 유키노시타의 어머니와 하루노가 차례로 모습을 드러냈다.

어째서 여기에 선생님이……? 아니, 그보다 왜 유키노시타의 어머니와 하루노가……? 의아한 심정으로 바라보는데, 유키노시타의 등 너머로 히라츠카 선생님과 눈이 마주쳤다.

"아, 히키가야도 있었군. 준비하느라 바쁜데 미안하다."

"어, 아뇨……."

살짝 손을 흔들며 말하는 히라츠카 선생님 뒤에서, 내 모습을 발견한 유키노시타의 어머니가 생긋 미소 지었다. 그리고

히라츠카 선생님을 따라하듯 살랑살랑 손을 흔들었다.

"히키가야 군, 우리 또 만났네?"

"하하……. 안녕하세요……."

가능하면 간단하게 인사만 하고 자리를 뜨고 싶었다.

그러나 유키노시타의 어머니는 더 이야기하고 싶은 마음이 넘치는지, 까닥까닥 손짓을 해서 나를 불렀다. 옆에 있는 하루노도 나를 빤히 쳐다보고 있어서, 꽁무니를 뺄 만한 분위기가 못 되었다. 하는 수 없이 무거운 다리를 질질 끌다시피 하면서 몇 걸음 다가가자, 유키노시타의 어머니가 유쾌한 기색으로 말을 걸어왔다.

"프롬에 참여하는 모양이구나. 특기라는 댄스를 볼 수 있다니, 기대되는걸?"

"하하하……."

메마른 웃음으로 답하는데, 하루노가 미심쩍은 눈빛으로 나를 보며 비릿한 미소와 함께 입을 열었다.

"댄스? 춤이 특기라고?"

"그렇다는구나. 정말 잘하던데? 나까지 그 장단에 놀아났잖니."

장난스러운 목소리로 말한 유키노시타의 어머니가 놀라울 만큼 앳된 표정으로 호호 웃었다.

"호오……."

말투만 들으면 감탄하는 느낌이었지만, 하루노의 눈동자는 차가웠다. 뭔가 이면이 있는 듯한 눈빛에 몸을 굳히는데, 유

키노시타가 쓱 사이로 끼어들어 그 시선을 가로막았다.

"확인하러 온 거잖아? 일이 밀렸거든. 얼른 끝내주지 않겠어?"

"참, 그랬지?"

초조한 기색으로 한숨을 쉬는 딸의 모습에 어머니는 미소를 거두고, 체육관 안을 천천히 둘러보았다.

대화 내용으로 미루어볼 때, 유키노시타의 어머니는 프롬 행사장이 고등학생답게 건전한 분위기로 운영되는지 확인하러 온 눈치였다. 잇시키가 연락해서 유키노시타가 대응에 나선 건가? 하긴 유키노시타가 책임자로서 행사를 총괄하는 입장임을 고려하면 타당한 인선이라고 할 수 있겠지.

"짧은 시간에 용케 이만큼 구색을 갖추었구나. 들러리까지 내세워가며 시간벌이를 한 보람이 있었다고 해야겠는걸?"

유키노시타의 어머니가 벽과 천장을 쭉 훑어보고는 흐음 고개를 끄덕였다. 그 시선이 옆으로 이동하는가 싶더니, 내 눈에 정확히 고정되었다.

"게다가 그만큼 거창한 기획서를 보고 나면 이 정도로 트집을 잡을 마음은 나지 않을 테니까, 말 많은 사람들도 납득하겠지. ……제법 잘 짜인 계획이로구나."

"아뇨, 제가 한 게 아니라, 전부……."

따님이…… 라고 말하려 했을 때, 유키노시타의 어머니 뒤에 있던 하루노의 눈이 가늘어졌다. 아무 말도 하지 않았지만, 그 눈빛은 나를 시험하는 것처럼 보였다.

그 덕분에 더 이상 입을 놀리지 않고 넘어갈 수 있었다.

내가 끼어들어서는 안 된다. 일부러 소리 높여 내 공적이 아니라고 주장해봤자 의미가 없다. 도리어 역효과만 날 테지.

말하다 말고 입을 다물어버리자, 유키노시타의 어머니가 뒷말을 기다리듯 고개를 갸웃했다.

그러나 나는 그 의문을 풀어주는 대신, 유키노시타 쪽으로 시선을 향했다.

설령 대수롭지 않은 이야기라 할지라도 어머니와 대치하는 사람은 내가 아니라 유키노시타 본인이어야 한다. 누가 뭐래도 상대는 적의 논리의 허점을 찌르고 또 찌른 끝에 논리 자체를 파괴해버리는 타입이니까. 이 상황에서 내가 어설프게 편을 들었다가는 유키노시타의 발목을 잡는 결과를 낳을 뿐이다.

그러자 그 침묵의, 또는 그 시선의 의미를 읽어낸 것처럼 히라츠카 선생님이 부드럽게 웃었다.

"전부 학부형 여러분의 이해와 협력이 있었기에 가능했던 일입니다. 그렇지? 실행위원장."

농담조로 말한 히라츠카 선생님이 유키노시타의 등을 툭 치면서 미소를 지었다. 갑작스러운 지명에 유키노시타는 얼떨떨한 기색이었다. 그러나 딱딱한 화법과 마지막에 덧붙인 호칭의 의도를 깨닫고, 퍼뜩 정신을 차렸다.

"아, 네. 이번 기획의 책임자로서 진심으로 감사드립니다."

아까 전의 불손한 말투와는 판이하게 다른 정중한 어조로 감사의 뜻을 표하고, 어머니를 향해 깊이 고개를 숙여 깍듯하

게 인사를 올렸다.

“미흡한 점도 있으리라 사료되오나, 축하의 장인 만큼 모쪼록 따스한 눈길로 지켜보아주시면 감사하겠습니다. 혹여 내빈 여러분께서 궁금한 점이 있으시다면, 제가 수시로 설명 등의 대응에 임하도록 하겠습니다.”

천천히 고개를 들고 유키노시타는 어머니를 똑바로 마주보았다. 그 자세와 표정에서는 뚜렷한 거리감과 긴장감이 묻어났다.

“그래. 아무리 부모자식 간이라도 예의는 갖출 줄 알아야 하는 법이란다. 이제야 책임자다운 얼굴이 되었구나. ……그러면 저도 학부모회 이사로서 철저히 확인하도록 하겠습니다.”

“바라는 바입니다.”

사랑하는 딸의 의연한 태도에 유키노시타의 어머니는 호전적인 미소를 지었다. 삐뚜름하게 올라간 입매를 부채로 가리고, 옥구슬 같은 음성으로 유쾌한 듯 운을 뗐다.

“그럼 당장 몇 가지 확인해도 될는지요? 우선 종료 예정 시각과 해산 후에 관해서인데…….”

“예. 행사장 주변의 안전 확보 말씀이시지요? 저쪽에 자료를 준비해두었으니, 번거로우시겠지만 같이 가주시겠습니까?”

유키노시타가 앞장서자, 어머니와 히라츠카 선생님이 그 뒤를 따랐다.

마지막으로 하루노가 몇 발짝 뒤처져 걸음을 옮겼다. 그러다 스쳐지나가는 순간, 내 어깨를 잡고 조용히 귓속말을 건넸다.

"잘 참던데? ……그래, 그러면 돼."

부드러운 목소리는 등골이 오싹할 만큼 달콤했고, 그 이상으로 쓸쓸한 울림을 담고 있었다.

그 속삭임을 끝으로 유키노시타 하루노는 멀어져갔다. 내 대답을 기다리지도 않고.

홀로 그 자리에 남겨진 나는 깊고 습기 찬 한숨을 내쉬고, 가만히 천장을 바라보았다.

× × ×

예전 같았더라면 분명 어떤 식으로든 잔머리를 굴려 대화에 끼어들었을 테지.

하지만 앞으로는 그럴 필요도 없다. 더 정확히 말하자면 그래서는 안 된다는 사실을 비로소 이해했다.

내가 할 수 있는 일, 그리고 내가 해도 되는 일은 지극히 한정되어 있다.

그리고 이 상황에서 내가 할 일은 오직 하나뿐.

일이다.

더는 나올 것도 없을 때까지 땅이 꺼져라 한숨을 내쉬고, 나는 조정실로 돌아가기로 했다.

좁은 계단을 캉캉 울리며 올라가서 문을 열었다.

"고생 많으셨어요~."

방 안에서는 잇시키가 따분한 기색으로 회전의자 등받이에

반쯤 드러누운 채 의자를 빙글빙글 돌리고 있었다. 나도 옆에 있는 의자를 빼서 PA 콘솔 앞에 앉았다. 그리고 들고 온 인터컴 중 하나를 잇시키 쪽에 놓았다.

"수고했다. 자, 여기 인터컴."

"네~ 감사해요."

잇시키는 의자째로 옆으로 다가와 인터컴을 받아들었다. 그리고 이왕 온 김에 확인한다는 듯 내 어깨 쪽으로 몸을 기울이더니, 목소리를 낮추고 소곤소곤 물었다.

"별일 없었어요? 그 할망구가 뭔가 트집 잡던가요?"

"하, 할망……. 야……."

나이에 비해서 무진장 동안이잖아, 그 아주머니. 사실 몇 살인지는 모른다만. 그래도 그 유키노시타 자매의 어머니답게 미인이고, 기본적으로 무서운 느낌이 강하지만 가끔 귀여운 모습도 보여준다고요? 그게 오히려 더 무섭지만 말이죠?

그렇게 두둔해볼까 했으나 헛수고일 것 같은 느낌이 들었다. 잇시키하고는 살벌하게 맞붙은 전력이 있으니 인상이 썩 좋지는 않을 테지. 별일이네! 나도 그렇거든!

그래서 두둔하기를 포기하고, 질문에만 대답했다.

"유키노시타가 잘 대처하고 있어. 걱정 마라."

"그래요~?"

잇시키는 탁자에 턱을 괴고 시큰둥한 기색으로 대답했다. 그리고 나직하게 덧붙였다.

"통역이요. 이젠 필요 없을 거 같네요."

"엉?"

"유키노 선배랑 평범하게 이야기 잘 하셨잖아요. 회의 중에도 그렇고요. 또 아까도요."

설명하며 잇시키가 턱짓으로 창문을 가리켰다. 아무래도 아까 무대 좌측에서 벌어진 상황을 똑똑히 목격한 모양이었다.

"……아, 난 또 뭐라고. 업무상의 대화는 통역이 필요 없어. 난 사적인 대화나 잡담이 서툴 뿐이지, 사무적인 연락은 오히려 특기라고."

"선배님, 그건 자랑이 아닌 거 같은데요……."

잇시키가 질렸다는 표정으로 노노노 손사래를 쳤다. 그러다 그 손으로 한쪽 뺨을 감싸더니, 난처한 기색으로 휴우, 한숨을 쉬었다.

"하긴 있기는 하죠. 사무적인 연락 좀 한 걸로 대화했다고 착각하는 남자들이요."

"야, 그러지 마. 핑계거리 없이는 여자하고 말 못 하는 남자도 있다고 불쌍하잖아 관두라고."

제지하려 했지만, 잇시키는 들은 척도 하지 않았다.

"그런 타입은 대개 세 번쯤 이야기하면 대뜸 저를 성이 아니라 이름으로 부르기 시작하고요. 다섯 번쯤이면 놀러가자고 하더라고요. 그러다 고백하길래요. 그 다음부터는 말 안 걸었어요."

"그만해 그만해 그만하라고, 제발 그만해. 엇, 뭐야. 너 나하고 같은 중학교였냐?"

"아니거든요……? 근데 선배님도 확실히 그런 식으로 핑계를 대고……."

잇시키는 싸늘한 눈초리로 나를 흘겨보았지만, 이윽고 뭔가 떠오른 것처럼 후다닥 내 옆에서 떨어졌다.

"헉! 설마 사무적인 연락을 빙자해 저랑 가까워진 다음 슬슬 고백할 작정이셨나요 놀러가는 것 정도는 괜찮지만 그 이상은 다 끝난 후에 해주세요 죄송해요."

그리고 꾸벅 정중하게 고개를 숙여 보였다.

"그래그래, 다 끝나거든 하마. 그러니까 일하라고. 안 그러면 안 끝나니까."

"또야……. 또 하나도 안 들었잖아……."

그딴 소리를 진지하게 듣는 놈이 더 이상한 거 아니냐……?

"그보다 저요. 딱히 일하는 걸 싫어하지는 않거든요?"

잇시키가 볼멘소리를 하며 인터컴을 꼈다. 그리고 보란 듯이 진행 대본을 펼치더니, 한 술 더 떠서 스슥 노트북까지 꺼내놓고 달각달각 키보드를 두드리기 시작했다. 그 모습을 곁눈질하며 나도 PA 콘솔의 조작법 확인에 착수했다.

그러다 잇시키가 불현듯 후훗 웃었다.

"……저요. 이런 시간 꽤 좋아해요."

"하긴 백 스테이지만의 즐거움 같은 게 있기는 하지."

실제로 PA 콘솔 같은 장비를 다루거나 인터컴을 차용하고 조연출 같은 역할을 하는 건 묘한 뿌듯함을 준다. 곧바로 이어폰을 끼고 작동 상태를 확인하는데, 잇시키가 빙글 의자를

돌려 이쪽으로 돌아앉았다.

"내년에도 하지 않으실래요?"

"내년이면 난 배웅 받는 쪽이다만……."

아무리 이런 일이 적성에 맞는다지만, 본인 졸업식에서까지 일하는 건 좀 그렇지 않냐……? 그렇게 생각하며 쓴웃음을 지었지만, 잇시키의 얼굴에는 웃음기가 없었다.

"……그게 아니라요. 봉사부 말이에요."

반듯한 자세로 허벅지에 손을 얹고, 진지한 얼굴로, 간절한 음성으로 잇시키는 말했다. 그 말 속에는 분명히 수많은 의미가 담겨 있겠지. 다만 그것을 해석해낸다 해도 내 대답은 변하지 않는다.

"그런 건 부장한테 물어보라고. 동아리 문제라면 나한테는 아무런 권한도 없으니까."

그렇게 말했지만, 지그시 나를 응시하는 잇시키의 눈빛은 애매한 답변을 용납하지 않을 분위기였다. 무언의 압력을 이기지 못하고, 나는 그만 시선을 피하고 말았다.

"……게다가 봉사부는 없어져."

줄곧 마음속으로만 실감해왔던 사실을 아마도 처음으로 제대로 입 밖에 냈다.

여태까지 유키노시타도 유이가하마도, 어쩌면 히라츠카 선생님도, 어렴풋이 짐작했을지언정 확실히 언급한 적은 없었을 터였다. 대화의 흐름에 맞추어 농담하듯 별 생각 없이 입에 올린 적은 있어도, 명확한 선언이나 사실 확인의 형태를 취한

적은 없었던 것으로 기억한다. 그랬기에 계속 외면해올 수 있었던 셈이다.

그러나 방금 언어의 형태를 취함으로써, 그것은 피할 수 없는 명백한 사실이 되고 말았다.

"그러니 내가 일할 이유도 없지."

그렇게 덧붙이고 나서야 비로소 잇시키의 눈을 마주볼 수 있었다. 시선이 마주치자, 잇시키의 눈빛이 부드럽게 변했다. 그리고 빙그레 웃더니, 천연덕스럽게 내뱉었다.

"그런 것 같기는 했어요. 근데 딱히 상관없잖아요?"

"야…… 상관없다니……."

"꼭 봉사부로서가 아니어도 괜찮아요. 형식은 문제가 안 되니까요. 학생회로서도 상관없어요. ……사실은 공석이 하나 있거든요?"

후훗 자신만만한 미소를 지으며 장난기 어린 말투로 덧붙이는 잇시키에게 나도 웃는 얼굴로 대답했다.

"유키노시타를 꼬드기라고. 걔는 그런 거 무진장 좋아할 거 같으니까."

"……그럴 생각이에요. 그리고 유이 선배도 데려올 거예요. 다 같이 하면 돼요."

"억지 쓰지 마. 공석은 하나뿐이라며?"

내 말에 잇시키는 에헴 가슴을 펴고 의기양양한 얼굴로 후훗 웃었다.

"필요하면 부회장을 자르면 되죠."

"잔인해……."

그토록 성실하게 일했건만……. 가엾은 나머지 따흐흑 눈물을 쏟고 말았다. 엇, 아니지. 서기 양과 잘 돼가는 모양이니 동정의 여지가 없는 느낌이 들기 시작했다만? 내가 만만하냐. 일하라고.

잇시키의 말이 농담이라는 건 안다. 그게 이루어질 수 없는 꿈이라는 것도 안다. 그래서 딱 잘라 부정하지는 않았다. 그저 한없이 즐겁기만 한 수다에 그쳐야 하니까.

그렇지 않으면 그것도 괜찮을지 모른다고 생각해버릴 것 같으니까.

자연스럽게 웃었다고 생각했건만, 역시 나는 그쪽에는 재능이 없는 모양이다.

잇시키는 희미한 미소를 머금은 채 따스한 눈빛으로 나를 보았다. 그 표정도, 머리카락을 귀 뒤로 넘기는 몸짓도 어른스럽게 보였다. 아니, 나보다는 훨씬 더 어른이다.

"솔직히 가장 현실적인 대안이라고 생각하는데요. 귀여운 후배의 귀여운 응석에 휘둘려 어영부영 두루뭉술한 관계를 이어가는 것도 나쁘지는 않잖아요?"

그것은 몹시 매력적인 제안이었다. 어쩌면 가장 이상적인 형태라고 할 수 있을지도 모른다.

한순간 내 마음이 흔들리는 것이 생생하게 느껴졌다.

내 동요를 꿰뚫어본 것처럼, 잇시키가 고혹적인 미소를 띠며 의자에서 몸을 내밀었다.

나풀거리는 황갈색 머리카락이 내 뺨을 스치며 샴푸 냄새가 풍겨왔다. 뒤이어 달콤한 향수가 코끝을 간질였다. 잇시키는 내 의자 팔걸이를 잡고, 다른 한쪽 손을 입가에 대고서 속삭이듯 귓속말을 건넸다.

"……핑계, 제가 만들어드릴 수도 있거든요?"

반사적으로 몸을 뒤로 빼자, 의자 바퀴가 도르르 구르며 거리가 생겨났다. 그러자 잇시키도 도로 자기 의자에 풀썩 앉았다.

나는 심장이 쿵쾅거리고 땀을 비 오듯 흘리며 쩔쩔매는 중이건만, 잇시키의 표정은 여유롭기 그지없었다. 아무 일도 일어나지 않을 거라고 확신하는 느낌마저 들었다.

아마 잇시키가 정말로, 진심으로 학생회를 도와달라고 한 거였다면, 나는 부회장이든 총무든 가리지 않고 맡았을 테지. 설령 직함이 주어지지 않는다 해도 기꺼이 개인적으로 도울 의향이 있다.

내 여동생 코마치만큼이나 나를 다루는 법을 훤히 꿰고 있는 잇시키다. 그 정도는 알 테지. 나는 여동생과 후배에게는 한없이 약해지기로 정평이 난 남자다. 간곡하게 부탁하면 투덜투덜 불평을 늘어놓으면서도 결국 도와줄 게 뻔하다. 실제로 여태까지도 그래왔고, 그 점은 잇시키 역시 잘 알 터였다.

그럼에도 구태여 방금 전처럼 앙큼한 책략을 쓴 것이다. 그 의도쯤은 아무리 나라도 짐작이 갔다.

"너 정말 좋은 애구나……."

깊은 한숨과 함께 미소가 흘러나왔다.

그러자 잇시키가 가로 브이를 그리며 찡긋 윙크를 했다.

"그렇죠? 이래봬도 꽤 편리한 여자라고요."

그렇게 말하며 웃는 잇시키 이로하의 표정과 포즈는 깜찍하고 영악하고 작위적이었다. 그런 행동을 통해 내 후배, 우리가 아는 잇시키 이로하로서 온힘을 다해서 그 자리를 지켜주는 거겠지.

편리한지는 모르겠지만, 좋은 여자라는 점은 확실했다.

그러니 나 역시 나다운 대답을 해야 마땅할 테지.

"그 제안에 관해서는 긍정적인 방향으로 검토해보도록 노력하마."

"그거요. 절대 수락할 생각이 없을 때 하는 대답이잖아요. ……뭐 선배님답기는 하지만요."

잇시키가 못 말린다는 듯 에휴, 가볍게 한숨을 쉬었다. 그리고 표정을 확 바꾸어 씨익 음흉한 미소를 지었다.

"근데 저요. 이래 봬도 끈질긴 여자거든요?"

"딱 봐도 그렇게 보이거든……?"

우리는 서로 마주보고 웃었다.

그러다 잇시키가 문득 시계를 곁눈질했다.

"……곧 시작하겠네요."

귀에 낀 인터컴 이어폰에서 지직 잡음이 일었다. 그리고 뒤이어 차분한 음성이 들려왔다.

『유키노시타입니다. 정해진 시각에 맞춰 진행할 예정이니 착오 없으시기를 바랍니다. 그러면 지금부터 참가자 입장을 시

작하겠습니다.』

“잇시키예요~. 알겠습니다. 장내 BGM 나갑니다~.”

잇시키가 내게 눈짓을 했고, 나도 고개를 끄덕여보였다. 그리고 재생 버튼을 누른 후 천천히 페이더를 올렸다. 현재까지는 별 문제가 없었다. 대기하는 동안 행사장 분위기를 띄우기 위해 적당한 곡을 반복 재생으로 틀어놓기만 하면 된다.

참가자들이 입장했는지, 체육관 안에서 점차 웅성대는 소리가 퍼져나갔다. 모니터라도 하나 있으면 상황을 바로 파악할 수 있을 테지만, 그렇게 사치스러운 소리를 할 수는 없다. 나는 조정실 창밖으로 몸을 내밀었다.

내려다본 풍경은 화사했다. 형형색색의 드레스가 사방을 누비는 모습이 멀리서 보기에는 마치 벚꽃잎처럼 보이기도 했다.

만개한 꽃은 떨어지기에 아름답다고들 한다. 어쩌면 이것으로 끝이기에 이 광경이 아름답게 느껴지는지도 모른다.

우리의 마지막 이벤트가 마침내 시작되려 하고 있었다.

× × ×

개최하기까지 우여곡절 일진일퇴 갑론을박이 있기는 했지만, 막상 시작되자 프롬은 순조롭게 그 프로그램을 소화해나갔다.

출발은 호조였고, 그 후에도 별 탈 없이 진행되었다.

관건이었던 슬라이드 쇼도 무사히 마쳤고, 잠시 환담의 시

간을 가진 후에 마침내 댄스타임에 돌입했다.

잇시키가 MC를 맡아 분위기를 끌어올린 다음, 유키노시타의 큐 사인에 맞춰 플레이리스트를 그대로 틀었다. 댄스 타임에 사용할 음원은 미리 전부 연결해놓았으므로, 당분간은 딱히 손댈 필요도 없을 듯했다.

의자 등받이에 털썩 몸을 누이고, 계속 콘솔에 붙어 있느라 뻣뻣해진 등을 쭉 폈다. 의자가 끼익 울었고, 허리에서도 뚜둑 시원한 소리가 났다.

"피곤하신가 봐요?"

목소리가 들려온 방향을 돌아보니, 방금 전까지 무대에서 사회를 보던 잇시키가 조정실로 막 들어오는 참이었다.

"어, 왔냐? 수고가 많다."

짤막하게 위로의 말을 건네자, 잇시키가 하여간 못 말리겠다는 표정으로 옆에 놓인 의자를 뺐다.

"좀 쉬고 오시는 게 어때요? 여긴 제가 있을 테니까요."

아까 우두둑 소리를 들어서인지 묘하게 신경 써주는 기색이었다. 딱히 피곤하지는 않았지만 사실 물도 좀 빼고 싶고 해서, 염치불구하고 감사히 그 제안을 받아들이기로 했다.

"그래. 그럼 난 잠깐 나갔다 오마."

"네~."

무성의한 대답을 들으며 조정실을 나섰다.

딱딱하게 뭉친 어깨를 빙글 돌려서 풀어주는 김에 귀에 꽂았던 인터컴 이어폰을 쓱 잡아 빼고, 다소 가벼워진 발걸음으

로 탕탕 경쾌하게 계단을 뛰어 내려갔다. 그 소리가 몸속을 뒤흔드는 클럽 뮤직의 중저음과 겹쳐졌다.

댄스 플로어로 나가니 중앙에는 사람들이 우글우글 모여 있었고, 체육관 안은 후끈한 열기로 가득했다.

분위기로 봐서는 꽤나 성황이라고 평가해도 무방할 듯했다.

화려하게 빼입은 무리들 속에서 교복 차림은 확 튀었다. 플로어 한쪽 구석, 케이터링 푸드와 음료수가 놓인 긴 테이블 끝에서 유이가하마를 발견했다.

유이가하마도 나를 알아보고 손을 흔들었다. 이리 오라는 손짓에 고개를 끄덕이고 그쪽으로 걸음을 옮겼다.

"힛키, 고생했어."

스피커에서 흘러나오는 굉음에 묻히지 않도록 하려는 건지, 유이가하마가 내 바로 옆에 서며 말했다.

"너도. 접수는 다 끝났냐?"

"응. 아무래두 이쯤 되면 더 올 사람은 없나 봐. 그래서 번갈아가며 쉬는 중이야."

"하긴 시간상으로는 이미 끝물이니까."

"그러게. 왠지 엄청 배고프지 않아?"

그렇게 물으며 유이가하마는 테이블을 사사삭 훑어 온갖 간식거리를 마구잡이로 쓸어 모으기 시작했다.

"힛키두 먹을 거지?"

아니, 난 별로 배 안 고프다만…… 하고 대답하기도 전에, 눈앞에 간식 제국이 건설되었다. 그 국토 한복판에 떡하니 자

리 잡은 것은 다름 아닌 허니 브레드 궁전이었다.

옳거니, 인스타 업로드용이구만…….

문화제 때 학생들이 팔았던 것과는 다르게 과일과 크림이 듬뿍 올라가서 근사해 보였다. ……근데 이거 역시 빵 아니냐? 솔직히 이거 노골적으로 빵이잖아. 아무리 꾸며봤자 빵은 빵이지. 좀 더 빵이라는 느낌을 줄이려는 노력은 안 한 거냐고. 아무리 봐도 빵 그 자체잖아. 대놓고 빵이라고.

"이얍!"

도무지 음식을 덜어줄 때 내는 소리라는 사실이 믿기지 않는 기합과 함께, 유이가하마가 그 빵 덩어리를 종이접시에 덜어주었다. 맨손으로 가르는 거냐……. 아니 뭐 별 상관은 없다만.

내가 머뭇거리는 사이에도 유이가하마는 오물오물 냠냠 먹기 시작했다.

"맛있다! 생크림 맛있어!"

변함없이 행복한 얼굴로 먹는구만……. 그 모습을 보자 허니 브레드가 먹음직스럽게 보이기 시작했다.

예전에 먹은 것은 말하자면 아마추어가 만든 허니 브레드였다. 하지만 이번에는 배달관[#51]인지 우버 이츠인지 모르지만, 아무튼 어디선가 조달한 상품, 다시 말해 프로의 허니 브레드다. 그러니 분명 맛있을 게 틀림없어…….

그렇게 믿고 먹어보기로 했다. 와구와구 우걱우걱.

#51 배달관 일본의 배달 앱 이름.

으음…… 빵이잖아…….

입 안이 퍽퍽하다고, 퍽퍽……. 만든 지 오래 돼서 그런가……? 역시 가급적 빨리 드셨어야 했나 보다[#52]. 하긴 크림도 벌꿀도 평범하게 달고 맛있으니 상관없다만……. 입가를 씰룩거리며 먹는데, 유이가하마가 쿡쿡 웃었다.

"힛키, 저번하구 표정이 똑같아."

그야 어쩔 수 없잖아. 이거 그냥 빵이라고……. 입 안은 여전히 스펀지인지 모래 지우개인지 모를 뻑뻑하고 습기를 쭉쭉 빨아들이는 달달한 물체에 점령당한 상태여서, 우물우물 씹으며 눈빛만으로 하소연했다.

가까스로 꿀꺽 삼키고 나서야 비로소 숨통이 트였다. 커피라도 마실까 하고 테이블로 손을 뻗은 순간, 플로어에 흐르던 음악이 바뀌며 조명의 색이 확 변했다.

아까까지는 천천히 회전하는 미러볼에 빨강 초록 등 색색가지 조명이 반사되는 식이었으나, 이번에는 하우스풍의 템포에 맞추어 플래시를 터뜨리는 것처럼 하얀 빛줄기가 마구 쏟아지기 시작했다.

명멸하는 시야 속에서 유이가하마의 미소에 불현듯 그늘이 드리운 것처럼 보였다.

"……소원, 정했어?"

나직하게 가라앉은 그 목소리를 들으려다 보니, 저절로 얼굴이 가까워졌다.

#52 가급적 빨리 드셨어야 빵집 등에서 자주 언급되는 주의 사항.

"아니……. 아직은 딱히 이거다 싶은 게 없다만. 넌?"

"난…… 전에 이야기한 거, 거의 다 이루어졌으니까……. 프롬을 거드는 것두, 뒤풀이를 하는 것두, 코마치를 축하해주는 것두. ……아, 놀러가는 걸 깜빡했네."

유이가하마는 손가락을 하나하나 꼽아가며 열거하다가, 문득 생각났다는 듯 손가락 한 개를 도로 폈다.

"기말고사 끝나거든 어디 같이 놀러갈까?"

"아, 맞다, 기말……. 응, 그치만 그렇게 생각하면 힘이 날지두!"

시험 이야기에 유이가하마는 시무룩하게 고개를 떨구었지만, 곧 그 후의 약속을 떠올렸는지 환하게 웃었다. 이렇게 착하고 말 잘 듣는 아이에게는 좀 더 서비스해주고 싶어지는 법이다.

"또 소원이 있으면 언제든지 마음 편히 이야기하시죠."

"진짜루? 그럼 하나만 더 부탁해두 돼?"

그렇게 말하고 유이가하마는 경쾌한 발걸음으로 내게서 한 발짝 떨어졌다.

그리고 교복 치맛자락을 잡더니, 오른발을 뒤로 빼고 살며시 무릎을 굽히며 고개를 숙였다.

"……저랑 한 곡 추지 않으시겠어요?"

작은 티아라처럼 동그랗게 틀어 올린 당고머리를 살랑 흔들며, 유이가하마가 우아하고 정중한 포즈로 물었다.

그 모습에 그만 어안이 벙벙해지고 말았다.

아니, 넋을 잃고 쳐다보고 말았다.

이윽고 유이가하마가 천천히 고개를 들었다.

당찼던 얼굴은 어둠 속에서도 티가 날 만큼 새빨갛게 물든 채였다.

"자, 장난이야……. 아하하……."

쑥스러워 못 견디겠다는 듯 초고속으로 당고머리를 꼬물꼬물 만지작거리는 모습을 보고서야 마침내 몸의 경직이 풀려, 피식 쓴웃음이 새어나왔다.

"이건 그런 댄스가 아니다만……."

"그, 그치?! 아…… 창피해……."

유이가하마는 으아, 하고 얼굴을 손으로 감싸는가 싶더니, 이내 천장을 보며 손으로 파닥파닥 부채질을 하기 시작했다.

하여간 분위기를 너무 탄다니까. 춤추기도 전부터 그 장단에 놀아나면 어쩌라고?

어이가 없어서 깊은 한숨이 흘러나왔다.

정말이지 어이없기 짝이 없다.

지금부터 내가 하려는 행동이.

나는 다시 한 번 한숨을 쉬었다. 이번에는 어이없어서가 아니라, 스스로의 사기를 북돋우기 위해서였다.

그리고 음식이 놓인 테이블에서 몇 발짝 떨어져 비스듬히 섰다. 아무 말 없이 몇 걸음 물러선 나를 보고, 유이가하마가 어리둥절한 표정으로 고개를 갸웃했다.

"……손을 주시겠습니까?"

나는 그렇게 말하며 가슴에 손을 얹고 고개를 숙인 채로

살며시 오른손을 내밀었다.

유이가하마는 잠시 의아해하는 기색이었으나, 이윽고 피식 웃었다. 그리고 미소 어린 입가를 손끝으로 누르며, 장난스럽게 눈만 빼꼼 들어 나를 올려다보며 물었다.

"그런 댄스가 아닌데두?"

"말 꺼낸 사람은 너거든……?"

점잔을 빼길래 이쪽도 느끼하게 응수한 것뿐이라고. 그나저나 이거 죽도록 쪽팔리잖아? 괜히 했다……. 후회와 자책이 봇물처럼 밀려들어, 내밀었던 손이 급강하했다.

그러나 완전히 아래로 처지기 전에, 유이가하마가 내 손을 꼭 잡았다.

"가자!"

유이가하마에게 이끌려, 인파를 헤치며 군중들 속으로 나아갔다.

스포트라이트와 미러볼이 번쩍번쩍 현란하게 사방을 누볐고, 댄스 플로어의 춤꾼들도 그에 질 새라 격렬하게 몸을 흔들어댔다.

흘러나오는 노래는 쿵짝쿵짝 반짝반짝한 빠른 템포의 트렌디한 곡이었다. 장르가 하도 세분화돼서 이런 느낌의 음악을 뭐라고 부르는지는 잘 모르겠지만, 그냥 클럽 뮤직이라고 분류하면 대충 들어맞겠지. 적어도 남녀가 마주보고 추는 블루스타임에 나올 만한 곡은 아니었다.

유이가하마가 붙잡은 손을 크게 휘두르자, 그 움직임에 맞

춰 내 몸도 빙그르르 돌며 헛발질 대신 스텝을 밟았다. 소리와 열기와 조명으로 뒤범벅된 채로 인파에 치이며, 멋들어진 춤과는 거리가 먼 엉터리 댄스를 이어갔다.

하지만 아무리 꼴사나워도 상관없었다.

이 자리에 있는 이들은 하나같이 즐거우면 장땡이라고 여기는 듯했다. 그래서인지 주위 사람들이 춤을 추든 베가처럼 팔짱을 끼고 서 있든 관심이 없는 기색이었다. 눈여겨보는 사람은 아무도 없었다.

나를 보는 사람은 오직 한 명, 유이가하마뿐이었다.

각각의 조명은 특정인을 비추는 게 아니라 그저 리듬에 맞춰 이쪽저쪽으로 움직일 뿐이어서, 상대방의 표정까지는 살피기 힘들었다.

그래도 유이가하마의 미소와 맞잡은 손만은 똑똑히 보였다.

멋지게 차려입은 집단 속에서 교복 차림은 이질적이었지만, 그럼에도 찰나의 순간을 즐기는 사람들은 개의치 않는 눈치였다. 그래서 우리 둘 다 위화감 없이 그 무리 속으로 녹아들 수 있었다. 콩나물시루처럼 사람으로 넘쳐나는 플로어에서 인파를 피하듯 때로는 유이가하마의 어깨에 팔을 두르고, 가끔은 흐름을 타고 이동하다가 다시 빙글 턴을 해서 비켜가기도 하며, 우리는 하염없이 춤을 추었다.

까마득히 높은 스피커에서 쏟아지는 음악에 흠뻑 젖어, 비트에 맞춰 무릎을 까닥이자 어깨가 리듬을 타듯 흔들리고, 주먹을 번쩍 치켜들어 푸처핸섭!

아무리 허접하고 어설픈 야매 댄스라지만, 옆에서 보는 것과 실제로 추는 것은 하늘과 땅 차이여서 예상보다 힘든 운동이었다.

생각했던 것보다 힘들다. 주로 정신적으로…….

맞닿는 손도, 다가오는 얼굴도, 귓가를 간질이는 숨결도.

탈진한 것처럼 초췌한 꼴로 춤을 추다가, 유이가하마와 눈이 마주쳤다.

그러자 유이가하마가 웃음을 터뜨렸다.

"힛키, 완전 죽을상이야!"

"이런 소원은 너무 버겁다고요……."

"미안미안, 이제 안 빌게!"

웃음소리가 음악에 섞여 함께 사라져갔다.

그 빈자리로 유이가하마의 나직한 중얼거림이 녹아들었다.

"……다음 소원이 마지막이 될 거야."

바로 옆에서, 품에 들어오는 거리에서, 유이가하마의 이마가 내 어깨에 톡 닿았다.

속삭이듯 중얼거린 말에 나도 띄엄띄엄 뭔가 대답했지만, 그 소리도 음악 속으로 묻혀갔다.

곧이어 반주 소리가 잦아들고, 다음 곡이 흘러나오기 시작했다. 댄스 타임도 슬슬 막바지로 치닫는지, 약간 느릿한 곡이었다. 플레이리스트에 따르면 이다음에 다시 신명나는 히트곡이 이어지고, 그 후에 피날레를 맞이할 예정이었다. 다시 말해 지금이 마지막 슬로우 다운 타이밍이자, 내가 일터로 돌

아가야 할 타이밍이기도 했다.
"……슬슬 가보마."
"응, 나두."
누가 먼저랄 것 없이 손을 놓고, 서로 한 걸음씩 뒤로 물러섰다.
뒤이어 종소리를 닮은 중저음이 마법 같은 시간의 끝을 고했다.

× × ×

조정실로 향하는 계단에 내 발소리가 울려 퍼졌다.
층계를 오르는 것은 유리 구두도, 아름다운 맨발도 아닌, 오래 신어서 꼬질꼬질해진 평범한 실내화다. 마법 같은 시간은 막을 내리고, 또다시 재투성이가 되어 지저분한 방으로 돌아가는 셈이다.
마법이 풀려 집으로 돌아온 신데렐라를 기다리고 있던 것은 못된 계모와 언니들이었다는데, 나를 기다리는 건 과연 무엇일까? 그렇게 생각하며 조정실 문을 열었다.
"다녀오셨어요~? 늦으셨네요. 일부터 하실래요? 아니면 일? ……아니면 이~일?"
나를 맞이한 것은 새 신부 모드로 영악하고 깜찍하게 활짝 웃고 있는 얼굴과는 달리, 어디로 보나 화난 기색이 역력한 악처 같은 후배였다.

신혼 느낌이 풀풀 났지만, 던져오는 질문은 가정적인 분위기와는 거리가 멀었다.

"네, 죄송합니다. 일할게요……."

"인터컴으로 몇 번을 불렀는지 아세요? 아무튼 늦지 않게 오셨으니까 됐지만요."

볼록 뺨을 부풀린 채 한동안 툴툴거리던 잇시키가 읏차 일어섰다.

"그럼 전 마지막 인사 준비를 하러 가볼 테니까요. 이제부터는 선배님이 맡아주세요."

"그래. 잘 다녀와라."

"네, 다녀오겠습니다~!"

씩씩하게 대꾸하고 후다닥 뛰어나가는 잇시키를 배웅하고 나자, 조정실에는 나 혼자 남았다. 위치가 스피커 바로 뒤여서, 실내에는 중저음만이 울려 퍼졌다.

시계와 진행 대본을 비교해보니 중간중간 조금씩 당겨졌다 미뤄졌다 하기는 했지만 틈틈이 잘 조정한 결과, 어찌어찌 정시에 끝마칠 수 있을 듯했다.

이제 잇시키가 마무리 멘트를 마치면 마침내 그랜드 피날레다. 나는 휴식시간 동안 빼놓았던 인터컴을 도로 귀에 끼웠다.

그러자 거친 잡음이 이는가 싶더니, 냉정한 음성이 이어졌다.

『—잇시키, 준비됐니?』

진행을 담당하는 유키노시타의 연락이었다. 그 말에 몇 초의 텀을 두고 대답이 돌아왔다.

『—잇시키, 무대 우측에 도착했습니다. 문제없어요. 인터컴 뺄게요~.』

『—그래. 그럼 장외 내레이션으로 불러들일 때까지 대기하렴.』

『—네. 그럼 이따 뵐게요.』

그 말을 끝으로 대화가 끊겼다.

의자 등받이를 끼익 울리며 뒤통수에 깍지를 끼고 천장을 올려다보았다. 곧이어 노래가 다음 곡으로 넘어갔다. 클럽에서 단골로 틀어주는 비교적 유명한 노래인지, 플로어에서 환호성이 터져 나왔다. 플레이리스트의 끝자락으로 접어든 것이다.

나는 가슴에 찬 인터컴 마이크를 가볍게 쥐고 버튼을 꾹 눌렀다. 사용법은 이미 알고 있다. 앞부분이 잘리지 않도록 잠시 뜸을 들인 후에 입을 열었다.

"—여기는 PA. 지금 나오는 게 마지막 곡이다."

『—알았어. 엔딩은 무대 좌측에서 큐 사인을 보낼게. 놓치지 않도록 주의하렴.』

유키노시타의 대답에 나는 조정실 창밖으로 얼굴을 내밀었다.

무대 좌측의 두꺼운 휘장 뒤에 유키노시타는 서 있었다.

창틀에 턱을 괸 채 바라보는데, 유키노시타가 흘끗 이쪽을 올려다보았다. 그리고 옷깃에 달린 인터컴 마이크에 살며시 입을 가까이했다.

『—보이니?』

"—어, 잘 보여."

『—그래? 그런데 너는 어디 있니? 객석?』

유키노시타가 무대 측면에서 고개를 내밀고 두리번두리번 주위를 살피는 시늉을 했다.

"—위라고, 위. 위를 봐. 야, 근데 너 좀 전에 나 봤잖아."

빈정 상한 티를 팍팍 내면서 대꾸하자, 다시 휘장 뒤로 들어간 유키노시타가 몸을 살짝 웅크리고 어깨를 떠는 모습이 보였다. 인터컴 스위치를 누르지 않아서 소리는 들리지 않았지만, 웃음을 참는 눈치였다.

이윽고 유키노시타는 입가에 미소를 머금고 조정실로 시선을 향했다.

『—미안해. 너를 올려다보는 데 익숙하지 않다 보니 그만 실수를 한 모양이구나.』

"—내려다보는 건 익숙하단 소리냐? 나도 그런 시선에는 익숙하니까 상관은 없다만."

『—그 노예근성만큼은 우러러보고 싶구나. 어찌나 우러러봤는지 목과 어깨가 결릴 정도야.』

어깨가 결릴 만큼 크지도 않잖아……. 어디라고 콕 집어 말하지는 않겠지만요!

속으로 그렇게 생각하는데, 유키노시타가 험악한 시선을 보내왔다. 허전한 가슴에 찬 인터컴 마이크를 꽉 움켜쥔 채였다.

『—방금 뭐라고 했니? 못 들었어. 다시 한 번 말해주겠니?』

"아무 말도 안 했다만……."

반사적으로 다급하게 응수하고 말았다. 말 첫머리는 조금 잘렸을지도 모르겠다.

예전에도 이렇게 인터컴 너머로 실없는 대화를 주고받았던 기억이 나서, 무심결에 피식 웃고 말았다. 그때는 다른 사람들도 듣고 있어서 무안한 기분을 맛보았더랬지.

그렇지만 지금은 우리 둘 뿐인 듯했다.

시시한 화젯거리로 충분한 거리를 두고 기계 너머로 소통하면, 우리는 지금처럼 자연스럽게 이야기를 나눌 수 있다. 자칫하면 이대로 끝없이 대화가 이어져버릴 것만 같았다.

그럼에도 시간은 모든 것을 끝맺는다.

콘솔의 숫자가 음악의 남은 재생 시간을 알려주었다.

끝을 맞이하기까지 이제 불과 수십 초밖에 남지 않았다.

나는 모니터에서 시선을 떼고, 다시 창밖으로 고개를 내밀었다.

무대 좌측 휘장 뒤에서 이쪽을 올려다보던 유키노시타가 무슨 일이냐고 말없이 고개만 갸웃해서 물었다. 내가 갑자기 창가에서 사라지는 바람에 의아했던 모양이다.

아무것도 아냐.

입술을 거의 달싹이지 않고, 인터컴도 쓰지 않고, 입속으로만 중얼거린 그 말이 이 거리에서 들릴 리 없다.

유키노시타는 더욱 아리송한 표정으로 고개를 비스듬히 기울였다.

그 반응에 아무것도 아니라고 고개를 저어 보이자, 일단은 납득했는지 흐음 고개를 끄덕였다.

무대 측면은 어둠에 잠겨 있었지만, 간혹 미러볼 조명이 새

어들어 유키노시타의 단정한 이목구비와 앳된 몸짓, 아름다운 미소가 똑똑히 보였다. 저쪽에서는 조정실 조명 때문에 역광이 되어 제대로 보이지 않겠지.

그 덕분에 지금의 내 표정을 유키노시타에게 보여주지 않고 넘어갈 수 있었다. 이렇게 바보 같은 얼굴을 어떻게 보여준단 말인가. 불현듯 머릿속을 스쳐간 터무니없는 상상에 웃어버리고 만 이런 얼굴을.

십중팔구 이 위치관계가 그렇게 엉뚱한 상상을 하게 만든 거겠지.

왼편과 오른편으로 나뉘어, 한쪽은 올려다보고 한쪽은 내려다보는 구도.

그 구도가 옛날에 본 연극을 떠올리게 했다.

저택 발코니와 조정실 창문은 하늘과 땅 차이인 데다 남녀의 위치도 정반대. 속삭이는 말은 밀어와는 거리가 먼 기계를 통한 사무적인 연락 사항으로, 그야말로 무엇 하나 닮은 구석이 없었다. 그러니 맞이하게 될 결말 또한 비슷할 리 없겠지.

그런 생각이 드는 바람에 그만 웃어버리고 말았다.

그런 해피엔딩에는 발끝에도 못 미칠 테지만, 우리가 보내는 이 시간도 머지않아 결말을 맞이한다.

디지털시계에 표시된 숫자에서 끝나는 시간을 역산한 다음, 나는 인터컴 마이크를 꽉 쥐었다.

"—곧 노래 끝난다."

인터컴을 거치다 보니 어쩔 수 없이 약간의 딜레이가 생겨

났다. 유키노시타는 이어폰을 손끝으로 누르며 살며시 눈을 내리깔았다.

『—알았어.』

짤막한 대답이 들려온 후에도 이어폰에서는 여전히 지직거리는 잡음이 흘러나왔다. 아무래도 유키노시타가 인터컴 스위치를 계속 누르고 있는 모양이다.

다시 2초 3초 시간이 흘렀다.

유키노시타는 인터컴 마이크 스위치를 옷깃채로 꼭 움켜쥐고, 속삭이듯 말했다.

『있잖아, 히키가야…….』

아무리 기다려도 뒷말은 이어지지 않았다. 오직 꺼끌거리는 잡음과 나직한 숨소리만 들려올 뿐이었다.

『……소원, 꼭 이루어주렴.』

그 말을 끝으로 목소리가 뚝 끊겼다.

고개를 수그린 유키노시타의 표정은 보이지 않았다.

시차가 있고, 거리가 있는, 잡음 섞인 일방통행.

업무 회의를 하고, 시답잖은 농담을 주고받고, 그 밖의 화제는 건드리지 않으려 애쓰는 대화.

틀림없이 이것이 올바른 거리감이리라.

그러니 내가 들려주어야 마땅한 대답은 하나뿐이다.

"—알아."

이제 곧 노래가 끝난다.

마지막으로 한층 요란한 소리가 나더니 멜로디의 잔향이 사

라져갔다. 그에 맞춰 조명이 소리 없이 꺼지자, 댄스타임이 끝났음을 깨달은 참석자들이 각자의 방식으로 이별 파티의 마지막을 달구었다. 박수와 휘파람, 환호성이 사방으로 퍼져나갔다.

『—……고마워. 이것으로 끝내자.』

장내의 웅성거림이 가라앉기를 기다리던 유키노시타가 쓱 손을 들어 올려, 내게 수신호로 큐 사인을 보냈다.

"그래."

그 손짓에 인터컴을 쓰지 않고, 혼잣말로 대꾸했다.

MC 등장곡으로 고른 노래의 전주를 낮은 볼륨으로 틀자, 술렁거리던 관중들이 서서히 조용해져갔다. 그 타이밍을 가늠해 서서히 페이더를 올렸다. 정감 가득한 마무리 연출이다.

인터컴 스위치를 누르고, 몇 초 기다렸다가 입을 열었다.

"—오케이, 곡 틀었다."

『—알았어. 장외 내레이션이 나가고, 잇시키가 위치에 서면 페이더를 내리렴. 타이밍은 내가 알려줄게.』

한 소절쯤 틀고 나자 참가자들도 어느 정도 흥분이 가셨는지, 조용히 폐막을 기다리는 분위기가 되었다.

그 타이밍에 맞추어 유키노시타가 휘장 뒤에서 내레이션을 읊었다.

"졸업생 여러분, 오늘 소부 고등학교 프롬에 참석해주셔서 대단히 감사합니다. 졸업을 다시 한 번 축하드립니다. 끝으로 실행위원의 인사가 있겠습니다."

박수와 함께 잇시키가 등장하자, 핀 조명이 그 모습을 좇았다. 그 빛의 궤적이 이윽고 무대 중앙으로 접어들었다.

유키노시타가 나를 올려다보았다.

반짝반짝 춤추는 입자들 사이, 짙은 음영 속에서 유키노시타가 조용히 손을 들었다.

올린 건지 내린 건지, 고민하듯 어정쩡하게 들어 올린 가녀린 팔.

슬픈 미소로 끝을 알리는 신호를 보내온다.

그리고 유키노시타가 조용히 손을 흔들었다.

그에 맞추어 막을 내리듯 살며시, 부드럽게 페이더를 내렸다.

interlude…

어둠 속에서 올려다보는 조정실 창문은 아득히 멀어, 손을 뻗어도 닿을 것 같지 않았다.

닿지 않는 창문을 향해 손을 뻗는 상황이라니, 완전히 셰익스피어다.

나와 그의 관계도, 서 있는 위치도 무엇 하나 같은 게 없건만, 구도만 같은 탓에 그런 생각을 하고 말았다. 저절로 자조적인 웃음이 새어나왔다.

우리의 관계는 그렇게 알기 쉽고 행복한 결말로 이어질 수 없다.

줄곧 뭐라고 불러야 할지조차 알 수 없는 관계인 채다.

나, 그, 그녀.

셋이 함께 하는 관계에 이름은 없다.

그러나 장미는 어떤 이름으로 부르든 변함없이 달콤한 향기를 풍긴다.

그렇다면 나와 그와 그녀의 관계도 마찬가지겠지.

설령 다른 이름이 주어진다 해도 달라지는 일은 없다.

틀림없이 그럴 거라고. 그럴 게 분명하다고.

조금도 믿지 않으면서, 독약처럼 달콤한 말을 들이켠다. 그

리하여 나는 나를 잠재운다.

조명을 등지고 선 그의 표정은 역광이라 제대로 보이지 않았지만, 왠지 불현듯 웃은 것처럼 느껴졌다.

무슨 일인가 싶어 인터컴으로 물어보려 한 순간, 이어폰에서 지직 잡음이 흘러나왔다.

그리고 끝이 다가옴을 통보받았다.

즐거운 담소의 시간도 여기까지다.

이것으로 끝이다.

알겠다고 대답하고 아주 짧은 말을 덧붙인 후, 나는 인터컴 마이크에서 손을 뗐다.

무대 측면 휘장 뒤에 있는 스탠드 마이크로 진행 멘트를 읊자, 엔딩 세리머니가 시작되었다. 음악이 분위기를 끌어올리고 출연자가 무대에 서면 그것으로 끝이다.

남은 일은 신호를 보내는 것뿐.

나는 조정실을 향해 손을 들었다.

하지만 닿지 않는다는 사실을 알기에, 창문을 향해 손을 뻗지는 않았다.

갈 곳을 잃고, 어디에도 갈 수 없게 된 그 손을.

나는 그저 조용히 흔들었다.

5

늠름하게 히라츠카 시즈카는 앞을 걷는다.

예정된 시각에 프롬을 마치고, 행사장 뒷정리를 끝내고 나니 어느새 밤이 되어 있었다.

휑뎅그렁하게 적막감이 감도는 체육관을 떠나 본관 회의실로 향했다.

그곳에는 프롬 관계자들이 모여 있었다.

그래봐야 숫자가 많지는 않았다. 학생회 임원진과 유키노시타를 중심으로 한 메인 스태프에 유이가하마와 나, 행사 진행을 도와준 말단 운동부원들, 그리고 히라츠카 선생님과 일부 학부모회 회원들이 참석한 정도였다.

행사를 마친 후에 출연자와 스태프, 관계자들끼리 가지는 간단한 뒤풀이, 즉 일종의 종방연 같은 모임으로, 관련자들의 노고를 위로하고자 조촐하게나마 마련한 자리였다.

긴 테이블에는 간식거리와 음료가 쭉 놓여 있고, 참석자들이 그 주위를 빙 둘러싸는 형태로 서 있었다.

회의실 앞쪽에서 잇시키가 두리번두리번 주위를 둘러보며

모두에게 종이컵이 전달되었음을 확인하더니, 옆에 있는 유키노시타를 팔꿈치로 쿡 찔렀다.

"유키노 선배님, 건배사 하셔야죠."

"내, 내가?"

난감해하는 유키노시타에게 고개를 끄덕여 보인 잇시키가, 됐으니까 잔말 말고 하라고 무언의 압력을 가했다. 둘은 한동안 침묵 속에서 눈싸움을 벌였지만, 이윽고 유키노시타가 나직하게 한숨을 쉬며 입을 열었다.

"그러면 주제넘지만……."

썩 내키지 않는지 눈썹은 팔(八)자, 입은 세모꼴을 한 유키노시타가 종이컵을 든 채 한 발짝 앞으로 나섰다.

그리고 쓱 고개를 들더니, 산뜻한 미소를 지었다.

"여러분의 협력에 힘입어 프롬을 무사히 마칠 수 있었습니다. 관계자 여러분, 협조 진심으로 감사드립니다. 그리고 스태프 여러분, 정말 수고 많으셨습니다. 모쪼록 저희 소부 고등학교의 연례행사로 정착하여, 내년에는 저희가 그 주인공이 될 수 있기를 바라며…… 건배."

내키지 않기는커녕 꽤나 적극적으로 상당히 긴 건배사를 하자, 일동이 입을 모아서 건배를 외쳤다. 나도 소심하게 컵을 들어 올렸다. 그러자 옆에 있던 유이가하마가 살며시 종이컵을 내밀었다.

"수고했어~."

"그래, 너도 수고 많았다."

그렇게 말하며 컵을 부딪쳤지만, 더 이상 대화가 이어지지 않았다…….

아까 춤췄던 게 떠오르는 바람에 멋쩍고 낯 뜨거워, 마음 편히 눈을 마주칠 수조차 없었다. 그 점은 유이가하마도 마찬가지인지, 곁눈질로 살펴보니 아까부터 홀짝홀짝 종이컵을 입으로 가져가며 심심한 듯 휴대폰을 만지작거리는 중이었다. 그러다 갑자기 뭔가 생각났는지, 유이가하마가 내 어깨를 찰싹찰싹 때렸다.

"아참. 아까 오리모토한테서 라인 왔어. 다음 모임 어떡할 거냐구."

"엉? ……아."

한순간 무슨 말인지 몰라 어리둥절했지만, 이내 깨달았다. 맞다. 더미 프롬 계획에 현실미를 부여하기 위해서 카이힌 종합고를 끌어들였었지? 학부모들에 대한 어필과 기록 남기기용으로 미팅을 하기는 했지만, 소부고 프롬 때문에 허둥대느라 그 후로는 진행이 중단된 상태였다.

이런, 까맣게 잊고 있었다……. 프롬이 성공리에 마무리된 이상, 더미 프롬 프로젝트도 슬슬 뒤처리를 해야 한다. 구체적으로는 기획자인 내가 무릎 꿇고 사죄하거나 노릇노릇 철판구이 사죄, 또는 튀김 사죄를 함으로써 바삭하고 촉촉하게 용서를 빌어야 한다.

"내가 연락하마. 메일 주소든 전화번호든 상관없으니까 연락처 좀 물어봐주라."

"응, 알았어."

말이 떨어지기가 무섭게 유이가하마가 오리모토에게 라인을 보냈다. 그러자 칼답이 왔는지, 유이가하마의 휴대폰이 띠리링♪ 울렸다.

"응, 힛키한테 보냈어."

"땡큐."

인사를 하며 휴대폰을 확인해보니, 유이가하마가 보낸 메시지가 와 있었다.

좋아, 그럼 뭐라고 사과해야 하나? 고민을 거듭하다가, 또다시 유이가하마와의 대화가 중단되었음을 깨달았다. 바로 옆에 있는데도 양쪽 다 휴대폰만 들여다보는 게 그야말로 현대 일본 사회의 축소판이 따로 없었다.

이 거리에서 말이 없으니 과도하게 의식하는 느낌이 들었다. 하지만 딱히 위트 넘치고 센스 있는 화젯거리도 떠오르지 않았다.

끄응 신음하는데, 잇시키가 스슥 응접실 중앙으로 나왔다. 그리고 잠시만요~ 하고 번쩍 손을 들어 주위의 이목을 끌었다.

"행사하고 남은 음식이라 죄송하지만요. 간단한 요깃거리도 준비했으니 드셔보세요. 남으면 버릴 수밖에 없으니까요. 팍팍 드세요!"

잇시키는 주먹을 불끈 쥐며 힘찬 목소리로 외쳤지만, 지나치게 직설적인 표현에 모두가 꺼림칙한 반응을 보였다.

"저래가지고 식욕이 생기는 사람이 있겠냐……."

"아하하……. 아, 그래두 난 가서 뭐 좀 먹구 올게."

쓴웃음을 지으며 말한 유이가하마가 쪼르르 달려갔다. 그 뒷모습을 배웅하고, 나는 벽에 몸을 기댔다.

분위기가 어색할 때는 심심한 입을 달랠 먹거리나 마실거리가 있으면 도움이 된다. 나 지금 입이 꽉 찼다고! 그래서 못 떠드는 것뿐이라고! 하고 변명할 수 있거든. 참고로 담배도 유사한 효과를 발휘해서, 흡연자의 약 80퍼센트는 침묵과 뻘쭘함을 달래려고 담배를 피운다는 연구 결과도 있다(본인 조사).

그런 생각을 했기 때문일까.

문득 진한 타르 냄새가 풍겨왔다.

"수고 많았다. 제법 분발한 눈치더군. 보면서 즐거웠다."

어디선가 한 대 피우고 온 기색인 히라츠카 선생님이 살랑살랑 손을 흔들며 다가왔다.

"보시기만 한 거예요? 기왕이면 섞여서 노시지 않고."

이번 프롬은 학교를 떠나는 이들을 위해 기획된 행사다. 그러니 졸업생은 물론이고 히라츠카 선생님도 그 권리를 누릴 자격은 충분하다는 생각이 들었다. 내 말에 히라츠카 선생님이 살짝 어깨를 으쓱했다.

"내 무대는 이임식이니까. 거기서는 내가 주인공이다."

다소 과장스럽게 너스레를 떠는 모습에 무심코 쓴웃음을 흘리고 말았다. 이임식은 4월 초로 잡혀 있을 터였다. 말 그대로 히라츠카 선생님을 위한 무대라고 할 수 있다.

하지만 아무래도 정식 학교 행사인 만큼 오늘처럼 격의 없

는 분위기는 아닐 테지. 선생님은 교사로서, 나는 학생으로서 엄숙하게 작별을 고할 뿐이다.

그 사실에 일말의 쓸쓸함이 없는 것은 아니다. 하지만 그런 소리를 해봐야 부질없는 짓이다. 그래서 나는 여느 때처럼 한쪽 입꼬리를 살짝 비틀어 올리고 빈정거리듯 웃었다.

"그래도 이임식에서는 춤 못 추잖아요?"

"그렇기는 하지. 유감인걸? 나도 너하고 춤춰보고 싶었는데 말이다."

피식 웃는 히라츠카 선생님의 말에 움찔하고 말았다.

나도……?

그 말에 내포된 의미를 이해한 순간, 쥐고 있던 종이컵의 수면이 요동쳤다.

"……보셨어요?"

동요를 억누르며 가자미눈으로 쏘아보자, 히라츠카 선생님이 의미심장하게 싱긋 웃었다. 그 표정을 보니 아까 제법 분발한 눈치라느니 보면서 즐거웠다느니 한 데에도 숨은 뜻이 있는 것처럼 느껴졌다. 으아, 죽고 싶다.

고개를 숙이고 머리를 쥐어뜯는데, 재잘재잘 신나는 목소리가 들려왔다. 고개를 드니 유키노시타와 유이가하마가 나란히 이쪽으로 걸어오는 게 보였다. 그 뒤로 잇시키도 졸래졸래 따라왔다.

"수고했어."

유키노시타의 말에 고개를 끄덕였다. 건배, 하고 살며시 컵

을 들어올리길래, 나도 마주 컵을 들어 보였다.

"……수고했다. ……잘 해낸 거, 축하한다."

"고마워……."

컵을 부딪치지는 않고 그저 온화하게 대화를 나누었다. 들고 있는 종이컵의 수면이 일렁이는 일도 없었다.

유이가하마와 잇시키도 미소 띤 얼굴로 제각기 고마움을 표시하고 고생했다고 위로하는 등, 더없이 평화로운 시간이 흘러갔다.

핵심 스태프가 한자리에 모이자, 인사하러 오는 사람들도 자연스레 이쪽으로 쏠리게 되었다. 물론 그 속에는 유키노시타의 어머니도 포함되었다.

"멋진 파티더군요."

유키노시타의 어머니가 하루노를 데리고 다가왔다. 그러자 유키노시타는 종이컵을 테이블에 내려놓고 자세를 바로 하더니, 정중하게 고개를 숙였다.

"이번 행사에 협력해주셔서 대단히 감사합니다. 아낌없는 지도 편달에 힘입어 무탈하게 마칠 수 있었습니다."

"천만에요. 저희야말로 갑작스러운 요구를 들어주셔서 감사할 따름입니다."

격식 차린 답례의 말을 건네고, 유키노시타의 어머니 역시 깊숙이 고개를 숙였다.

그리고 양쪽 다 허리를 펴고 서로 얼굴을 마주보며 후훗 미소 지었다.

"책임자, 수고 많았다. 멋지게 임무를 완수했구나. 엄마는 감탄했단다."

유키노시타의 어머니는 부채를 입가에 대고 부드러운 미소를 지었다. 놀리는 듯한 그 말투에 유키노시타가 조금 수줍은 듯 몸을 꼬았다. 그리고 끊임없이 주위 사람들의 시선을 의식하며 나직하게 헛기침을 했다. 하긴 남들 앞에서 엄마하고 이야기하는 게 좀 쑥스럽기는 하지…….

훈훈한 눈길이 유키노시타 모녀에게로 쏠리며 웃음기 어린 숨결이 새어나오는 가운데, 가장 유쾌한 웃음소리가 울려 퍼졌다.

"나도 재밌게 봤어. 잘했어, 훌륭해."

별것 아니다. 그냥 단순한 칭찬이다.

하지만 그녀가, 유키노시타 하루노가 말하면, 어쩔 수 없이 그 속에서 다른 의미를 찾게 된다. 겉으로는 상냥한 분위기였지만 심상치 않은 기색을 느끼고 인상을 찌푸리자, 하루노가 한층 유쾌하게 웃었다. 그리고 체셔 고양이 같은 미소를 띠며 엄마와 동생 사이에 섰다.

"유키노가 하고 싶은 일은 이런 거니까. 진로도 그쪽으로 잡을 거지?"

"하고 싶은 일……?"

유키노시타의 어머니는 고개를 갸웃하며 하루노를 빤히 응시했다. 그 시선을 하루노는 냉소로 받아넘기고 이내 눈길을 돌렸다.

"본인한테 직접 물어보지 그래?"

하루노가 천연덕스럽게 대꾸하자, 어머니의 시선이 언니로부터 동생에게로 천천히 옮겨갔다. 유키노시타의 손끝이 움찔 떨렸다. 그 반응에서 긴장감이 전해져왔다.

"사실…… 나는 아빠가 하는 일에 관심이 있고, 나중에는 그쪽 분야에 종사하고 싶어."

천천히 흘러나온 딸의 고백에 유키노시타의 어머니가 손으로 입을 가렸다. 나직한 놀라움의 탄성을 삼킨 눈치였다.

뚫어지게 쳐다보는 그 시선을 견디기 어려웠는지, 유키노시타가 살짝 눈을 내리깔았다.

"이번 일이 장래와 직접적으로 연결되지 않는 건 알아. 아무것도 보장하지 못한다는 사실도. 무엇보다도 지금 당장 해보겠다는 게 아니라, 먼 훗날의 이야기지만……."

한마디 한마디 쥐어짜내듯 말을 이어가다가, 조용히 한 차례 숨을 들이쉬었다.

"그래도 내가 그런 생각을 가지고 있다는 사실만큼은 알아줬으면 해."

천천히 고개를 들고, 유키노시타는 엄마의 눈을 마주보았다.

추임새도 넣지 않고 끝까지 잠자코 듣고만 있던 유키노시타의 어머니가 부채로 차륵 소리를 내며 눈을 가늘게 떴다.

"……진심으로 그렇게 생각하는 거로구나."

옆에서 지켜보기만 하는 나조차도 등줄기가 오싹해지는 음

성이었다. 방금 전까지의 부드러운 눈빛과는 대조적으로, 그 눈은 불구대천의 원수라도 보는 듯한 냉기를 뿜어냈다. 주위에 있는 모두가 숨을 죽이고 마른침을 삼켰다. 분위기가 싸늘하게 얼어붙는 것을 느끼고, 나는 그만 무의식적으로 시선을 피하고 말았다. 그렇게 옮겨간 시선 끝에서 하루노만이 따분한 얼굴로 손톱을 들여다보고 있었다.

어머니의 날카로운 눈빛에 유키노시타는 한순간 주춤했지만, 이윽고 힘주어 고개를 끄덕였다. 경직된 표정을 짓는 딸을 어머니는 한동안 말없이 관찰하는 기색이었으나, 불현듯 그 입가에 미소가 어렸다.

"그래……? 유키노, 네 뜻은 잘 알았단다. 네가 진심으로 그러기를 원한다면 나도 진심으로 응원하마. 시간을 가지고 천천히 생각해보자꾸나. 조급해할 필요는 없으니까. 알겠니?"

그 미소에 유키노시타가 홀린 듯 고개를 끄덕였다. 그것을 확인하고, 유키노시타의 어머니는 조용히 자세를 바로 했다.

"시간이 늦었구나. 나는 이만 가봐야겠다."

그렇게 말하며 유키노시타의 어머니는 하루노 쪽을 흘끗 보았다. 그러자 하루노가 눈짓으로 먼저 가시라는 신호를 보냈다.

"그러면 저는 먼저 실례하겠습니다."

유키노시타의 어머니가 깊숙이 고개 숙여 인사하자, 히라츠카 선생님이 얼른 그 옆으로 따라붙었다.

"배웅해 드리겠습니다." "괜찮습니다. 그냥 안에 계세요." "아닙니다, 현관까지는 모셔다 드려야지요." "아뇨, 정말로 괜

잖습니다. 제자 분들도 아직 남아 계시는걸요." "그렇게 마음 써주시니 송구할 따름입니다. 그럼 하다못해 문 앞까지만이라도……." "어머, 죄송해요. 감사합니다. 오늘은 저희 딸이 이래저래 폐를 끼쳐서……."

그런 식으로 티격태격 옥신각신 주거니 받거니 폭풍 같은 대화를 나누면서 느릿느릿 조금씩 출입문으로 다가가, 히라츠카 선생님은 유키노시타의 어머니를 배웅했다. 그런 모습을 보니 역시 히라츠카 선생님도 사회인이구나, 하고 묘하게 감탄하게 되었다.

"그럼 우리도 이제 슬슬 해산할까요? 자, 학생회 여러분~! 참석자 분들을 배웅하고, 각처의 문단속을 하러 갑시다!"

잇시키가 짝짝 손뼉을 치자, 학생회 임원들이 뿔뿔이 흩어져서 도우미 등등에게 감사의 뜻을 전한 다음 착실하게 밖으로 쫓아내기 시작했다.

반면에 우리는 맥이 탁 풀려 그 자리에서 후아, 커다란 한숨을 내쉬었다.

"아까 말야, 왠지 엄청 무서웠어……."

"그러게나 말이다……. 무섭다니까, 엄마농……."

"엄마농이라니……."

실감이 절절히 묻어나는 내 음성에 유이가하마가 쓴웃음을 지었다. 그 미소 덕분에 분위기도 한결 누그러져, 유이가하마가 옆에 있는 유키노시타를 보며 빙그레 웃었다.

"그래두 잘됐다, 유키농."

"그, 그래……. 그렇지. ……고마워."

엄마와 대치하느라 긴장한 여파인지, 유키노시타의 미소는 아직도 약간 딱딱한 느낌이 났다. 하지만 천천히 말문이 트이자, 어깨에 서렸던 긴장도 서서히 풀려갔다.

"언니, 여러 가지로 고마워……."

유키노시타가 조용히 입을 열었다. 그러자 하루노가 의아한 기색으로 고개를 갸웃했다.

"뭐가?"

"이것저것. ……말 꺼내게 도와준 거라든가."

하루노가 설명을 요구하자, 유키노시타는 얼굴을 붉히고 말하기 껄끄러운 기색으로 우물우물 대답했다. 쑥스러움 섞인 퉁명스러운 말투가 귀엽게 느껴졌는지, 유이가하마가 후훗 웃었다.

예전에 하루노가 엄마한테 말할 때 거들어주겠다고 약속했던 게 떠올랐다. 의외로 언니다운 면도 있구만.

그러나 정작 인사를 받은 하루노 본인은 어리둥절한 눈치였다. 그것도 모자라 성가시다는 듯 머리카락을 손으로 빗어 넘기며 심드렁하게 대꾸했다.

"아, 그거? 딱히 그런 의도는 없었는데."

하루노의 음성은 약속 따위 알 바 아니라는 듯 싸늘하기 그지없었다. 방금 전까지 훈훈했던 분위기가 급변했다. 우리가 얼떨떨해하는 사이, 하루노는 아래턱에 검지를 대고 고개를 살짝 기울였다.

"으음~ 글쎄, 뭐 엄마는 그걸로 납득하지 않았을까? 다른 사람은 어떨지 몰라도. 안 그래?"

생긋 미소 지었지만, 아무리 좋게 해석하려고 해도 그 말투에서는 악의밖에 느껴지지 않았다.

"……그걸 왜 우리한테 물어보시는데요?"

유이가하마가 대담하게 쏘아보았다. 무의식적인 행동인지, 유키노시타는 유이가하마의 손을 꼭 잡고 있었다. 살벌한 분위기에 나도 반사적으로 몸을 굳혔다.

그러나 자신을 향한 적의에도 유키노시타 하루노는 눈썹 하나 까딱하지 않았다. 평소와 다름없이 밝은 음성으로 태연하게 내뱉었다.

"적어도 나는 납득 못했거든."

"……엉?"

얼떨결에 놀란 목소리가 튀어나오고 말았다. 입을 떡 벌린 내 표정은 분명 지독하게 얼빠져 보였을 테지. 하루노가 피식 비웃는 듯한 숨소리를 냈다.

"나는 인정할 수 없어."

그렇게 선언한 것은 틀림없는 유키노시타 하루노의 음성이었다.

하지만 그 말 자체는 다른 누군가 역시 공통적으로 품고 있었던 생각인지도 몰랐다.

줄곧 가슴속 깊은 곳에 가라앉히고, 잠재우고, 삭이려고 했던 실낱같은 의혹이 언어의 형태로 구체화된 기분이 들었

다. 그 점을 정확하게 지적당한 듯한 착각이 내게서 항변할 기력을 앗아갔다.

말보다도 명확한 침묵을 어떻게 받아들였는지, 하루노가 쾌활한 목소리로 덧붙였다.

“아, 오해하지 마. 후계자 문제는 솔직히 어찌되든 상관없으니까. 난 딱히 가업을 잇고 싶은 마음은 없거든.”

“그럼…….”

막 입을 열려던 유키노시타의 말이 끊겼다. 그 시선 끝에는 냉소를 머금은 하루노가 있었다. 입가에 미소의 형상을 그린 채, 하루노는 하지만…… 하고 말을 이었다.

“계속 이런 식으로 살아왔는데, 갑자기 아 네 그러십니까 하고 물러날 순 없는 노릇이잖아? 뭐 어쩔 수 없나~ 하고 기껏 체념하고 타협했는데, 그랬더니 이 꼴이라니. ……이 상황에서 납득한다는 거, 상당히 어려울 것 같지 않아?”

유키노시타는 당혹감과 비통함이 교차하는 표정으로 이를 악물었다. 그리고 고개를 숙이고, 평소보다 앳된 목소리로 나직하게 중얼거렸다.

“……왜 이제 와서 그런 소릴 해?”

“그건 내가 할 말이야. ……유키노, 왜 이제 와서 그런 소릴 하니?”

어린아이를 어르는 것처럼 부드러운 음성으로 타이르듯 건넨 그 말은 애절함으로 가득했다. 처음으로 유키노시타 하루노가 표정을 와락 일그러뜨렸다.

그 모습에 유키노시타는 말문이 막힌 기색이 역력했다.

애처롭게 바라보는 듯한 동정 어린 눈빛을 마주하자, 하루노의 눈초리가 쓱 가늘어졌다. 그 눈매가 마음에 안 든다고 말하고 있었다.

"이런 결말이 내 20년과 같은 가치를 지닌다니, 인정할 수 있을 리 없잖아? 만약 진심으로 양보하기를 바란다면 그에 걸맞은 모습을 보여줘야지."

말투 자체는 담담했지만 어조에 담긴 격정은 숨길 수 없었다. 입꼬리에는 미소가 감돌았지만, 그 눈빛은 위압적이었다.

주눅이 들어, 모두가 말을 잃었다.

찬물을 끼얹은 듯한 고요함 속으로 하루노의 희미한 웃음이 퍼져나갔다.

"좋아, 이제…… 시즈카 짱한테 인사나 하고 가야겠네. 그럼 또 봐."

그 말을 끝으로 하루노는 느긋하게 걸음을 옮겼다. 그리고 문을 닫기 직전, 나를 보며 살랑살랑 손을 흔들고는 회의실을 뒤로했다.

문이 소리 없이 닫히고 하루노가 내는 조용한 발소리가 사라질 때까지, 우리는 꼼짝도 하지 못했다. 서로의 얼굴을 볼 수조차 없었다. 어쩌면 나 혼자 발치로 시선을 떨구고 있었는지도 모른다.

우리 셋 말고는 아무도 없는 회의실은 아까보다도 훨씬 넓고, 훨씬 썰렁하게 느껴졌다.

정적과 함께 식어가는 껄끄러운 분위기 속에서 유키노시타가 불쑥 입을 열었다.

"저기, 미안해. 언니가 이것저것…… 이상한 소리를 해서."

"맨날 저러잖아. 이젠 익숙하다고."

"응, 맞아."

유이가하마가 후훗 웃자, 유키노시타도 덩달아 미소 지었다.

"하기는 그렇구나. 그렇게 말해주니 고마워."

분위기가 온화하게 누그러드는 게 느껴졌다.

하지만 유키노시타의 표정에는 여전히 약간 그늘이 있었다.

"……하지만 오늘은 어느 정도 진심이었다고 생각해. 그 정도로 20년이라는 세월의 무게는 커."

그것은 함께 살아온 유키노시타이기에 느끼는 감정일 테지. 나 같은 제삼자는 아예 상상조차 가지 않았고, 그러다 보니 동정심 따위 솟아날 여지도 없었다.

이 일은 아무래도 농담 따먹기 식으로 대충 웃고 넘어갈 문제는 아닌 듯했다. 아무리 나라도 그 정도의 눈치는 있다. 따라서 내가 할 수 있는 일이라고는 잠자코 고개를 끄덕이는 것뿐이었다.

그러나 유이가하마는 조금 다른 선택을 했다.

한 발짝 한 발짝 살며시 거리를 좁혀, 유이가하마는 유키노시타 곁으로 다가섰다.

"유키농의 일 년의 무게두, ……우리의 지난 일 년의 무게두, 그 못지않게 커. 시간의 길이는 상관없다구 생각해."

그 다정한 음성에 유키노시타가 고개를 들었다. 나도 넋을 잃고 유이가하마의 애절한 표정을 바라보았다.

유이가하마는 후읍 가볍게 숨을 들이쉬더니, 씩씩하게 가슴을 펴고 양손을 불끈 쥐어 보였다.

"그만큼 엄청 이상한 시간이었으니까!"

"이상하다니……."

어깨에서 힘이 쭉 빠지는 느낌이 났다. 내가 듣기에도 한심한 목소리가 흘러나오고 말았다. 옆에 있는 유키노시타도 어안이 벙벙한 기색이었지만, 이내 쿡쿡 웃기 시작했다. 그 덕분에 나도 입가에 미소를 머금을 수 있었다.

"그래, 뭐 이상하긴 하지. 처음부터 좀 맛이 간 동아리였으니까, 봉사부."

그 말에 유키노시타가 나를 가볍게 흘겨보았다.

"그 가장 큰 원인은 너잖니."

"맞아맞아. 그래서 진짜 즐거웠어. ……이상한 일만 하니까 슬픈 일이나 싫은 일, 괴로운 일두 있었지만……."

유이가하마의 눈길이 살짝 아래로 향했다. 유키노시타와 나도 덩달아 그리로 시선을 향했다. 우리가 바라보는 것은 바닥이 아니라, 지금에 이르기까지의 궤적이다. 구체적인 말로 표현하지는 않았지만, 각자가 눈앞에 그려보고 있었다.

얼마 전에도 우리는 지난 일 년 가까운 시간을 돌이켜본 적이 있었다. 결코 핵심을 건드리지 않도록 실없이 웃으며, 그리움에 젖을 수 있는 순간만을 찾아서.

그러나 이번에는 가슴이 미어지는 기억도, 마음이 저릿한 추억도, 아련한 감정도 무엇 하나 빠짐없이 되돌아보았다.

불현듯 우리에게서 새어나오는 미소가 겹쳐졌다.

유이가하마는 고개를 들고 따스한 눈빛으로 우리를 보았다.

"……그래두 그 이상으루 즐겁구 기뻐서 정말 좋아하게 될 만큼, 아주 긴 시간이었어."

"그래. ……그것만큼은 나도 가슴을 펴고 말할 수 있어."

"응."

두 사람의 말에 나도 턱을 살짝 당겨 동의했다. 구태여 입을 열 필요도 없었다.

틀림없이 내 인생에서 가장 긴 일 년이었다.

그 일 년이 마침내 끝을 맺는다.

우리 말고는 아무도 없는 휑한 회의실을 유키노시타가 천천히 둘러보았다.

"마지막 일도 이제 끝이구나."

뇌까리는 말도, 흐르는 시선도 우리를 향하지는 않았다. 긴 테이블에 펼쳐놓은 채인 음식과 마시는 이 없는 종이컵, 깜깜한 창밖, 가냘프게 빛나는 안뜰의 가로등, 야음에 잠긴 특별관, 쉬지 않고 움직이는 벽시계. 그런 것들에게로 향했다.

이윽고 유키노시타의 시선이 천천히 우리 쪽으로 되돌아왔다.

"……나는 끝낸다면 지금이 적기라고 생각해. 언니가 한 말과는 상관없이, 정말로 매듭짓기에 적절한 타이밍이니까."

"……난 계속할 수 있음 그것두 괜찮다구 생각하지만…….

유키농이 끝내길 바란다면 난 상관없어."

맑았던 눈동자는 어느새 촉촉하게 젖어들었고, 두 사람의 눈길이 이쪽으로 쏠렸다. 마치 내 대답을 기다리는 것처럼.

하지만 굳이 확인할 필요도 없는 문제다.

내게 이견이 있을 리 없다.

애초에 히라츠카 선생님의 강압으로 시작했던 일이다. 그 히라츠카 선생님도 이번 학년도를 끝으로 학교를 떠난다. 오랫동안 계속되어온 승부도 얼마 전에 내 패배로 막을 내렸다.

그러니 내게 이견은 없다.

"……나는……."

이것으로 됐다고 생각한다. 이게 옳다. 끝낸다는 결론은 잘못되지 않았다. 전부 납득했다. 두 사람 말대로 이게 우리가 원했던 형태, 올바른 모습, 하나의 결말이니까.

그럼에도 내 입에서는 더 이상 단 한마디의 말도 나오지 않았다.

한숨만이 뒤엉켜 목구멍이 아플 정도였다. 갈증을 달래려고 습한 숨결을 삼키자, 말도 함께 가슴속으로 되돌아갔다. 어떻게든 뒷말을 짜내려고 목덜미에 손을 얹고 꽉 눌렀다. 그래도 나오는 것은 한숨뿐이었다.

그동안 두 사람은 묵묵히 기다려주었다. 조용한 실내에 벌써 몇 번째인지 모를 무거운 숨소리가 울려 퍼져, 나는 이를 악물었다.

그 정적 속에 탁탁 부산스러운 소리가 섞였다. 철컥 문이

열렸고, 우리는 일제히 그쪽을 돌아보았다.

"저희 왔어요. 어…… 왜 그러세요?"

학생회 임원들을 데리고 돌아온 잇시키가 우리를 보고 흠칫했다. 심상치 않은 분위기를 감지했는지도 모른다.

그 질문에 나는 가볍게 고개를 저었다.

"별일 아냐. 다 끝났냐?"

"네. 이제 여기만 정리하면 돼요. 아무튼 고생 많으셨어요."

"그래? ……수고했다. 그럼 먼저 가보마."

"앗, 저기, 아직 이 방 정리가……."

잇시키의 제지를 뿌리치고 서둘러 회의실을 나섰다.

그러나 막상 복도로 나오자, 몇 발짝도 채 못 가서 내 발걸음은 점점 느려지기 시작했다.

창밖은 이미 칠흑처럼 어두웠고, 복도에서는 낡은 형광등이 가물가물 빛나고 있었다.

사방이 어두컴컴했고, 나는 무거운 다리를 질질 끌다시피 하며 느릿느릿 걸음을 내디뎠다.

그때 뒤에서 희미한 발소리가 다가왔다.

"히키가야, 기다려."

불쑥 들려온 다급한 목소리가 나를 불러 세웠고, 소맷부리를 살며시 잡아당기는 느낌이 났다.

뒤돌아볼 마음은 나지 않았다.

하지만 무시할 수도, 뿌리칠 수도 없었다.

놓치지 않으려고 손끝으로 붙잡은 소맷부리만이 닻처럼 나

를 이곳에 묶어두었다.

나는 그 자리에 우두커니 멈춰 섰다. 갈 곳 잃은 목소리는 한숨으로 변했고, 시선은 저절로 천장을 향했다.

폐 속의 공기를 다 토해낸 후에야 비로소 마음이 정리되어, 나는 몸을 비스듬히 틀어 천천히 뒤돌아보았다.

시선 끝에는 유키노시타 유키노가 서 있었다. 살짝 흐트러진, 야음보다도 새카맣고 아름다운 머리카락을 유키노시타가 손으로 살며시 쓸어내렸다. 나를 따라잡으려고 서두른 탓인지, 약간 숨이 가빠 보였다.

호흡을 가다듬듯 교복 앞자락을 꼭 움켜쥔 채, 유키노시타가 천천히 입을 열었다.

"그게…… 네게 확실하게 말해두고 싶어서."

유키노시타는 할 말을 찾듯 눈을 굴리다가 복도 유리창을 보았다. 나도 차마 유키노시타의 희고 갸름한 얼굴을 직시할 수 없어, 고육지책으로 어두운 창가로 시선을 향했다.

형광등 불빛을 받아, 창문에는 우리의 모습이 비쳐 보였다. 나는 유리창 속의 유키노시타를 가만히 바라보았다.

"오늘은 도와줘서 고마워. ……아니, 오늘뿐만 아니라, 지금까지 계속. 폐를 끼쳐서 미안해."

"사과할 거 없어. 어차피 폐라면 내가 더 많이 끼쳤을 테고. 그러니까 피장파장이라고 치면 되지 않겠냐?"

유리에 비친 거울상을 향해 나는 한쪽 입꼬리를 끌어올려 미소를 지어 보였다. 창문을 통해 눈이 마주치자, 유키노시타

가 후훗 웃었다.

"맞아. 정말 힘들기는 했지. 그러면 피장파장이라고 치자."

유키노시타의 목소리에서는 놀리는 듯한 기색이 묻어났고, 쾌활한 어조는 유쾌하게 들렸다. 그럼에도 유리에 비친 그 표정은 어딘가 덧없어 보였다. 어쩌면 조명 때문에 그렇게 보이는 것뿐인지도 모른다.

"정말 고마워. 네게 많은 도움을 받았어. 하지만, 이제…… 괜찮아. 앞으로는 혼자서, 더 야무지게 잘 해낼 수 있도록 노력할 테니까."

소맷부리에서 전해져오는 힘이 아주 조금 강해져, 반사적으로 유키노시타 쪽을 돌아보았다.

학교 앞 도로를 가로지르는 자동차의 전조등이 한순간 어두운 복도를 비추었다. 찌르는 듯한 빛줄기에 실눈을 뜬 순간, 눈물을 쏟을 것 같은 유키노시타의 표정이 눈에 들어왔다.

"그러니까……."

창백한 빛은 엔진 소리와 함께 멀어져갔고, 그와 동시에 유키노시타의 목소리도 사그라졌다. 뒷말은 끝내 들려오지 않았지만, 무슨 이야기를 하려고 했는지는 얼추 짐작이 갔다.

불과 며칠 전, 부실 문을 닫고 차가운 손잡이에서 손을 뗀 그날 이후로, 끊임없이 가슴속을 맴돌아왔던 말이니까.

이제 됐다고, 끝내야 한다고, 수없이 되뇌어왔다.

"……그래, 알아. 괜찮아."

사실은 아무것도 알지 못한다. 오로지 대화를 끝맺을 목적

으로 한 말이었다.

"잘 있어라."

작별인사를 건넸음에도, 소맷부리를 잡은 가냘픈 손끝은 떨어질 기미가 없었다.

딱히 세게 움켜쥔 것도 아니다. 소매를 가볍게 당기기만 해도 간단히 뿌리칠 수 있을 테지. 그러나 유키노시타의 가느다란 손가락은 너무나도 여려 보여서, 거칠게 다룰 마음이 나지 않았다.

그래서 투박한 손가락으로 최대한 천천히, 부서지기 쉬운 물건을 다루듯 조용조용 조심스럽게 떼어냈다.

건드리는 데 망설임이 있었던 탓인지, 내 손끝이 한순간 가늘게 떨렸다. 어쩌면 그 손길에 놀란 유키노시타의 떨림이었는지도 모른다.

그러나 어느 쪽인지 확인하기도 전에, 우리의 손가락은 떨어진 후였다.

"간다."

손끝에 서린 냉기를 떠올리고, 호주머니에 손을 찔러 넣고 발걸음을 돌렸다. 그리고 뒤돌아보지 않고 곧장 그 자리를 떠났다.

하지만 아무리 기다려도 복도에는 한 사람의 발소리밖에 울려 퍼지지 않았다.

× × ×

본관 2층의 방문객 접수용 현관은 이미 불이 꺼져 있었다.

출입구에서 볼 때 왼쪽에 있는 행정실에는 아직 불이 켜져 있었지만, 현관 쪽까지 닿는 빛은 없는 것보다는 나은 수준에 불과해서 로비는 어두컴컴했다.

접수창구 창문으로 새어나오는 불빛 덕분에, 어둡기는 해도 유리문에 등을 기대고 선 여자의 모습을 확인할 수 있었다. 애써 실루엣으로 유추할 필요도 없었다.

유키노시타 하루노다.

심심함을 달래는 건지, 하루노는 휴대폰을 가만히 응시하고 있었다. 백라이트가 그 반듯하고 단정한 얼굴을 비추었다. 다만 표정은 따분함 그 자체여서, 평소보다도 한결 차가운 인상을 주었다.

발소리를 들었는지, 하루노가 이쪽을 흘끗 곁눈질했다. 살짝 내리깐 시선과 역광으로 비추는 도로의 가로등 때문에 표정을 살피기는 힘들었지만, 키득 웃은 것처럼 보였다.

유리문에서 한 발짝 떨어지자, 비로소 그 얼굴이 똑똑히 보였다. 하루노는 싸늘한 눈빛으로 어슴푸레한 미소를 띤 채 조롱하듯 입을 열었다.

"……역시나 도망쳐나왔네?"

반사적으로 눈썹을 꿈틀하며 혀를 찰 뻔했다. 인상을 쓰는 나를 보고, 하루노가 한층 유쾌한 기색으로 웃었다.

나는 이 사람이 정말 껄끄럽다. 내 머릿속도 마음속도 다 꿰뚫어보는 느낌이 드니까. 그래서 최소한의 저항으로 핀잔을 주었다.

"일부러 그런 소리를 해서 불러낸 사람은 그쪽일 텐데요?"

내 말에 하루노는 부정하지도 겸연쩍어 하지도 않고, 그저 어깨만 으쓱해 보였다.

회의실을 떠날 때 대놓고 행선지를 알려주고 의미심장한 시선까지 보내오면, 눈치라곤 약에 쓸래도 없는 인간일지라도 그 의도를 짐작하기 마련이다.

그냥 모른 척하고 돌아가도 됐을 테지만, 그러면 전화를 걸어오거나 하야마나 코마치를 통해 어떤 식으로든 접촉해올 게 틀림없다. 실제로 그런 전적도 있다. 그럴 바에야 내가 직접 찾아가는 편이 낫다.

결국 나는 하루노를 무시하지 못하는 거다.

다 안다는 듯한 말투도, 목덜미를 겨누듯 예리한 음성도, 얼어붙을 듯 매서운 눈빛도, 그녀를 빼닮은 아름다운 옆모습도, 어른인 척 밝게 행동하는 가면도, 불시에 보여주는 앳된 표정도, 슬프도록 다정한 미소도, 하나같이 마음에 걸려서 참을 수가 없었다.

내가 그렇게 생각한다는 사실마저도 하루노는 전부 꿰뚫어보고 있을 테지만 말이다.

그 손바닥 위에서 놀아나는 꼴임을 알면서도 묻지 않고는 배길 수 없었다.

"왜 그런 소리를 하는 거죠? 결국 뭘 원하는 거냐고요?"

짜증 섞인 목소리가 그동안 내내 가슴에 품어왔던 의문과 함께 튀어나왔다.

유키노시타 하루노의 언동은 언제나 내 마음을, 혹은 우리의 마음을 뒤흔들어놓고는 했다. 마침내 평온하게 모든 것을 마무리 지으려는 지금 이 순간에 와서까지 하루노는 구태여 돌을 던져 넣어 파문을 일으키려 들었다.

더는 휘둘릴 수 없다.

생각했던 것보다 더 험악한 어조와 날카로운 말이 흘러나왔다.

노려보는 듯한 내 시선을 하루노는 태연자약한 얼굴로 받아넘겼다.

"말했잖아. 뭐든 상관없고, 어느 쪽이든 상관없어. 가업 따위 아무래도 상관없다고. 내가 맡든 유키노가 맡든, 어찌되든 상관없어."

아까와 비슷한 대답이 돌아오는 바람에 저절로 한숨이 나왔다. 그 소리를 들었는지, 하루노는 조용히 유리문 밖으로 시선을 향했다.

"……난 단지 납득시켜주기를 바랄 뿐이야. 어떤 결말이든 상관없으니까."

나직하게 덧붙인 말 역시 아까의 반복이나 마찬가지여서, 별다른 의미는 없었다. 그러나 그 음성에서는 애절함을 닮은 쓸쓸한 울림이 묻어났다.

또다. 또다시 유키노시타 하루노가 알 수 없는 존재로 변해 간다.

악의를 선의로 포장하고, 때로는 증오와 미움을 사는 것도 마다하지 않고 위악적으로 구는 주제에 가끔은 지독하게 다정한 말을 건네고, 짐짓 슬픈 표정을 지어 보인다. 그런 갭마저도 전부 하루노의 연출이라면 그때는 꼼짝없이 항복하는 수밖에 없다. 아무리 발버둥 쳐봐야 그 손바닥 위일 테니까.

"한마디로 성의를 보이라 이겁니까? 나 참, 아주 프로 트집러가 따로 없구만……."

정말이지 이해불능이라고 땅이 꺼지라 한숨을 쉬며 어이없다는 웃음을 지어 보이자, 그런 내 반응이 마음에 들었는지 하루노가 키득 웃었다.

"부정하지는 않겠지만…… 납득 못한 건 엄마도 마찬가지일걸?"

"긍정적인 느낌으로 비쳤는데요."

그 부드러운 미소를 떠올리면서 말하자, 하루노가 푸핫 웃음을 터뜨렸다. 그리고 얘가 뭐래? 하고 한심하기 짝이 없다는 눈빛으로 나를 보았다.

"그 사람이 그 정도로 납득할 리 없잖아. 그러니까 예스라고도 노라고도 하지 않고 실질적으로는 무응답으로 대처한 거고. 유키노 본인도 대충 눈치챈 기색이던데?"

가타부타하는 대신 네 뜻은 알겠노라고 다독이고 결론을 유보하는 그 화법은 그야말로 외교 용어를 방불케 했다. 유키

노시타도 그 반응이 의미하는 바를 짐작한 거겠지. 딱딱한 미소와 경직된 어깨에는 그런 이유가 숨어 있었음을 뒤늦게야 깨달았다.

"……과연 가족이군요."

서로의 미묘한 감정 변화를 정확히 파악하려면 매일 함께 일상적인 생활을 쌓아나갈 필요가 있다. 코마치와 내가 그 좋은 예다.

알고 지낸 지 일 년도 안 된 사이에 그만큼 깊은 부분까지 알기는 어렵다. 하물며 당사자도 아닌 그 어머니나 언니를 상대로 미세한 표정 변화나 몸짓, 말의 이면에서 진의를 읽어내기란 불가능하다.

그러니 내가 알아차리지 못한 것도 당연하다고 생각하려는 찰나, 하루노가 그런 내 속마음을 꿰뚫어보고 가소롭다는 듯 코웃음을 쳤다.

"꼭 언니나 엄마가 아니어도 그 정도는 누구나 보면 알 수 있어. ……그야말로 너희들 같은 단순한 친구라도 알 수 있잖아?"

"친구라고 할 만큼 친하다는 자신이 없어서, 뭐라고 말씀드리기가 힘드네요."

"이 판국에 그런 소리가 나오다니, 끝내주는데……? 하여튼 끈질기다니까."

비록 웃어 보이기는 했지만, 그 눈빛은 여전히 냉랭했다. 하루노는 흥이 깨졌다는 듯 시큰둥하게 한숨을 쉬고 유리문을 열었다.

"……그딴 거, 아무도 납득 못해."

내뱉듯이 그렇게 말하고, 하루노는 밖으로 나갔다.

나도 그 뒤를 따라 문턱 밑으로 발을 내딛었다.

그러나 깨닫고 보니 발에는 여전히 실내화를 신은 채였다. 나는 실내화를 원망스러운 눈으로 노려보며 혀를 찼다. 하지만 구태여 갈아 신으러 가기도 귀찮아서, 그대로 바깥으로 나가서 부랴부랴 계단을 뛰어 내려갔다.

"도대체 왜 안 된다는 건데요?"

계단을 다 내려가기 직전에야 하루노를 따라잡고 물었다. 그러자 하루노는 걸음을 멈추더니, 천천히 나를 돌아보았다.

가로등 불빛을 반사하는 크고 까만 눈동자는 희미하게 젖어 있어, 나를 똑바로 응시하는 그 눈빛은 마치 우는 것처럼 보였다.

"……그야 그 애의 소원은 그저 보상행동에 불과하니까."

그 한마디에 발밑이 어지러이 흔들리는 느낌이 들어, 나는 그만 휘청 헛발을 디디고 말았다.

보상행동.

어떤 장애물에 가로막혀 특정한 목표를 달성하지 못하게 되었을 때, 그것을 대신하는 목표를 달성함으로써 본래의 욕구를 충족시키고자 하는 행동. 다시 말해 가짜를 내세워 자기 자신을 속이는 기만적인 행위다.

가령 유키노시타 하루노의 말처럼 유키노시타의 소원이 단지 스스로를 속이기 위한 방편에 불과하다면, 나는 그것을 인

정할 수 있을까?

말문이 막혀버린 내 모습에 하루노는 계단을 하나 올라와서 나와 눈높이를 맞추더니, 다정한 목소리로 속삭였다.

"유키노도 너도 가하마도 애써 납득한 거지. 형태만, 말만 이리저리 짜 맞춰서, 진실을 외면하고……."

그만해, 더 이상 아무 말도 하지 마. 나도 안다고.

하지만 그런 내 바람에도 아랑곳없이 하루노는 계속 말을 이었다. 연민 어린 눈빛으로, 위로하는 듯한 음성으로.

"교묘하게 변명하고, 핑계를 대고……. 그렇게 해서 둘러대고, 속여본 거잖아?"

내 대답은 들을 생각도 없는 일방적인 중얼거림이었지만, 그 음성은 또렷이 귀에 들어왔다. 그 목소리와 숨결과 말 모두가 물이 침식해 들어오듯 가슴속 깊은 곳까지 스며들었다.

숨을 들이쉬는 건지 내쉬는 건지조차 알 수 없는 신음이 목구멍 속에 응어리져, 소리조차 낼 수 없었다.

알고 있었다. 남자의 오기라고 잡아떼기는 했지만, 내가 하는 짓은 결국 그전과 전혀 다를 바 없다는 사실을.

아니, 오히려 그전보다 더 악질이다. 두 사람에게도 터무니없는 거짓을 받아들이라고 강요한 꼴이 되어버렸으니까.

으스러져라 이를 악무는 내 뺨을 하루노가 살며시 어루만졌다. 길고 가는 손가락이 부서지기 쉬운 물건을 다루듯 조용히 움직였다.

"그래서 말했잖아."

엷은 미소를 머금고, 하루노가 손끝을 쓱 미끄러트려 내 가슴께를 쿡 찔렀다.

"넌 취할 수 없어."

"……그런 거 같네요."

가까스로 쥐어짜낸 말에 하루노는 그녀와 쌍둥이처럼 닮은 미소를 지었다. 그러나 그 얼굴은 이내 왈칵 슬프게 일그러졌다.

눈물을 쏟을 것처럼 보이기까지 하는 그 덧없는 미소가 가슴을 찔렀다.

창문으로 내려다본 무대 측면에서 암전되기 직전에 조용히 손을 흔들던 그녀의, 어둠 속으로 사라진 덧없는 미소.

그때 느꼈던 저릿한 통증이 지금도 내 몸속에 아프도록 살아 있었다.

"제대로 결말을 짓지 못하면 계속 후유증이 남아. 아무리 오랜 시간이 흘러도 끝나지 않지. 내가 20년을 그렇게 살살 달래면서 버텨왔기 때문에 잘 알아……. 그렇게 가짜 같은 인생을 살아온 거야."

회한 어린 하루노의 독백은 가냘프고 덧없었고, 먼 곳을 바라보는 눈에는 물기가 고여 있었다. 평상시의 어른스러운 여유도, 고혹적인 위태로움도 찾아볼 수 없었고, 심지어 나보다 더 어리게 보였다.

처음으로 유키노시타 하루노의 민낯을 본 듯한 기분이 들었다.

내가 당혹스러워하는 사이, 하루노는 한 발짝 뒤로 물러서

더니 그대로 등을 돌렸다.

"있잖아, 히키가야. 진실된 것이라는 게 있을까……?"

어렴풋이 쓸쓸한 울림을 담은 중얼거림은 밤바람에 휩쓸려 사라져갔다.

흐트러진 머리카락을 손으로 빗어 내리고, 사라져간 바람의 끝을 좇듯 유키노시타 하루노는 걸음을 옮겼다. 계단을 내려가 교문에 다다르자 비스듬히 몸을 돌리고, 여린 미소를 띤 채로 손을 흔들었다.

나는 장승처럼 우두커니 서서 등을 꼿꼿이 펴고 걸어가는 아름다운 뒷모습을 배웅할 수밖에 없었다. 마주 손을 흔들어 줄 여유는 없어진 지 오래였다.

하루노의 모습이 시야에서 완전히 사라지자, 다리에서 힘이 풀렸다.

나는 그대로 털썩 계단에 주저앉았다.

나는 그저 유키노시타 유키노의 진심에서 우러난 선택을, 진심에서 우러난 결단을, 진심에서 우러난 말을 바랐을 터였다.

그러나 그것이 체념 끝에 나온 보상행동에 불과한 소원이라면, 역시 그 답은 잘못되었다.

분명 그녀의 말에 거짓은 없었으리라. 다만 그 이전에 답을 내놓기 위한 전제부터가 뒤틀려 있었던 게 문제였다.

아니, 틀렸다. 내가, 히키가야 하치만이 뒤틀어버리고 말았다.

단 하나의 답밖에 용납되지 않는다는 사실을 알면서도, 그것을 선택하기를 피하며 갖은 핑계를 대서 보류하고, 궤변투

성이의 속임수로 일그러진 기만을 강요했다.

다정함에 매달리고 성실함에 의존하고 한때의 꿈에 취한 척하며, 올바른 답이라고 주장했다.

그것은 이제 잘못됐다는 말조차도 과분할 정도다.

존재하는 것만으로도 계속 가치를 떨어뜨리는, 어찌해볼 수조차 없는 가짜다.

× × ×

학교가 어둠 속으로 잠겨가는 사이, 싸늘한 바람이 불어오는데도 불구하고 나는 멍하니 넋을 놓고 계단에 앉아 있었다.

자동차 몇 대가 정면 도로를 지나가기는 했지만, 그 외에는 움직이는 물체도 보이지 않았다. 하교 시각을 한참 넘긴 탓에 인적은 끊긴 지 오래였다.

몸을 일으킬 기력도 없어 계속 주저앉아 있자니, 뒤에서 유리문이 열렸다. 곧이어 성큼성큼 힘찬 발소리가 들려와, 나는 반사적으로 고개를 돌렸다.

그러자 정수리에 가벼운 충격이 느껴졌다.

"얀마, 실내화 신고 나다니지 마라."

고개를 들자, 손날을 세운 채로 서 있는 히라츠카 선생님이 보였다. 아무래도 수도로 한 대 맞은 모양이었다.

이렇게 야단맞는 것도 오랜만이라고 다소 엉뚱한 생각을 하며 머리를 쓰다듬는데, 히라츠카 선생님이 못 말리겠다는 듯

나직하게 한숨을 쉬었다. 그리고 들고 있던 손을 내 앞으로 쓱 내밀었다.

"문 잠그려던 참이었다. 얼른 갈아 신고 오도록."

하긴 어차피 여기 계속 죽치고 있을 수도 없는 노릇이다. 시계를 보지는 않았지만, 꽤 오랜 시간이 흘렀을 터였다. 선생님의 독촉에 나는 마침내 자리에서 일어나 코트에 묻은 모래알을 털었다.

계단을 두 개씩 뛰어올라가기 시작하자, 히라츠카 선생님이 팔짱을 끼며 한숨을 쉬었다. 내가 제대로 귀가하는지 지켜보려는 눈치였다.

끝까지 올라가서 히라츠카 선생님에게 꾸벅 고개를 숙여 보이고, 건물 안으로 들어갔다.

행정실과 교무실에는 아직 불이 켜져 있었지만, 복도는 거의 소등을 마친 후였다.

유리창으로 새어드는 바깥의 불빛과 비상등 덕분에 걷는 데 불편함은 없었지만, 그래도 발걸음은 무거웠다.

밤이 되어 부쩍 추워진 탓도 있어, 저절로 어깨가 움츠러들었다.

"히키가야."

움츠린 등 뒤에서 누군가 나를 불렀다.

뒤돌아보니 히라츠카 선생님이 발소리도 없이 나를 따라오고 있었다. 자세히 보니 실내화도 슬리퍼도 신지 않은 양말바람이었다. 돌아갈 채비를 마치고 나왔는지, 손에는 펌프스를

들고 있었다.

흰 가운 대신 코트 자락을 펄럭이며 옆으로 다가오더니, 내 구부정한 자세를 바로잡듯 등을 툭 치고는 씨익 웃었다.

"……늦었으니 바래다주마."

"아뇨, 안 그러셔도 되는데요. 저 자전거 타고 왔고요."

"어허, 섭섭하게 굴기는. 자전거 따위 그냥 두고 가라, 두고 가."

뭐냐고, 두고 가 요괴[#53]냐고. 히라츠카 선생님은 내 항변을 무시하고 닦달하듯 등을 떠밀었다. 결국 그 길로 같이 현관까지 와서, 반강제로 끌려가다시피 주차장으로 향했다.

인적 없는 주차장에는 차만 두세 대 남아 있었다. 그 가운데 학교 분위기와는 다소 동떨어진 느낌의 고급 외제차 라이트가 깜빡깜빡 빛났다. 히라츠카 선생님이 스마트키로 문을 연 모양이었다. 애마 앞으로 다가간 히라츠카 선생님이 두리번두리번 주위를 경계하며 내게 손짓을 했다.

"얼른 타라, 어서."

"아, 네에……."

재촉해오는 바람에 시키는 대로 보조석에 타고 안전벨트를 맸다. 뒤이어 히라츠카 선생님도 재빠르게 운전석에 올라탔다. 시동을 걸자, 묵직한 저음이 몸속을 울렸다.

히라츠카 선생님이 액셀을 밟아 차가 천천히 달려 나가기 시작하자, 나는 시트 깊숙이 몸을 묻었다.

오랜만에 탔지만 가죽 시트는 변함없이 꼼꼼하게 손질되어

#53 두고 가 요괴 낚시해서 잡은 고기를 두고 가라고 위협한다는 일본 괴담의 요괴.

있었고 승차감도 쾌적했다. 기어 스틱 주변의 알루미늄으로 마감한 부분도 반들반들 광택이 흘렀다. 소중하게 관리해온 차라는 티가 났다.

교무실 책상 주변은 그렇게 난잡한데 말이야. 그렇게 생각하자 한순간 쓴웃음이 새어나왔다. 하지만 각종 서류와 피규어, 컵라면 등등이 산더미처럼 쌓인 광경도 이제 볼 일이 없겠구나 생각하니 불현듯 일말의 쓸쓸함이 느껴져, 나는 창밖으로 눈길을 돌렸다.

학교에서 집으로 향하는 길목마다 오렌지색 가로등이 나타났다가 사라져갔다. 길을 아는지, 히라츠카 선생님은 핸들을 돌리며 콧노래를 흥얼거렸다.

그러다 그 콧노래가 뚝 그쳤다.

"일단은 수고 많았다고 해야겠군."

"그러게요. 사실 저는 별로 한 게 없지만요."

"그렇지도 않아. 넌 잘 해줬다. 일이 일단락됐으니 노고도 치하할 겸 한잔 하러 가자……고 하고 싶은 심정이지만, 운전해야 되니 안 되겠군."

"애초에 저는 한잔하면 안 되는 나이거든요……?"

히라츠카 선생님은 내 쪽을 보지 않고, 전방에 시선을 둔 채로 쓴웃음을 지었다.

"하긴 그렇군. 3년 후를 기대해야겠는걸?"

그 반응에 말문이 막혔다.

그저 한마디 시답잖은 맞장구를 쳤으면 됐으련만, 나는 한

심하게도 입을 딱 벌리고 말았다. 그 침묵을 메우듯 카 스테레오에서 감성적인 곡이 흘러나왔다.

"뭐냐, 씹지 마라. 나도 상처 받는단 말이다."

토라진 듯한 목소리가 들려오는 바람에 퍼뜩 정신을 차리고 운전석을 살피자, 히라츠카 선생님이 입을 삐죽거리고 있었다.

"아, 죄송해요. 그게, 왠지 상상이 안 간다고나 할까……."

내가 웃으며 얼버무리자, 히라츠카 선생님은 살짝 고개를 갸웃하더니 흘끗 이쪽을 곁눈질했다.

"뭐가 상상이 안 간다는 거지? 네가 어른이 되는 게? 아니면 3년 후에도 나와의 관계가 유지된다는 것 말인가?"

별 탈 없이 시간이 흘러가면 언젠가 저절로 성인이 된다는 건 안다. 하지만 그럼에도 어른이 된다는 말은 좀처럼 실감이 나지 않았다.

일하는 것이나 가정을 꾸리는 것, 사회적인 활동을 하는 것은 노력과 인연이 있으면 어떻게든 될 테지. 망상 수준이어도 상관없다면 어렴풋이나마 이미지도 떠올려볼 수 있다. 하지만 그 정도를 가지고 어른이라고 해도 될지는 모르겠다. 이 세상에는 나이를 헛먹은 쓰레기나 자기 자식을 학대하는 금수 같은 작자들도 있으므로, 나이나 사회적인 위치, 가정의 유무는 어른인지를 판단하는 기준이 될 수 없다.

그래도 법을 어기거나 남을 해치지 않고 하루하루를 살아가는 정도는 가능할 테지. 10년 후, 20년 후 같은 장기적인 관점

에서 본다면 어디선가 궤도를 수정할 타이밍도 생길 거다.

하지만 3년 후라는 말에는 애매하게 현실감이 있어서, 망상 같은 상상도 하기 어려웠다.

"글쎄요. 양쪽 다지만…… 굳이 따지면 후자이려나요?"

내 성격을 생각하면 앞으로도 계속 관계가 유지될 거라는 생각은 들지 않았다.

솔직하게 대답하자, 히라츠카 선생님이 어이없다는 듯 휴우 한숨을 쉬었다.

신호에 걸려, 차가 천천히 속도를 줄였다.

잠시 정차한 틈을 타서, 히라츠카 선생님은 파워 윈도를 조금 내리고 능숙하게 한 손만으로 담배를 꺼내 입에 물었다.

칙 부싯돌 스치는 소리와 함께 어두운 차안에 불티가 튀었다. 찰나의 순간, 그 작은 불꽃이 히라츠카 선생님의 그윽한 옆얼굴을 비추었다.

이윽고 신호가 파란불로 바뀌었다. 뻐끔 내뿜은 연기는 열어놓은 창문 밖으로 흘러나갔고, 그 대신 차 안에는 차가운 밤바람과 따스한 말이 차올랐다.

"뭘 모르는군. 인간관계란 그렇게 간단히 끝나는 게 아니다. 설령 매일 만날 일은 없어진다 하더라도 누군가의 생일이나 술자리 같은 구실을 붙여서 석 달에 한 번 꼴로는 얼굴을 보게 되기 마련이지."

"그런가요?"

히라츠카 선생님은 앞유리 너머에 시선을 둔 채로 고개를

끄덕이고 다시 입을 열었다.

"그러던 게 이윽고 반년에 한 번이 되고 일 년에 한 번이 되어 얼굴 보는 빈도가 줄어들다가, 나중에는 경조사나 동창회에서만 만나게 된다. 그러다가 결국은 기억해내는 일도 없어지지."

"아하……. 엉? 그럼 꽤 간단히 끝나는 거 아닌가요?"

느긋한 말투와 부드러운 음성 때문에 엉겁결에 납득할 뻔했지만, 아무리 긍정적으로 해석하려 해도 완벽하게 인연이 끊어진 상황 아닌가. 그런 식이라면 의외로 간단히 인간관계를 끝낼 수 있을 듯했다.

"아무것도 안 하면 그렇게 된다는 소리다."

재떨이에 담배를 눌러 끄며, 히라츠카 선생님은 유쾌한 기색으로 웃었다.

"잠깐 다른 데 들렀다 가도 되겠나?"

"그러세요."

얻어 타는 처지에 불만이 있을 리 없다.

히라츠카 선생님은 내 말에 대답하는 대신 깜빡이를 켜고, 핸들을 꺾었다.

어디로 갈 생각인지 궁금해져서 차창 바깥으로 시선을 향했다. 이윽고 차는 국도로 접어들어 우리 집과는 정반대 방향으로 달리기 시작했다.

카 스테레오에서 흘러나오는 노래에 맞춰 흥겹게 콧노래를 부르며 히라츠카 선생님이 액셀을 꽉 밟자 엔진이 힘차게 포

효했다. 가로등 불빛과 반대 차선의 전조등, 옆 차선의 미등이 다 함께 뒤로 흘러갔다.

이윽고 대형 트럭과 트레일러의 수가 늘어나고 저 멀리 제철소의 야경이 보이기 시작하자, 히라츠카 선생님이 애마의 속도를 서서히 늦추더니 깜빡이를 켰다. 차는 그대로 왼편에 있는 시설로 들어갔다.

유난히 넓은 주차장을 유유히 가로질러, 건물 출입구로 추정되는 곳 어귀에서 차는 천천히 멈추어 섰다.

히라츠카 선생님이 물 흐르는 듯한 손놀림으로 기어를 P에 놓고 사이드브레이크를 채우더니 시동을 껐다. 아무래도 여기가 목적지인 눈치였다.

"다 왔다."

히라츠카 선생님은 그렇게 말하며 차에서 내렸다.

다 왔다니, 여기가 어딘데……? 그렇게 생각하며 나도 차에서 내렸다.

자세히 살펴보니 이곳은 아무래도 대형 게임 센터 같았다. 옥상 한쪽에는 거대한 녹색 그물망을 쳐놓았고, 이따금 깡 하는 경쾌한 소리가 울려 퍼졌다. 보아하니 배팅 연습장도 딸려 있는 모양이었다.

멍하니 서 있는데, 히라츠카 선생님이 따라오라고 까닥까닥 손짓을 했다. 익숙한 걸음걸이로 나아가는 히라츠카 선생님을 뒤쫓아 갔다.

안으로 들어가자 오락실 특유의 소음이 넘쳐흘렀다. 소위

비디오 게임기뿐만 아니라 다트와 탁구, 미니 농구대와 시뮬레이션 골프 등, 각양각색의 놀이기구가 갖추어져 있었다. 제법 놀 맛이 날 듯한 게임센터였다.

그러나 히라츠카 선생님은 게임기 쪽은 거들떠보지도 않고, 서둘러 중앙에 있는 층계를 올라 배팅 연습장으로 향했다.

"잘됐군. 아직 금속 배트를 써도 되는 시간이야."

붙여놓은 안내판을 보니, 아무래도 야간에는 소음 때문에 나무 배트를 쓰는 모양이었다.

히라츠카 선생님은 부리나케 코인을 구입하고 펄럭, 재킷을 벗더니 내 쪽으로 휙 던져주었다.

"가지고 있어라."

그렇게 말하며 셔츠 소매를 걷어붙인 후 그물망을 들추고 타석으로 향했다.

코인을 넣고 우측 타석에 선 히라츠카 선생님이 배트를 쥐더니 가볍게 휘둘러보았다. 중심이 잘 잡힌 깨끗한 폼이 돋보였다. 그리고 정면을 향해서 배트 끝을 척 겨누는가 싶더니, 소매를 쓱 올리고 자세를 잡았다. 호오, 제법 그럴싸한걸……?

정면의 액정 모니터 화면에 나타난 투수가 힘차게 팔을 휘둘러 제1구, 던졌습니다!

"하츠시바!"

목청 높여 외치며 히라츠카 선생님이 배트를 휘둘렀고, 경쾌한 타격음이 울려 퍼졌다. 타구는 커다란 포물선을 그리며 머신 뒤로 날아갔다. 우와 탄성을 내지르며 박수를 치자, 히

라츠카 선생님이 씨익 웃더니 제2구에 대비해서 다시 자세를 잡았다.

"호리! 사부로! 사토사키! 후쿠우라!"

그리고 잇달아 날아드는 볼을 치며, 어찌된 영문인지 그때마다 왕년에 치바 롯데 마린스에서 활약했던 선수들의 이름을 외쳐대기 시작했다. 그 명단은 오오즈카, 쿠로키, 훌리오 프랑코로 이어져갔다. 타순은 뒤죽박죽이지만 중후한 라인업이어서, 탁월한 선택이라고 평가할 만했다.

아무래도 소리치며 기합을 넣는 눈치였으나, 폼이 전부 똑같다 보니 얼마나 의미가 있는지는 모르겠다. 게다가 후쿠우라는 좌타자잖아……. 쿠로키는 아예 투수고……. 무엇보다도 현역인 선수가 한 명도 없다는 점에서 히라츠카 선생님의 연세가 몹시 걱정스럽다고!

펑펑 시원스럽게 때려내서 간단해 보였지만, 속도계를 보니 구속이 자그마치 130km/h였다. 뭐야, 이 양반 장난이 아닌데? 프로를 노리라고, 프로를. 롯데라면 아무나 들어갈 수 있잖아?

히라츠카 선생님은 넉넉히 스무 방쯤 날리며 한바탕 땀을 빼더니, 셔츠 가슴께를 펄럭펄럭 흔들어 바람을 부치며 그물망을 넘어 이쪽으로 되돌아왔다. 그런 동작을 하시면 눈 둘 곳이 마땅치 않으니 자제해 주셨으면 합니다만…….

"히키가야, 해보겠나?"

"아뇨, 전……."

사양하려 했으나, 손가락을 탁 튕겨 코인을 넘겨주면 받아들 수밖에 없다. 받았으니 해보는 수밖에……. 다만 경험자도 아닌 내가 시속 130km짜리 공을 칠 수 있을 리 없으므로, 얌전히 100km/h 부스로 들어갔다. 눈동냥으로 배운 대로 가볍게 배트를 휘둘러보는데, 히라츠카 선생님이 뒤에서 팔짱을 끼고 전문가마냥 흠흠 고개를 끄덕였다. 어째 무진장 껄끄럽다만…….

막상 타석에 들어가서 제1구를 맞이해보니 공이 생각보다 빨랐다. 부웅 있는 힘껏 헛스윙을 하고 말았다. 스치지도 못했잖아……. 이걸 어쩌지? 난감해하는데, 뒤에서 격려의 말이 들려왔다.

"공을 더 주의 깊게 봐라. 배트는 짧게 잡고. 몸이 너무 빨리 열린다. 무작정 크게 휘둘러서 한 방을 노리려고 하면 안 돼. 툭툭 갖다 맞추면서 타이밍을 파악하도록."

거참 훈수 한번 길구만…….

속으로 투덜거리면서도 배트 끝으로 홈 플레이트를 툭 치고는 다시 자세를 잡았다. 히라츠카 선생님의 조언에 따라 간결하게 휘두르자, 이번에는 까앙, 경쾌한 소리가 울려 퍼졌다. 손이 찡 울리는 것을 느끼며 휙 뒤돌아보자, 히라츠카 선생님이 만족스런 기색으로 힘주어 고개를 끄덕였다. 그리고 엄지를 척 치켜세우더니 덤으로 윙크☆를 해왔다. 기쁨과 쑥스러움이 교차해서 나도 헤헷 웃고 말았다.

오케이, 대충 감 잡았다고……. 재차 자세를 잡고 날아오는

볼을 정신없이 받아쳤다. 때로는 헛스윙을 하고 범타를 양산했지만 가끔은 경쾌한 타격음이 터져 나왔고, 다 치고 나자 후우 힘겨운 한숨이 흘러나왔다.

타석에서 나오자, 히라츠카 선생님이 백네트 뒤쪽 벤치에서 담배를 피우고 있었다. 그 옆에는 언제 사왔는지 모를 음료수와 폭탄구이[#54]가 놓여 있었다.

"음."

"아, 고맙습니다."

조용히 내미는 캔 커피를 감사히 받으며, 나도 히라츠카 선생님 옆에 앉았다.

"조금은 속이 후련해졌나?"

"운동한다고 속이 후련해지면 약물에 손을 대는 운동선수는 없겠죠."

다정한 눈빛을 마주하자, 낯간지러움에 못 이겨 무심코 얄미운 소리가 튀어나오고 말았다. 그 말을 히라츠카 선생님은 쓴웃음으로 흘려 넘겨주었다.

"까칠한 녀석 같으니."

"……그래도 마음 써주신 것은 솔직히 감사하게 생각합니다. ……죄송합니다. 마지막까지 신경 쓰시게 만들어서요."

내 말에 히라츠카 선생님이 놀란 표정을 지었다. 그리고 땅이 꺼져라 한숨을 쉬는가 싶더니 긴 머리카락을 거칠게 쓸어 넘기고, 그 손을 다시 내 머리에 얹었다.

#54 폭탄구이 다양한 속 재료를 넣고 거대한 타코야키 형태로 구운 빵.

"넌 가끔 귀엽게 굴어서 탈이다."

그렇게 대꾸하며 히라츠카 선생님은 내 머리를 벅벅 난폭하게 쓰다듬었다. 부끄럽기도 하고 쑥스럽기도 했지만 무엇보다도 아팠다. 그 손을 피해 슬그머니 주먹 하나만큼 거리를 벌리자, 히라츠카 선생님이 그제야 내 머리에서 손을 뗐다. 그리고 희미한 미소가 감도는 입술 사이로 담배를 물었다.

오일 라이터의 부싯돌을 마찰시켜 가느다란 연기를 내뿜은 히라츠카 선생님이 나직하게 입을 열었다.

"아까는 그런 데서 뭘 하고 있었지?"

"……아, 뭐 그냥……."

갑작스러운 질문에 나는 말끝을 흐리고 말았다. 하지만 히라츠카 선생님은 다 안다는 듯 피식 웃었다.

"하루노가 뭐라고 했나?"

"……네, 뭐 이것저것요."

고육지책으로 얼버무리듯 대답했으나, 히라츠카 선생님은 나를 가만히 바라보며 말을 잇기를 기다렸다. 이제 와서 시치미를 떼 봐야 소용없다는 사실을 깨닫고, 나는 미처 정리하지 못한 생각을 주절주절 풀어놓았다.

"저는 못 취한다더군요. 자기처럼요."

"으음, 하루노는 그렇다만…… 술 이야기는 아니지?"

다소 불안한 기색으로 묻는 히라츠카 선생님에게 나는 쓴웃음과 함께 고개를 끄덕여 보였다.

"……아마도 분위기나 관계 같은 걸 가리키는 거겠지요. 그

말에 따르면 우리의 관계는 공동 의존이라는군요. 인정하자니 배알이 뒤틀려서 조금은 발버둥을 쳐 봤는데요……. 글쎄요. 꽤 어렵네요."

다른 사람 앞에서는 이런 이야기는 안 한다. 못 한다. 내 약한 모습을 드러내는 걸 견딜 수가 없으니까. 소심한 자존심 때문이 아니라, 거만한 수치심 때문에.

그러니 아무리 끈질기게 물고 늘어져도 장난스럽게 익살을 부리고 능청을 떨며 얼버무릴 게 틀림없다.

그렇지만 히라츠카 선생님은 유일하게 내가 그 앞에서 폼을 잡을 필요가 없는, 어깨에 힘을 줄 필요가 없는 상대다. 명확하게 나보다 더 어른으로 존재하며, 언제나 적절하게 선을 그어주니까.

지금도 히라츠카 선생님은 꼬치꼬치 캐묻는 대신 말없이 담배 연기를 피워 올리며, 내가 한 말의 의미를 생각해봐주었다.

"공동 의존이라, 참으로 하루노다운 단어 선택이로군. 다만 하루노가 그렇게 말한 건 일종의 비유 같은 거다. 자기도 알면서 일부러 그런 소리를 하는 거지. ……아무래도 하루노는 네가 어지간히 마음에 드는 모양이다."

"하하……. 하나도 기쁘지 않네요……."

"하루노가 한 말은 삐딱하게 보면 그렇게 해석할 여지가 없는 건 아니라는 뜻일 뿐이다. ……하긴 하루노나 너나 삐딱하게 해석하는 데는 일가견이 있었지."

장난스레 덧붙인 말에 나는 또다시 억지웃음을 지었다. 그

러자 히라츠카 선생님도 부드럽게 미소 짓더니, 재떨이 가장자리에 담배를 비벼 끄고는 내 쪽으로 돌아앉았다.

"하지만 나는 그렇게는 생각하지 않는다. 너도 유키노시타도, 또 유이가하마도 그런 관계는 아니야."

하얗게 일렁이던 한 가닥 연기가 사그라졌다. 뒤이어 짙은 타르 향이 풍겨왔다.

그 냄새는 어느덧 친숙한 존재가 되어버렸다. 내 주위에는 이 담배를 피우는 사람이 없으니, 언젠가는 그리움의 대상으로 변해갈 테지.

"공동 의존 같은 간단한 말로 뭉뚱그리지 마라."

잊지 못할 향기가 배어든 손을 뻗어, 히라츠카 선생님이 살며시 내 어깨를 감싸 안았다.

"너는 그 설명으로 납득할지도 모르지. 하지만 그렇게 빌려온 말로 남의 마음을 왜곡해서는 안 돼. ……그 마음을 알기 쉬운 기호로 정의해버리지 마라."

내 눈을 가만히 응시하며, 선생님은 부드럽게 물었다.

"네 마음은 말 한마디로 정의할 수 있는 거였나?"

"……천만에요. 단 한마디로 정의해버리다니, 그런 건 용납 못해요. 애초에 말 따위로는 정확하게 설명할 수도 없는걸요."

지금만 해도 사고도 사상도 감정도 무엇 하나 제대로 표현하지 못하고 있지 않은가. 의미가 수반되지 않으면 이런 말 따위 짐승의 울음소리나 다를 바 없다. 하나의 감정에 끼워 맞추지 말라고 으르렁대며 전해질 리 없다고 이빨을 드러내는 한편으

로, 전해지지 않아도 상관없다며 꼬리를 마는 데 지나지 않는다.

답답한 마음에 무심코 손아귀의 캔 커피를 꽉 움켜쥐었다.

그러나 선생님은 내 어깨에서 손을 떼더니, 만족스러운 얼굴로 고개를 끄덕였다.

"이미 네 안에 답은 나와 있는데, 그걸 꺼내는 법을 모를 뿐이다. 그러니까 알기 쉬운 말로 납득하려 드는 거지. 거기에 끼워 맞추고 끝내버리려는 거야."

그 말이 맞는지도 모른다. 나는 내 감정을 가장 단적으로 표현해줄 만한, 호오(好惡)와 애증을 하나로 아우르는 개념인 공동 의존이라는 단어에 집착했다. 그 말을 내세우면 다른 생각을 할 필요가 없었으니까. 그것은 사고의 정지이자 현실 도피나 다름없었다.

"그렇지만 방법은 하나가 아니란다. 같은 말일지라도 표현하는 방식은 수없이 많으니까."

히라츠카 선생님이 가슴 포켓에서 펜을 꺼내서 의기양양하게 흔들어 보였다. 마치 마술사의 매직 스틱 같았다.

그리고 종이 냅킨에 뭔가를 끄적끄적 적어내려가기 시작했다.

"예를 들면 나도 너를 보면서 많은 생각을 하지. 성가셔 죽겠다든가, 헛똑똑이라든가, 배배 꼬였다든가, 앞날이 걱정된다든가……."

하나씩 열거하며, 히라츠카 선생님은 그 말들을 쓱쓱 냅킨에 휘갈겨 썼다.

"이야……. 가차 없네요……."

"이건 시작에 불과해. 실제로는 훨씬 더 많은 생각을 하지. 일일이 적기가 귀찮을 정도로."

설명하던 히라츠카 선생님은 급기야 글씨 쓰기를 중단하고, 그 위에 찍찍 덧칠을 하기 시작했다.

펜이 움직일 때마다 냅킨은 잉크로 채워져 갔다. 귀퉁이부터 서서히 메워져갔지만, 가운뎃부분은 여전히 흰색으로 남아 있었다. 하지만 이윽고 가운뎃부분에도 까만 잉크가 번져갔고, 그 공백은 점차 특정한 단어의 형태로 변해갔다.

"하지만 그런 점까지 전부 포함해서……."

그 공백이 어떤 모양을 하고 있는지 미처 파악하기도 전에, 히라츠카 선생님이 냅킨을 내게 떠넘겼다.

"널 좋아해."

"……엇, 아, 네, 네에……."

넘겨받은 냅킨을 보자, 새카만 캔버스에 「좋아해」라는 흰색 글자가 새겨져 있었다. 놀라움과 얼떨떨함, 기쁨과 무안함과 쑥스러움 등등의 감정이 뒤섞여, 제대로 된 리액션을 하지 못했다.

"쑥스러워하기는. 넌 내 최고의 제자다. 그런 의미에서는 정말로 애정이 간다고 할 수 있지."

히라츠카 선생님은 장난치는 데 성공한 악동처럼 웃으며, 또다시 내 머리를 벅벅 북북 거칠게 쓰다듬었다. 으어, 깜짝이야. 뭐야, 그런 뜻이었냐고. 큰일 날 뻔했잖아. 자칫하면 진심으로 받아들일 뻔했고, 심지어 나도 엄청 좋아한다고 생각해버렸다고. 두피에 땀이 흥건하다고.

몸을 뒤틀어 히라츠카 선생님의 손에서 두피를 피신시키고, 슬그머니 가슴을 쓸어내렸다. 허둥대는 내 모습을 유쾌한 기색으로 바라보던 히라츠카 선생님이 다시 담뱃불을 붙였다.

"한마디로 정의할 수 없다면 갖은 말을 동원해라. 말조차도 신뢰할 수 없다면 행동을 더하면 돼."

히라츠카 선생님은 연기를 후우 내뿜고, 그 행방을 눈으로 좇았다. 나도 히라츠카 선생님의 옆얼굴 너머로 그 광경을 지켜보았다.

"어떤 말이든, 어떤 행동이든 상관없다. 그 하나하나를 도트처럼 모아서 네 나름대로의 답을 엮어내면 돼. 캔버스 전체를 채우고 남은 공백이 특정한 말의 형태를 띨지도 모르니까."

자욱하게 머무르던 연기는 이윽고 허공으로 흩어졌다.

탁 트인 시야 속에서 히라츠카 선생님이 나를 똑바로 응시했다.

"그러니 보여 다오. 내가 네 선생님으로 있을 수 있는 동안에. 네 생각도 마음도 전부, 무엇 하나 빠짐없이. 변명조차 할 수 없을 만큼 똑똑히 보여 다오."

"전부요?"

내 말에 히라츠카 선생님은 가슴 앞에서 주먹을 불끈 쥐며 힘차게 고개를 끄덕였다.

"그래. 전부 올려서 마니마니[#55]다."

#55 전부 올려서 마니마니 토핑 종류와 양을 선택할 수 있는 라면집으로 유명한 『지로계 라면』의 주문 방식.

"라면이냐고요……."

맥이 빠져서 중얼거리자, 선생님이 피식 웃었다. 그 웃음에 내 경직도 풀려, 부드러운 미소를 지을 수 있었다.

"어쨌든 한번 해보겠습니다. 그런다고 이해해 줄 것 같지는 않지만요."

"쉽게 이해할 수 있으면 고생할 필요도 없지. 그렇지만 너라면…… 너희라면 괜찮을 거다."

히라츠카 선생님은 내 머리를 가볍게 토닥이더니, 할 말은 다 했다는 듯 웃차 기지개를 켰다.

"자, 그럼 라면이라도 먹고 갈까? 나리타케 어떠냐? 나리타케."

"이야, 그거 좋은데요?"

"그렇지?"

시크한 미소를 지으면서 담배를 비벼 끈 히라츠카 선생님이 쓱 몸을 일으켰다. 나도 뒤따라 벤치에서 일어섰다.

잡담을 주고받으며 걷는 동안에도 히라츠카 선생님은 계속 나보다 몇 발짝 앞서갔다.

그 뒷모습을 바라보다가 불현듯 걸음을 멈추었다.

반듯하고 꼿꼿한 등. 그 멋진 모습은 도무지 따라잡을 수 없을 것 같은 기분이 들었다.

그렇지만 나는 선생님이, 내가 유일하게 은사라고 부를 수 있는 사람이, 히라츠카 선생님이 보아주기를 바랐다. 끝까지 지켜보아주기를 바랐다.

제아무리 꼴사납고, 혐오스럽고, 비참해도, 최저 최악에 한

심하기 짝이 없을지라도, 히키가야 하치만의 답을 보여주어야만 한다.

십중팔구 끝낸다는 결론 자체에는 잘못이 없고, 단지 끝내는 방식이 잘못되었을 뿐이다.

빌려온 말에 매달리고, 허울뿐인 타협에 의존한 끝에 돌이킬 수 없을 만큼 뒤틀려버리고 만 이 관계는, 우리가 원했던 형태가 아니며 그저 어찌해볼 수조차 없는 가짜다.

그러니 하다못해 그 모조품에 부서질 정도의 상처를 입혀, 단 하나뿐인 진짜로 바꾸자.

고의로 잘못하는 내 청춘을 끝내는 것이다.

그 언젠가처럼 유이가하마 유이는 간절히 바란다.

내 고등학교 2학년 생활도 어느덧 막바지로 접어들었다.

졸업식과 프롬을 거치고 나자, 재학생의 남은 등교 일수도 손에 꼽힐 만큼 줄어들었다. 그중 대부분은 기말고사에 쓰이고, 그 후에 기다리는 행사라고는 기껏해야 답안지 반환과 종업식 정도가 다였다.

기말고사를 치르고 나자, 교정에는 부쩍 봄방학 분위기가 감돌기 시작했다.

시험기간 동안 중단되었던 동아리 활동도 오늘부터 재개되어, 바깥에서는 우렁찬 구령소리와 금속 배트의 타격음이 들려왔다.

다만 체육관을 사용하는 운동부는 조금 사정이 달랐다.

평소 같으면 배구부와 배드민턴부가 폴을 세우고 네트를 치느라 바쁠 시간이건만, 지금은 그 자리에 시착용 간이 부스와 접이식 의자만이 놓여 있었다. 부원들의 모습도 보이지 않았고, 그 대신 올봄에 입학을 앞둔 예비 신입생과 그 보호자

들이 몇 팀 눈에 띌 뿐이었다.

나와 여동생 코마치도 그중 하나였다.

오늘은 우리 소부 고등학교의 입학 예정자 설명회가 열리는 날로, 행사를 마치고 나서 교복 치수를 재기로 되어 있었다.

요컨대 코마치의 교복 차림이 첫 선을 보이는 자리인 셈이다. 공사다망한 부모님을 대신해 그 모습을 지켜보고자 내가 멋대로 발 벗고 달려왔다.

눈앞에는 칸막이와 커튼으로 에워싸인 시착용 간이 부스가 마련되어 있었다. 그 속으로 들어가는 코마치를 배웅하고, 낯선 접이식 의자에 걸터앉았다.

코마치의 치수 측정과 시착이 끝나기를 기다리는 사이, 불현듯 아까 교실에서 본 광경이 떠올랐다.

시험이 끝났다는 해방감에 교실 안은 왁자지껄했다.

신속하게 귀가할 준비를 하는 사이에도 시끌벅적한 대화가 끊임없이 오갔다.

냉큼 집으로 가는 애가 있는가 하면, 어떤 애는 교실에 남아서 「나 완전 죽 쒔어~. 어떡해~. 얄짤없이 추가시험이야~」 하고 시험 본 후의 감상을 늘어놓기도 했다. 어떤 애라고 할 것도 없이 그냥 대놓고 사가미로군요……. 과연 사가미 오리지널. 대화 내용이 놀랄 만큼 얄팍하다.

한편 토츠카와 하야마 그룹을 비롯한 운동부원들은 서둘러 오랜만에 가는 동아리로 향했고, 평소처럼 교실 뒤쪽의 창가 자리에 남은 미우라와 유이가하마, 에비나 양은 이제부터

어디로 놀러갈까 도란도란 이야기꽃을 피웠다. 유이가하마하고는 예전에 시험 끝나면 어딘가 놀러가자는 이야기를 한 적이 있는데, 그 일정은 아마도 내일 이후가 되겠지.

그때는 무슨 이야기를 하면 좋을까 생각하며, 나는 다리를 바꿔 꼬았다.

접이식 의자 앞에 설치된 시착용 부스의 커튼 너머에서는 코마치와 업체 직원이 뭔가 열심히 상의하는 중이었다.

"사이즈는 어떠신가요?"

"음, 괜찮은 거 같아요. ……참, 이거 치마 길이는……."

"네, 그건요……."

그 소곤소곤 속닥속닥한 음성에 현실로 돌아와, 나는 상념을 떨쳐냈다. 치마 길이라니, 왠지 심상찮은 느낌이 드는군요…….

나는 코마치의 목소리에 귀를 기울이며 커튼을 가만히 노려보았다. 그리고 달달 다리를 떨며 목 빠지게 그 순간을 기다렸다.

이윽고 커튼이 차르륵 열렸다.

"짜잔~!"

낭랑한 외침과 함께 소부 고등학교 교복을 차려입은 코마치가 부스 밖으로 모습을 드러냈다.

"……오오~."

나는 팔짱을 풀고 짝짝 박수를 쳤다. 그러자 다소 기분이 좋아졌는지 코마치가 에헴, 가슴을 펴고 허리에 손을 얹더니 깜찍한 포즈를 취했다.

"어때? 어때어때? 귀엽지? 귀엽지 않아?"

"어, 그래. 이 세상에서 제일 귀엽다."

"어휴, 또 그런다. 하여튼 무성의하다니까."

실제로 이 세상뿐 아니라 저 세상까지 합쳐서 인류 역사상 최강의 귀여움이라고 생각하지만, 그보다도 무엇보다도 마음에 걸리는 점이 많았던 탓에 그만 영혼 없는 칭찬을 하고 말았다. 그 마음에 걸리는 점을 도저히 묵과할 수 없어, 나는 눈살을 찌푸리고 고개를 비스듬히 꼬며 물었다.

"근데 치마가 너무 짧은 거 아니냐? 괜찮겠어? 이 오빠는 걱정이란다."

"으아, 짜증나."

방금 전까지 흐뭇해 보였던 코마치의 얼굴이 단박에 혐오로 일그러졌다. 하지만 그런 표정을 지어도 내 패션 체크는 끝나지 않는다고!

"뭐 치마야 길이 조절이 되니까 그렇다 쳐도, 재킷이 좀……."

내 지적에 코마치도 그 점은 신경이 쓰였는지, 팔을 앞으로 쭉 뻗어 재킷 소매를 확인했다. 시착용 재킷은 소매 기장이 상당히 길어서, 코마치의 손등을 반쯤 덮어버렸다. 코마치는 그 소매를 달랑달랑 흔들며, 복고양이처럼 손목을 까닥까닥 움직였다.

"아, 이거?"

"그래, 그거. 그게 귀엽다고."

걸작이로군요[#56] 하고 감탄하듯 크~ 소리를 내자, 코마치가

#56 걸작이로군요 골동품 감정 프로그램 『운수대통! 뭐든지 감정단』의 출연자 나카지마 세이노스케의 입버릇으로 유명해진 유행어.

질색하는 표정을 지었다.

"으, 징그러……. 뭐 그래도 귀엽다니까 됐나?"

코마치는 제풀에 납득하더니, 소매를 살랑살랑 흔들었다. 그러자 옆에서 그 모습을 지켜보던 직원이 조금 난감한 기색으로 입을 열었다.

"조금 커 보이지만, 다들 그 정도 여유를 두고 주문하시거든요."

"아, 아뇨, 전혀 문제없어요! 이 사이즈로 부탁드릴게요."

코마치가 허둥대며 말하자, 직원은 상냥하게 고개를 끄덕였다.

"네. 그럼 이쪽으로……."

그렇게 슬슬 시착이 끝나가는 분위기가 되었다. 하지만 내게는 아직 할 일이 남아 있었다.

"아, 잠깐 사진 좀 찍어도 될까요? 부모님께도 좀 보여드릴까 해서요."

내 말에 직원이 힐끔 주위를 살폈다.

"이제는 기다리는 분도 안 계시는 것 같으니까……. 편하게 찍으세요. 끝나거든 말씀해주시고요."

그런 용도로 사진을 찍는 경우가 종종 있는지, 익숙한 기색으로 미소 지으며 응대한 점원이 시착용 부스 뒤로 사라졌다.

나는 휴대폰을 꺼내들고 렌즈를 코마치 쪽으로 향했다.

"자, 그럼 어디 찍어보실까?"

그렇게 말하며 카메라 어플을 켜고 찰칵찰칵 셔터를 눌러댔다. 오케이, 잘했어. 이번에는 좀 더 대담하게 가볼까~?

"좋아, 포즈 바꾸고~. 한 바퀴 빙글 돌아볼까? 좋아, 거기서 다시 포즈~."

코마치도 시키는 대로 잔뜩 폼을 잡았다가 자세를 바꿨다가 하더니, 마지막으로 빙그르르 턴을 하고 가로☆브이를 그리며 활짝 웃는 얼굴로 마무리했다.

"음, 이 정도면 됐나? 오케이, 수고했어."

촬영을 마치고 원래 앉아 있던 의자로 돌아가서 결과물을 확인했다. 음, 꽤 많이 건졌는데? 엄선한 사진을 몇 장 첨부해서 부모님께 보냈다.

그러는 사이 코마치가 후우 한숨을 쉬며 몸에서 힘을 빼더니, 조금 지친 듯 터덜터덜 걸어와 내 옆에 있는 의자에 앉았다.

그리고 흡족한 미소를 머금은 채 교복을 살며시 어루만지며 체육관을 둘러보았다.

"코마치, 곧 이 학교에 다니게 되는구나."

"이제 좀 실감이 나냐?"

"응, 기대돼!"

코마치는 두근거림이 멈추지 않는다는 듯 초롱초롱한 눈망울로 이것도 하고 싶고 저것도 하고 싶고 더더 하고 싶다며 꿈꾸는 소녀처럼 꿈결 같은 목소리로 말을 이었다.

"고등학교 들어가면 하고 싶은 것이 많거든! 공부……는 뭐 그냥 적당히 한다 치고, 아르바이트라든가, 친구들이랑 수업 끝나고 놀러간다든가! 또 프롬 같은 이벤트도 해보고 싶어."

그 말에 공부는 적당히 말고 좀 열심히 해줬으면 좋겠다고

생각하며 흠흠 맞장구를 치는데, 불현듯 코마치의 시선이 아래쪽을 향했다.

"……그리고 동아리 활동도."

말끝에 살짝 덧붙이더니, 흘끗 내 반응을 살피는 듯한 눈길을 보내왔다. 그 눈빛에서 그 말 속에 숨은 의미를 읽어내고, 나는 한순간 말문이 막히고 말았다.

하지만 말하지 않을 수는 없었다.

졸업식과 프롬이 열렸던 날, 히키가야 하치만의 가장 길었던 하루.

그날 은사가 베풀어준 가르침에 힘입어, 나는 이미 내 나름의 답을 찾아냈다. 수단도 해법도 증명 과정도 여전히 불확실하지만, 그래도 해답을 얻어내는 데는 성공했다.

"동아리는…… 봉사부는 없어져."

내 말에 코마치는 대답 대신 쓸쓸하게 미소 지으며 고개를 끄덕였다. 앞으로 내밀었던 몸이 천천히 등받이 쪽으로 기울어지며, 작은 어깨가 힘없이 처졌다. 시선은 새것인 교복 치마에 고정되어 있었다.

"그렇구나, 없어지는구나……."

코마치는 혼잣말처럼 중얼거리며 고개를 떨구었다.

"……그래. 왜냐하면 내가 없앨 거거든."

나는 시무룩해진 코마치의 등을 토닥였다. 그리고 엄지를 척 치켜세워 내 얼굴을 가리키며, 최대한 쿨하게 웃어 보였다.

이것은 그날 들려주지 못했던 내 결론이다. 남의 결정을 따

르는 게 아니라, 나 자신의 의지로 선택한 길이다.

허세 가득한 내 선언에 코마치는 잠시 어리둥절해하는 기색이었지만, 이윽고 웃음을 픽 터뜨렸다.

"저기, 그게 그렇게 폼 잡을 일이야……?"

못 말리겠다는 듯 옅은 한숨을 내쉬는 코마치 앞에서 가볍게 너스레를 떨어 보였다.

"미안해서 어쩐다니? 혹시 뭔가 어색해지면 날 탓하려무나."

"아, 그건 괜찮아. 코마치는 코마치대로 재미있게 지낼 테니까. 오빠나 봉사부랑은 상관없이, 유키노 언니도 유이 언니도 코마치 친구거든!"

코마치는 가슴을 탁 치며 씩씩하게 미소를 지어 보였다. 그리고 내 어깨에 머리를 톡 기대고 나직한 목소리로 속삭였다.

"그러니까 오빠는 하고 싶은 대로 해도 돼."

"고맙다."

내 대답에 생긋 웃은 코마치가 벌떡 일어섰다.

"그럼 옷 갈아입고 나와도 될까요?"

"그래……. 그러면 이제 집으로 가실까요?"

뒤따라 몸을 일으키며 말하자, 코마치가 태연하게 대꾸했다.

"아, 코마치는 이제 다른 신입생들이랑 같이 밥 먹으러 갈 거야."

"엉? 밥?"

"전에 이야기했잖아. 요즘 고등학생은 입학 전부터 SNS로 연결되어 있다고요. 그래서 친목을 다지고자 이따가 함께 식

사할 예정이랍니다."

후훗 뻐기듯 웃은 코마치가 시착용 부스로 향했다. 그 뒷모습을 배웅하며, 나는 다시 접이식 의자에 앉아 아직 본 적 없는 신입생에 대해 생각해보았다.

입학 전 친목회라…….

……거기 참가 못한 사람, 입학하기도 전부터 외톨이 확정이나 다름없는 거 아닌지?

SNS가 발달한 오늘날, 요즘 고등학생들은 인생 하드모드로구만…….

× × ×

친목회에 참석하러 가는 코마치와 체육관에서 헤어져, 나는 본관으로 돌아왔다.

교복 시착에 치수 측정, 촬영까지 한 탓에 깨닫고 보니 제법 시간이 흐른 후였다. 창문으로 비쳐드는 햇살도 뉘엿뉘엿 기울어, 복도는 어느새 담홍색으로 물들기 시작했다.

멀리 교정 쪽에서는 각종 운동부의 구령 소리와 취주악부의 연주 소리가 들려 왔지만, 복도에는 오로지 내 발소리만이 울려 퍼졌다. 길게 드리워진 그림자도 하나뿐이었다.

특별한 구석이라곤 없는 방과 후의 일상적인 풍경. 불과 일 년 전만 하더라도 아무런 감흥이 없었을 테지. 그러나 지금은 그 풍경 속에서 적막한 그리움이 느껴졌다.

싸늘한 공기와 스산한 감상에 젖은 채 현관으로 향했다.

그리고 그곳에서 한 소녀를 발견했다.

우산꽂이에 걸터앉은 그 소녀는 큼지막한 비닐봉지를 품에 안고 멍하니 바깥을 보고 있었다. 활짝 열어놓은 출입문으로 바람이 불어와, 둥글게 틀어 올린 연분홍색 머리카락이 저녁노을 속에서 살랑살랑 흔들렸다.

틀림없었다. 다른 사람으로 착각할 여지 따위 없는 유이가하마 유이였다.

석양에 난반사된 먼지가 반짝반짝 빛나는 가운데, 그 빛의 입자에 비친 유이가하마의 옆얼굴에는 우수인지 쓸쓸함인지 모를 덧없는 분위기가 감돌았다. 평소보다도 훨씬 성숙해 보이는 그 표정은 무척 아름다웠다.

말을 걸기가 망설여져, 나는 열려던 입을 다물었다. 그 대신 실내화를 벗어서 신발장에 쑤셔 넣고, 로퍼를 바닥에 툭 떨어뜨렸다.

그 소리에 유이가하마가 이쪽을 돌아보았다.

"아, 힛키."

내 이름을 불렀을 때는 여느 때와 다름없이 환한 미소를 머금은 채였다. 그 모습에 안도하며, 나는 신발을 갈아 신고 유이가하마 쪽으로 다가갔다.

"어, 그래. 여기서 뭐하냐?"

"기다렸어."

"아니, 왜……? ……헉, 잠깐만. 우리 오늘 뭐 하기로 했었냐?"

깜빡하고 바람 맞췄나 싶어 불안한 심정으로 묻자, 유이가하마가 휘휘 손사래를 쳤다.

"아, 그런 건 아니야. 미리 약속한 건 아니구……. 그냥, 신발장 보니까 아직 학교에 있구나 싶길래, 그래서 별 생각 없이……."

가슴 앞에서 좌우로 내젓던 손이 차츰 느려지는가 싶더니, 이윽고 멈추었다. 엉거주춤하게 떠 있던 그 손이 살짝 눈가로 향했고, 유이가하마는 머리카락을 귀 뒤로 넘기며 조금 쑥스러운 기색으로 시선을 피했다.

"……기다렸어."

"어…… 그, 그래……?"

얼핏 드러난 귓바퀴와 보드라워 보이는 뺨이 석양을 옮겨놓은 듯 발그스름하게 물들었다. 그 모습을 보니 나도 왠지 쑥스러운 기분이 들어서 우물우물 말을 더듬고 말았다. 내가 곤혹스러워하는 것을 눈치챘는지 유이가하마는 얼버무리듯 아하핫 웃더니, 괜스레 당고머리를 만지작거리며 입을 열었다.

"시험 끝나구 놀러가기루 한 것두 있구, 시험기간에 이야기를 별루 못한 거 같아서. 그래서 좀 기다려볼까 했거든."

"미안하다. 내가 연락했어야 했는데."

"에이, 아니야!"

내 사과에 유이가하마는 신경 쓰지 말라는 듯 도리도리 고개를 저었다. 밝은 말투였지만, 그 미소가 불현듯 덧없는 느낌으로 변했다.

"……왠지 기다려보구 싶었거든."

면 창밖, 황혼 너머를 응시하는 듯한 옆모습에 나는 말문이 막혔다.

유이가하마 말대로 별다른 이유는 없는지도 모른다. 아니면 그저 말하기를 피했을 뿐인지도 모른다.

진실은 알 수 없다.

하지만, 돌이켜보면.

유이가하마는 언제나 기다려주었던 것이다.

나를, 또는 우리를.

그 사실을 새삼 깨닫고, 나는 짤막하게 감사를 표했다.

"……그래, 고맙다."

유이가하마는 힘주어 고개를 끄덕이고 읏차, 기합을 넣으며 몸을 일으켰다. 그리고 품에 안고 있던 커다란 봉지를 그대로 내게 퍽 떠안겼다.

"짐 들구 가는 거 도와줘."

자유로워진 손으로 치맛자락을 가볍게 털고, 유이가하마가 무거운 듯 백팩을 고쳐 멨다. 학년말이라서 일 년치 짐이 가득 들어 있는지, 평소에 통학할 때 쓰는 그 가방도 유난히 빵빵해 보였다.

기왕 짐꾼 노릇을 할 바에는 그것도 넘겨받는 게 낫지 않을까 싶어, 나는 유이가하마 쪽으로 손을 내밀었다.

"야."

"웅?"

그러자 유이가하마는 내 손을 보고 뭐지? 하고 의아한 얼

굴로 고개를 갸웃하더니, 자기 손을 톡 얹었다.

그 바람에 이번에는 내가 고개를 갸우뚱했다. 얘는 또 왜 이리 귀엽게 구는 건데?

"아니, 손 말고. 짐 말이야. 가방도 달라고."

"아……. 그, 그런 건 빨리 말하라구!"

유이가하마가 홍시처럼 새빨개진 얼굴로 내 손을 찰싹 때리더니, 백팩을 내게 덥석 떠안겼다. 그리고 모기만한 목소리로 「고마워」라고 불쑥 중얼거리고는 성큼성큼 앞장서 가버렸다.

나는 얻어맞은 손을 탈탈 털며, 사실은 아프지도 않으면서 아야야~ 하고 나직하게 신음했다. 이렇게 엄살이라도 떨지 않으면 딴소리가 흘러나와버릴 것 같단 말이지…….

× × ×

서쪽 하늘에 노을이 번져갔다.

전철역으로 향하는 샛길 옆 가로수에도 저녁 햇살이 쏟아졌다. 이파리 틈새로 스며드는 말간 빛 속에서 자전거를 끌며 걸음을 옮겼다. 그런 내 옆에는 유이가하마가 나란히 걷고 있었다.

가는 동안 이것저것 말을 걸어주던 유이가하마가 아참, 하고 입을 열었다.

"아까는 어디 갔다 온 거야?"

"코마치 입학 설명회. 교복도 맞춘다길래 따라갔다 왔거든."

"에이, 나두 보구 싶었는데."

"4월이 되면 언제든지 볼 수 있는데 뭐."

그렇게 대답하기는 했지만, 내 목소리 톤은 약간 부자연스러웠다.

4월이면 이제 코앞으로 다가온 미래이건만, 왠지 좀처럼 상상이 가지 않았다. 그런 속내가 내 표정에도 드러났는지, 유이가하마의 얼굴에도 한순간 그늘이 드리웠다.

"응, 하긴……. 아, 그럼 교복에 어울릴 만한 선물을 찾아볼까? 평소에두 쓸 수 있는 걸루."

목소리가 가라앉은 걸 본인도 느꼈는지, 유이가하마가 손뼉을 짝 치면서 짐짓 밝은 말투로 물었다. 그 말에 나도 애써 가벼운 분위기로 대꾸했다.

"괜찮은 생각인데? 코마치도 엄청 기뻐할걸?"

그러자 유이가하마는 타닥, 나보다 한 발짝 앞으로 뛰어가더니 내 자전거 바구니에 손을 쑥 집어넣었다. 그 속에는 유이가하마가 떠맡긴 큼지막한 봉지와 늘 쓰는 백팩이 들어 있었다.

백팩에서 휴대폰을 꺼낸 유이가하마가 뭔가 메모하기 시작했다. 걸으면서 휴대폰을 보면 위험하답니다! 착한 어린이 여러분은 따라하면 안 돼요! 그렇게 주의를 주는 대신, 나는 그 자리에 멈추어 섰다. 그러자 유이가하마도 내 의도를 깨달았는지, 걸음을 멈추고 휴대폰을 두드렸다.

이윽고 메모를 마친 유이가하마가 휴대폰을 도로 백팩에 집

어넣더니, 이제 됐다는 듯 나를 보며 고개를 끄덕였다.

나도 마주 고개를 끄덕여주고, 다시 자전거를 끌면서 바구니에 담긴 커다란 봉지로 시선을 향했다.

"그나저나 이건 뭐냐?"

"아, 그거? 곧 종업식이니까 짐을 좀 챙겨갈까 해서. 정리했더니 양이 엄청 많더라구."

"아하……. 하긴 학기말에는 흔한 풍경이지."

여름방학이나 봄방학 같은 장기휴식을 앞둔 시기에 자주 눈에 띄는 모습이다. 초등학생 때는 그런 경향이 더욱 강하다. 그림물감과 화판, 서예 도구 등등으로 이루어진 커다란 짐 덩이를 한가득 이고지고 다니는 게 미티어를 단 프리덤이냐 싶을 정도다. 언제 우당탕 넘어져서 풀 버스트할지 모른다. 나도 걸핏하면 가방 속 내용물을 와르르 쏟아내고는 했더랬지…….

혼자 추억을 더듬는데, 유이가하마가 흘끗 내 자전거 바구니에 시선을 주었다.

"힛키는 짐 별루 없네?"

"애초에 가져온 게 거의 없으니까."

그렇게 잡담을 나누는 사이 어느새 유이가하마네 집 바로 앞에 이르러, 우리는 아파트 입구 화단에서 가까운 편의점 앞에 멈추어 섰다.

유이가하마는 아파트 쪽을 한 번 올려다보고 내 쪽으로 돌아서더니, 조금 쑥스러운 표정으로 입을 열었다.

"우움…… 들렀다 갈래?"

그 제안에 그만 쓴웃음을 짓고 말았다.

"아니, 관두련다. 또 저녁밥 얻어먹게 될 거 같고."

"아, 하긴……. 아하하……."

유이가하마도 쑥스러운 기색으로 희미하게 쓴웃음을 지으며 대답했다.

"아, 맞다. 잠깐만 기다려봐."

그러다 뭔가 생각났는지, 내게 여기 있으라고 당부하고 짐을 바구니에 놔둔 채 편의점으로 쏙 들어갔다.

편의점에 들르는 정도라면 나도 따라갈까 했으나, 기다리라고 했으니 기다리는 수밖에 없다. 이래봬도 가하마 양 댁의 애견 사브레보다는 지능지수가 높은 것으로 유명한 저랍니다.

나는 자전거를 세워놓고 주차 블록에 걸터앉았다.

힐끗 고개를 돌려 매장 안을 살펴보니, 유이가하마는 계산대에서 파는 컵 커피를 사서 에스프레소 머신으로 커피를 뽑는 중이었다.

잠시 기다리자, 유이가하마가 양손에 커피 컵을 들고 돌아왔다.

"자, 이건 답례야."

"엇, 사주는 거냐? 땡큐."

짐을 날라준 보답인가? 그렇다면 사양 않고 마셔도 되겠지.

하지만 오늘은 자전거를 타고 가야 하므로, 이동하면서 마시기는 좀 불편할 듯했다. 이 일을 어쩐담……? 고민하는 사이, 유이가하마는 서슴없이 편의점과 인접한 놀이터 쪽으로

걸음을 옮겼다.

하긴 놀이터라면 정자와 벤치도 있는 데다, 지금은 한낮에 따끈따끈하게 데워진 공기가 차츰 서늘해지는 시간대라 앉아서 쉬기에도 좋았다. 커피 타임에는 그야말로 안성맞춤이라 할 수 있었다.

동네 아이들인지 놀이터 안에서는 웬 꼬마들이 활개 치며 뛰어다니다 콰당 넘어져서 울음을 터뜨리고, 그러다가 또 벌떡 일어나서 규칙을 알 수 없는 술래잡기에 열을 올리는 중이었다.

먼발치에서 그 모습을 바라보며, 유이가하마와 나는 가까운 벤치에 앉았다.

바람이 상쾌한 평화로운 해질녘이었다.

빨대를 입에 물고 달달한 카페오레를 마시더니, 유이가하마가 푸하 시원스레 한숨을 쉬었다. 그리고 넓은 놀이터 저 끝을 바라보듯 멀리로 시선을 향했다.

"왠지 무척 여유로운 느낌이야……."

"그러게 말이다. 요새는 이래저래 경황이 없었으니까."

맞장구를 치며 커피를 홀짝이는데, 유이가하마가 이쪽으로 휙 돌아앉았다.

"맞아맞아. 유미코랑 히나랑 노는 것두 좋지만 은근 여기저기 다녀야 하구, 노래방 갈 때는 정액제 시간에두 신경 써야 하니까 꽤 바쁘거든. 재밌으니까 상관은 없지만."

"아, 하긴 시간에 신경 써야 하는 데는 아무래도 좀 그렇지.

만화 카페나 사우나도 두 시간 끊었는데 깨닫고 보면 어느새 지나간 후여서, 막판에 정신없이 허둥대게 되더라고."

"아, 그거 진짜 공감돼!"

말이 끝나자마자 유이가하마가 내 어깨를 찰싹찰싹 때렸지만, 이윽고 그 손놀림이 급속하게 잦아들었다.

"……사우나는 이해 안 되지만."

"엉? 사우나는 이해 안 된다고? 넌 대체 어느 나라 사람이냐……."

"안 되는 걸 어쩌라구……. 그보다 우선 사우나는 어느 나라 건데……?"

"사우나의 발상지는 핀란드다만. ……다양한 가설이 존재합니다."

"나중에 작게 덧붙인 건 뭐야?!"

"그게, 설명하기가 어렵다고……. 소위 증기탕 문화는 일본을 포함한 세계 각지에 존재하고, 사우나를 좁은 의미의 핀란드식 사우나로 정의할 경우 그 발상지를 핀란드로 볼 수 있지만, 일본인의 모호한 언어관에 따르면 사우나=증기탕이라고 이해하기 십상이니까. 고로 그런 넓은 의미에서 사우나로 간주할 수 있는 문화가 언제 어디서 시작되었느냐고 물으면, 그냥 다양한 가설이 존재한다고 대답할 수밖에 없다고."

작은 소리로 속사포처럼 주저리주저리 설명하자, 유이가하마는 아하, 후움, 건성으로 맞장구를 쳤다. 그리고 얼빠진 표정을 한 채로 질린 듯 중얼거렸다.

"왠지 엄청 찌…… 해박하네. 왠지 찐따 같아……."

"처음에 애써 바꿔 말한 노력은 어디로 간 거냐……."

차라리 처음부터 대놓고 말하는 편이 나았겠다. 때로는 배려가 오히려 사람을 상처 입히기도 한다고요! 내가 맥 빠진 얼굴로 중얼거리자 유이가하마는 후훗, 유쾌하게 웃더니 다시 빨대를 입에 물었다. 그리고 이번에는 한껏 만족스러운 한숨을 내쉬더니 끙차, 힘차게 기지개를 켰다.

"……이렇게 지내는 것두 꽤 좋을지두."

들었던 팔을 내리고, 유이가하마가 그치? 하고 동의를 구하듯 내 얼굴을 보았다. 그 시선에 나도 느릿하게 고개를 끄덕였다.

"그래, 가끔이라면……. 매일 이러면 아무래도 할 일이 너무 없으니까."

"아, 할 일……. 하긴 동아리 활동 안 하면 꽤 한가하니까. 예전에는 그런 생각은 해본 적두 없었는데."

"그러게나 말이다. 2학년이 되고부터는 이러니저러니 해도 거의 매일 가다시피 했으니까. 1학년 때는 뭘 했는지 기억도 안 난다고."

"응, 진짜 그래. ……3학년 때는 뭘 하면서 보내지?"

유이가하마는 벤치에 손을 짚고 아래로 늘어진 다리를 달랑달랑 흔들며, 머나먼 하늘 저편을 바라보았다. 반면에 나는 바닥의 돌멩이를 발끝으로 굴리며, 씁쓸하게 입을 열었다.

"곧 입시 준비하느라 그런 소리도 못하게 될 것 같다만."

"그럴지두."

유이가하마가 쓴웃음을 지었고, 나도 덩달아 쓰게 웃었다.

그러다 이내 누가 먼저랄 것 없이 그 미소를 거두었다. 미래의 이야기를 하고 있건만 중요한 것은 하나도 보이지 않고, 지극히 사무적인 앞날만이 그려졌기 때문일까.

아니, 십중팔구 그래서는 아니다.

미래를 이야기하기 전에 현재의 이야기를 건너뛰었기 때문이다. 유이가하마는 어떤지 몰라도 최소한 나 자신은 의도적으로 언급을 피했다는 사실을 깨달아버린 탓이다.

해가 저물며 바람결에 찬 기운이 섞이기 시작했고, 놀이터 스피커에서는 귀가 시간을 알리는 동요 『저녁노을 작은 노을』이 흘러나왔다. 그 노랫소리가 울려 퍼지자, 뛰어놀던 아이들도 하나둘씩 집으로 돌아가기 시작했다.

서쪽 하늘은 석양으로 타오르고 동쪽 하늘은 옅은 먹물을 풀어 넣은 것처럼 쪽빛으로 물들어, 올려다본 그 틈새는 청회색을 띠고 있었다. 머지않아 저 하늘도 블루 아워[#57]로 바뀔 테지.

아무 말 없이 그저 묵묵히 하늘을 바라보는데, 옆에 있는 유이가하마가 조용히 입을 열었다.

"……있잖아, 힛키."

"왜?"

부르는 소리에 고개를 돌렸다. 내 이름을 부르기는 했지만, 유이가하마는 고개를 수그린 채 입을 꾹 다물고 있었다. 말할까 말까 망설이듯 옅은 호흡이 이어졌다.

#57 블루 아워 일출 또는 일몰 직후의 어슴푸레한 푸른빛이 감도는 시간대.

그러나 이윽고 결심을 굳힌 것처럼 고개를 들더니, 내 눈을 똑바로 응시했다.

"정말 이걸루 괜찮다구 생각해?"

그 질문이 의미하는 바는 알고 있었다.

"괜찮고 자시고……."

나한테 결정권은 없잖아. 그렇게 대꾸하려 했지만, 그 전에 유이가하마가 고개를 가로저어 내 말허리를 잘랐다.

"잘 생각해서 대답해줘. 만약 정말 괜찮다면, 정말 끝이라면…… 나두 내 소원, 제대루 말할 테니까. ……정말 중요한 소원을."

가만히 응시해오는 그 눈빛을 마주한 순간, 대충 내뱉으려던 말은 쑥 들어가 버리고 말았다. 나는 무의식적으로 입술을 잘근 깨물며 시선을 떨구었다.

절박한 그 눈동자를 보고, 어중간한 대답은 용납되지 않는다는 사실을 깨닫고 말았다.

적당히 둘러대서는 안 된다. 거짓말도, 가식도 있어서는 안 된다. 능청을 떨고 딴청을 피우며 회피하는 길을 선택한다 해도 유이가하마는 틀림없이 웃으며 용서해줄 테지만, 그 다정함에 응석을 부려서는 안 된다.

그런 식으로 배신해서는 안 된다.

나는 이 세상에서 단 한 사람, 이 아이에게만은 미움 받고 싶지 않으니까.

"……괜찮다고 생각하지는 않아."

쥐어짜내듯 대답하자, 유이가하마가 희미하게 웃으며 고개를 끄덕였다. 그 반응에 힘을 얻어, 나는 가까스로 말을 이었다.

"봉사부 활동이 끝나는 것 자체는 어쩔 수 없다고 생각해. 일반적으로 보면 다른 동아리처럼 올해 안의 어느 시점에서 은퇴하는 형태가 되겠지. 게다가 고문인 히라츠카 선생님도 곧 소부고를 떠날 테고. 그러니까 끝내는 것 자체는 잘못된 결정이 아니야. 어차피 언젠가는 끝나게 될 테니까."

내 말에 유이가하마가 고개를 끄덕였다.

"봉사부가 사라지는 건 피할 수 없어. 유키노시타 본인에게 활동을 계속할 의지가 없단 것도 알고. 끝나는 이유는 전부 납득이 가. ……나는 끝내도 괜찮다고 생각해."

그날 두 사람 앞에서 들려주지 못했던 말을 비로소 할 수 있었다.

지금까지 줄곧 끝을 의식하면서도 그 사실을 인정하지 못했던 나의 미숙함에 마침내 작별을 고할 수 있게 되었다.

그 한마디를 꺼내놓을 수 있었다는 안도감에 나는 깊은 한숨을 내쉬었다.

유이가하마는 들고 있던 컵을 옆에 내려놓았다. 그리고 자세를 바로하고 무릎을 모으더니, 내 쪽으로 돌아앉았다.

"그래……? 그럼……."

주저하듯 입을 열고, 유이가하마는 천천히 신중하게 말을 골랐다. 허벅지에 올려놓은 손은 초조하게 움직였지만, 이윽고 결심을 굳힌 기색으로 플리츠스커트를 꼭 움켜쥐었다.

"그럼 말이야……."

그 뒷말을 들을 자격은 내게 없다.

나는 아직 해야 할 말을 다 하지 못했으니까.

"다만 딱 하나 납득할 수 없는 게 있어……."

내가 가로막듯 말하자 유이가하마가 흠칫했다. 그 눈빛에서 놀라움과 당혹감이 묻어났지만, 그럼에도 반대의 목소리를 내는 대신 조용히 수긍하고 고개를 끄덕여주었다. 그 몸짓이 뒷말을 재촉해왔다.

"걔가 뭔가를 포기한 데 대한 보상으로, 타협의 결과로 자기 자신을 속이며 선택한 거라면, 나는 그걸 인정할 수 없어. 내가 뒤틀어놓은 거라면, 그 책임을……."

말을 이어가려다 그만두었다.

설명하면서도 이건 아니라는 생각이 들었다.

하마터면 어쭙잖은 말장난으로 도피할 뻔했다. 이제 와서 이따위 두루뭉술한 핑계로 논점을 흐려봐야 무슨 소용이 있단 말인가.

지금 내가 해야 할 말은 따로 있다.

별안간 침묵에 빠진 나를 유이가하마가 걱정스러운 얼굴로 바라보았다. 그 눈빛에는 의문과 불안이 어른거렸다.

후읍 크게 심호흡을 한 다음, 나는 양쪽 뺨을 두 손으로 찰싹 때렸다. 그러자 유이가하마가 움찔 등을 곧추세웠다. 그리고 놀란 가슴을 지그시 누르듯 심장 근처에 손을 얹고, 쭈뼛쭈뼛 물어왔다.

"까, 깜짝이야……. 갑자기 왜 그래?"

"미안하다. 방금 그건 못 들은 걸로 해라. 실수로 폼을 잡아버렸어."

휙 고개를 돌려 유이가하마를 마주보며 말했다. 그러자 유이가하마가 휘둥그레진 눈을 두어 번 깜빡이더니 푸훕, 웃음을 터뜨렸다.

"뭐?"

예상하지 못한 대답에 허를 찔렸는지, 묘하게 웃음보가 터진 듯 유이가하마가 쿡쿡 웃었다. 내 이야기지만 한심하기 짝이 없어서, 나도 피식 웃음이 났다.

정말이지 못된 버릇이다. 내 안에는 언제나 쓸데없는 자의식이 도사리고 있어, 자꾸만 유이가하마에게 조금이나마 더 멋진 모습을 보여주려 애쓰고 만다.

쌉싸름한 커피를 머금어 혀끝에 달라붙은 겉멋 든 미사여구를 깨끗이 씻어낸 다음, 이번에는 표현을 가다듬지 않고 직설적으로 말했다.

"무진장 찌질한 소리다만, 쉽게 말하면 이거야. 난 개하고 관계가 끊어지는 게 싫고, 그래야 한다는 게 납득이 안 간다고."

막상 입 밖에 내고 보니 스스로도 어이없게 느껴질 만큼 황당한 내용에 무식하기 짝이 없는 화법이었다. 어찌나 유치찬란한지 자조적인 웃음이 입꼬리를 비집고 나왔다.

유이가하마도 놀란 눈치였다.

하지만 결코 비웃지는 않았다. 부드럽게 미소 짓더니, 살며

시 시선을 떨구었다.

"……관계, 끊어지지 않을 거 같은데?"

"그야 보통은 그렇겠지. 용건이 있을 때면 가끔 만나서 잡담도 좀 나누고, 연락해서 모이고 하다 보면 그럭저럭 친분은 유지될 테니까."

히라츠카 선생님이 차속에서 들려주었던 인간관계의 핵심을 떠올리며, 그렇게 일반론을 주워섬겼다. 그러나 일반론은 어디까지나 일반론에 지나지 않는다.

"……하지만 난 달라. 그렇게 허울 좋은 친목질 같은 관계는 견딜 수 없어."

내뱉듯이 말하고 나니 그제야 수긍이 갔다. 말의 형태로 구체화하고 나서야 비로소 납득이 되었다.

별것 아니다. 그저 그런 식으로 멀어지는 게 싫다는 이야기에 불과하다.

죽도록 논리를 꿰어 맞추고, 이유와 핑계와 환경과 상황을 모조리 갖춘 후에야 겨우 꺼낼 수 있는 게 고작 이딴 형편없는 말이라니. 이 얼마나 유치하고 못난 인간이란 말인가.

못난 인간임을 통감한 김에, 나는 다시 한 번 자조적으로 웃었다.

"한동안은 노력해보겠지만, 무조건 멀어질 자신이 있다고. 난 관계 끊기의 달인이니까."

"그게 자랑할 일이야……?"

유이가하마는 난감한 기색으로 웃었지만, 부정은 하지 않

았다. 그야 그렇겠지. 일 년 가까이 알고 지낸 사이인 만큼 피차 그 정도는 파악하고 있다.

그리고 일 년 가까이 알고 지낸 사람은 한 명 더 있다.

"말 나온 김에 이야기하자면, 유키노시타도 아마 마찬가지겠지."

"……응, 맞아."

"그렇지? 그러니까 이대로 관여하기를 포기해버리면, 아마 그대로 끝일 거라고. ……그건 좀 납득이 안 가거든."

난해한 궤변도, 간단한 말도 좀처럼 떠오르지 않아서, 그런 나 자신의 한심함에 그저 씁쓸한 미소밖에 지을 수 없었다. 그런 한심한 얼굴을 유이가하마는 한동안 말없이 응시했지만, 이내 어이없다는 듯 한숨을 쉬었다.

"그거, 말 안함 죽어두 모를걸?"

"이딴 건 말해도 모를 것 같다만……. 조리도 없고, 이유라고 할 수도 없어. 그냥 의미 불명의 헛소리라고."

이기적인 것도 모자라서 말을 꺼낸 나조차도 이해하기 힘든 논리다. 기존의 언어로 바꿔 말할 수도 없다고 포기해버린 지 오래다. 그런 심경이 비굴하게 뒤틀린 입 밖으로 흘러나왔다.

하지만 그런 말에도 유이가하마는 맞다고 고개를 끄덕여주었다.

"응, 솔직히 전혀 모르겠어. 영문을 모르겠어. 그냥 이상해."

"그러게. 전적으로 동감이다. ……근데 너 말이 좀 심한 거 아니냐?"

연타로 지적당하는 바람에 천하의 나도 조금 좌절하고 말았다. 그러나 유이가하마의 눈에는 미소가 감돌았다.

"……그치만 말야, 왠지 알 거 같아. 그런 점, 무척 힛키다워."

"그래?"

내 말에 유이가하마는 주먹 하나만큼 거리를 두고 고쳐 앉더니, 무릎을 이쪽으로 돌리고 나를 정면으로 응시했다.

"응. ……그러니까 그거, 꼭 전하는 게 좋다구 생각해."

"전해지지 않는데도?"

말이 끝나기가 무섭게 날아온 주먹이 내 어깨를 폭 때렸다. 유이가하마가 울컥한 기색으로 나를 살짝 흘겨보았다.

"전해지지 않아두! 게다가 힛키, 그냥 전하려는 노력을 안 하는 것뿐이잖아."

"찔리는걸."

맞는 말이다. 항상 전해질 리 없다고 지레 포기해버렸다. 그래서 번번이 중요한 말을 하지 못하고는 했다.

그러나 유이가하마는 말로 해주었다.

"이야기하는 것만으루는 전해지지 않는다는 거, 맞는 말이라구 생각해. ……그치만 그만큼 내가 이해하려구 노력하니까 괜찮아. 유키농두 아마 마찬가지일 거야."

절절하게 이어지는 말, 타이르듯 다정한 음성, 눈부신 저녁노을에 가늘게 휘어진 물기 어린 눈동자.

아아, 그렇구나. 유이가하마의 모습 전부를 통해 비로소 이해했다.

실제로 지금 나는 유이가하마가 말해준 것을 이해하려고 애쓰고 있지 않은가.

결코 논리적이지는 않지만, 조리 있게 설명할 수 있는 것은 아니지만, 주관과 직감이 다분히 개입되어 있지만.

그럼으로써 우리는 서로 번갈아 공백을 채워나가는 것이다.

"내 소원은 말이야, 벌써 오래 전부터 정해져 있었어."

유이가하마는 벤치에서 쓱 일어서더니 내게 등을 빙글 돌리고, 뉘엿뉘엿 저물어가는 하늘을 올려다보았다.

그 등 너머로 바라보는 노을빛은 그 언젠가 보았던 색을 무척 닮아 있었다.

잔잔하게 일렁이는 바다에 눈송이가 내려앉던 그날의 석양을.

"……다 갖구 싶어."

바다 내음도, 반짝이는 눈송이도 없었지만, 유이가하마의 말만은 그때와 똑같았다. 이윽고 유이가하마는 조용히, 그러나 크게 숨을 내쉬고 나를 돌아보았다.

"그러니까 이렇게 평범한 방과 후에 유키농이 있어줬음 해. 힛키랑 유키농이 있는 곳에 나두 같이 있구 싶어."

석양을 등지고, 따스한 빛과 차가운 바람 속에서 유이가하마는 간절히 기원하듯 말했다.

"……그러니까 꼭 말해."

나는 아찔하리만큼 강렬한 햇살에도 불구하고, 젖어 있음에도 힘 있는 유이가하마의 눈빛과 덧없고도 아름다운 그 미소를 눈에 아로새겼다.

“걱정 마. 꼭 전할 테니까.”

최대한 성실하게. 그렇게 속으로 다짐하며, 나는 또렷한 목소리로 대답했다. 그러자 유이가하마는 후훗 가볍게 웃었다. 그리고 다시 벤치에 앉더니, 내 얼굴을 보며 장난스럽게 물었다.

“진짜루?”

“그래. 나름대로 준비가 필요하고 난이도도 높다만, 어떻게든 해보마.”

내 미묘한 대답에 유이가하마의 미소가 미심쩍은 표정으로 변했다.

“준비?”

“그런 게 있어. 걔나 나나 이런저런 당위성이나 핑계, 구실, 알기 쉬운 명분이라든가 빠져나갈 구멍을 수없이 마련해놨으니까. ……일단 그것부터 전부 박살내야 돼.”

내 설명에 유이가하마는 불안과 분노와 그 밖의 수많은 감정이 뒤섞인 복잡한 얼굴을 했다. 불만스러운 기색으로 꾹 다물고 있었던 그 입술이 벌어지며, 냉랭한 음성이 흘러나왔다.

“그런 문제가 아니라구 봐.”

“알아. ……하지만 그 정도는 하지 않으면 말 못할 것 같거든. 그렇게 해서 걔나 나나 퇴로가 없는 곳까지 끌어내야 해.”

조용한 분노를 마주하자, 그만 한심한 목소리가 흘러나오고 말았다. 실제로 어찌나 못나빠졌는지 나도 나 자신에게 신물이 날 지경이었다. 하지만 장장 17년씩이나 히키가야 하치만으로 살아오다 보면 그런 식으로 생각해낼 수 있는 모든 궤변을

깨부수고 궁지로 몰아넣지 않는 한 아무것도 할 수가 없다.

답답하다는 듯 한숨을 쉬더니, 유이가하마가 다정한 쓴웃음을 지었다.

"그냥 한마디만 하면 되는데."

"한마디 정도로 전해지겠냐고."

대개는 그것으로 충분할 테지.

그렇지만 나는 틀에 박힌 말 한마디로는 도저히 납득할 수 없다. 그것만으로는 모자라다고 느껴지기도 하고, 너무 많다고 느껴지기도 했다. 과부족 없이 정확하게 표현할 수 있으리라는 생각은 전혀 들지 않았다. 무엇보다도 그 정도로 해결되다니, 참을 수 없다.

실제로 지금도 짧은 대답만으로는 내 뜻이 제대로 전달되지 않았는지, 유이가하마는 멍하니 나를 쳐다보기만 했다. 아무래도 너무 설명이 부족했나 싶어, 나는 보충하듯 구구절절이 덧붙였다.

"똑똑한 것 같지만 사실 바보니까. 죽도록 성가신 데다 고집도 더럽게 세서 상황을 복잡하게 만들고, 뭔가 이야기하면 일부러 곡해해서 요리조리 피해버리니까 솔직히 열 받고 짜증나고, 무엇보다도 말이라는 것 자체를 믿지 않고……."

주절주절 늘어놓는 말을 유이가하마는 여전히 어리둥절한 기색으로 듣고 있었지만, 곧 휴우 작은 숨소리를 내더니 고개를 갸웃했다.

"누가?"

"내가."

대답하자 유이가하마는 못 말린다는 듯 어이없다는 기색으로 웃었다.

정말이지 못 말리는, 답 없는 인간이라고 생각한다. 매번 이렇게 성가신 일을 떠넘기고, 그때마다 용서를 받고는 했다. 나는 그동안 줄곧 유이가하마의 다정함에 어리광을 부려왔던 것이다. 그 아늑함에 취해 모르는 척하고 못 본 척하며, 내내 도움을 받아왔다. 그 나날들은 무엇과도 바꿀 수 없을 만큼 소중하고, 과장 없이 즐겁고, 한없이 이기적인 상상을 품어버릴 만큼 행복했다.

"……폐를 끼쳐서 미안하다."

"응?"

느닷없는 말에 유이가하마가 고개를 갸웃했다.

"언젠가 더 잘 해낼 수 있게 될 거야. 이런 말이나 논리를 꿰어 맞추지 않고도 제대로 전할 수 있고, 제대로 받아들일 수 있도록. 아마 머지않아 그렇게 될 거라고 생각해."

정리되지 않은 말들을 천천히 신중하게 입에 담았다. 언젠가 내가 조금은 어른스럽고 괜찮은 남자가 되면 이런 이야기도 스스럼없이 할 수 있게 될지도 모른다. 무언가 다른 말을, 다른 감정을 제대로 전할 수 있게 될지도 모른다.

"……하지만 넌 그때까지 기다리지 않아도 돼."

힘겹게 목소리를 쥐어짜내 말을 끝맺을 때까지, 유이가하마는 컵을 꼭 움켜쥔 채 잠자코 내 말을 들어주었다. 하지만 아

무래도 지나치게 종잡기 힘든 이야기였는지, 유이가하마는 난감한 듯 웃었다.

"무슨 소리야? 안 기다린다구."

"그렇지? 기분 나쁜 소리를 해버렸네."

"응, 맞아."

내 주제넘은 행동이 창피해, 나도 웃으며 얼버무렸다. 유이가하마도 후훗 웃더니 벤치에서 쓱 일어섰다.

"자, 그럼…… 갈까?"

그 말에 나도 몸을 일으키고, 옆에 세워두었던 자전거를 끌면서 유이가하마를 뒤따라 걸음을 옮겼다.

놀이터를 나서자, 몇 미터도 채 못 가서 유이가하마가 사는 아파트에 도착하고 말았다.

"짐 날라줘서 고마워."

출입구 앞에서 그렇게 말하고, 유이가하마는 내 자전거 바구니에서 커다란 봉지를 꺼냈다.

"학교에서 봐."

"그래, 잘 들어가라."

손을 흔드는 유이가하마의 배웅을 받으며, 나는 다시 자전거를 끌기 시작했다.

한동안 끼릭끼릭 바퀴 돌아가는 소리와 로퍼가 모래를 밟는 소리만이 울려 퍼졌지만, 불현듯 그 소리가 멎었다. 해질녘의 인파 속, 오가는 사람들은 모두 바쁘게 움직이는 중이건만, 오직 내 발만이 멈추어 있었다.

그래도 나는 달려 나가기로 결심했다.

다리에 힘을 주어 땅을 박차고, 안장에 올라타기 직전에 아주 잠깐, 딱 한 번 뒤쪽을 곁눈질했다.

계속 손을 흔들고 있던 유이가하마가 내 시선을 알아차렸는지, 더 크게 손을 흔들어왔다.

그 모습에 가볍게 한 손을 들어 보이고—.

뒤돌아보지 않고 미친 듯이, 거친 숨을 내쉬며 페달을 밟았다.

interlude…

눈물은 나지 않았다.

이미 실컷 울었으니까.

그래서 그를 배웅하는 사이에도, 계속 작게 손을 흔드는 사이에도 그 뒷모습이 똑똑히 보여, 눈에 아로새기듯 내내 바라볼 수 있었다.

그 모습이 완전히 사라진 후에야 나는 힘없이 손을 떨구었다.

조금도 무겁지 않은, 그저 커다랗기만 할 뿐인 비닐봉지가 갑자기 묵직해진 느낌이 들었다.

엘리베이터를 타고 집으로 향하는 동안 품속의 봉지는 자꾸만 바스락거렸고, 그 소리에 섞여 그가 한 말이 귓속에서 끊임없이 메아리쳤다.

그 소리가 들리지 않는 척하며 현관문을 열자, 사브레가 캥캥 짖으며 뛰어왔다.

"다녀왔습니다~."

현관에 쪼그려 앉아 사브레를 쓰다듬어주었다. 할짝할짝 손을 핥아대는 게 간지러워, 저절로 웃음이 나왔다.

그 손에 물방울이 똑 떨어졌다.

웃고 있는데도 눈물은 그칠 줄 모르고 흘러내렸고, 사브레

가 의아한 기색으로 나를 올려다보았다.

아무것도 아니야. 괜찮아. 걱정 마.

그렇게 말하며 사브레를 와락 끌어안았다.

그런 후에야 실제로는 말 따위 한마디도 나오지 않았음을 깨달았다. 꽉 조여드는 가슴에서 목을 통해 습기 찬 숨결만이 하염없이 흘러나올 뿐이었다.

눈물로 얼룩진 시야를 추스르려 눈가를 훔치려 한 순간, 누군가 내 팔을 꼭 붙들었다. 고개를 드니 엄마가 있었다.

"부으니까 닦지 말고 그대로 두렴."

좋은 향기가 확 풍겨오며 따스한 품에 안기자, 그제야 비로소 목소리가 나왔다. 참을 필요 없는 눈물이 쏟아졌다.

그래도 역시 말은 나오지 않았다.

말 따위 나오지 않았다.

그저 좋아한다는 말 한마디로는 설명할 수 없다.

그 이전의 이야기이고 그 이상의 문제이며, 그 정도가 아닌 감정이니까.

나는, 우리는, 처음으로 진짜 사랑을 했다.

interlude…

프롬이 끝나고 기말고사도 끝났으니, 오늘 내일 시험지를 돌려받고 공휴일까지 보내고 나면 그 다음은 종업식이다. 그 후에는 긴긴 휴가가 기다린다.

메구리 선배의 졸업을 기점으로 명실상부하고 완벽하게 나의 성으로 탈바꿈한 학생회실에서, 봄방학 때는 뭘 할까~? 하고 휴대폰을 만지작거리며, 나는 부회장과 서기 양을 거느리고 일을 마무리하는 중이었다.

나중에 유키노 선배에게 처리를 맡길 서류를 정리하고, 부회장을 죽도록 굴리고, 서기 양을 시켜 부회장을 되살리는 등 할 일은 많지만, 나름대로 충실한 시간이었다.

그렇게 내 고등학교 1학년 생활은 막을 내릴 예정이었다.

"실례하마."

그렇게 말하며 히라츠카 선생님이 예고도 없이 학생회실로 불쑥 쳐들어올 때까지는 말이다. ……노크 좀 하면 어디 덧나나? 원래 그런 사람인 줄은 아니까 별 상관은 없지만.

"무슨 일이세요?"

귀찮은 일이 아니었으면 좋겠다고 생각하면서도 얼른 일어나 후다닥 히라츠카 선생님 쪽으로 다가갔다. 그러자 선생님

이 내 눈앞에 휴대폰을 척 들이밀었다.

"이게 뭔지 아나?"

뭐 말이지……? 호기심이 일어, 나는 히라츠카 선생님의 휴대폰을 요리조리 살펴보았다.

화면에 떠 있는 것은 뭔가의 블로그 같았다.

흐음, 별 게 다 있네~ 하고 건성으로 읽어 내려가다가, 생전 듣도 보도 못한 영문 모를 의미 불명의 정보와 맞닥뜨렸다. 특히 『소부 고등학교 카이힌 종합 고등학교 지역 합동 프롬, 올봄 개최!』라는 대문짝만한 글씨는 의식하지 않아도 저절로 눈에 들어왔다.

"……어라?"

딱 벌어진 입을 다물 수가 없었다. 이게 대체 뭐야?

나는 부들부들 떨리는 손가락으로 히라츠카 선생님의 휴대폰을 가리켰다. 플러스로 목소리도 부들부들 떨렸고, 입술도 부들부들 탱글탱글했다.

"이, 이게 뭐예요? 이런 이야기는 처음 듣는데요……?"

"그래? 잇시키는 모르는 일이란 말이군. ……그럼 역시 히키가야인가?"

히라츠카 선생님이 흐음 끼고 있던 팔짱을 풀더니, 내심 흐뭇한 기색으로 중얼거렸다. 뭐야, 왜 기뻐하는 눈치지……? 떨떠름해하는데, 히라츠카 선생님은 기분 좋게 콧노래를 흥얼거리며 미련 없이 몸을 돌렸다.

"알았다. 본인에게 물어보도록 하지. 실례가 많았다."

살랑 폼 나게 흔드는 손을 덥석! 움켜쥐어 가까스로 히라츠카 선생님을 붙들어놓고, 그 팔을 마구 잡아당겼다.

"자, 잠깐, 잠깐만요! 그게 뭔데요? 선배가 뭔가 일을 벌인 건가요?! 그럼 진짜 곤란하거든요? 딱 봐도 심각한 문제잖아요!"

"아, 잇시키는 몰랐던가?"

히라츠카 선생님이 아아, 하고 별것 아니라는 말투로 사정을 설명해주었다.

듣자하니 기존의 프롬에 태클이 걸려 중지될 뻔했을 때, 선배가 더 극악한 프롬 계획을 들고 나와서 비교적 온건한 우리 측 프롬이 성사되도록 해줬다나 뭐라나. 요컨대 들러리나 희생양 노릇을 한 셈이다.

"……영문을 모르겠어."

무심코 불쑥 중얼거리고 말았다. 그러자 히라츠카 선생님은 「그렇지?」 하고 씨익 웃었다. 이 사람, 아까부터 왜 이렇게 기뻐하는 건데……?

"앗, 그치만 그건 이미 끝난 이야기잖아요? 실제로 프롬은 무사히 열렸고……."

"나도 그렇게 생각했다만…… 아무래도 어제오늘 사이에 갑자기 페이지가 갱신된 모양이더군."

"모양이라뇨? 왠지 선생님도 잘 모르시는 거 같은데요?"

"그게, 나도 실은 방금 학부형을 통해서 들은 이야기라서 말이다……."

내가 눈을 가늘게 뜨고 쏘아보듯 묻자, 히라츠카 선생님이

난감한 기색으로 뺨을 긁적였다.

아하, 알겠다. 지난번하고 같은 패턴이다. 그럼 이번에도 유키노 선배네 집에서 나선 건지도 모른다. 상황은 대충 이해했다.

이해할 수 없는 점은 선배의 의도뿐이었다.

"근데 선배는 왜 이제 와서 이런 짓을 하는 걸까요……?"

"……그 녀석 나름대로 생각이 있겠지."

다정한 누나처럼 그렇게 말하는 히라츠카 선생님은 역시 기쁜 눈치였다.

정말이지 영문을 모르겠다.

그 사람, 바보 아냐? 보통 그렇게까지 하나? 아니, 왜 나한테도 알리지 않고 그런 짓을 하냐고? 뭐 전에 한 건 우리를 위해서 한 일이란 걸 모르지는 않지는 않지는 않지는 않지만. 뭐 나를 위해서는 아니겠지만. 아무튼 영문을 모르겠다.

나도 모르게 입이 삐죽 튀어나오고 말았다. 그 모습을 봤는지, 히라츠카 선생님이 내 어깨를 토닥여주었다.

"자세한 사정은 본인을 불러서 듣도록 하겠다. 그 후에 정보를 공유하마."

다정하게 웃으면서 그렇게 말하고, 히라츠카 선생님은 데이트라도 하러 가는 것처럼 흥겨운 걸음걸이로 학생회실을 나섰다.

덩그러니 남겨진 나는 그만 난처해지고 말았다.

그러나 이 상황에서 손 놓고 있어봐야 달라질 것은 없다. 이 합동 프롬 기획이 어떤 식으로 흘러가든, 나는 학생회장으로서 합당한 대응을 할 필요가 있다. 이제 와서 나만 쏙 빼놓

다니 열 받기도 하고.

그렇다면 가장 먼저 해야 할 일은 정보 수집이다.

우선 아까 본 블로그 페이지를 검색해서 가만히 살펴보니, 디자인 센스에서 여자의 그림자가 느껴졌다. 그리고 선배 주위에서 이런 일에 도움을 줄 만한 사람은 나를 빼면 오직 한 명뿐이다.

그렇게 결론을 내리고, 검색한 페이지를 복붙해서 라인에 투척했다. 덤으로 『이거 아세요???』라는 질문을 곁들여 보내자, 재깍 답장이 날아왔다.

『!??ㄷ!??』

혼란에 빠진 듯 동요했다는 사실만이 전해져오는 문장과, 『몰라!』라며 으앙 울고 있는 강아지 이모티콘이 전부였다. 아무래도 자세한 이야기는 듣지 못한 눈치였다.

거듭 추궁하듯 『이 사이트요. 누가 만들었는지 아세요???』라고 보내자, 이번에는 제대로 된 문장이 돌아왔다.

『중2. 그리구 게임하는 1학년 남자애 둘! 컴퓨터 잘하는 거 같아! 전부 안경 꼈어!』

그리고 안경 이모티콘이 연타로 줄줄이 딸려왔다. 아하, 모르겠다. 이게 어딜 봐서 제대로 된 문장인데?

하지만 선배의 교우관계는 옹색할 만큼 좁으니까, 안경이라는 단서만으로도 용의자를 추려낼 수 있을 터였다.

주범은 이제부터 히라츠카 선생님에게 불려가서 취조를 받을 테니, 이쪽은 공범자를 족쳐서 정보를 얻어내도록 하자.

나는 의자를 빙글 돌려서, 학생회실 한켠에서 울상이 되어 끙끙거리며 업무를 처리하는 중인 부회장에게 물었다.

"부회장, 중2란 게 누군지 알아요? 안경 쓴 사람요. 게임이랑 컴퓨터를 잘할 것 같은 1학년 남학생 두 명하고 같이 다니는 모양인데요."

그러자 부회장은 잠시 하던 일을 중단하고 생각에 잠겼다. 저기요. 일은 그대로 계속해주실래요?

"중2……? 아, 그 사람인가? 뭔가 좀 독특한 느낌인……."

짚이는 구석이 있는지, 부회장이 애매하게 표현하며 말끝을 흐렸다.

"그 사람요. 여기로 좀 데려와주실래요? 덤으로 1학년 두 명도요."

"어…… 근데 저기, 그 두 명이 누구인지까지는 잘 모르겠는데……."

네? 그걸 알아내는 것도 부회장의 역할이거든요? 그렇게 생각했지만 차마 입 밖에 낼 수는 없어서, 하긴 그렇겠죠~? 하고 나도 난감한 미소를 지어 보였다. 그러자 옆에 있던 서기 양이 머뭇머뭇 손을 들었다.

"저기……."

"네, 서기 양. 말씀하세요."

손가락으로 척 가리키자, 서기 양이 모기만한 목소리로 들릴락 말락 하게 대답했다.

"그 1학년 두 명, 유희부 하타노랑 사가미 아닐까?"

"유희부? 하타노? 사가미?"

처음 듣는 이름에 내가 고개를 갸웃하자, 서기 양이 난처한 듯 쓴웃음을 지었다.

"이로하랑 같은 반인데……."

"아……."

큰일이다. 나를 보는 서기 양의 눈에 공포가 어리기 시작했잖아! 요즘 들어 많이 친해졌다고 생각했는데! 나한테는 동성 친구가 적으니까 서기 양은 귀중한 존재인데! 그런 이유로 나는 흠흠 헛기침을 하고, 손을 탁 쳤다.

"아, 맞다. 깜빡했네. 그럼 부회장, 가는 김에 하타가야랑 사가노도 같이 데려와주세요!"

에헷 웃으며 혀를 쏙 내민 채 가로☆브이를 그려 보이고, 내친 김에 윙크도 서비스하며 부회장에게 지시했다. 그러자 업무에서 해방된 기쁨 때문인지, 부회장은 의외로 흔쾌히 몸을 일으켰다.

"알았어. 갔다 올게."

"나랑 같이 가. 마키토, 걔네 얼굴 모르잖아?"

"응, 고마워."

그런 대화를 주고받으며 둘이 나란히 학생회실을 나섰다. 그보다 서기 양, 방금 부회장한테 반말 쓰지 않았어? 이름도 불렀지? 둘이 사귀니? 내가 만만해? 일해라?

× × ×

얼마 후, 부회장과 서기 양이 무사히 선배의 공범자를 연행해왔다.

들은 대로 안경 트리오였다.

세 사람을 긴 책상에 앉히고 도망치지 못하도록 부회장과 서기 양이 양옆을 단단히 지키게 한 다음, 학생회실 특설 법정에서 재판(판사: 나, 검사: 나, 변호사: 나, 판결: 사형)을 열었다.

"이거 말인데요. 어떻게 된 일인지 설명해주시겠어요~?"

나는 증거물인 휴대폰 화면을 가리키며 상냥하게 물었다.

그러나 세 사람은 어쩐지 겁먹은 기색으로 몸을 움츠린 채 서로서로 눈치만 볼 뿐이었다.

정상적인 대화가 성립할 기미가 전혀 없잖아…….

진정해, 이로하. 평소에 그토록 피곤한 선배를 상대해온 가락이 있으니, 다른 사람 상대로도 그럭저럭 잘 해낼 수 있을 거야. 힘내라 나, 잘한다 나[#58].

후우 심호흡을 하고, 나는 생긋 이로하스 스마일을 머금었다. 그리고 저 딱히 화난 거 아니거든요? 라는 분위기로 상냥하게 물었다.

"왜 학생회가 모르는 곳에서 합동 프롬 기획이 진행되고 있는 거냐고요? 네?"

#58 힘내라 나, 잘한다 나 니시노 카나의 노래 「Have a nice day」의 가사.

끝으로 압박을 가하듯 상큼발랄☆하게 미소 짓자, 이번에야말로 효과가 있었는지 세 사람이 움찔 몸을 떨었다. 덤으로 어찌된 영문인지 부회장도 움찔했고, 서기 양은 「무서워……」라고 나직하게 중얼거렸다. 좋아좋아, 이 기세로 심문해나가야겠다. 뭐? 무서워(怖い, 코와이)? 귀여워(可愛い, 카와이)를 잘못 말한 거 아냐?

그렇게 생각하자마자, 오른쪽 끝에 앉은 안경이 숨넘어가는 소리를 내며 겨우 입을 열었다.

"무, 묵비권을……."

"기각합니다♪"

여기는 학생회실이고 저는 학생회장이니 제가 곧 유일한 법이므로, 묵비권은 딱히 인정하지 않거든요.

그러자 이번에는 왼쪽 끝에 앉은 안경이 슬그머니 손을 들었다.

"변호사의 입회를……."

"기각합니다♪"

왜냐면 제가 변호사니까요. 할 말이 있으시다면 일단은 들어드리지요. 듣기만 할 거지만요.

그런 위압감이 겉으로 드러났는지, 가운데에 앉아 있던 코트 차림의 유난히 덩치 큰 안경이 어째서인지 양손을 들었다. 그 모습이 눈에 익은 것으로 보아 아마 저 사람이 중2 선배겠지.

"원고를 마감해야 해서……."

중2 선배가 그대로 엉거주춤 몸을 일으켜 내빼려는 것을 부

회장이 날카롭게 포착해서, 워워 어깨를 잡고 도로 앉혔다.

사람이 웃으면서 말할 때 좀 들으라고. 나는 울컥해서 책상을 탕탕 때렸다.

"설·명·하·라·고·요!"

"……네."

그러자 주눅이 들었는지, 중2 선배가 마지못해 고개를 끄덕였다.

자, 얼른 털어놓으라고. 그렇게 생각하며 째릿 매서운 눈빛을 보냈다. 그러자 오른쪽 안경과 왼쪽 안경이 얼굴을 마주보더니 쭈뼛쭈뼛 입을 열었다.

"그, 그건…… 어제 갑자기 위에서 시키는 바람에, 어쩔 수 없이……."

"그, 그래! 부탁을 받아서 하는 수 없이!"

"자, 자세한 사정은 하치만 본인에게 듣도록 하여라! 우리네는 어디까지나 선의의 제삼자에 불과하니 말이다!"

중2 선배가 유난히 우렁차고 멋진 목소리[#59]로 호소하자, 양옆도 동감이라는 듯 열렬히 고개를 끄덕였다.

"저도 직접 물어보고 싶은 마음은 굴뚝같지만요……. 선배는 지금 절찬리 호출 중이라서 말이지요……."

대답하며 나는 지끈지끈 쑤셔오는 관자놀이에 손을 얹고 창밖으로 시선을 향했다.

#59 우렁차고 멋진 목소리 자이모쿠자 요시테루의 담당 성우가 『용자왕 가오가이거』를 비롯한 열혈 용자물 전문 성우 「히야마 노부유키」인 점을 이용한 농담. 작중 목소리 관련 언급이 많다.

"선배도 왜 굳이 이렇게 귀찮은 짓을……. 영문을 모르겠어."

한숨과 더불어 입속으로 혼잣말을 하고, 나는 책상에 놓인 휴대폰을 노려보았다.

그러자 그 혼잣말에 반응했는지, 세 사람이 밀담이라도 나누듯 목소리를 낮추고 수군덕대기 시작했다.

"그러게. 그 선배 진짜 영문을 모르겠다니까. 죽어도 불가능하다고 했는데."

"정보를 흘리기만 하면 이쪽의 승리나 다름없다니…… 역시 실성한 거 아닌가……?"

"오히려 실패해도 괜찮을 정도라고 지껄여대기까지 하였지. 『영문을 모르겠어』."

내가 안 듣는 줄 아는지, 중2 선배가 내 흉내를 냈다. 그러자 나머지 둘도 풉, 키득키득, 자기들끼리 낄낄대며 웃어댔다.

다 들리거든? 혀를 차며 째릿 노려보자, 양옆은 찔끔해서 입을 다물었다. 그러나 가운데 앉은 중2 선배만은 분위기 파악이 안 되는지, 쓸데없이 근사한 목소리로 감상에 젖은 듯 중얼거렸다.

"……허나 그토록 필사적으로 부탁하면 도와주고픈 마음이 드는 게 인지상정 아니겠는가."

그 말이 묘하게 마음에 걸렸다.

……합동 프롬을 개최하려고 필사적으로 간청해놓고, 실패해도 괜찮다고?

그 말은 곧 선배의 목적은 합동 프롬을 성공시키는 게 아니

라는 뜻이다.

하지만 합동 프롬을 열기 위한 과정은 필요하고……. 그래서 정보만 흘리면 된다는 건데…….

으음……. 잠깐, 잠깐만. 어쩐지 뭔가 알 것 같은 기분이…….

내가 끄으응 신음하며 생각을 정리하는 사이, 바보 삼총사는 속닥속닥 수다를 떠느라 정신이 없었다.

"그러게. 계속 부탁한다고 통사정했으니까. 심지어 무릎까지 꿇었잖아, 무릎까지. 나 사람이 무릎 꿇는 거 처음 봤다니까?"

"뭐랄까, 우리도 그렇게까지 애걸하면 거절하기가 힘들고, 남자대 남자의 약속에 말은 필요 없다고나 할까?"

"프흠, 하치만이 무릎 꿇는 건 단순한 쇼에 불과하다. 필시 요가의 일종 정도로밖에 여기지 않을 터."

"윽, 그건 좀 너무한데?"

"역시 윤리관이 망가진 거 아닌가……?"

아, 하긴……. 선배는 목적을 위해서라면 수단과 방법을 가리지 않으니까…….

중2 선배의 말에 피식 웃고 만 순간, 불현듯 깨달았다.

"하긴 그 후에 뻔뻔한 얼굴로 이것저것 수정 요구를 해대기도 했고, 역시 제정신은 아니야."

"디자인 시안을 세 개 더 내놓으라길래 콱 죽여 버릴까 했다니까?"

"아, 그거 영문을 모르겠더군. 피도 눈물도 없는 줄 알았다. 악마, 악귀, 편집자!"

갑작스러운 깨달음에 내가 번쩍 고개를 들었을 때, 안경즈는 안경을 쓱쓱 추켜올리며 선배를 욕하느라 바빴다.

"저기요 시끄러워요 지금 생각하는 중이니까 조용히 해주세요."

따끔하게 일침을 가하자, 안경 셋은 그제야 침묵했다. 나 참, 선배 욕하기 대회라면 다른 날 해달라고요. 그러면 내가 무조건 우승이니까.

그렇다. 내 선배는 정말 최악이고, 그야말로 어이없을 만큼 썩어빠진 악당이다. 특히나 눈이 썩어빠졌지만, 근성은 더 심하게 썩었다.

고로 선배는 목적을 위해서라면 수단과 방법을 가리지 않는다.

합동 프롬쯤 되면 오만 군데를 다 끌어들여야 하는 대규모 행사건만, 그것마저도 한낱 수단으로밖에 여기지 않는다.

그렇다면 그 목적은…….

나는 그 답을 깨닫고, 미소와 함께 중얼거렸다.

"……정말이지 영문을 모르겠어."

7

마음은 맞닿은 온기만이 뚜렷하게 전해준다.

여태까지도, 앞으로도 깔끔한 해결 따위 단 한 번도 해본 적이 없고, 뒷맛 씁쓸한 감정만을 주위에 강요해왔다.

솔직히 말하면 다른 방식도 있었던 게 아닐까, 하고 가슴속 깊은 곳에서 어렴풋이 느끼고는 있었다. 더 간단하고 심플하며 뒤탈도 없는, 아무도 불쾌한 기분을 맛볼 필요 없는 해결책이 보이지 않았던 것은 아니다.

그저 말 한마디, 행동 하나로 바꿀 수 있는 것에서 가치를 찾아낼 수 없었을 뿐이다.

그렇게 불면 날아갈 듯한 행동 하나로 변덕스럽게 모든 일이 해결된다면, 그 고통과 고뇌와 번민의 무게는 애초부터 그 정도에 불과했던 거라고 부정당하고 말 것 같은 기분이 들어 견딜 수 없었다.

아픔도 고민도 당사자에게는 결코 남들이 말하는 것처럼 가볍지 않고, 항상 죽느냐 사느냐의 양자택일이다. 그것을 고작 한마디로 정리해버리다니, 지나치게 불성실하게 느껴졌다.

단 한마디로 변한다면.

마찬가지로 단 한마디로 뒤집히고 뒤바뀌고, 그런 주제에 돌이킬 수는 없을 게 분명하다.

그래서 나는 매번 이런 방식을 택하고 만다. 어찌할 수 없을 만큼 마구잡이로 상처 입히고, 그것이 오직 하나뿐인 닻이 되어 이 관계를 비끄러매주기를 기도하며.

내가 할 수 있는 일은 얼마 되지 않는다. 할 수 있는 일을 다 해봐도 도저히 손이 닿지 않는 것투성이다.

그러니 가능한 일은 다 해보기로 마음먹었다.

오만하게도 무슨 일이 있어도 부서지지 않는 진실된 무언가를 원하고 만 이상, 온힘을 다해 일그러뜨리고, 으깨고, 상처 입혀서 확인해보지 않는 한 나는 그 존재를 믿지 못할 테지.

애초에 나처럼 보잘 것 없는 인간이 할 수 있는 일은 그리 많지 않다. 가진 것 전부를 내놓는다 한들 대단한 파급력이 있는 것도 아니다.

써먹을 수 있는 수단도, 장기말도, 카드도 변변치 않아서, 거의 언제나 대책 없이 방관만 할 뿐이다.

지금 이 상황에서 내가 할 수 있는 일이라곤 기껏해야 문자를 한 통 보내는 것과 무릎 꿇고 한바탕 애걸하기, 그리고 전화를 한 통 거는 것 정도였다.

그리하여 마침내 실마리 하나를 손에 넣는 데 성공했다.

유일한 방법도 아니고 영리한 방법도 아니지만, 그래도 아무것도 없는 것보다야 낫겠지.

한 주가 시작되는 월요일. 답안지 반환 첫날 일정을 마친 방과 후의 교실에서 나는 손에 쥔 휴대폰을 뚫어지게 응시했다. 그 화면에는 『소부 고등학교·카이힌 종합고등학교 지역 합동 프롬, 올봄 개최!』라는 타이틀을 내건, 두 학교가 공동으로 주최하는 프롬 소개 사이트가 떠 있었다.

중간에 흐지부지됐을 터인 들러리 기획, 더미 프롬은 남들이 모르는 곳에서 지금도 이렇게 버젓이 살아 있었다.

아니, 내가 억지로 소생시켰다.

어제 카이힌 종합고 측에 추진 허가가 떨어졌다고 순전 개뻥으로 문자를 보낸 다음, 그 길로 유희부 부실로 쳐들어가서 무릎 꿇기 공세를 펼치며 아직 삭제되지 않고 남아 있던 더미 프롬 사이트의 갱신을 부탁했다.

물론 그딴 기획에 실체고 나발이고 있을 리 없다. 단순한 공갈이자 허풍, 허상이다.

현재로서는 소부 고등학교 프롬의 들러리였던 시절과 무엇 하나 달라진 게 없다.

따라서 이번에 밟아나가야 할 수순도 그때와 똑같다. 즉 유키노시타 하루노에게 전화를 한 통 걸어서 합동 프롬에 관한 정보를 흘리는 부분까지 고스란히 답습했다.

하루노하고는 그다지 많은 대화를 나누지는 않았지만, 그럼에도 전화기를 통해 들려왔던 그 폭소는 지금도 내 귓가를 떠날 줄 몰랐다.

『그런 짓을 해봤자 무슨 의미가 있는데?』

하루노는 내게 그렇게 물었다.

의미 따위는 없다. 이 합동 프롬 자체에는 아무런 의미도 없다.

그래서 나는 희미하게 웃으며 대답했다.

—진짜 프롬을…… 진실된 것이 무엇인지를 보여드리죠.

이제 와서 생각해보면 정말 가소로운 선언이었다.

유키노시타 하루노도 비웃은 까닭도 그것이겠지.

『바보구나, 바보가 따로 없어.』

키득키득 나직하던 웃음소리는 어느새 귀가 아플 만큼 요란한 폭소로 변했고, 내 요청에는 가타부타 대답도 없이 멋대로 전화를 끊어버렸다.

다시 걸어보기도 했지만 받지 않았고, 결국 하루노가 내 부탁을 들어주었는지는 알지 못하는 상태로 지금에 이르렀다.

괴물이 나올까, 뱀이 나올까[#60]. 어느 쪽이 나오든 좋은 꼴을 볼 일은 없다는 걸 알면서도 속에 뭐가 도사리고 있을지 모르는 덤불을 들쑤셔놓았으니, 이제 기다리는 일만 남았다. 주사위 또는 수건은 던져졌으니, 루비콘 강을 건너기만 하면 된다.

그리고 그 결과는 하루 이틀 안으로 나올 터였다.

오전 수업이 끝난 방과 후의 교실에서 꿈지럭꿈지럭 돌아갈 채비를 하는데, 그 사람이 불쑥 모습을 드러냈다.

"히키가야."

#60 괴물이 나올까, 뱀이 나올까 미래를 예상할 수 없음을 뜻하는 일본 속담.

문 바로 옆에서 히라츠카 선생님이 나를 불렀다. 나를 향해 까닥까닥 손짓을 하는 그 얼굴은 조금 난처해 보였다.

그 모습을 보고 나는 우선 첫 번째 도박이 성공했음을 깨달았다.

× × ×

히라츠카 선생님이 나를 데려간 곳은 저번에도 갔던 응접실이었다.

문을 열자마자 상석에 앉은 유키노시타의 어머니와 눈이 딱 마주쳤다. 그러자 유키노시타의 어머니가 생긋 미소를 지었다.

거기까지는 지난번과 마찬가지였다. 달라진 점은 그 밖에도 동석자가 있다는 사실이었다.

유키노시타의 어머니 옆에는 하루노가 앉아 있었다. 하루노는 나를 보더니 살랑 가볍게 손을 흔들며 한쪽 눈을 찡긋해 보였다. 통화할 때는 비웃음을 샀지만, 성공적으로 이 자리를 마련해주었으니 고맙다면 고마운 일이다.

그리고 출입구와 가까운 소파에는 유키노시타가 있었다.

"히키가야……."

미리 이야기를 들었는지, 유키노시타의 표정에는 불안한 기색이 어른거렸다. 그 걱정스러운 눈길에 나는 말없이 고개를 끄덕여 보였다.

그리고 응접실 안을 한 바퀴 둘러본 다음, 뺨을 긁적이며

헤실 웃어 보였다.

"어, 근데 왜 저를 부르신 건지……?"

사실 그 이유라면 내가 가장 잘 알고 있었지만, 혼신의 힘을 다해 시치미를 뗐다. 히키가야 하치만 일생일대의 열연이었다.

그러나 어지간히 발연기였는지, 유키노시타의 어머니는 속이 뻔히 보인다는 듯 엷은 미소를 머금었다. 껄끄러운 침묵 속에서 하루노가 못 참겠다는 듯 킥킥 소리 죽여 웃었다.

"……됐으니까 일단 앉도록."

히라츠카 선생님이 씁쓸한 기색으로 깊은 한숨을 쉬며 내 어깨를 툭 쳤다. 그 표정을 보건대 내 연기는 전혀 통하지 않은 눈치였다. 아니 뭐 별 상관은 없다만…….

나는 시키는 대로 유키노시타 옆자리로 갔다. 그 옆에 히라츠카 선생님이 앉았다.

우리가 자리를 잡자, 정면에 앉은 유키노시타의 어머니는 여전히 온화한 미소를 머금은 채로 염낭에서 휴대폰을 쓱 꺼냈다.

"……일단 이야기를 좀 들어볼까 해서 왔단다."

그렇게 운을 떼고 휴대폰 화면을 내게 보여주었다.

화면에는 더미 프롬 공식 사이트가 떠 있었다. 예전과 달라진 점이 있다면 오직 하나.

단출한 사이트에 화려한 원색 바탕색을 깔고 쓴 『소부 고등학교·카이힌 종합 고등학교 지역 합동 프롬, 올봄 개최!』라는

대대적인 홍보 문구뿐이었다.

"이건……?"

최대한 순진무구한 표정을 지으며 당황한 듯한 목소리로 신음하고, 나는 말문을 흐렸다.

"본 적이 있는 계획 같은데, 어떻게 된 일인지 알려주겠니?"

유키노시타의 어머니는 손끝으로 관자놀이를 문지르며 피곤한 듯 한숨을 쉬었다.

"지난번 프롬으로 많은 학부형 분들께 양해를 구한 참인데, 또 이런 일이 생겼잖니? 그러다 보니 책임자 분께 설명을 듣는 편이 나을 것 같더구나. 어쩌다 이런 상황이 벌어진 거니?"

상냥한 음성에서는 곤혹스러워하는 기색이 짙게 묻어났다.

유키노시타의 어머니가 보기에 이 합동 프롬은 어디까지나 진짜 목적인 소부 고등학교의 프롬을 열기 위한 들러리 기획에 불과했을 터였다. 그 사실을 한눈에 꿰뚫어보았으면서도 내 어설픈 협상에 응해서 한 발 양보해주었고, 말 많은 일부 학부형들을 몸소 설득해서 불만을 잠재워주기까지 했다.

그 시점에서 이 더미 계획은 그 역할을 다했다고 해도 무방했다.

그런데 난데없이 본인이 모르는 곳에서 개최가 결정되었다니, 아닌 밤중의 홍두깨를 넘어서 배신당한 기분마저 들 테지.

유키노시타의 어머니가 내게 실망한 듯한 눈빛을 보내왔다. 내가 할 수 있는 일은 신중하게 말을 골라 성심성의껏 설명드리는 것뿐이었다.

"혼선이 빚어진 모양이군요……. 연락 과정에서 뭔가 착오가 있었나 봅니다."

전력으로 오리발을 내밀자, 유키노시타의 어머니가 쿡쿡 웃었다.

"그래? 결국 이번 일은 단순한 실수였다는 뜻이로구나. 그럼 조속히 철회하고, 중지 조치를 취하도록……."

"아뇨. 그건 좀 힘들지도 모르겠는데요. 이미 외부에 공표해버린 이상, 중지 통보를 했다가는 성가신 상황이 벌어질 테니까요."

말허리를 자르듯 끼어들자, 유키노시타의 어머니가 눈썹을 꿈틀했다.

"그럼 어떻게 하겠다는 거지?"

그 질문에 나는 히죽 불손하게 웃었다.

"글쎄요. 이렇게 된 이상 여는 수밖에 없지 않을까요?"

"말도 안 돼. 무책임한 소리 하지 마."

맞은편에서 반론이 날아오기도 전에 옆자리의 유키노시타가 나를 제지했다. 그리고 엄마를 마주보더니, 격식 차린 말투로 대화를 이어갔다.

"프롬은 저희의 재량 하에서 진행되었습니다. 그러니 부차적으로 발생하는 문제의 해결 역시 저희 책임 하에서 이루어져야 마땅하다고 생각합니다. 동의하시는지요?"

그 질문에 유키노시타의 어머니는 조용히 수긍하며 뒷말을 재촉했다.

"본래는 저희 측 프롬을 성사시키기 위한 복안으로서 파생된 기획입니다. 원리원칙에 따르면 저희가 대처해야 할 문제입니다. 그러니……."

유키노시타는 망설이듯 잠시 말을 끊고, 살며시 시선을 피했다.

"……히키가야는 상관없어."

딸의 이야기를 다 듣고 나서, 유키노시타의 어머니는 그 내용을 곱씹어보듯 천천히 고개를 끄덕였다.

"그래? ……구체적으로는 어떻게 대처할 작정이지?"

어느덧 그 시선은 내가 아니라 유키노시타를 향한 채였다. 그 날카로운 눈빛에서는 사랑하는 딸을 마주한다기보다 사태의 책임자를 대하는 느낌이 났다.

"가급적 신속하게 카이힌 종합고 측과 협의하여 중지 및 사죄 공고를 띄우고, 원만한 수습을 꾀할 생각입니다. 또 필요하다면 관계자를 대상으로 경위를 설명하는 자리를 가지도록 하겠습니다."

"……그래. 그 정도가 타당하겠구나. 달리 할 수 있는 일도 없을 테니까."

"네. 뒷수습은 빠른 편이 나을 테니까요."

딸이 아니라 프롬의 책임자로서 내놓은 의견에 유키노시타의 어머니는 납득한 얼굴로 고개를 끄덕였다. 히라츠카 선생님도 이의는 없다는 듯 수긍했다. 그 모습에 유키노시타 역시 안도한 기색을 드러냈다.

사태가 진정될 기미를 보이면서 분위기가 느슨해진 순간, 내 입꼬리가 씨익 올라갔다.

"글쎄다. 과연 그런다고 카이힌 측이 납득하려나?"

"뭐?"

전원으로부터 동시다발적으로 영문을 모르겠다는 반응이 돌아왔으나, 가볍게 무시하고 흘려 넘겼다. 이렇게 끝내도록 내버려둘 수야 없지요.

"이미 단독으로 프롬을 열어놓고 저쪽하고 같이는 못 한다니, 말이 안 되잖아요?"

"그거야 잘 설명하면 그만이잖니."

내가 빤질거리는 말투로 지적하자, 유키노시타가 발끈해서 바로 받아쳤다. 나는 그것을 도로 맞받아쳤다.

"그런다고 카이힌 애들이 납득할 거 같냐? 해보지도 않고서 안 된다고 하면, 가능한 방법을 함께 모색해보자고 할 놈들이라고."

"그건…… 그럴지도 모르지만."

유키노시타가 난감한 표정으로 말했다. 작년 크리스마스 시즌에 공동으로 이벤트를 추진했던 경험에 비추어볼 때, 타마나와를 비롯한 카이힌 종합고 학생회를 설득하기는 어렵다는 걸 잘 아는 거겠지. 과연 타마나와, 압도적인 설득력이다. 여기서는 타마나와의 위엄을 빌려 단숨에 밀어붙이도록 하자.

"게다가 개최를 공식화했다는 건 저쪽은 학부형을 포함해서 학교 측하고 이야기가 끝났다는 뜻이라고."

마치 주지의 사실인 양 나불나불 막힘없이 지껄여댔다.

그렇지만 당연히 거짓말이다. 그냥 되는 대로 주워섬긴 데 불과하다. 타마나와에게 확인한 적은 없다. 애초에 타마나와가 그렇게 꼼꼼하게 준비했을 것 같지도 않다. 아니, 절대 안 했을 게 분명하다. 그러나 지금은 그런 확신을 조금도 내비치지 않고, 그저 빙긋 웃어 보였다.

"그런 상황에서 우리가 이의를 제기해서 저쪽과 마찰을 빚는 것도 골치 아프지 않을까요?"

여태까지의 패턴으로 미루어볼 때, 유키노시타의 어머니는 지지자와의 마찰이나 성가신 일을 피하는 쪽으로 움직이는 경향이 있다. 언젠가 하야마 하야토가 말했다시피 의원님에게는 학교 관계자도 표밭이니, 다른 학교와의 불필요한 분쟁의 씨앗을 떠안고 싶은 마음은 없을 터였다. 따라서 이해 관계자가 우리 학교에만 국한되는 게 아니라는 뉘앙스를 풍기면, 이쪽의 사정에 맞추어 일방적으로 기획을 취소하려 들지는 않겠지.

유키노시타의 어머니는 부채를 입가에 대고, 한동안 생각하듯 뜸을 들였다. 그 사이에도 그 시선만은 감정하듯 나를 지그시 응시하고 있었다. 그러다 이윽고 부채를 착 접더니, 그걸로 어깨를 톡톡 두드리며 피곤한 표정으로 입을 열었다.

"그 논리는 조금 무리수로구나. ……설령, 만의 하나 저쪽이 이 기획을 용인했다고 치더라도 우리 측의 문제는 해결되지 않았으니까. 애초에 프롬이 거부당했던 이유, 잊었니?"

그 말투는 내 허세 따위 통하지 않는다고 말하는 듯했다. 게다가 근본적인 문제점을 지적함으로써 논점을 흐리려는 시도마저 원천봉쇄해버렸다. 역시 이 사람을 상대로 협상이나 설전을 감행해서는 안 된다.

"마무리가 허술해."

후속타를 날리듯 덧붙여온 따끔한 지적에 나는 그저 쓴웃음을 지을 수밖에 없었다. 그러자 유키노시타가 내 귓가에 대고 조용히 속삭였다.

"엄마가 그 정도로 납득할 리 없잖니."

"……그렇겠지."

나도 모기만한 소리로 나직하게 대꾸했다. 솔직히 나도 이 정도로 설득할 수 있을 거라고는 생각하지 않았다.

상대방이 한 수 위라는 사실은 익히 알고 있다. 그렇다면 그 점까지 감안해서 내 주장을 펼쳐나가면 그만이다.

"일부 학부모 분들의 우려도 이번에야말로 불식시켜드릴 수 있을 겁니다."

나는 구부정하던 등을 펴고 그렇게 운을 뗐다. 몹시 자신만만한 태도에 이목이 집중되는 게 피부로 느껴졌다. 그 눈빛을 옅은 미소로 받아넘기고, 나는 입꼬리를 비틀어 올렸다.

"실제로 한 번 해봤는데 안 되면 그때는 학생들도 포기할 테니까요. 그러면 프롬을 열자고 주장하는 패거리도 없어질 테고요. 그거야말로 일부 학부모 분들께서 원하는 전개 아닌가요? 제게 맡겨주시면 멋지게 실패해드리지요."

호기롭게 큰소리를 치자, 그 자리에 있는 모두가 어안이 벙벙한 표정을 지었다.

"실패하면 안 되잖니……."

"히키가야……."

유키노시타는 두통을 참듯 관자놀이를 지그시 눌렀고, 히라츠카 선생님은 깊은 한숨을 내쉬었다. 하루노는 푸훗 터져 나오려는 웃음을 간신히 억눌렀다.

"조금 더 똑똑한 아이인 줄 알았는데……."

유키노시타의 어머니는 기막히다는 듯 나직하게 한숨을 쉬었다. 그 눈빛에는 실망한 기색이 역력했다.

"협상이 성립되지 않는구나. 위험에 걸맞은 보상이 제시되지 않았잖니."

"그렇겠죠. 애초에 학부모회를 상대로 협상을 벌이려는 게 아니니까요. 그저 점잖게 프롬을 시행하겠다는 취지를 설명드리는 것에 지나지 않습니다."

내가 옅은 쓴웃음을 지으며 정중하게 통보하자, 유키노시타의 어머니는 살짝 눈살을 찌푸렸다.

"……그래? 기어코 이 기획을 실행에 옮길 작정이로구나."

찌르는 듯한 시선과 얼음장 같은 음성에 등줄기가 오싹해졌다. 하지만 그럼에도 나는 고개를 끄덕였다. 왜냐하면 나로서는 이렇게 태도로 전하는 수밖에 없으니까. 이것은 협상이 아니라 단순한 경위 설명이자 결의 표명이며, 주의를 돌리려는 시도에 불과하다고. 이 대화에 의미가 없다는 사실은 양측

모두 알고 있다.

이 사람과 협상을 벌여본들 무의미하다.

이제 내 수중에 써먹을 만한 패는 남아 있지 않으니까.

유키노시타의 어머니에게 절대적인 효력을 발휘할 만한 비장의 카드는 이미 사용해버렸다. 고로 이 사람과 맞서서 내게 유리한 방향으로 협상을 이끌어갈 방법은 없다.

그러나 쓸 만한 패가 없으면 만들면 그만이다. 이건 그런 식의 야바위다.

지난번 협상에서 유키노시타의 어머니 눈에 히키가야 하치만은 사기꾼 같은 인상으로 비쳤을 테지. 적어도 협상이나 토론 같은 게임의 상대로 삼기에, 지루하지는 않은 존재쯤으로는 여길 터였다. 어디까지나 그랬으면 좋겠다는 희망적인 관측에 지나지 않지만, 지금은 그 가능성에 걸어보는 수밖에 없다.

가령 유키노시타의 어머니에게 내가 그냥 무시해버릴 수 없는 존재로 인식되었다면, 그녀는 생각할 게 분명하다. 히키가야 하치만은 왜 이렇게 궁색한 연극을 하면서까지 성공 가능성도 낮은 합동 프롬을 강행하려 드는가를.

"왜 이러는지 잘 모르겠구나."

유키노시타의 어머니는 입가에 부채를 톡 얹고 관자놀이 언저리를 꾹꾹 누르며 끄응 생각에 잠겼다. 그 모습이 귀엽다고, 조금은 엉뚱한 생각을 하고 말았다.

몸짓이라든가 말투 같은 자잘한 습관 곳곳에서 모녀지간임이 느껴졌다. 내심 신기해하는데, 옆에서 팔꿈치로 쿡 찌르는

느낌이 났다.

곁눈질하자, 유키노시타가 입술을 잘근 깨물며 이맛살을 찌푸리고 물었다.

"……어쩔 작정이야?"

"뭐가?"

시치미를 뚝 떼자, 유키노시타가 매섭게 나를 노려보았다. 그 험악한 기세에 시선을 피하자, 정면에서 유키노시타의 어머니가 그 갸름하고 아름다운 얼굴로 생긋 미소 지었다. 그 표정은 마치 퍼즐을 푸는 어린아이처럼 천진난만했다.

"이건 다 네가 꾸민 짓이지?"

"천만에요. 단순한 휴먼 에러, 인간적인 실수인데요."

어깨를 으쓱하며 응수하자, 하루노가 피식 웃었다.

"인위적을 잘못 말한 거겠지."

하루노의 시니컬한 지적에 모두가 말없이 동조했다. 이렇게 되면 계속 잡아떼 봐야 역효과만 날 뿐이다. 여태까지 오간 대화는 전부 상대를 협상 테이블에 앉히기 위한 방편에 불과했다. 즉 지금부터가 승부처인 셈이다.

"경위야 어찌됐건 합동 프롬 개최는 우리 학교에도 의미 있는 일이 될 거라고 생각합니다. ……지난번 프롬에는 납득하지 못한 분도 계시는 모양이니까요. ……안 그래요?"

나는 한쪽 뺨을 끌어올려, 빈정거리는 미소를 유키노시타 하루노 쪽으로 향했다.

내 말에 하루노는 몇 번 눈을 깜빡였지만, 이내 입꼬리를

일그러뜨리며 씨익 미소를 지었다. 그러나 단지 웃기만 할 뿐 아무런 대답도 하지 않았다.

이유야 뭐가 됐든, 소부고 프롬에 명확하게 불만을 표출한 사람은 유키노시타 하루노뿐이다. 따라서 이 상황을 타개할 돌파구 역시 하루노 말고는 없다.

그동안 내내 당신 손아귀에서 놀아났잖아. 한 번쯤은 이쪽 페이스에도 맞춰달라고.

노골적으로 빤히 쳐다보자, 유키노시타의 어머니도 그에 이끌리듯 흘끗 하루노를 돌아보았다.

"……뭔가 불만이 있었니?"

"아니?"

엄마의 물음에 하루노는 가볍게 어깨를 으쓱하며 능청을 떨었다.

"딱히 불만은 없는데? 유키노는 그걸로 만족했던 모양이고, 엄마도 그걸로 된 거잖아? 그럼 내가 왈가왈부할 문제가 아니지. 안 그래?"

도발적인 말투에 유키노시타의 어머니가 놀란 표정을 지었다.

그 반응에 유키노시타가 나직하게 한숨을 쉬었다.

유키노시타의 어머니는 긍정도 부정도 하지 않고, 그저 온화한 미소를 짓기만 했다.

그러나 부정하지 않은 시점에서 대답한 것이나 다름없었다.

그 결론을 유키노시타는 별로 충격 받은 기색도 없이 담담하게 받아들였다. 직접 말로 듣지는 않았어도 본인 역시 알고

있었던 거겠지.

예기치 않게 싹튼 침묵이 콜타르처럼 무겁게 드리웠다. 그런 상황이었기에 내 목소리는 더욱 또렷하게 울려 퍼졌다.

"저도 납득 못했거든요."

그 순간 전원의 시선이 내게로 쏠렸다.

유키노시타의 어머니는 흥미로운 듯 눈을 가늘게 떴고, 하루노는 그럴 만하다는 듯 심술궂게 웃었다. 그리고 히라츠카 선생님은 지켜보듯 고개를 끄덕였다.

단지 유키노시타 유키노만이 눈을 내리깔았다. 걱정스러운 기색으로 그 모습을 흘끗 살피고, 유키노시타의 어머니는 내게로 시선을 향했다.

"이유를 알려주겠니?"

"그야 어디로 보나 제가 기획한 프롬이 더 낫잖아요? 그게 실현됐더라면 어떻게 됐을지 알고 싶은 건 자연스러운 감정 아닐까요?"

나는 능글맞게 익살을 떨었다.

그러자 사방에서 일제히 옅은 한숨이 쏟아져 나왔고, 이윽고 귀가 아플 정도의 정적이 내려앉았다.

쥐죽은 듯 고요한 수준이 아니었다. 그야말로 흩날려라 쥐약이라도 한 것 같은 침묵이었다.

오른쪽의 히라츠카 선생님이 나를 쿡 찔렀고, 왼쪽에서는 허벅지를 꽉 꼬집어 무언의 항의를 해왔다. 은근히 아파서 몸을 뒤틀자, 고개를 돌리고 어깨를 부들부들 떠는 하루노의

모습이 눈에 들어왔다.

정면에 앉은 유키노시타의 어머니만이 진지한 얼굴로 흐음 생각에 잠겼다.

"……한마디로 네 사적인 욕심이라는 뜻이로구나."

"그런 셈이려나요?"

쓴웃음을 지으며 대답했지만, 유키노시타의 어머니는 여전히 납득이 가지 않는지 고개를 갸웃했다. 그 시선은 내 진의를 살피는 듯했다.

"그렇지만 지금 같은 상황에서는 실현될 가능성이 희박해. 그 정도는 알 법도 한데……."

그 음성은 곤혹스러워하는 기색이 역력했다. 유키노시타의 어머니로서는 당연한 의문이겠지. 그렇지만 내게는, 또는 그녀에게는 자명한 이치였다.

"……잘 풀리지 않는다 해도 똑바로 답을 이끌어내야 하니까요. 제대로 결말을 짓지 못하면 계속 후유증이 남거든요."

한심하게 히죽 웃으면서 말하자, 하루노가 푸훗 웃음을 터뜨렸다.

"바보구나, 바보가 따로 없어……. 고작 그런 이유로 프롬을 열겠다고? 너 바보지?"

구태여 지적할 필요도 없다. 내가 봐도 정말 바보 같으니까. 스스로도 우스울 지경이었다.

"말씀하신 대로 지극히 사적인 이유니까, 이해나 도움을 받을 마음은 없습니다."

하지만 내 답은 이것뿐이다.

내가 유키노시타 하루노에게 들려줄 수 있는 답은 이것뿐이다.

하루노는 조용히 웃음을 거두고, 손을 입가로 가져가 매혹적인 입술을 천천히 쓰다듬었다. 나를 바라보는 시선은 무기질적이어서, 온도가 전혀 느껴지지 않았다. 신경에 얼음물을 부어넣은 듯한 감각으로 모골이 송연해졌다. 그 한기를 억지로 떨쳐내고, 나는 다시 입을 열었다.

"다행스럽게도 학생회의 이름을 빌리지는 않았으니, 어디까지나 희망하는 학생들의 자율적인 활동인 걸로 해서……."

"그건 불가능해."

내 말을 하루노가 가로막았다. 톡톡 테이블을 손가락으로 두드리며, 비웃는 듯한 미소와 함께 말을 이었다.

"이 들러리 기획을 파토내고 반발하는 학부형을 회유한 사람은 우리야. 이 기획이 실행되면 우리한테 클레임이 들어올 게 뻔하잖아?"

하루노의 말에 유키노시타의 어머니도 암묵적으로 동의를 표했다.

사실 유키노시타 집안 입장에서 볼 때, 합동 프롬은 위험만 따를 뿐 실익은 거의 없다시피 하다. 소부 고등학교 프롬이 반대에 부딪쳤을 때도 표면적으로 협상에 나선 사람은 유키노시타의 어머니였지만 따지고 보면 그 실상은 일부 학부모의 대리인에 가까웠고, 오히려 중재자 역할을 맡아준 협력자라고도 볼 수 있었다. 그런 유키노시타 집안의 의향에 반하는 합

동 프롬 기획은 그 체면에 먹칠을 하는 행위나 마찬가지다.

나를 질타하는 듯한 음성으로 하루노는 다시 덧붙였다.

"이건 이제 우리 집안의 문제기도 해. 프롬만 하더라도 유키노가 스스로 결정하고 노력해서 해낸 거잖아? 엄마도 그 점을 인정해준 셈이고……."

흘끗 유키노시타를 곁눈질하고, 하루노는 어두운 눈동자로 내 얼굴을 가만히 응시했다.

"히키가야, 그걸 부정하는 거야? 우리 집안 문제에 끼어든다는 게 뭘 의미하는지는 알아?"

"그건……."

유키노시타가 입을 열려 했다. 십중팔구 그것과는 상관없는 이야기라고 말하려는 거겠지.

하지만 유키노시타가 그 뒷말을 하도록 내버려둘 마음은 없었다. 지긋지긋하다는 듯 한숨을 쉬어 그 말을 가로막고, 두어 번 가볍게 고개를 끄덕였다.

"알다마다요."

새삼 입에 올리는 것도 우스울 만큼 잘 안다. 오래 전부터 알고 있었다. 여태까지도 누누이 들어온 말이다. 그 의미는 뼈저리게 이해하고 있었다.

그랬기에 질문을 받을 때마다 나는 답을 내놓는 대신 도피하고, 또는 회피하고, 때로는 얼버무려 왔다. 그러나 하루노는 그런 어중간함을 용납하지 않고, 추궁하고 규탄하고 단죄해왔다.

그런 유키노시타 하루노이기에 이런 상황에서도 틀림없이 물어볼 거라고 확신했다.

나는 내내 그 질문을 기다려왔던 것이다.

이 자리에서, 이 사람들 앞에서 이런 말을 해야 하다니. 정말이지 최악이다. 지독한 수치심에 머리와 가슴을 쥐어뜯고 싶어졌다.

그러나 내가 마련할 수 있는 카드는 이것밖에 없었다.

"……그와 관련된 책임도, 뭐랄까, 질 수 있다면 질 생각입니다."

벼르고 벼른 끝에 한 말이건만, 스스로도 한심하게 느껴질 정도로 작은 중얼거림밖에 나오지 않았다. 얼굴을 똑바로 마주볼 수 없을 것 같아 고개를 떨군 채 대답하자, 웃음기를 머금은 숨소리가 들려왔다.

"……못 말려. 역시 바보라니까."

그 음성이 놀랄 만큼 다정했던 탓에 나는 반사적으로 고개를 들었다. 눈앞의 하루노는 몹시 쓸쓸한 눈빛을 하고 있었지만, 입가에는 부드러운 미소가 감돌았다.

"……그런 말은 조금 더 멋지게 해야 하지 않겠니?"

유키노시타의 어머니는 부채를 촥 펼쳐서 입가를 가렸다. 그러나 눈빛만 봐도 부채 뒤에서는 웃고 있음을 알 수 있었다. 다만 결코 따스한 눈빛은 아니었다. 흥미본위의 호기심 어린 눈길이었다. 생쥐 장난감을 눈앞에 둔 고양잇과 동물 특유의 시선과 흡사했다.

그 시선에서 벗어나려고 몸을 뒤틀자, 옆에서 히라츠카 선생님이 끼어들어주었다.

"일부 희망하는 학생의 자율적인 활동이라면 학교 측이 관여하기는 힘들 것 같습니다. 물론 주의를 촉구하기는 하겠지만, 직접적인 지도에 나서지는 않을 겁니다."

"네, 그렇겠지요."

히라츠카 선생님의 말에 유키노시타의 어머니는 우아하게 고개를 끄덕였다. 그러나 그 시선은 곧 다시 내 쪽을 향했다.

"다만 학교 측이 주관하는 행사는 아니라 해도, 실패할 게 불 보듯 뻔한 계획에 찬성하기는 어렵구나. ……정말 가능하다고 생각하는 거니?"

"해보지 않고서는 뭐라고 말씀드리기 힘든데요."

어깨를 으쓱하면서 대답해봤지만, 유키노시타의 어머니의 시선은 내게서 떨어질 줄 몰랐다. 확실한 대답을 들을 때까지 물러설 마음이 없는 눈치였다.

현재로서는 현실적으로 무리가 있다는 걸 내가 가장 잘 안다. 어떻게 이 위기를 빠져나가야 하나 궁리하다가 입을 열려는 순간, 옆에서 나직한 한숨소리가 들려왔다.

"……굳이 시험해볼 것도 없잖니. 우리 측 예산은 거의 바닥난 데다, 애초에 학생회 행사가 아닌 만큼 그쪽에서 자금을 끌어올 수도 없어. 무엇보다도 시간이 압도적으로 부족해. 규모도 더 커지는 셈이니 현안 사항이었던 풍기문란은 우리의 통제 범위를 넘어설 테고. 불가능해."

내가 다다른 결론과 거의 똑같은 내용을 유키노시타가 조목조목 열거했다.

냉담한 옆얼굴에서는 체념의 빛이 강하게 묻어났다. 그 설명은 유키노시타의 어머니를 납득시키기에도 충분했는지, 가벼운 끄덕임과 함께 나를 떠보는 듯한 음성이 들려왔다.

"그렇다는데, 어떻게 생각하니?"

"그야 물론 제 능력으로는 어렵겠지요."

솔직하게 대답하자, 유키노시타의 어머니는 딱히 놀랍지도 않다는 듯 『그렇겠지』 하고 고개를 끄덕였다. 그 반응도 다른 의미로 비위에 거슬렸지만, 그래도 사실이니 어쩔 수 없다.

크윽 말문이 막혀버린 나를 유키노시타의 어머니는 유쾌한 표정으로 바라보았다. 그 눈빛은 『자, 이제 어쩔 생각이니?』 하고 넌지시 묻는 것 같았다.

퀴즈의 정답이 공개되기를 기다리는 듯한 미소에, 나는 씨익 음흉한 웃음으로 응수했다.

"……하지만 다행스럽게도 프롬을 성공적으로 지휘해본 경험자를 알고 있거든요. 바로 댁의 따님입니다만."

"뭐? 잠깐, 그게 무슨……."

내가 내놓은 답이 의외였는지, 유키노시타가 엉거주춤 일어나서 내 어깨를 붙잡았다. 그것을 손으로 살며시 제지하고, 나는 다시 정면을 바라보았다.

"아니면 혹여 자제분의 자질을 의심하시는 건지요? 지난번 프롬에 뭔가 우려되는 점이라도……?"

과도하리만큼 정중하게, 깍듯함을 가장해서 다소 무례하게 느껴질 수 있는 질문을 던지자, 유키노시타의 어머니가 쓴웃음을 지었다.

"내가 어떤 대답을 하든, 네 결론은 바뀌지 않을 것 같구나."

정확한 판단이십니다.

우려되는 점은 없다고 한다면 승낙의 뜻으로 해석해버리고, 우려되는 점이 있다고 한다면 멋지게 불식시켜 보이겠다고 장담하면 그만이다.

내 결론은 처음부터 전혀 변함이 없었다. 유키노시타의 어머니와도, 그리고 유키노시타 하루노와도 협상을 벌일 마음은 추호도 없었고, 오로지 지금 이 상황을 연출할 목적으로 대화를 이끌어온 데 불과했다.

그 사실을 눈치챘는지 유키노시타의 어머니는 부채를 착 접더니 후훗 미소 지었다.

"설명은 잘 들었습니다. 학생회 예산을 유용하지 않는 자율적인 행사라면, 학부모회로서는 강하게 나가기 힘들겠군요."

그 말에 편승하듯 하루노가 키득키득 웃었다.

"학부모회로서는? 그럼 엄마로서는 어떤데?"

"어떻기는……."

약간 곤란한 기색으로 뺨에 손을 얹고, 유키노시타의 어머니는 무거운 한숨을 내쉬었다.

"만약 유키노가 정말로 아버지 일을 제대로 공부해볼 생각이라면 더 적절한 환경에서 배워야 마땅하다고 생각하고, 보

다 실전에 가까운 현장 경험을 쌓는 게 옳겠지. 뭐든 다 경험이라고 하면 듣기에는 좋지만, 실패할 게 뻔한 일에 관여해서 유키노에게 득 될 게 없으니까."

차가운 음성으로 막힘없이 대답하는 사이, 유키노시타의 어깨가 조금씩 처져갔다. 그 지적은 하나같이 타당하기 그지없어, 반론의 여지를 찾을 수 없었다.

"엄마로서는 반대야."

유키노시타의 어머니는 몹시 단호한 말로 대화를 끝맺었다. 그 말에 이견 따위 있을 리 만무했고, 결국 유키노시타는 조용히 눈을 감고 고개를 떨구었다.

그런 딸을 한 번 더 몰아세우듯 유키노시타의 어머니는 「그러니……」 하고 말을 이었다.

"유키노, 네가 결정하려무나. ……책임자는 너잖니?"

그렇게 묻는 음성은 마치 다그치는 것처럼 들리기도 했다. 놀란 듯 고개를 든 유키노시타가 마주한 것은 시험하는 듯한 눈빛이었다.

유키노시타는 당황한 기색으로 머뭇거렸다. 하지만 이내 고개를 가로젓고 결연한 표정을 지었다.

"……생각해볼 필요도 없어. 답은 이미 정해져 있으니까."

그렇다. 유키노시타 유키노는 이미 답을 내놓았고, 다 끝난 일이라고 여긴다.

누가 어떤 식으로 물어보든 그렇게 대답하리라고 확신했다.

따라서 내가 세워야 했던 대책은 단 하나.

준비해야 했던 패는 이 비장의 카드 한 장뿐.

내 협상 상대는 처음부터 오직 한 명.

유키노시타 유키노였다.

"……유키노시타."

말을 걸자, 유키노시타의 어깨가 움찔 떨렸다.

어떤 말을 해야 할지 수없이 생각해보았다. 하지만 그것들은 십중팔구 하나같이 옳지 않고, 전부 잘못됐다. 그래서 가장 잘못됐다고 생각되는 것을 골랐다.

"솔직히 성공시킬 자신은 없어. 시간도 돈도 다 부족한데, 골칫거리만큼은 확실하게 늘어났으니까. 까놓고 말해서 애로사항이 더 많아. 중대한 문제가 생기지 않는단 법도 없고, 아무것도 보장하지 못해. 어디까지나 내 이기심, 개인적인 이유에서 벌인 일이야. 그러니 네가 억지로 떠맡을 필요는 없어. 꽤나 어려운 사안이라고 생각해. 그러니까 무리하지 마라."

그러자 주위에서 새삼스럽게 무슨 소리냐는 듯한 실소가 새어나왔다. 심지어 말한 나조차도 씁쓸한 미소를 짓고 말았다.

그러나 히키가야 하치만과 유키노시타 유키노의 대화는 이래야 마땅하다.

난처한 나머지 눈썹 끝이 내려간 채로 울 것 같은 표정을 하고 있던 유키노시타가 조용히 고개를 숙였다.

"……얄팍한 도발이구나."

떨리는 음성은 그대로 꺼져 들어갈 듯 가냘팠고, 토라진 것 같기도 하고, 화가 난 것 같기도 했다. 그렇지만 어느 쪽이든

상관없었다. 나는 그 목소리를 듣기 위해 이곳에 있는 거니까.

"그래. 미안하지만 도발에 넘어와 주라. 어려운 일이라는 건 알지만 부탁한다. 나를 구해줘."

그 어깨가 조용히 떨리며 습기를 머금은 숨결이 흘러나왔다. 깊은 한숨을 쉬고, 유키노시타가 고개를 들었다.

"좋아, 넘어가줄게. 난 지고는 못 사는 성격이니까."

당찬 목소리로 그렇게 대답하고, 입가에 미소를 머금은 채 살며시 눈꼬리를 훔쳤다. 못 말리겠다고 말하는 듯한 옅은 쓴웃음은 무척 오래간만에 보는 기분이 들었다.

미소를 거두고, 유키노시타는 엄마와 언니를 돌아보았다.

"……제가 책임자로서 사태 수습을 꾀하도록 하겠습니다."

"그래……?"

의연한 선언에 유키노시타의 어머니는 온화한 미소를 띠며 고개를 끄덕였다.

그리고 지그시 눈을 감았다.

천천히 눈을 떴을 때는 그 표정과 음성 모두 돌변한 후였다. 싸늘한 눈빛에는 마주하는 이를 위축시키는 기백이 감돌았다. 나는 반사적으로 흠칫했지만, 유키노시타와 하루노는 동요하지 않았다.

"유키노……. 나는 엄마로서 해야 할 말을 했단다. 그래도 네가 꼭 하겠다면, 반드시 완수해내도록 하려무나."

"……안 그래도 그럴 작정이야."

어깨에 내려앉은 머리카락을 쓸어 넘기며, 유키노시타가 대

담하고 호전적인 미소를 지었다. 그 모습은 위압적으로 굴 때의 하루노의 이미지와도 겹쳐 보였다.

× × ×

응접실에서의 대화가 끝난 지 얼마 후.

추후 일정에 관해 간단하게 논의하고 나니 어느덧 해가 뉘엿뉘엿 저물어가는 시간이 되었다. 현관을 빠져나와 자전거 주차장으로 향하는 내 발걸음은 극도의 긴장과 피로로 맥없이 휘청거렸다.

그래도 어찌어찌 힘겹게 자전거를 끌며 교문을 나서려던 그때, 저 앞에서 터벅터벅 걸어가는 유키노시타의 모습을 발견하고 말았다.

그 발걸음은 몹시 무거웠고, 코트와 머플러를 만지작거리다가 주저하듯 서성거리며 느릿느릿 걸어갔다. 평소의 당찬 분위기와는 상당히 괴리감이 있는 모습이었다. 그런 식으로 걷다 보니, 자전거를 끌고 가는 내 굼뜬 발걸음으로도 결국 따라잡고 말았다.

그냥 지나쳐가기도 껄끄럽고, 그렇다고 인사만 한마디 건네고 가자니 뭔가 겸연쩍은 느낌이 들었다. 뭐라고 인사해야 좋을지 감이 안 잡히는 데다, 무엇보다도 그런 말 한마디로 넘겨버려서는 안 될 것 같았다.

그래서 뭐라고 말을 걸어야 하나 고민하다가, 일단 분위기

를 살피기로 했다.

천천히 자전거를 끌며, 터덜터덜 걷는 유키노시타 옆으로 다가갔다.

그러자 유키노시타는 흘끗 이쪽을 곁눈질하더니 놀란 표정을 지었지만, 이내 쓱 눈을 내리깔았다. 그리고 이번에는 아무 말 없이 걸음을 재촉했다. 그래서 나도 뒤처지지 않도록 잰걸음으로 걷기 시작했다.

성큼성큼 나아가는 로퍼와 끼릭끼릭 소리를 내는 자전거 바퀴는 앞서거니 뒤서거니 하면서도 결국은 비슷한 속도를 유지했다.

그런 분위기 속에서 꽤나 오랫동안 묵묵히 걸음을 옮겼다. 이 거리에서 이만큼 긴 시간 동안 굳게 침묵을 지킨 이상, 절대 내가 먼저 입을 열지 않겠다고 피차 오기를 부린 탓도 있었을 테지. 물론 그냥 굉장히 어색하다는 이유도 컸다.

도중에 몇 번 버스 정거장과 갈림길이 나왔지만 그런 건 거들떠보지도 않고, 또 옆사람에게 눈길을 주는 일도 없이, 그저 하염없이 길을 따라 똑바로 나아갔다.

그래도 성가신 일을 부탁하는 입장이니만큼 내가 먼저 말을 거는 게 도리겠지.

케이요선 고가철도 밑을 지나면 말을 걸기로 마음먹고, 조심스럽게 타이밍을 살폈다.

한 발짝 두 발짝 내딛자 전철이 머리 위의 고가철도를 통과했고, 순간적으로 거리의 소음이 사라진 느낌이 들었다.

심호흡을 하고, 반 발짝 앞서가는 유키노시타의 뒷모습을 향해 말을 걸었다.

"……끌어들여서 미안하다."

"……어쩔 수 없잖니."

무난한 말로 어렵사리 운을 떼자, 유키노시타는 이쪽에는 눈길조차 주지 않고 낮은 음성으로 쌀쌀맞게 대꾸했다.

"그 상황에서 거절할 수도 없으니까. 너 정말 뭐하자는 거니? 도무지 영문을 모르겠어."

투덜투덜 꿍얼꿍얼 볼멘소리를 늘어놓는 사이, 유키노시타의 말소리도 발걸음도 점점 빨라져갔다.

"신흥종교 아니면 방문판매 업자들이나 써먹을 법한 수법이잖니, 그거."

"아니, 그건 좀 너무 나간 거 아니냐? 그야 물론 있는 소리 없는 소리 마구잡이로 늘어놔서 바람을 넣기는 했다만, 딱히 뭔가 해결책을 제시한 건 아니라고. 오히려 도움을 요청한 거지."

"타개책을 마련해주지 않는다는 면에서는 사기만도 못하구나……. 훨씬 악질이야."

유키노시타가 지적한 대로 존재하지도 않는 위험을 날조해서 불안을 조장하고, 그 해결책을 제시하는 것은 전형적인 사기 수법이다. 한 가지 큰 차이점이 있다면 나는 해결책이라고 할 만한 방안을 일절 제시하지 않았다는 점이다. 그런 측면에서는 사기만도 못하고, 오히려 더 악랄하다고도 할 수 있다.

유키노시타가 힘없이 한숨을 쉬었다.

"가족들이 네 회유에 넘어가는 모습을 보면서 공포마저 느꼈어."

"딱히 회유한 적 없다만. ……애초에 그 정도로 속아줄 군번이면 굳이 그딴 개뻥을 칠 필요도 없지. 난 오히려 그쪽이 순순히 물러나준 게 더 무서웠다고……."

말을 마친 순간, 진심 어린 깊은 한숨이 흘러나왔다.

유키노시타의 어머니와 하루노가 내가 지껄인 얼토당토않은 헛소리를 믿어주었을 리는 없다. 실제로 응접실에서 설전이 오갔을 때, 합동 프롬 계획 자체는 완벽하게 부정당했으니까.

내 미숙한 흉정을 즐기기는 했을 테지만, 사실 유키노시타 집안 입장에서는 굳이 감수할 필요 없는 위험요소다.

그 사실은 유키노시타도 당연히 이해하고 있었다. 변함없이 반 발짝 앞을 걷던 유키노시타가 어깨에 멘 가방을 고쳐 메며 나직하게 중얼거렸다.

"하긴……. 엄마도 언니도 그 정도로 물러설 타입은 아니니까."

"그렇지? 막판에는 무서워서 죽는 줄 알았다니까. 그거 뭐냐? 무슨 의도가 있는 건데?"

"몰라. 내가 그걸 어떻게 아니?"

토라진 듯 홱 고개를 돌리고, 유키노시타는 다시 성큼성큼 앞장서갔다.

해변에서부터 쭉 이어져온 길도 곧 국도에 다다른다. 여기서 왼쪽으로 꺾어지면 우리 집으로 향하는 길이 나올 터였다.

그러나 함께 걸으며 이야기하는 사이, 헤어질 타이밍을 완

전히 놓쳐버리고 말았다.

……아니, 그건 거짓말이다. 여기까지 오는 동안에도 그럴 타이밍은 여러 번 있었다. 내가 그 기회를 번번이 무시해왔을 뿐이다.

국도를 건너는 육교로 접어들었을 때, 나는 망설임 없이 자전거를 끌며 힘차게 걸음을 내딛었다.

유키노시타는 이쪽을 돌아보지도 않고 계단을 오르기 시작했다. 나도 그 뒤를 따랐다. 다만 자전거를 끌며 경사로를 올라가야 하는 상황상, 아무래도 내가 약간 뒤처질 수밖에 없었다. 한 발짝 두 발짝 점차 거리가 벌어졌고, 유키노시타가 먼저 다리 위에 올라섰다.

유키노시타를 따라잡으려고 계단을 하나씩 건너뛰며 걸음을 재촉해, 삐걱대는 자전거를 끌고 경사로 꼭대기까지 올라갔다. 그러자 다리 위에 서 있던 유키노시타가 흘끗 나를 곁눈질했다.

아무래도 기다려준 눈치였다. 눈짓으로 미안하다는 신호를 보내자, 유키노시타가 괜찮다는 듯 고개를 저었다. 그러나 시선이 마주친 것은 잠시뿐이었고, 유키노시타는 도로 획 고개를 돌리더니 성큼성큼 걸음을 옮기기 시작했다.

그 뒷모습을 놓치지 않으려고 걸음을 서두른 끝에 마침내 나란히 걷게 되었다. 줄곧 반 발짝 앞서갔고, 계단에서는 두 발짝쯤 벌어지고 말았던 거리는 이미 사라진 후였다.

서로의 발소리가 겹쳐지자, 유키노시타가 아까 하던 말을

이어갔다.

"엄마의 그 눈빛, 언니를 볼 때와 똑같았어……."

"……인정받았다는 뜻이려나?"

"글쎄, 내쳐진 건지도 모르지."

유키노시타는 자조적으로 웃으며 어깨를 으쓱했다.

"애초에 지난번 프롬으로 엄마가 나를 다시 봤다는 생각은 들지 않으니까. 그런데 더 위험한 짓을 하겠다고 나섰으니, 보통은 질려버리겠지."

그 말투는 마치 스스로에게 질렸다고 탄식하는 듯했다. 뭐라고 대답해야 하나 고민하느라, 내 발걸음이 잠시 느려졌다. 그 틈에 유키노시타는 또다시 몇 발짝 앞질러 가버리고 말았다.

"……미안하다. 집안 문제나 진로 같은 건 외부인이 개입할 영역이 아니라는 것쯤은 안다만, 결국 끼어들어서 휘저어놓고 말았으니까. ……그 책임은 꼭 지마."

신중하게 말을 고르며, 나는 걸음을 빨리했다.

"그럴 필요 없어. 내 선택에 네가 책임을 져야 할 이유는 없으니까. 네가 해야 할 일은 따로 있잖니."

말이 먼저 다다르고 이어서 발길이 따라잡자, 유키노시타는 걷는 속도를 조금 늦추었다.

"……왜 이렇게 무모한 일을 벌인 거니?"

망설이듯 옅은 한숨을 내쉬고 유키노시타가 나직하게 물었다. 살짝 고개를 숙인 탓에 표정은 잘 보이지 않았지만, 꺼져 들어갈 듯한 목소리에는 서글픈 울림이 담겨 있었다.

뭐라고 대답해야 할까.

지극히 짧은 시간. 육교 밑 국도로 차가 두 대 지나가고, 유키노시타가 세 발짝 앞으로 나아가는 데 불과한 시간. 나는 걸음을 멈추고 우두커니 서 있었다.

생각하는 데 필요한 시간이 아니었다. 각오를 다지기 위한 시간이었다.

"……그것 말고는 너와의 관계를 이어나갈 방법이 없었으니까."

"뭐?"

유키노시타가 걸음을 멈추고 휙 나를 돌아보았다. 표정은 놀라움으로 가득했고, 어정쩡하게 벌린 입에서는 당장이라도 영문을 모르겠다는 말이 튀어나올 것 같았다.

"봉사부가 없어지면 접점도 사라지니까. 달리 너를 끌어낼 구실이 떠오르지 않았어."

"왜, 그런……."

육교 가운데쯤에 멍하니 서 있는 유키노시타의 얼굴을 멀리서 달려오는 자동차 헤드라이트가 비추었다. 새하얀 불빛에 유키노시타가 입술을 살짝 깨무는 게 또렷이 보였다.

"……약속은 어떻게 하고? 소원, 들어주라고 했잖니."

음성은 나무라듯 가늘게 떨렸고, 시선은 후회하듯 아래를 향했다.

그렇게 말할 줄 알았다. 그런 표정을 지을 줄 예상했다.

하지만 그럼에도 나는 이기적인 인간이기에, 다른 누구의 심정도 고려하지 않기로 마음먹고 그 뒷말을 입에 담았다.

"그 일환이라고 볼 수도 있어."

유키노시타는 의아한 눈빛으로 나를 바라보며 고개를 갸웃해서, 말없이 그 의미를 물어왔다. 육교의 오렌지색 가로등이 그날의 저녁노을처럼 눈으로 스며들어, 나는 가늘어진 눈매를 살짝 휘었다.

"……평범한 방과 후에 네가 있어줬으면 한다고, 그렇게 말했거든."

유이가하마의 말을 전하자, 유키노시타는 말문이 막힌 표정을 지었다. 그리고 젖은 눈시울을 보이지 않으려는 듯 고개를 돌려 나를 외면했다.

"……그거라면 구태여 이렇게 성가신 일을 벌이지 않아도 할 수 있잖니."

"아니, 무리야. 지인, 아는 사람, 친구, 동급생 등등 호칭은 여러 가지일 테지만, 그런 관계를 제대로 유지해나갈 자신이 없거든."

"너는 그럴지도 모르지만…… 나는 잘 할 거야. 분명 더 능숙하게 해낼 수 있게 될 거야……. 그러니까 괜찮아."

대답한 유키노시타는 대화를 끊어내듯, 과거를 떨쳐내듯 걸음을 옮겼다.

그 허세에 저절로 미소가 새어나와, 나는 입가에 피식 삐딱한 웃음을 머금었다.

"이런 말하기는 미안하다만, 너나 나나 대화에 소질이 있는 편은 못 되는 데다 성격도 배배 꼬였잖아? 말 나온 김에 덧붙이

자면 인간관계도 서투르기 짝이 없고. 그러다 보니 이제 와서 능숙하게 해낼 수 있을 것 같지가 않거든. 거리를 두었다가는 현상유지는커녕 더 멀어져버릴 자신이 있다고. 그러니까……."

몇 걸음 뒤쳐져서 나도 유키노시타를 따라갔다.

멀어져가는 뒷모습에 무심코 손을 뻗을 뻔했지만, 주저하고 말았다.

이야기를 계속하기 위해서라면 불러 세우기만 하면 된다는 것을 안다. 아니면 그냥 지금처럼 걸으면서도 대화를 주고받기는 어렵지 않다. 애초에 합당한 이유도 없이 그 손을 만지다니, 그런 일은 있을 수 없다.

하지만 이유는 있었다.

단 하나, 양보할 수 없는 이유가.

"……놓쳐버리면 다시는 잡을 수 없어."

마음을 다잡듯, 아니, 마음을 다잡기 위해 그렇게 말하고, 나는 손을 뻗었다.

한손으로 자전거를 끄는 중이라서 꼴사나운 데다가 손바닥에서는 땀이 배어나오기 시작했고, 얼마나 힘을 주어야 할지도 알 수 없었지만.

그래도 나는 유키노시타의 소맷부리를 잡았다.

놀랄 만큼 가녀린 손목이 내 손안에 쏙 들어왔다.

"……."

유키노시타는 움찔 몸을 떨며 걸음을 멈추었다. 그리고 놀란 얼굴로 자기 손목과 내 얼굴을 번갈아보았다.

나는 곧바로 킥 스탠드를 차서 한쪽 손만으로 노련하게 자전거를 세웠다. 한순간이라도 손을 놓았다가는 사람을 경계하는 고양이처럼 달아나버리고 말 것 같았다.

"이런 소리 하는 거, 무진장 쪽팔려서 지금 당장 죽고 싶은 심정이다만……."

그렇게 운을 뗐지만, 뒤이어 흘러나온 것은 커다란 한숨이었다.

유키노시타는 불편한 듯 몸을 뒤틀었다. 그러다 보면 자연스레 내 손이 떨어져나가지 않을까 싶어서 미약한 저항을 시도하는 눈치였다. 그 모습이 마치 발바닥이 물에 닿는 걸 싫어하는 고양이 같아서 놓아주고 싶어졌지만, 그래도 이야기가 끝날 때까지는 붙잡아둬야 했다.

"책임지겠다는 말로는 턱없이 부족했어. 의무감 때문이 아냐. 책임을 지고 싶다고 해야 하나, 지게 해달라고 해야 하나……."

말을 이어가는 사이, 격렬한 자기혐오가 치밀어 올라 손에서 힘이 빠져나갔다. 이런 소리를 늘어놓는 나 자신이 역겨워서 견딜 수가 없었다. 유키노시타의 손목을 잡고 있던 손이 스르륵 풀려 힘없이 아래로 늘어졌다.

그러나 유키노시타는 도망치지 않고 그 자리에 머물러주었다. 주름을 펴듯 소맷자락을 쓰다듬다가, 붙잡혔던 곳을 자기 손으로 꼭 움켜쥐었다. 시선을 마주하지는 않았지만, 적어도 내 이야기를 들어볼 의향은 있는 눈치였다. 그 사실에 안도하며 나는 천천히 입을 열었다.

"넌 원하지 않을지도 모르지만…… 난 계속 관계를 이어나가고 싶어. 의무가 아니라, 의지의 문제야. ……그러니 네 인생을 뒤틀 권리를 내게 줘."

도중에 여러 번 입을 다물 뻔했지만, 그럴 때마다 억지로 숨을 들이쉬고 옅은 한숨을 수없이 내쉬며, 결코 잘못된 부분이 없도록 한마디 한마디 긴 시간을 들여서 마침내 말을 끝맺었다.

그동안 유키노시타는 입을 열지 않고, 그저 움켜쥔 소맷부리를 가만히 응시하고 있었다.

달리는 차 소리와 스산한 바람 소리만이 들려왔다. 차라리 무음인 게 훨씬 낫겠다는 생각이 드는 무언의 시간이 이어졌다.

"……뒤틀다니, 그게 무슨 뜻이니?"

유키노시타가 불쑥 묻더니 흘끔 살피는 듯한 시선을 보내왔다. 그 질문에 여태까지의 침묵을 메우려는 것처럼 내 입에서 말이 봇물 터지듯 흘러나왔다.

"나한테 인생을 뒤바꿔놓을 정도의 영향력은 없으니까. 아마 너나 나나 평범하게 대학에 가서 내키지 않아 하면서도 취직하고, 그럭저럭 건실하게 살아가겠지. 하지만 서로에게 관여하다 보면 이래저래 우회한다거나 제자리걸음을 하는 경우가 생길 거 아냐? ……그러면 아무래도 인생이 약간 뒤틀릴 테니까."

내 두서없는 설명에 비로소 유키노시타가 미소 지었다. 약간 쓸쓸한 기색이 묻어나는 웃음이었다.

"……그런 뜻이라면 벌써 잔뜩 뒤틀렸는걸."

"나도 동감이야. 만나고, 이야기하고, 알게 되고, 멀어지고…… 그럴 때마다 뒤틀린 느낌이 들어."

"너는 원래부터 뒤틀린 애였잖니. ……하기는 나도 그렇지만."

농담과 자조가 섞인 말에 우리는 희미하게 웃었다.

나는 지나치게 삐뚤어졌었고, 유키노시타는 지나치게 올곧았다. 아마 남들 눈에는 우리 둘 다 일그러진 모습으로 비쳤을 테지. 결코 맞물릴 리 없다고 생각할 만큼 달랐지만, 일그러졌다는 점에서는 십중팔구 마찬가지였으리라. 그랬던 것이 어느새 닿을 때마다, 부딪칠 때마다 조금씩 그 형태를 바꾸어 왔고, 이제는 돌이킬 수 없을 만큼 변해버리고 말았다.

"앞으로는 더 뒤틀리게 될 거야. 그래도 남의 인생을 뒤틀어놓는 이상, 대가는 확실히 치를 작정이라고."

번드르르한 말에 가치 따위 없음을 알면서도.

"……그래봤자 재산이라고는 땡전 한 푼 없으니, 줄 수 있는 거라고는 시간이라든가 감정, 미래나 인생 같은 막연한 것밖에 없다만."

이딴 약속에는 아무런 의미도 없음을 알면서도.

"대단한 인생을 살아오지도 않았고, 장래도 딱히 유망하지는 않다만……. 그래도 남의 인생에 관여하는 셈이니, 내 인생도 걸지 않으면 불공평하니까."

그럼에도 말을 끌처럼 휘둘러, 전해야 할 것들을 파내어갔다.

전해질 리 없다는 사실을 알지만, 말하지 않고는 배길 수

없었다.

“전부 다 줄 테니까, 네 인생의 일부가 되게 해줘.”

유키노시타는 한순간 보일락 말락 입술을 달싹이며 무언가 말하려 했지만, 이내 그것을 숨결과 함께 삼켜버렸다.

그리고 나를 매섭게 노려보듯 응시하면서 떨리는 음성으로, 아마도 아까 하려던 것과는 다른 말을 쥐어짜냈다.

“그래서는 균형이 안 맞아. 내 미래와 진로에 그 정도의 가치는 없어……. 너에게는, 더…….”

젖은 눈동자가 내리깔리며 잠시 말이 끊긴 순간, 나는 최대한 오만하고 거만하게, 평소처럼 한쪽 뺨을 삐딱하게 끌어올리고 입꼬리만으로 웃어 보였다.

“그 말을 들으니 마음이 놓이는데? 내 인생도 당장은 별 가치가 없거든. 비인기종목이라 더 이상 가치가 떨어지려야 떨어질 데가 없다 보니까 거의 최저가라고. 어떤 의미에서는 반대로 원금이 보장될 정도지. 지금이 최적의 매수 타이밍이라니까?”

“사기꾼의 상투적인 멘트잖니. 최악의 프레젠테이션이구나.”

울음과 웃음이 뒤섞인 얼굴로 서로 마주보자, 유키노시타가 한 발짝 거리를 좁혀 내 가슴을 폭 때렸다. 그리고 눈꼬리에 이슬이 맺힌 눈을 살짝 치뜨고 나를 쏘아보았다.

“……왜 그렇게 쓸데없고 실없는 소리만 술술 나오는 거야. 정작 해야 할 말은 따로 있잖니.”

“말 못 해. ……이런 걸 말로 설명할 수 있을 리가 없잖아.”

내가 듣기에도 한심하게 느껴지는 목소리로 웃고, 얼굴을 와락 일그러뜨렸다.

말 한마디로는 부족하다고.

본심과 겉치레와 농담과 상투적인 멘트를 총동원한다 해도 다 전할 수 있을 것 같지 않았다.

그렇게 단순한 감정이 아니다. 단 한마디로 전할 수 있는 감정이 포함되어 있는 것은 맞다. 하지만 그것을 하나의 틀에 욱여넣으면 거짓말이 되어버린다.

그래서 수많은 말을 거듭하고 죽도록 논리를 짜 맞추고, 이유와 환경과 상황을 전부 갖추고 변명을 깨부수고 장벽을 허물고 퇴로를 봉쇄한 후에야 비로소 여기에 이르렀다.

이따위 말로 이해할 수 있을 리 없다. 이해하지 못해도 괜찮다. 전해지지 않아도 상관없다.

그저 전하고 싶을 뿐이다.

내 처량한 쓴웃음을 물끄러미 바라보던 유키노시타가 마침내 망설이며 입을 열었다.

"나 말이야, 아마 굉장히 피곤한 타입일 거야."

"알아."

"계속 민폐만 끼칠걸?"

"새삼스럽게 뭘."

"고집도 세고, 귀여운 구석도 없어."

"그건 그렇지."

"좀 부정해주면 어디 덧나니?"

"억지 쓰지 마."

"너한테 전적으로 의존해서 점점 더 구제불능이 되어갈 것 같은 기분이 들어."

"그러면 내가 더 구제불능이 되면 그만이지. 모두가 쓰레기가 되면 쓰레기는 없어지는 법이잖아?"

"……또……."

"괜찮아."

계속 말을 이어가려는 유키노시타를 가로막았다.

"아무리 성가셔도 괜찮아. 골치 아파도 괜찮다고. 오히려 그런 점이 좋단 말이지."

"……그게 뭐니? 하나도 안 기쁘거든?"

고개를 수그린 유키노시타가 다시 내 가슴팍을 때렸다.

"아야야……."

조금도 아프지 않았지만 예의상 엄살을 떨어주자, 유키노시타가 토라진 기색으로 입술을 삐죽 내밀었다.

"그런 거 말고, 다른 거 있잖니."

"성격이 너무 꼬여서 가끔은 정말로 이해가 안 되고 열 받을 때도 종종 있다만, 그런 건 다 어쩔 수 없다고 포기할 수 있고, 어차피 나도 별 차이 없으니까. ……아마 투덜대면서도 어지간한 건 받아줄 수 있을걸?"

대답한 순간, 이번에는 말없이 얻어맞았다.

그것을 달게 받아들이고, 그 가냘픈 손을 살며시 잡았다.

정말로 다른 게 있었으면 좋았으리라. 그렇지만 내가 할 수

있는 건 이것뿐이었다.

더 쉽게 전해지는 말이 있다면 좋았으련만.

더 간단한 감정이라면 좋았으련만.

단순한 연모나 사모의 감정이었더라면 분명 이토록 애타지는 않았을 테지. 다시는 손에 넣을 수 없을 거라고 생각하지는 않았을 거다.

"인생을 뒤트는 대가로는 부족할 테지만, 아무튼 다 주마. 필요 없으면 버려. 성가시면 그냥 잊어버려라. 내가 멋대로 주는 거니까 굳이 대답할 필요도 없어."

유키노시타가 코를 훌쩍이더니 고개를 끄덕였다.

"나는 확실하게 말할게."

그리고 내 어깨에 살포시 이마를 기댔다.

"당신의 인생을 저에게 주세요."

"……부담스러워……."

입가로 나직하게 한숨을 흘리자, 항의하듯 유키노시타가 다시 이마를 콩 부딪혀왔다.

"달리 표현할 방법을 모르니까, 어쩔 수 없잖니……."

고양이처럼 이마를 대고, 새끼 고양이가 잘근잘근 깨물듯 내 가슴을 꼭 움켜쥐었다.

아무리 많은 말로도 다 전할 길 없는 마음을, 맞닿은 온기만이 뚜렷하게 전해주었다.

다시 한 번 그 문은 열린다.

만약 타임머신이 발명되었더라면 나는 어제의 나를 죽이러 갔을지도 모른다.

생각만 해도 낯 뜨겁고 한심하고 구차해서 미쳐버릴 것 같았다.

뭔가 다른 말이나 스마트한 행동, 멋진 모습으로 어필할 수는 없었던 걸까 하고 수없이 자문자답을 반복했다.

그러나 아무리 생각해봐도 내 깜냥으로는 역시 그 정도가 한계고, 그게 최적의 해답은 아닐지언정 결코 오답은 아니다. 그것만은 자부할 수 있었다. 오히려 예전의 나를 생각하면 비대한 자의식을 용케 이겨냈다고 칭찬해주고 싶은 면도 있었다.

하지만 그건 그거고 이건 이거다. 안 되는 건 안 되는 겁니다[#61].

어젯밤에는 샤워를 하면서 물소리에 묻힐 거라 믿고 실컷

#61 안 되는 건 안 되는 겁니다 과거 일본에서 무사 집안 아이들에게 행했던 가르침 중 하나. 드라마 『야에의 벚꽃』으로 유명해짐.

절규했고, 그 후에는 곧장 침대로 기어들어가서 이불을 머리 끝까지 뒤집어쓰고 데굴데굴 몸부림치고 말았다.

할 수만 있으면 향후 3년가량 쭉 쉬고픈 심정이었지만, 그래도…….

내일 봐…….

그 말이 아직도 내 귓가에 생생했다.

해 질 녘이 한참 지나서야 누가 먼저랄 것 없이 집 쪽으로 발길을 돌렸고, 눈도 거의 마주치지 않고 피상적인 대화만 주고받다가 전철역에서 헤어졌을 때.

복고양이처럼 어색하게 들어 올린 손을 흔들며 조그만 소리로 건넨 그 인사를 들어버렸으니, 학교를 빠질 수도 없는 노릇이다.

솔직한 심경을 고백하자면 아주 많은 이유가 합쳐져서 학교에, 그리고 교실에 들어가기가 영 껄끄러웠다.

하지만 한번 결심을 굳힌 이상, 회피하는 것은 오히려 내 자의식이 용납하지 않았다. 죽도록 꼴사납지만, 나는 내 알량한 자존심을 세우기 위해 억지로 오기를 부려서라도 똥폼을 잡으려 드는 나쁜 버릇이 있다.

결국 자의식과 타협해서 지각하기 직전에 교실로 들어간다는 절충안을 실행에 옮겼고, 교실에 머무는 동안에는 내내 책상에 엎드려 있었다. 그리고 그 밖에는 온종일 화장실에서 시간을 죽였다.

다행히도 오늘만 넘기면 내일은 공휴일이므로 학교를 쉰다.

그리고 그 이튿날은 종업식이다. 따라서 수업이고 뭐고 없고, 점심 먹기 전에 잽싸게 귀가할 수 있다. 그러고 나면 봄방학이 시작된다. 고로 며칠만 더 견디면 이 뒤숭숭한 기분과도 안녕이다.

이제는 수업다운 수업도 없는 데다 교과서 판매나 개인 사진 촬영 같은 학년말 특유의 특별 행사를 분주하게 소화하다 보니, 시간은 그야말로 눈 깜짝할 새에 흘러갔다.

순식간에 한나절이 지나고 방과 후가 되자, 교실은 해방감으로 잔뜩 들끓어 올랐다.

점심 먹으러 가자고 이야기하는 애들, 휴일인 내일을 어떻게 보낼지 의논하는 애들, 서둘러 동아리로 향하는 애들 등, 모두가 저마다의 방식으로 각자 시간을 보내기 시작했다.

나는 소리 없이 슬쩍 몸을 일으켜, 복도로 나가는 인파에 섞여 교실을 빠져나왔다.

우선 안뜰로 가서 자판기 앞에 섰다. 따사로운 봄볕과 남쪽에서 불어오는 바람이 기분 좋아, 손가락이 자연스럽게 cold라고 적힌 버튼으로 향했다.

맥캔을 가볍게 흔들며 터덜터덜 특별관으로 향하는 복도를 걸었다. 야릇한 긴장감에 유난히 목이 탔다. 맥캔을 홀짝홀짝 마셔봤지만, 걸쭉한 단맛은 갈증만 더 부추길 따름이었다.

어떤 표정으로 얼굴을 마주해야 하나 고민하면서 천천히 걸어왔다고 생각했건만, 금방 부실 앞에 다다르고 말았다.

아주 잠시 드나들지 않았을 뿐인데, 닫힌 그 문을 보는 게

무척 오랜만인 것처럼 느껴졌다. 체감상으로는 일 년쯤 지난 것 같은 기분마저 들었다.

문 앞에 서서 크게 심호흡을 하고 기합을 넣었다. 그리고 손잡이를 향해 뻗은 손을 여러 번 쥐었다 폈다 했다.

그날 이후로 줄곧 차디찼던 손끝에는 이제 따스한 온기가 감돌았다.

손잡이에 손가락을 걸고, 힘차게 문을 열어젖혔다.

그러나 덜커덩 요란한 소리가 났을 뿐, 문은 꿈쩍도 하지 않았다. 한 번 더 시도해보았지만, 결과는 마찬가지였다. 영차 끙차 으라차차, 그래도 문은 꼼짝하지 않았어요[#62].

"잠겼잖아……?"

나는 살짝 혀를 차며 문을 등지고 바닥에 털썩 주저앉았다. 마시다 남은 맥캔을 들이켜는데, 누군가 복도 저편에서 모습을 드러냈다.

"어머, 일찍 왔구나."

유키노시타는 내 모습을 보고도 걸음을 재촉하지 않고 천천히 다가왔다.

보통은 늘 나보다 먼저 부실에 와 있더니만, 별일이네.

어쩌면 의외로 유키노시타도 묘하게 멋쩍고 겸연쩍은 마음에 생각보다 걸음이 더뎌졌는지도 모른다.

"미안해. 오래 기다렸니?"

#62 영차끙차~않았어요 동화 「커다란 무」에서 반복해서 나와 유명해진 구절 「영차끙차 으라차차, 그래도 무는 꼼짝하지 않았어요」의 패러디.

"……방금 온 참이다만."

바보 같은 대화라고 생각하면서도 상투적인 대답을 했다. 그러자 유키노시타도 낯간지러운 듯 쓴웃음을 지었다.

"문 좀 열어주겠니?"

유키노시타가 내 쪽으로 열쇠를 던져주었다.

그것을 확실하고 안정적으로, 정확하게 받아들었다.

처음으로 만져본 그 열쇠는 막상 손에 넣고 보니 그저 조그맣고 가벼운, 특이한 점이라고는 찾아볼 수 없는 금속 조각이었다.

그래도 유키노시타는 이걸 계속 손안에서 따스하게 덥혀온 거겠지.

손바닥에 놓인 작은 열쇠에는 온기가 남아 있었다.

× × ×

오랜만에 발을 들여놓은 부실은 기분 탓인지 휑하게 느껴졌다.

우리는 각자 책상 양쪽 끝, 늘 앉던 지정석에 자리를 잡았다.

이제는 꽤나 익숙해졌다고 생각했던 그 거리감이 어쩐지 멀게만 느껴졌다.

싱숭생숭한 마음에 무심코 눈을 굴리다가, 유키노시타와 시선이 딱 마주쳤다. 이 어색함을 어찌해야 하나 고민하느라 말문이 막힌 사이, 유키노시타가 휙 고개를 돌렸다.

그러다가 잠시 텀을 두고, 또다시 흘끗 내 눈치를 살피는 듯한 시선이 느껴졌다.

……큰일이다. 뭐가 큰일이냐면 진짜 큰일이다. 구체적으로는 심박수 상승과 발한 발열 빈맥 호흡곤란 등의 각종 증상이 나타나며, 감기와 엇비슷한 상태 이상이 감지되었다.

감기에 걸렸을 때는 어떻게 해야 하는가?

답은 간단하다.

감기에 걸렸을 때는 일! 힘들 때도 쉴 수 없는 게 재패니즈 사축!

고로 지금부터 일 이야기를 하겠습니다.

"……일단 회의부터 할까?"

"그래."

나는 출력해온 기획서를 꺼내서 유키노시타 쪽으로 밀어주었다. 어정쩡한 위치에서 멈춰버린 기획서를 보고 유키노시타가 한숨을 쉬었다. 그리고 쓱 몸을 일으켜 기획서를 집어 들더니, 가까운 의자를 새로 빼서 앉았다.

"……회의하는데 불편하니까."

기획서에 시선을 떨군 채로 유키노시타가 불쑥 중얼거렸다.

"어, 그, 그래. 하긴 그렇지."

나도 의자를 비스듬히 틀어 유키노시타 옆으로 이동했다.

의자 하나만큼의 거리를 두고 나란히 앉은 비묘한 거리감에 아까보다도 더 긴장되어, 자꾸만 호흡이 얕아졌다. 숨을 들이쉴 때마다 비누향이 코끝을 간질이며 몹시 향긋한 냄새가 풍

겨왔다. 잡생각을 떨쳐내듯 나는 기획서 표지를 팔락 넘겼다.

"이건 카이힌 종합고에 제출한 기획서인데, 일단 기본적으로는 이런 느낌으로 갈까 한다만."

어쨌든 일 이야기부터 하자. 일 이야기라면 화제가 궁할 리도 없고, 어색함이나 겸연쩍음도 덜 수 있다. 유키노시타도 고개를 끄덕끄덕하며 기획서를 훑어보기 시작했다. 끄덕일 때마다 길고 윤기 나는 흑발이 사륵 흘러내렸고, 유키노시타는 그렇게 내려온 머리카락을 살며시 귀 뒤로 넘겼다. 처음에는 발그스름하던 귓불도 차츰 제 빛깔을 되찾아갔다.

"그나저나 굉장히 난잡한 기획서구나."

"어쩔 수 없잖아. 그때는 시간이 모자랐고, 필사적이었다고."

"그래? 필사적이었단 말이지?"

유키노시타는 유쾌한 기색으로 중얼거리더니, 콧노래를 흥얼거리며 빨간 펜으로 기획서 수정 작업에 착수했다. 기분이 좋아 보이시니 기쁘기 한량없다만, 저 기세로 신나게 첨삭당하는 건 좀 곤란한데…….

전체적인 체크를 끝마친 유키노시타가 보드라워 보이는 입술에 빨간 펜을 톡 얹더니, 흐음 고개를 끄덕였다.

"애초에 버림패로 짠 기획이다 보니, 이 내용을 그대로 실행에 옮기기는 상당히 어려울 것 같구나. 예산과 인력이 압도적으로 부족해."

"예산은 카이힌 종합고 측에 달려 있고, 인력은…… 뭐 우리 학교 애들을 갈아 넣는 수밖에 없겠지."

"그래. 누군가 흔쾌히 응해줄 만한 사람을……."

대답하던 유키노시타의 눈길이 우리 사이에 놓인 의자에 머물렀다.

그것은 줄곧 유이가하마가 썼던 의자였다.

"……매번 부탁하기도 미안하니까, 다른 애들한테도 물어보고……."

"아니야. 내가 이야기할게."

유키노시타는 내 말을 가로막고, 교복 리본을 바로잡듯 살포시 가슴에 손을 얹었다. 그리고 빈자리로 시선을 떨구고, 마음을 다잡듯 천천히 말을 이어갔다.

"괜찮아, 내게 맡기렴. 설명하기가 쉽지는 않겠지만, 내가 직접 분명하게 이야기하고 싶어. ……아니면 왜 안 불렀느냐고 야단맞을 거 같거든."

그 음성 한켠에서는 불안한 빛이 묻어났지만, 유키노시타는 농담하듯 말하며 의연하게 웃어 보였다.

"……오케이. 그럼 난 나대로 도와줄 만한 사람을 찾아보마."

"그래. 부탁해."

밝은 목소리와 미소가 되돌아온 것에 안도해서 고개를 끄덕여 보이고, 나는 기획서 페이지를 넘겼다. 그 속에는 아까 유키노시타가 지적한 사항이 꼼꼼하게 적혀 있었다.

"일손은 그걸로 됐다고 치고, 남은 건 예산인가? 예산은…… 일단 카이힌 쪽 자금으로 충당하면서…… 장소? 엇, 장소?"

"학교 측이 주관하는 행사가 아닌 만큼 교내에서 열기는 어

렵지 않겠니? 게다가 두 학교의 공동 개최니까 장소는 특정 학교의 시설이 아닌 편이 나을 거야."

"아…… 하긴."

"예산과 인력은 장소와 플랜에 따라 천차만별로 달라질 테니까, 가능하면 장소를 먼저 잡는 게 좋겠어."

"하긴 일정 같은 걸 다 정해놔도 정작 대관을 못하면 소용없으니까."

"맞아. 예정일 후보를 추려서, 그때 빌릴 수 있는 곳으로 해야겠지."

"장소라……. 그래도 이 기획을 바탕으로 카이힌 쪽과 미팅을 하고, 개최 정보를 처음 공개했으니까……."

유키노시타의 말에 맞장구를 치며 기획서를 팔랑팔랑 넘겼다. 내 기억이 정확하다면 이 더미 프롬 기획을 꾸며낼 때도 장소에 관해서는 나름대로 궁리를 했을 터였다.

그때는 실제로 개최할 생각 따위 추호도 없었기에, 오션 뉴타운이니 선셋 비치니 되는 대로 써 갈기기는 했지만 말이다.

"이 자식 미친 거 아냐? 비치 이벤트 같은 헛소리를 써놨잖아?"

"네가 썼잖니……."

어이없다는 목소리로 핀잔을 듣고 말았다. 머리를 쥐어뜯자, 저절로 깊은 한숨이 새어나왔다. 대체 어떤 놈이 이딴 전개를 생각해낸 거냐고. 죽는다. 현실화시키는 쪽의 고충도 좀 생각하라고…….

"바다, 아니, 해변도 쓸 수 있나?"

번쩍 고개를 들며 묻자, 유키노시타는 어느새 부실 노트북을 꺼내는 중이었다. 그리고 서둘러 안경을 끼더니 조사에 착수했다. 키보드를 타닥타닥 두드리며 종횡무진 자판 위를 누비던 그 가늘고 나긋한 손가락이 이윽고 움직임을 멈추었다.

"실제로 이벤트가 열리는 곳도 있는 모양이지만, 지자체의 허가…… 더 정확히는 주최나 협찬 같은 형식으로 동반 참여하는 형태가 아니면 어려워 보이는구나. 불도 못 쓰고, 사용 허가가 떨어질지는 경우에 따라 다른 것 같아."

유키노시타가 노트북을 쓱 이쪽으로 돌려주었다. 고개를 쭉 내밀어 그 화면을 살펴본 다음, 나는 흐음 생각에 잠겼다.

"맞다, 해변공원에 바비큐장이 있었지? 그 말은 공원 안일 경우 허가가 떨어지면 불을 쓸 수 있을지도 모른다는 소리인데……."

중얼거리며 쓰윽 손을 뻗어 키보드를 쳤다.

"어, 이거다."

학교 바로 옆에 있는 해변공원 홈페이지로 들어가서 공원 안내도를 띄웠다. 그러자 유키노시타가 고개를 비스듬히 기울여 화면을 들여다보았다.

"공공시설이니까 비용도 그렇게 비싸지는 않겠구나. ……녹지도 많고, 공원이라면 가든파티 풍으로 연출할 수 있을지도 몰라."

유키노시타가 좋은 생각이 떠올랐다는 듯 생기발랄하게 눈

을 빛냈다. 그 얼굴이 눈부신데다 그야말로 코앞에 있어서, 나는 몸을 뒤틀듯 상체를 젖혔다. 유키노시타도 너무 바짝 붙었음을 깨닫고 슬쩍 몸을 뒤로 물렸다. 그리고 쓰고 있던 안경을 벗으며 나직하게 덧붙였다.

"……그래도 실제로 가보지 않고서는 알 수 없겠지만."

"그, 그렇지……."

나는 고개를 끄덕이며 잠시 생각에 잠겼다.

맞는 말이다. 행사장 후보지를 선정하고, 더 나아가서 실제로 쓸 만한지 살펴보기 전까지는 확신할 수 없다. 그 말은 곧 탐방을 갈 필요가 있다는 뜻이다. 그러나 유키노시타는 기획을 세부적인 부분까지는 파악하지 못한 상태고, 나는 구체적인 숫자나 현실성을 제대로 판단하지 못한다. 그러니 둘이 같이 가는 게 효율적이겠지. 일이니까 당연히 효율을 중시해야 마땅하다.

좋아, 이론무장은 완벽하다.

"……그, 그럼, 보러 갈까? ……가깝고, 내일은 휴일이니까."

그러나 막상 입을 열자, 그 완벽한 이론은 시작부터 푸스스 무너져 내렸다.

"하, 하긴……. 내일……."

묘하게 더듬거리는 말투로 제안하자, 유키노시타도 더듬더듬 대답하며 고개를 끄덕였다. 그 고갯짓의 의미가 긍정인지, 부정인지, 아니면 단순한 맞장구인지 헷갈려서, 나도 마주 고개를 끄덕이기만 하는 기묘한 시간이 한동안 이어졌다.

× × ×

화창한 날씨도 한몫해서, 휴일의 해변공원은 나들이 인파로 북적였다.

잘 가꾼 잔디가 깔린 그라운드에는 축구와 풋살 같은 동호회 사람들이 끊임없이 드나들었고, 주차장 근처에서 열리는 도그 쇼 때문인지 차량도 쉴 새 없이 들락거렸다. 그러다 겨우 공원 안으로 들어와 한숨 돌리나 했더니만, 가족단위 행락객과 조깅하는 사람들이 제집 안방마냥 거침없이 사방을 활보하고 있었다.

시민들은 하나같이 더럽게 비싼 주민세를 뽕 뽑을 만큼 공공 서비스를 이용 안 하면 손손해![#63] 같은 분위기로 찬란한 봄날을 만끽하는 중이었다. 하긴 세율, 진짜 높지.

그렇게 하늘을 찌를 기세인 세율보다도 더 높은 곳에 줄연[#64]이 두둥실 떠다니고 있었다. 아니지, 설마 세율보다 높기야 하겠어?

구름 한 점 없는 창공으로 높이높이 날아오르는 연을 보며, 나무그늘의 벤치에 앉아 맥캔을 한잔 걸친다……. 나는 그렇게 행복하기 그지없는 한때를 보냈다.

반면 내 옆에 앉은 유키노시타는 우듬지를 흔드는 상쾌한 산

#63 이용 안 하면 손손해 토쿠시마 지역 축제 「아와오도리(阿波踊り)」에서 쓰는 춤곡 가사 「춤 안 추면 손손해」의 패러디.

#64 줄연 연줄 하나에 연을 여러 개 이어서 날리는 것.

들바람을 쐬며 축 늘어져, 지옥 같은 한때를 보내는 중이었다.

오늘 유키노시타는 소녀스러운 분위기의 파란색 카디건에 흰색 원피스를 입고, 왕골 가방에 베레모를 써서 부잣집 아가씨 같은 스타일을 연출했다. 하지만 그 상태로 어깨를 늘어뜨리고 고개를 떨군 채 앉아 있으니, 병약하다는 설정이 추가되어야 할 것 같은 느낌이었다.

"맥캔 하나 더 사놨는데, 마실래?"

"고마워……."

비실비실 내밀어온 손에 맥캔을 단단히 쥐어주었다. 유키노시타는 양손으로 캔을 쥐고 꿀꺽 한 모금 마시더니, 수분 덕분인지 아니면 당분 덕분인지 그제야 기운을 차렸다.

"휴일의 공원은 이렇게 붐비는구나. ……솔직히 얕잡아봤어. 그리고 넓어, 엄청 넓어."

"지친 나머지 어휘력이 사망하신 거 같다만……."

유키노시타는 크게 한숨을 쉬더니, 베레모를 벗어놓고 양갈래로 묶었던 머리 중 한쪽을 풀기 시작했다. 그리고 머리끈을 입에 물고 손으로 곱게 빗어서 다시 묶었다. 마무리 겸 손거울로 흘끔 확인하는 모습을 보자, 불현듯 그리움이 밀려왔다.

모자 썼구만~ 머리모양이 다르구만~ 하고 생각하기는 했지만, 그러고 보니 언젠가 코마치와 함께 외출했을 때하고 같은 트윈 테일이었다.

"그 헤어스타일, 오랜만에 보네."

"그러니? ……하기는 학교에서는 안 하니까."

유키노시타는 다시 쓰려던 모자를 도로 내려놓고, 흐음 생각하는 기색으로 자기 머리카락을 사라락 쓸어내렸다.

"흐음…… 쉴 때만 한다는 거구만. 하긴 손이 많이 갈 테니까."

해본 적이 없으니 알 도리가 없지만, 갈래머리는 좌우의 균형을 맞추기가 어려울 것 같았다.

나 정도 경지에 오르면 쉬는 날은 하루 종일 추리닝만 입고 뭉개고, 코마치 눈에 띄지 않는 곳에서라면 티셔츠에 팬티바람도 서슴지 않는다. 그러다 보니 그날그날 새로운 기분으로 스타일에 변화를 준다는 그 세심함에는 감탄이 절로 나왔다.

물끄러미 바라보자, 유키노시타는 모자를 입가에 톡 대더니 작은 소리로 중얼거렸다.

"……쉬는 날에도 잘 안 하는데."

엉? 뭐야 얘…….

방금 대놓고 귀여워서 깜짝 놀랐다고. 엇, 잠깐만. 귀엽잖아. 어머 난 몰라 얘 완전 귀여워. 성가시지만 그런 면까지도 귀엽다고. ……아니지, 오히려 그래서 더 귀여운 건가? 어쨌거나 귀여우니까 됐지 뭐(생각을 포기한다).

"익숙한 것도 안정감이 있어서 좋다만, 신선한 것도 나름대로 좋은걸? 응, 좋아……."

생각뿐만 아니라 어휘력까지 모조리 포기하고, 달관한 오타쿠마냥 작은 소리로 계속 「좋아……」 하고 중얼거리자, 유키노시타가 불편한 기색으로 베레모를 깊숙이 눌러쓰고 시선을 피했다. 응, 그것도 좋아…….

"돌아본 느낌상 잔디가 상할 만한 일은 하면 안 될 것 같으니까, 알루미늄 트러스로 무대를 만들기는 어렵겠구나."

유키노시타가 바라보는 곳에는 신청하면 빌려 쓸 수 있는 잔디 그라운드가 있었다. 나도 그쪽으로 시선을 향하자, 저 멀리 팽개쳐두었던 사고력과 어휘력이 순식간에 되돌아왔다.

"음향과 전원 문제도 생각해야지. 어디선가 전기를 끌어다 쓸 수 있으면 좋겠다만. 무난하게 발전기를 렌탈하는 수밖에 없나? ……그리고 제일 큰 문제는 역시 날씨겠지."

적중률 100퍼센트의 맑음 소녀가 있으면 좋겠지만, 그런 날씨의 아이[#65]가 어디 흔하겠는가.

"텐트를 칠 수도 있기는 하겠지만, 참가자 수에 영향을 미치겠지. 게다가 바닥이 질퍽거리는 상태에서 드레스 차림으로 여기까지 걸어오기는 아무래도 힘들어."

유키노시타는 긴 다리를 달랑달랑 흔들어 신고 온 통굽 샌들을 딱딱 부딪쳤다. 나도 모르게 하얀 종아리로 시선이 쏠리려는 것을 가까스로 힐끔 곁눈질하는 정도로 끝내고, 동감이라는 얼굴로 흠흠 고개를 끄덕였다.

"하긴……. 동선 확보도 어려울 거 같고."

그렇다면 공원을 행사장으로 삼는 아이디어는 현실적이지 못하다.

다른 수단도 강구해봐야겠다고 생각하며, 나는 벤치에서

#65 날씨의 아이 『너의 이름은』으로 유명한 애니메이션 감독 신카이 마코토의 후속작. 『날씨의 아이』에는 맑음 소녀가 등장한다.

쓱 몸을 일으켰다. 엉덩이에 묻은 모래를 털며, 그 모래가 날아왔으리라 추정되는 방향을 돌아보았다.

"일단 바다 쪽도 돌아볼까?"

"그래. 혹시 모르니까."

유키노시타도 뒤따라 일어나서 느긋하게 공원을 가로질렀다.

푸른 잔디밭을 지나서 통로 하나를 넘자, 바로 백사장이 눈앞에 펼쳐졌다.

아무래도 아직 해수욕 철이라기에는 일러서 헤엄치는 사람은 찾아볼 수 없었지만, 해변에서 참방참방 물놀이를 하는 사람들은 드문드문 눈에 띄었다.

길게 이어지는 흰 모래밭이 맑은 하늘의 푸른빛과 어우러져 반짝반짝 빛났다. 불어오는 바닷바람에는 아직 쌀쌀한 기운이 남아 있었지만, 기온이 올라가는 상황에서는 그 서늘함도 상쾌하게 느껴졌다.

바닷가를 걷기에는 나쁘지 않은 계절이다. 정자도 있고, 장소 자체는 그럭저럭 볼 맛이 났다. 흘끗 살펴본 이용규약 간판의 내용에 따르면 합동 프롬 행사장으로 사용하기는 어렵겠지만, 이벤트가 끝나고 들르기에는 좋은 곳이었다.

아득한 수평선을 바라보며 힘차게 기지개를 켰다.

"치바의 바다, 역시 최고구만……."

"정확히는 도쿄만이지만……."

나란히 걷던 유키노시타가 어이없다는 듯 그렇게 말하더니, 불현듯 걸음을 멈추었다. 바람에 날아가지 않도록 모자를 붙

잡으며, 유키노시타가 나를 돌아보았다.

“너는 정말 치바를 좋아하는구나. ……계속 치바에 있을 거니?”

“쫓겨나지 않는 한은. 대학도 통학 가능한 동네로 갈 생각이고.”

“하기는 네가 지망하는 학교는 대부분 도쿄에 캠퍼스가 있으니까.”

“어떻게 내가 지망하는 곳을 아는 거야……. 무섭다고…….”

나도 아직 어디에 응시할지 확실히 정해놓지 않았는데, 얘는 왜 이렇게 사뭇 당연하다는 듯이 태연하게 대꾸하는 거람……? 얼떨결에 솔직한 심정을 토로하자, 유키노시타가 발끈했다.

“나랑 비슷한 성적이면 자연스럽게 범위가 좁혀지잖니.”

“그야 비슷한 곳으로 가게 되긴 하겠다만.”

“그래. ……그러니까 어쩌면 같은 대학에 다니게 될지도 몰라.”

“가능성이야 있지.”

같은 고등학교에서 같은 대학에 가는 경우는 흔하다. 예전에 우리 학교의 진학 실적을 열람한 적이 있는데, 그런 사례는 수두룩했다.

“그래도 학부까지 같을 거라는 보장은 없으니까. 게다가 그 후에는 무조건 진로가 갈리게 될 테고.”

아무 의미 없는 가정이지만, 가령 유키노시타와 내가 같은 대학에 들어간다 해도 생활 반경은 겹치지 않을 거다. 학부가 다르면 전혀 마주칠 기회가 없다고 들은 기억이 있다. 게다가

내가 착실하게 학교에 다닐 것 같다는 생각도 들지 않는다. 비 오는 날이면 자체휴강, 1교시 수업 과목은 무조건 F라는 식으로 돌아갈 가능성이 크다. 심지어 원래 다녀야 할 대학보다 『마작 대학[#66]』이나 『돼지 대학[#67]』의 학점만 잔뜩 딴다 해도 이상할 게 없을 정도다.

물론 유키노시타도 그 사실은 알고 있으므로, 그럴 만하다는 듯 고개를 끄덕여 보였다.

"그 후에는 어떡할 거니?"

"아직 정하지는 않았다만, 취업 활동 결과에 따라 달라지겠지."

내 대답에 유키노시타의 눈이 휘둥그레졌다.

"일할 마음은 있다는 소리구나. 난 또 예전 같은 망언을 늘어놓을 줄만 알았는데."

"참으로 유감이다만, 나한테는 그럭저럭 사축의 재능이 있는 모양이라서 말이야……. 내 의지하고는 상관없이 아마 평범하게 죽도록 일하게 되지 싶다만."

깊디깊은 한숨을 내쉬며 설명하자, 유키노시타는 유쾌하게 미소 지었다.

"아침마다 흐리멍덩한 눈으로 토자이(東西)선 전철에 끼어 가는 모습이 눈에 선하구나."

"아니, 그걸 탈 바에는 차라리 도쿄에 집을 구하고 말지."

토자이 선은 200퍼센트에 가까운 혼잡률을 자랑하는, 일

#66 마작 대학 마작 카페 이름.
#67 돼지 대학 돼지고기 덮밥 전문점.

본에서도 손꼽히는 출퇴근 지옥철 노선이다. 상황 개선을 위한 노력에 힘입어 장기적으로는 완화되어갈 테지만, 지금 같아서는 아침마다 그걸 타고 다니는 것도 모자라 일까지 하는 인생을 선택할 용기는 없다.

게다가 취직하면 아마 따로 나와 살게 되기는 하겠지. 어쩌면 대학교 재학 중에 통학하기가 귀찮아져서 자취를 시작할지도 모른다. 단순히 편하다는 이유에서만이 아니라, 그렇게 일종의 의식과도 같은 행위를 거침으로써 스스로 일단락을 짓기 위해서.

길게 이어지는 해안선 끝, 아득한 바다 건너편으로 고층 빌딩숲이 흐릿하게 보였다. 언젠가 내가 향하게 될 곳을 바라보며 조용히 걸음을 멈추었다.

그러자 그때까지 사박사박 모래를 밟던 유키노시타의 발소리도 뚝 그쳤다. 그쪽으로 시선을 향하자, 유키노시타와 눈이 마주쳤다.

"하지만 그래도 언젠가는 여기로 돌아올 거야. 역시 여기가 좋고, 내가 있을 곳이란 느낌이 드니까."

"……그러니? 그러면 됐어."

부드럽게 미소 짓고, 유키노시타는 다시 사박사박 모래를 밟았다. 아까보다 경쾌하게, 보폭은 약간 줄여서 나보다 몇 발짝 앞서가다가, 이윽고 빙글 뒤돌아보았다.

"넌 정말 치바를 좋아하나 보구나."

"……어, 뭐."

내 말의 속뜻을 이해한 걸까, 아닌 걸까. 어느 쪽인지 짐작조차 가지 않는, 장난스레 놀리는 듯한 미소에 그만 쓴웃음으로 응수하고 말았다.

발자국은 양옆으로 나란히 새겨져갔다.

이래저래 전철로 한 정거장 정도는 걸어온 듯했다. 바닷가로 난 길을 따라서 나아가는 사이, 근사한 건물 하나가 모습을 드러냈다.

바다가 한눈에 들어오는 발코니 테이블에 2층은 통유리로 되어 있고, 벽은 노출 콘크리트로 마감한 아주 개성적인 디자인의 레스토랑이었다. 건물 1층의 정원에 해당하는 자리에는 테라스석이 마련되어 있었다. 간판을 보니 레스토랑하고는 별개의 매장인지, 베이커리 카페라고 쓰여 있었다. 푸른 하늘 아래 푹신푹신한 소파가 놓인 아늑한 카페 공간이었다.

유키노시타가 말없이 그쪽을 가리키며 「들렀다 가지 않을래?」라는 듯 고개를 갸웃해 보였다.

그 제안에 고개를 끄덕이자, 유키노시타는 만족스럽게 미소 짓고 곧장 카운터로 다가가다가 힐끗 이쪽을 돌아보았다.

"자리 좀 잡아놓겠니?"

"알았어."

바다와 가장 가까운, 바람이 시원하게 불어오는 소파 자리를 골랐다. 유키노시타를 기다리는 동안, 나는 멍하니 가게를 구경했다.

세련된 카페답게 메뉴도 꽤나 거창했다. 베이직한 타피오카

밀크티를 비롯한 각종 버블티를 시작으로 디카페인 오렌지 루이보스티에 슈퍼 프루트 앤 베지터블 스무디 등, 부내 나는 음료뿐이었다.

야야, 여긴 치바라고. 이딴 세련된 짓을 해도 될 거 같냐고……. 큰일이야, 이러다간 치바가 유행의 최첨단을 달리게 되어버리겠어!

치바의 핫 플레이스화를 한탄하는데, 유키노시타가 쟁반을 들고 타박타박 걸어와서 내 옆에 오도카니 앉았다.

"자, 아까의 답례야."

그렇게 말하며 유키노시타가 타피오카 밀크티를 내밀었다. 아까 준 맥캔과 퉁치자는 뜻인가 보다.

"야, 가격차가……. 너 수학 못하냐?"

"너보다는 잘해. 다음에 다른 걸로 갚도록 하렴."

기분 좋은 기색으로 그렇게 대답하더니, 유키노시타도 타피오카 밀크티를 마시기 시작했다. 의외로 평범하게 여자애들이 좋아할 만한 걸 마시네 싶었지만, 그러고 보니 얘 야옹이라든가 팬돌이처럼 평범하게 귀여운 걸 좋아했었지……? 사실 타피오카 밀크티가 귀여운지는 내 감각으로는 잘 모르겠다만.

아무튼 나는 웬만해서는 마시지 않는 타입의 음료다. 기념 삼아 한 장 찍어둘까 싶어, 라면 사발이 눈앞에 놓였을 때 같은 느낌으로 휴대폰을 꺼내서 찰칵 찍었다. 아하, 이게 바로 그 인스타용 사진이라는 거군요!

"앗……!"

그러자 유키노시타가 이제야 깨달았습니다! 같은 소리를 냈다. 뭐야, 왜 그래? 하고 돌아보자, 마시다 만 타피오카 밀크티를 망연자실하게 응시하는 유키노시타의 모습이 눈에 들어왔다. 그 시무룩한 표정이 나도 찍을걸…… 하고 탄식하는 듯했다.

"저기, 난 아직 안 마셨으니까 찍어도 돼, 어서 찍으렴……."

어쩐지 가엾은 마음이 들어, 다소 친절한 말투로 권하고 말았다. 컵을 내밀자, 유키노시타가 휴대폰을 꺼냈다.

"그, 그래? 고마워……."

그렇게 말하며 앞머리를 매만지더니, 유키노시타가 살짝 몸을 일으켜 소파를 타고 이동했다. 그 상태로 내 바로 옆까지 다가와서, 컵을 내민 내 팔에 조심스럽게 팔짱을 꼈다.

그리고 전면 카메라로 두어 번 셔터를 눌렀다.

완벽하게 허를 찔려 뻣뻣하게 굳어버린 사이, 유키노시타는 사진을 확인하더니 부끄러운 듯 수줍음 어린 쑥스러운 미소를 지었다. 그리고 「이런, 느낌……?」 하고 기어들어가는 목소리로 중얼거리며, 내게 살짝 휴대폰 화면을 보여주었다.

편집도 보정도 거치지 않은 이미지는 분명히 팔짱을 끼고 있는데도 둘 사이에 미묘하게 틈이 있어, 딱 봐도 어색한 느낌이 났다.

그것을 보자 저절로 깊은 한숨이 새어나왔다. 진짜 돌겠네…… 내 상상을 까마득히 초월해서 심장에 안 좋다고…….

"아니, 이건 좀 곤란하다만……."

화르륵 달아오른 얼굴을 두 손으로 감싸서 반쯤 머리를 쥐어뜯다시피 하며 말하자, 유키노시타는 약간 당황한 기색으로 허둥대며 수습하려 애썼다.

"미, 미안해. 그게……."

"다시 찍자고. 내 눈이 너무 맛이 가서 안 되겠어."

그렇게 말하며 나는 내 휴대폰을 들었다. 유키노시타는 어리둥절한 기색이었지만, 곧 서둘러 앞머리를 쓱쓱 가다듬고 앉은 위치를 확인했다. 그리고 슬금슬금 거리를 좁혀오더니, 각오를 다진 듯 팔을 활짝 벌렸다.

"돼, 됐어……."

저기, 팔은 안 벌려도 되거든? 괜히 나까지 긴장되잖아 하지 마. 그렇게 생각하면서도 나는 아까처럼 팔을 내밀고, 딱 몇 센티 정도만 더 몸을 붙였다.

"찍는다."

"그, 그래……."

목소리는 후들거리는 주제에 자세만은 꼿꼿했고, 맞닿은 어깨에서 긴장한 기색이 전해져왔다. 뒤얽힌 팔은 가늘게 떨리는 느낌마저 들었다. 아니 뭐 실은 나도 엄청 떨린다만.

손 떨림 보정 기능을 믿고 찰칵 찍은 다음, 곧장 휴대폰을 보여주었다. 그 화면을 쭈뼛쭈뼛 들여다본 유키노시타가 푸훗 웃음을 터뜨렸다.

"네 눈, 아까하고 똑같잖니. 제대로 썩었구나."

"걱정 마. 보정하면 되니까. 과학의 힘은 만능이라고."

곧바로 사진 편집 앱을 다운받아서 쓱쓱 손보기 시작하자, 유키노시타가 호오 탄성을 흘리며 흥미진진한 기색으로 그 모습을 관찰했다. 하긴 얘 얼굴은 보정할 필요가 없을 테니까…….

그렇게 시시덕거리며 노는 사이, 밀크티는 완전히 바닥을 드러냈다.

깨닫고 보니 바다와 하늘은 붉은빛으로 물들었고, 용광로처럼 불타오르는 둥근 태양이 차츰 고도를 낮추는 중이었다.

석양을 이렇게 지척에서 보기는 처음인지도 모른다.

우리는 둘 다 말없이 그 석양을 바라보았다.

이윽고 바람결에 실려 예배당 종소리가 울려 퍼졌다.

소리가 들려오는 쪽을 돌아보니, 그 장소는 생각보다 가까운 듯했다.

"가볼까?"

유키노시타가 쓱 일어서더니, 바닷가 산책로를 따라서 소리가 나는 방향으로 향했다. 그러자 언뜻 보기에도 화사하고 드레시한 차림새를 한 사람들이 눈에 띄었다. 그들은 하얀 턱시도와 웨딩드레스를 입은 남녀를 중심으로, 황혼이 드리운 매직 아워의 백사장을 배경삼아 사진을 찍느라 분주했다.

멀리서 본 느낌으로는 결혼식 같았다.

레스토랑 옆에는 예배당처럼 생긴 건물이 있었다. 그리고 그 옆에는 피로연 등등에 사용되는 이벤트 홀인지, 건물이 한 채 더 있었다.

건물 한쪽 출입구 근처에 놓인 팸플릿을 훑어보니, 이 이벤

트 홀 같은 건물은 연회관이라고 불리는 모양이었다. 2층에는 컨셉이 다른 행사장이 두 개 있고, 1층은 우드 톤의 인테리어가 돋보이는 라운지인 듯했다. 그 라운지 안쪽에는 바다를 마주보는 널따란 테라스가 있었다.

실제로 슬쩍 테라스를 들여다보니 중앙에는 난로를 피워놓아, 따스한 불꽃이 은은하게 주위를 비추고 있었다.

흐음……. 이런 곳이 다 있었나. 결혼식하고는 전혀 인연이 없는 처지라, 이런 데가 있는 줄은 미처 몰랐다. 나도 아직 치바를 다 알려면 멀었구만. 그렇게 생각하며 한 손에 팸플릿을 든 채 반성하는데, 반대쪽 손을 세게 잡아끄는 느낌이 났다.

"왜?"

"여기가 좋겠어. 여기서 하자."

유키노시타가 눈을 반짝반짝 빛내며 내 소맷자락을 마구 잡아당겼다. 감동하고 흥분한 듯한 표정과 기세 탓에 뭘 하자는 건지 차마 물어볼 수가 없었다.

물어봤다가는 마침내 코너에 몰려버릴 것 같은 기분이 든단 말이지…….

왜냐하면 여기, 결혼식장이잖습니까.

"……어, 저기, 그건 좀 성급한 거 같다만."

최대한 말을 고르며 완곡하게 대답하자, 유키노시타가 의아한 표정을 지었다.

고개를 갸웃하던 유키노시타가 퍼뜩 깨닫고는 내 소매를 탁 놓았다. 그리고 관자놀이에 손을 얹으며 기막히다는 듯 성대

하게 한숨을 쉬었다.

"눈매도 성격도 고약한데 눈치까지 없어지면 도대체 네 장점은 뭐가 남니? 잘 보렴."

핀잔을 준 유키노시타는 팸플릿을 하나하나 차례대로 짚어 나가며 설명했다.

"바다가 있고, 모닥불이 있고, 제대로 된 설비를 갖춘 이벤트 홀."

"……아하, 그래. 프롬 말이구나."

꺄아 난 몰라, 쪽팔려 미치겠어! 바보바보! 하치만 바보! 구더기! 냉정한 줄 알았더니만 나도 어지간히 들뜬 상태였나 보다. 죽을까? 슬슬 죽는 편이 나으려나?

찬물 세례라도 받은 것처럼 머리가 급속하게 식으며 마침내 이성이 되돌아왔다. 시설 개요로 볼 때 그 허세 가득한 엉터리 기획서를 실현 가능한 범위에 끼워 맞출 생각이라면, 이 이벤트 홀은 그야말로 이상적인 환경이라고 할 수 있었다.

"그러네. 한다면 여기가 좋겠는데?"

"맞아. 아마 여기가 가장 조건에 부합할 거야."

대답하며 유키노시타는 의기양양하게 자신만만한 미소를 지었다.

의외의 일면도 나쁘지 않지만, 역시 익숙한 그 표정이 생각 이상으로 가장 좋았다.

× × ×

합동 프롬 행사장을 낙점한 다음날.

종업식을 마치기가 무섭게 유키노시타와 나는 봉사부 부실로 향했다.

신속하게 자료를 요청하고 대관 가능한 날짜를 문의하고, 뒤이어 견적을 의뢰하는 단계까지는 마쳤다. 다만 그런 문의에 대한 답변은 바로 받아볼 수 있는 게 아니므로, 다시 연락이 오기까지는 며칠이 소요될 전망이었다.

기다리는 사이에도 진행해두어야 할 일은 산더미처럼 많았다. 장소와 일정을 제외한 예산과 인력 문제는 여전히 남아 있었다.

오늘은 그중 인력 문제를 해결하고자 유키노시타와 내가 각각 섭외해온 사람들을 데리고 합동 프롬의 취지를 설명할 예정이었다.

그리하여 방문한 영예로운 손님 한 팀. 주르륵 늘어선 안경 셋, 총 여섯 개의 렌즈를 보며 나는 크흠 헛기침을 했다.

"자, 지난번에 이어 제군들은 많은 것을 포기해주어야겠습니다."

비장한 표정으로 선언하자, 사가미와 하타노, 자이모쿠자가 제각기 안경을 스슥 추켜올리며 못마땅한 기색으로 한숨을 쉬었다.

"휴우……."

"에휴……."

"므읏……."

좋아, 기운이 넘치는 게 아주 훌륭한걸?

"그런 고로 얘들이 기대주인 새 전력이다."

오른쪽을 봐 주십시오, 하는 포즈로 안경 트리오를 가리켰다. 그러자 유키노시타가 자리에서 쓱 일어섰다.

"처음 뵙겠습니다. 유키노시타라고 해요. 히키가야가 폐를 끼친 점 사과드리겠습니다. 그리고 고맙습니다. 앞으로도 잘 부탁드릴게요."

정중하게 고개 숙여 예의 바르게 인사를 건네며, 겸사겸사 청아하고 덧없는 미소를 곁들였다. 과거의 유키노시타에게서는 상상할 수 없을 만큼 부드러운 이미지였다.

건드리는 사람 모두를 상처 입히는 예리한 나이프처럼 뾰족했던 옛 시절[#68]밖에 모르는 유희부원들에게는 큰 충격으로 다가왔을 테지.

실제로 사가미 동생과 하타노는 둘 다 부들부들 떨며 부르짖었다.

"기억."

"못하."

"잖아~!!"

덤으로 자이모쿠자도 와들와들 떨며 외쳤다.

#68 건드리는 사람~ 뾰족했던 옛 시절 일본 팝 밴드 체커즈의 노래 「뾰족뾰족 하트의 자장가」 가사.

그 수상한 행동에 유키노시타가 눈살을 찌푸렸다. 그 싸늘한 눈빛에는 약간이지만 예전 같은 가시가 어른거렸다.

"헉, 저 선배 살벌해……," "역시 무섭잖아……." "으으…… 하지만, 어떻게 좀 해다오……."

셋이 어깨를 맞대고 속닥속닥 이야기를 나누더니, 최종적으로 자이모쿠자가 내 소매를 마구 잡아당겼다.

"걱정마라, 저것도 나름대로 중독성이 있거든. 솔직히 마약 같다니까? 빠져들었을 때의 갭이 엄청나다고."

"……방금 뭐랬니?"

의식적으로 목소리를 낮추었는데도 유키노시타가 나를 째릿 노려보았다. 어깨를 으쓱해서 그 시선을 받아넘기고, 안경즈에게 『봤지?』 하고 눈짓을 했다.

그러자 이번에는 천하의 세 사람도 「그렇군요」, 「알 것 같아요」, 「더할 나위 없을 정도다」 하고 절찬을 아끼지 않았다. 또다시 새로운 진리의 문을 영접하고 만 동지들과 하이파이브를 했다. 뜨거운 우정을 마음에 그리며 그대에게 행복 있으라[#69]며 건배해댈 기세였다.

그러나 그 기세도 이내 흐지부지되고 말았다.

똑똑 조용한 노크 소리에 이어, 대답하기도 전에 드르륵 문이 열렸다.

"안녕하세요~."

#69 뜨거운 우정을 마음에 그리며 그대에게 행복 있으라 나가부치 츠요시가 부른 『건배』의 가사.

건성으로 인사하며 모습을 드러낸 사람은 다름 아닌 잇시키 이로하였다. 뒤에는 학생회 임원들을 대동한 채였다.

"잇시키, 고마워."

"에이, 별말씀을요. 그동안 신세 진 걸 갚으러 온 것뿐인걸요?"

유키노시타가 후훗, 부드러운 미소를 짓자 잇시키는 우훗, 대담하게 웃었다. 그 뒤에는 강제로 끌려온 게 분명한 부회장과 서기 양 등이 어두운 표정으로 서 있었다.

그 못지않게 어두운 감정에 사로잡힌 이들이 있었으니, 바로 안경 트리오였다.

"잇시키……."

"이로하……."

"이로하스……."

잇시키는 유희부원들과 자이모쿠자에게 생긋 미소 짓고는, 트집 잡을 데 없는 목례를 끝으로 깨끗이 무시했다. 대놓고 생까는 것보다 더 고약한, 보이지만 보이지 않는 교고쿠 나츠히코 미스터리 우부메의 여름 같은 반응이었다.

그러자 이번에는 천하의 세 사람도 스윽 안경 위치를 바로잡고, 「이거 중독성 있네요」, 「점점 더욱 알 거 같은 기분이 들어……」, 「하는 수 없군」 하고 새로운 변화의 조짐을 보이기 시작했다. 근데 사가미 동생은 취향이 좀 뒤틀린 거 아냐? 괜찮아? 누나 탓이니?

걱정스러워하는데, 또다시 누군가 새로운 진리의 문을 두드렸다. 소심한 소리에 이어 문틈이 빠끔히 벌어지는가 싶더니,

기웃기웃 이쪽을 살피는 시선이 느껴졌다.

"들어오세요."

유키노시타가 응대하자 그 가느다란 틈새가 차츰 벌어지더니, 트레이닝복 차림의 천사가 빼꼼 얼굴을 내밀었다.

"실례합니다……. 아, 하치만. 나 왔어."

활짝 웃더니, 토츠카가 손을 흔들며 타박타박 다가왔다. 그리고 부실 안을 흘끗 둘러보고는 의아한 표정을 지었다.

"무슨 모임이야?"

"고생시켜도 내 마음이 아프지 않은 애들을 불러 모은 거다만."

"그, 그렇구나……."

토츠카는 떨떠름함과 동정이 반씩 섞인 눈빛으로 멤버들을 바라보았다. 그러다 문득 깨닫고 본인을 가리키며 고개를 갸웃했다. 그 모습에 나는 쓴웃음을 지으며 고개를 끄덕여보였다.

"미안하다. 신세 좀 질게. 솔직히 무진장 성가신 일이다만, 토츠카 너를 포함해서 테니스부 전체의 힘을 좀 빌려주라."

"전체라니……. 응, 알았어."

내가 고개를 숙이자 토츠카는 난감한 얼굴로 웃었지만, 이내 나만 믿으라는 듯 자기 가슴을 탁 쳐보였다.

어디 이번에는 그 세 사람은……? 하고 안경 트리오의 반응을 살피기도 전에, 거침없이 문이 열렸다.

"안냐심까~!"

시끄럽고 걸걸한 목소리가 천덕꾸러기 최고참 알바생 같은

기세로 들어왔다. 그 등장에 짜증스러운 시선을 보내며 대놓고 혀를 차는 이로하스가 그야말로 최고였다.

그러나 그 이로하스도 이내 애교스러운 태도로 돌변했다.

"아, 하야마 선배님~."

"안녕, 이로하. 너도 왔구나."

토베를 따라 등장한 하야마가 잇시키와 가벼운 잡담을 나누면서 나를 향해 안녕? 하고 살짝 손을 들어 보였다. 저놈들이 여긴 웬일이지……? 의심스러운 시선을 보내는데, 내 바로 옆에 있는 유희부원들과 자이모쿠자의 존재를 깨달았는지 하야마가 안경 트리오를 향해 살랑 손을 흔들어주었다.

그러자 이번에는 안경 트리오도 「엇, 잠깐만, 무리야」, 「헉, 무리야, 버거워」, 「으윽 그저 빛, 무리다……」 하고 오늘 본 것 중에서 가장 호들갑스러운 반응을 보였다. 야, 너희들 하야마를 너무 좋아하는 거 아니냐?

하지만 그 들뜬 분위기도 금세 가라앉고 말았다. 왜냐하면 하야마 옆자리를 굳건히 지키면서 머리카락을 빙글빙글 꼬던 미우라가 못마땅한 듯 눈을 부라리며 시선 한 방으로 주변을 위협했기 때문이다.

그 눈빛에 몇몇이 움찔했지만, 가장 큰 반응을 보인 사람은 바로 유키노시타였다. 힐끗 나를 돌아보더니, 슬쩍 옆으로 다가와서 귓속말을 건넸다.

"히키가야, 네가 불렀니?"

"……아닌데. 뭐야, 네가 부른 거 아니었어?"

되묻자, 유키노시타는 곤혹스러운 표정으로 도리도리 고개를 저었다.

그럼 쟤들은 누가 부른 거지……? 턱에 손을 얹고 생각하는데, 토베 때문에 활짝 열려 있던 문 밖에서 또다시 누군가가 모습을 드러냈다.

"헬로헬로~."

활기찬 인사와 함께 안경을 야릇하게 번뜩이며 에비나 양이 들어왔고, 그 뒤에 몸을 숨기듯 카와사키가 따라 들어왔다. 카와사키는 슬그머니 부실 전체를 둘러보더니, 몹시 난처한 표정을 지었다. 그 모습에 유키노시타가 말을 걸었다.

"카와사키, 와줘서 고마워."

"아, 아니, 뭐, 그냥 이야기만 듣는 거라면……."

거북한 기색으로 몸을 꼬며 손을 뒤로 해서 문을 닫고, 카와사키는 구석으로 더더 구석으로 이동해갔다. 그것을 에비나 양이 또다시 턱 붙잡자, 카와사키는 저항을 포기하고 가자는 대로 순순히 부실 가운데로 향했다.

인원이 늘어나자, 부실 안이 웅성웅성 시끄러워졌다.

하지만 옛날의 소란스러움에는 한끝 모자랐다.

유키노시타가 흘끗 시계를 보았다.

약속한 시간은 이미 지났다.

그녀는 아직 오지 않았다.

동아리에 소속된 경우라면 또 모를까, 종업식도 끝나고 이미 봄방학이 시작된 참이다. 앞으로 도움을 받으려면 당연히

봄방학 기간의 시간을 빼앗게 된다. 솔직히 말해서 꽤나 부담스럽고 무리한 부탁이라고 할 수 있다.

그녀가 거절할 만한 이유는 무수히 많다. 거절해도 상관없다. 더 이상 내 이기심에 휘둘리게 하는 것도 못할 짓 아닌가. 그렇게 나는 나 자신에게 변명을 했다.

그리고 마지막으로 딱 한 번 더 시계를 보았다.

"……슬슬 회의를 시작할까?"

나직한 목소리로 채근하자, 유키노시타가 고개를 끄덕였다. 하지만 그 입이 열리며 첫마디를 내뱉는 일은 없었고, 오로지 따스한 시선만으로 나를 설득했다.

그 다정한 눈빛이 소리 없이 문 쪽으로 향했다.

눈동자에는 확신의 빛이 감돌았고, 조용히 그 순간을 기다리고 있었다.

10초, 20초가 흐르고, 이윽고 시곗바늘이 돌아가는 소리에 섞여 부산스러운 발소리가 들려왔다.

문으로 가로막혀 있어도 그 모습이 눈에 선했다.

나풀나풀 춤추는 당고머리, 출렁출렁 좌우로 흔들리는 커다란 백팩, 탁탁 분주한 소리를 내는 실내화.

맞다, 그녀다. 바로 알 수 있었다.

그리고 드르륵 요란한 소리를 내며, 부실 문이 열렸다.

"야헬롱~!"

살짝 숨을 헐떡이며 번쩍 손을 치켜들고, 유이가하마 유이는 지난날보다도 한층 밝은 얼굴로 우리를 향해 미소 지었다.

× × ×

봄방학으로 들어서면서 마침내 합동 프롬 준비가 본격화되었다.

그러자 유키노시타도 한껏 사기를 드높여, 사기노시타로 거듭났다.

그리하여 행사장 확보를 시작으로 견적 확인과 일정 조율, 인력 배치에 이르기까지 빠릿빠릿하게 업무를 처리해나갔고, 무시무시한 속도로 작업을 소화해나갔다. 이제 남은 현안 과제는 예산 정도로, 그것도 오늘 있을 카이힌 종합고와의 미팅에서 대강 가닥을 잡을 예정이었다. 우리 측 참석자는 유키노시타와 나, 그리고 학생회장인 잇시키였다.

카이힌 종합고와의 미팅 하면 매번 방문해서 익숙한 커뮤니티 센터가 등장할 차례다.

봄방학으로 접어든 데다가, 어디까지나 자율적인 행사이니만큼 학교 시설을 사용할 수도 없는 노릇이라, 당분간은 커뮤니티 센터를 빌려 쓸 예정이었다. 합동 프롬 당일까지 커뮤니티 센터 회의실을 빠짐없이 예약해둔 데서도 사기노시타다운 면모가 엿보였다.

현재 회의실에서는 자이모쿠자와 유희부를 포함한 안내용 팻말 등의 소품을 만드는 제작팀과 유이가하마와 미우라를 중심으로 한 홍보팀이 열심히 작업 중이었다.

그렇다고 전원이 매일 나오는 건 아니고, 각자의 스케줄에 맞춰 당번을 정했다. 테니스부와 축구부, 덤으로 학생회에서도 말단(주로 토베와 부회장) 멤버들을 차출해온 덕분에 인력 면에서는 꽤 여유가 생겼다. 토츠카의 인망과 하야마의 리더십, 잇시키의 강압에 힘입어, 기본요금 제로로 마음껏 부려먹고 열정 페이로 때우는 환상적인 노동 환경이 마련되었다. 우리 학생들에게는 그저 감사할 따름이지요![#70]

예산과 관계없는 부분은 이것으로 해결되었다.

문제는 지금 눈앞에서 행사장 팸플릿을 손가락으로 톡톡 두드리며 몹시 흐뭇해하는 눈치이신 타마나와 회장님이셨다.

"멋진걸? 아주 멋진 행사장이야. 기획서 컨셉에도 부합하고, 쏘핫한데?"

타마나와가 부합과 쏘핫으로 라임을 맞추며 칭찬했다. 그 팸플릿을 잽싸게 옆자리로 쓱 밀어주자, 동석한 오리모토도 「와, 근사하다」 하고 맞장구를 쳤다. 잇시키와 나도 옳으신 말씀이라는 듯 열심히 고개를 끄덕여 보였다. 카이힌 종합고의 반응은 최상이었다. 그 여세를 몰아 끝장을 볼 작정인지 유키노시타가 운을 뗐다.

"다만 비어 있는 날이 4월 첫째 주…… 정확히 이임식 날과 겹쳐. 그때로 잡아도 되겠니?"

"물론이지. 우리도 마침 그날 이임식을 하거든. 그런 만큼

#70 우리~따름이지요 일본 개그맨 미야사코 히로유키가 갑질 논란을 일으킨 소속사 요시모토에 관해 한 말인 「요시모토에는 그저 감사할 따름이지요」의 패러디.

졸업생들도 시간을 비워둔 사람이 많을 테니, 비교적 모이기도 쉬울 거야."

"그거 좋다! 사람이 적으면 아무래도 썰렁하니까."

오리모토도 적극적으로 찬성하며 엄지를 척 치켜세웠다.

자, 그럼 어디 슬슬 본론으로 들어가 보실까……?

나는 흠흠 헛기침을 하고 천연덕스럽게 입을 열었다.

"문제는 예산인데, 그쪽 학생회 예산을 믿어 봐도 되겠냐?"

"으음, 반으로 나눠도 약간의 개인 지출은 각오해야 할 테지만, 어느 정도는 우리도 부담할 수 있을 거 같은데."

"어, 아니, 그게…… 사실 우리는 형편이 좀 쪼들려서 말이야."

"응?"

마치 못 듣기라도 한 것처럼 지극히 온화한 음성으로 타마나와가 되물었다. 그러자 잇시키가 앙큼하게 손가락과 손가락을 맞대고 에헤헤, 얼버무리듯 미소 지었다.

"그게요. 학생회 예산은 못 쓴다고나 할까요……?"

"응?"

그러나 타마나와에게는 효과가 없었다. 방금 전과 완벽하게 똑같은 반응이 돌아오고 말았다. 그러자 그 실랑이에 위화감을 느꼈는지, 유키노시타가 아리송한 표정으로 고개를 갸웃했다.

"설마 히키가야가 이야기 안 했니? 우리는 학생회가 주최하는 게 아니라, 희망하는 학생들이 자율적으로 추진하는 형식이야."

"응. ……응? 그 말은 그쪽 학생회 예산은 못 쓴다는 뜻이야?"

타마나와의 말에 우리는 동시에 고개를 끄덕였다. 어쩔 수 없지. 없는 걸 털어봐야 먼지밖에 더 나오겠냐고. 그러자 타마나와는 노골적으로 어색한 웃음을 지었다.

"……아, 아무리 그래도 전액 부담은 힘들지 않을까? 하, 하하하."

"그래, 그 문제는 협의가 안 됐던 거구나."

유키노시타는 혼잣말처럼 나직하게 중얼거리며 책상 밑에서 내 허벅지를 꽉 꼬집었다. 아야야야야! 말없이 몸부림치자, 잇시키가 『이 인간은 왜 혼자 난리람……?』이라는 시선을 보내왔다. 그러나 이내 『아, 하긴 늘 혼자지?』라는 표정으로 멋대로 고개를 끄덕이더니, 그 시선을 쓱 타마나와 쪽으로 돌렸다.

"그럼 역시 회비제로 가야 하려나요?"

"그건 좀 어려울지도 모르겠는데……. 회비제라고 하면 꺼리는 사람도 있을 테고."

타마나와는 손깍지를 끼고 떨떠름한 표정을 지었다. 무슨 뜻인지는 안다. 회비제라는 소리는 기본적으로 현장에서 현금을 걷는다는 뜻이다. 그러니 본인들이 축하받는 자리인데 왜 돈을 내야 하느냐는 기분이 들 만도 하다.

하지만 지갑을 열게 만들지 못하면 이번 합동 프롬 기획은 물 건너가고 만다. 그렇다면 그 기분을 어떻게든 해보는 수밖에 없다.

"그럼 크라우드 펀딩은 어떠냐? 투자해준 사람을 초대하는 거지."

내 제안에 타마나와가 헉 하고 고개를 들더니 나직하게 신음했다.

"……옳거니. 그거라면 가능성이 있을지도 모르겠는걸."

"그거 죽인다! 잘은 몰라도."

타마나와가 동조하자 오리모토가 적당히 장단을 맞췄다. 그러나 잇시키는 미심쩍은 기색으로 이맛살을 찌푸렸다.

"……그런가요? 그것도 결국 돈을 내야 되니까 회비제나 별 차이 없잖아요?"

"아냐, 달라. 기분이 다르다고."

"아, 기분……. 한펜?[#71]"

잇시키는『이 인간이 뭐라는 거야……?』라는 듯한 눈빛으로 나를 쳐다보는가 싶더니, 이내 그 시선을 유키노시타 쪽으로 돌리고「선배님이요. 뭐라는 거예요?」하고 이번에는 평범하게 육성으로 물었다.

"히키가야가 말하려는 건 심리적인 장벽이나 대접받는 느낌…… 같은 거지?"

"뭐 그렇게 표현할 수도 있겠지. 더 쉽게 설명하자면 iTunes 카드로 결제하느냐, 신용카드로 결제하느냐의 차이 같은 거다만."

"더 못 알아듣겠거든요……?"

"돈을 낸다는 사실을 실감하느냐의 문제라는 뜻이야. 현금

#71 한펜 어묵의 일종. 한펜을 생산하는 회사 이름인 키분(紀文)과 기분(気分, 키분)은 발음이 같음.

을 내는 데는 거부감이 있을지라도 인터넷 결제나 카드 결제는 별 생각 없이 해버리는 사람이 있잖니?"

유키노시타가 옆에서 거들자, 잇시키는 「아……」 하고 알아들었는지 아닌지 헷갈리는 반응을 보였다. 그러자 타마나와가 기회가 왔다는 듯 손을 빙글빙글 돌리기 시작했다.

"펀딩의 이점은 그것만이 아니야. 펀딩은 투자나 후원의 개념에 더 가깝거든. 그러니까 돈을 내는 사람은 단순한 고객이 아니라 협력자라고 할 수 있어. 즉 어떤 협력자는 통상적인 회비보다도 많은 금액을 내는 경우도 있다는 거지."

"아하~."

잇시키는 관심 없는 티를 팍팍 내며 심드렁한 목소리로 적당히 추임새를 넣었다.

"문제는 투자에 대한 보상이겠구나……, 프롬 초대는 기본이고, 고액 출자자에게는 뭔가 더 큰 혜택을 줘야 할 테니까……."

유키노시타가 턱을 매만지며 흐음 생각에 잠겼다. 그러자 오리모토가 얼른 손을 들었다.

"맞다맞다! 그거 어때? 리무진 픽업 서비스 같은 거! 인스타 감성이잖아! 끝내주지 않아?!"

"아, 그거 좋네요! 베첼러#72 같아요."

"시행 자체는 가능하겠지만, 결국 비용이 들어갈 테니 흑자가 날지는 미지수구나."

#72 베첼러 화려한 싱글 남성이 여러 여성 중 한 명을 연인으로 선택하는 포맷의 리얼리티 프로그램. 참가자들이 리무진을 타고 등장함.

냉큼 찬동하는 잇시키를 보며 유키노시타가 쓴웃음을 지었다.

그래도 여자들의 이런 의견은 귀중하다. 아무리 황당하게 느껴진다 해도 이런 이벤트는 여성 손님이 주를 이룬다는 점을 고려하면 결코 허투루 들어서는 안 된다.

"리무진에 베첼러라……."

혼잣말처럼 중얼거리며 나는 행사장 자료집을 팔랑팔랑 넘겼다. 예상대로 그 두 단어가 연결되는 지점이 불쑥 눈에 들어왔다.

"……주차장은 어떠냐? 그 이용권을 혜택으로 내거는 거지. 고등학교를 막 졸업한 참이니까, 차를 끌고 오고 싶어 하는 사람도 많을 거 아냐?

"아…… 하긴 남자친구가 차로 바래다주는 경우도 있겠네요."

"그런 쪽의 수요도 있겠지. 어차피 참가자 전원이 주차할 공간을 확보할 수는 없어. 그러니 하다못해 비싸게 팔아넘기자고."

치바는 도쿄에 버금가는 대도시이자 대도회(본인 조사)이지만, 지금도 여전히 상당한 자동차 사회다. 키사라즈(木更津) 방면에서는 요즘도 에어로 파츠로 튜닝해서 오징어잡이 어선 뺨치게 번쩍번쩍 빛나는 차가 돌아다니는 데다, 고속도로를 최고 속도로 달리는 중인데도 태연하게 위협 운전을 해오는 경우도 종종 있다고 들었다. 바람직한 자동차 사회와는 거리가 멀구만.

하지만 그 말은 곧 그만큼 차에 대한 애착이 강하다는 뜻이기도 하다. 고로 자동차가 지위의 상징이나 다름없는 역할을

한다. 그러므로 좋은 차를 타는 사람에게는 과시하고 싶은 욕구가 있을 테고, 주목 받는 자리에 타고 가고 싶을 테지.

리무진이나 베첼러라는 발언에서 짐작할 수 있는 것은 여성 고객들이 원하는 게 고저스하고 셀러브리티한 특별 대접, 인스타에 올려서 우월감을 맛볼 수 있는 나만의 스페셜한 체험이란 점이다.

그리고 그런 여성들에게 호감을 사고자, 남자들은 앞 다투어 그 스페셜함을 손에 넣으려 할 테지. 세상에, 그게 뭐람? 지옥도?

하지만 일단 수요를 파악하면 무엇을 공급해야 할지도 자연스럽게 감이 잡히기 마련이다.

"그리고 또 대기실 하나를 VIP룸으로 할당하고, 그것도 혜택으로 삼자고. 그럼 본전 제로로 부가가치를 창출할 수 있을 테니까."

"너는 사기꾼을 시키면 대성하겠구나……."

"그렇지도 않아. 난 숫자에 약해서……. 손익 계산을 못하거든."

실제로 방금 제안한 내용이 혜택으로서 적합한지도 정확히 가늠이 안 된다. 솔직히 여태까지 치러온 행사에서도 실무적인 문제에 부딪치면 유키노시타한테 통째로 떠넘기는 경우가 비일비재했다. 그러니 모쪼록 뒷일을 잘 부탁드린다는 뜻으로 꾸벅 고개를 숙였다. 그러자 유키노시타가 피식 웃었다.

"그런 부분은 이쪽에서 처리할 거니까 상관없어. 일단 리무진처럼 거창한 혜택도 옵션으로 검토해보도록 할까?"

대답하며 유키노시타가 쓱쓱 메모를 해나갔다. 그 내용을 힐끔 보고, 잇시키가 흠흠 헛기침을 했다.

"대충 이런 느낌으로 가면 될까요?"

"……괜찮은데? 뭔가 될 것 같은 느낌이 들기 시작했어."

타마나와가 씨익 웃으며 입김을 훅 불어 앞머리를 띄웠다. 그 얼굴에는 의욕과 자신감이 넘쳐흘렀다. 이토록 든든할 수가……. 역시 타마나와 씨다. 든든한 김에 이것저것 부탁해버리자고!

"그럼 돈 문제는 일임해도 되겠냐? 아마 그 밖의 다른 혜택도 필요할 테니까, 그것도 같이 좀 부탁하마. 솔직히 우리는 크라우드 펀딩에는 노하우가 없어서 말이야……. 너희들은 익숙할 거 같거든."

줄줄이 일거리를 떠맡기자 타마나와는 고속으로 눈을 깜빡였지만, 이내 징긋 미소를 지어 보였다.

"……무, 물론이지."

그리고 나만 믿으라는 듯 가슴을 탁 쳤다. 식은땀이 삐질삐질 나는데 정말 괜찮은 거냐……? 하지만 지금은 타마나와 씨를 믿는 수밖에 없다. 타마나와 씨라면…… 타마나와 씨라면 분명 해낼 거야!

실제로 어떤 수단을 쓸지는 모르겠지만, 본인이 할 수 있다니까 맡겨보자고. 요즘 크라우드 펀딩 사이트는 신용카드가 없어도 스마트폰 하나면 참여 가능하다니까, 학생 상대로도 통할 여지는 충분히 있다. 우리로서는 타마나와의 의욕을 북돋워 온갖 일거리를 죄다 떠넘길 수만 있으면 그만이다. 여기

까지 온 이상 수단도 경위도 불문에 부치도록 하자.

“그러면 견적서와 시산표를 보내줄 테니까, 전체적인 틀이 잡히면 연락해주겠니?”

“응, 알았어!”

유키노시타가 서류뭉치를 탁탁 쳐서 정리하며 결론을 내리자, 오리모토가 힘차게 대답했다. 타마나와도 동의하듯 고개를 끄덕이며 입을 열었다.

“그럼 우리도 빠른 시일 안에 참여할 수 있도록 해볼게.”

“그래, 고맙다. 그래도 핵심은 돈 관리니까 인력 문제는 너무 무리할 거 없어. 아, 당일에만 일손 좀 보태주라.”

“오케이, 적당히 모아볼게~.”

가벼운 분위기로 오리모토가 대화를 마무리 지었고, 그렇게 제1회 합동 프롬 예산 위원회는 막을 내렸다.

퇴장하는 두 사람의 뒷모습을 눈으로 좇으며, 나는 의자 등받이에 털썩 드러누웠다. 그러자 저절로 후아 한숨이 흘러나왔다.

“……일단 예산은 가닥이 잡힌 셈인가?”

“크라우드 펀딩이 잘 풀린다는 전제 하에서지만…… 부족한 액수는 어떡하지?”

유키노시타의 말에 잇시키가 인상을 팍 썼다.

“글쎄요. 아아아아~주 적은 금액이면 학생회에서 보태지 못할 것도 없지는 않다고 생각하지 않는 건 아닌데요…….”

“거참 못미덥기 짝이 없는 대답이구만……, 뭐 금액에 따라

서 달라지기는 하겠다만, 최악의 경우 어느 정도 수준까지는 내가 자비로 부담할 생각이 있어."

나도 오만상을 찌푸리며 말하자, 유키노시타가 뜻밖이라는 듯 눈을 휘둥그레 떴다.

"모아둔 돈도 없으면서?"

"나한테는 없어도 부모님한테는 있으니까. 무이자로 빌려서 떼어먹지 뭐. 그 정도 생활력은 있다고."

"그걸 생활력이라고 해도 되는 거니……?"

황당해하는 기색으로 웃는 유키노시타에게 나는 어깨를 으쓱해 보였다.

실제로 다소 적자를 본다 해도 상관없었다. 어설프게 이익이 나버렸다가는 그것도 나름대로 귀찮은 사태로 발전할 것 같고 말이지. 일단은 고등학생이 주최하는 이벤트이니만큼, 명색상으로나마 비영리를 표방하고 싶었다. 쓸데없이 수입이 생기면 세무서에서 행차할지도 모르니까…….

그렇게 김칫국을 사발로 드링킹하는데, 유키노시타가 손장난이라도 하듯 계산기를 탁탁 두드리기 시작했다.

"창창한 나이에 빚쟁이를 만들기도 미안하니까, 나도 경비를 절감할 방법을 생각해볼게."

"내 인건비만은 깎지 말아다오."

"안심하렴. 처음부터 0으로 잡아놔서 깎을 수도 없으니까."

"끝내주는 직장이구만……."

뭐 인건비 따위 애초부터 발생하지 않는다는 걸 아니까 상

관은 없다만……. 오랜만에 그렇게 정형화된 대화를 주고받는데, 잇시키가 어이없다는 듯 나직하게 한숨을 쉬었다.

"사이좋으시네요……."

그리고 두리번두리번 주위를 살피나 싶더니, 크흠 헛기침을 하고는 소곤소곤 목소리를 낮추고 물었다.

"……일단 여쭤보겠는데요. 선배님들이요. 어떤 관계이신 거예요?"

잇시키의 말에 유키노시타와 나는 쩌적 얼어붙고 말았다. 사실 언젠가는 물어볼 줄 알았다. 얼마 전까지 우리가 티격태격 갈등을 빚는 모습을 잇시키는 그 두 눈으로 똑똑히 보았으니까. 그래놓고 느닷없이 사실은 우리 같이 이벤트를 추진 중이에요, 라고 선언한 셈이니, 이해가 안 갈 만도 했다.

말문이 막혀버린 우리를 잇시키는 새치름하고 싸늘한 눈빛으로 바라보았다.

뭔가 대답을 해야 되는데……. 그렇게 생각하며 흘끔 곁눈질하자, 유키노시타도 흘끔 내 눈치를 살폈다. 피차 쩔쩔매고 있다는 사실만이 전해지는 시선 교환이었다.

"글쎄요. 어떤 관계이려나요……?"

내가 오직 침묵을 메울 목적으로 알맹이 없는 말을 늘어놓자, 잇시키의 시선이 험악해졌다. 허겁 쫄아서 눈길을 피한 순간, 뭔가 말하려고 입을 빠끔거리는 유키노시타의 모습이 시야에 들어왔다.

"이…… 이, 이런 건 설명하기가 어렵지만……."

화끈 얼굴을 붉히고 고개를 수그리더니, 우물우물 덧붙였다.

"파, 파트너……? 같은 거랄까……?"

"어, 그거야! 그 뭐냐, 새삼 물어보니까 잘은 모르겠다만, 아무튼 대충 그런 느낌이라고."

유키노시타의 대답에 내가 전력으로 맞장구를 치자, 유키노시타도 부리나케 고개를 끄덕였다.

"마, 맞아. 잘은 모르지만, 대강 그런 느낌이야."

그 모습을 잇시키는 아무 말 없이 그저 빠안~히 응시했지만, 이내 못 말리겠다는 듯 피곤한 기색으로 한숨을 쉬었다.

"아, 네에, 그래요? 선배님들이 그걸로 괜찮으시다면 저야 상관없는데요……."

그리고 씨익 웃었다.

"개인적으로는 확실하게 해두는 편이 좋을 거라고 생각하지만요."

의미심장하게 미소 지은 잇시키가 읏차 힘차게 의자에서 일어났다. 그리고 콧노래를 부르며 회의용 책상을 뒤로하려 했다.

그러다 그 발걸음이 우뚝 멎었다.

잇시키가 가려는 방향에서 느슨하고 풍성하게 컬이 들어간 금발을 손가락으로 빙글빙글 꼬며, 언짢은 기색의 미우라가 걸어왔기 때문이다.

미우라는 우리 옆까지 다가오더니, 깊은 한숨과 함께 입을 열었다.

"우리, 밥 먹고 와도 돼~?"

"그, 그러렴."

대뜸 묻는 바람에 유키노시타가 당황한 기색으로 대답했다.

허락을 받아낸 후에도 미우라는 한동안 유키노시타와 나를 가만히 응시했다. 그러다 갑자기 그 시선을 거두고, 이번에는 잇시키 쪽을 돌아보았다.

"너도 올래?"

"네? 아, 어…… 아뇨, 그……."

갑작스러운 제안에 놀랐는지, 잇시키는 딱 부러지게 거절하지 못했다. 평소 같으면 「네? 제가 왜요?」라고 받아치는 정도는 했으련만, 지금은 미우라에 대한 대항 의식보다도 당혹스러움이 앞서는 눈치였다. 하긴 그렇겠지. 쟤들 사이 안 좋으니까……. 뜬금없이 유미이로 떡밥이 투하되는 바람에 저도 혼란스러운 상태입니다.

우리가 곤혹스러워하는 기색을 내비치자, 미우라는 말없이 힐끗 나를 보았다. 그리고 다시 잇시키 쪽으로 시선을 돌리더니, 어떡할래? 라고 묻듯 고개를 갸웃했다.

그러자 잇시키가 휴우 가볍게 한숨을 쉬었다.

"……하긴 배도 고프고, 딱히 못 갈 것도 없지 싶네요."

"응."

미우라는 별 말 없이 고개를 끄덕이고 빙글 발길을 돌렸다. 그 뒷모습이 따라오라고 말하는 듯했다. 잇시키는 우리에게 「그럼 다녀올게요」 하고 양해를 구하고, 졸래졸래 미우라를 뒤따라갔다.

미우라 유미코가 저러는 이유는 충분히 짐작이 갔다. 뭔가 이야기하지도, 뭔가 묻지도 않았지만, 아마도 배려해주는 거겠지. 나를, 아니, 우리 세 사람을. 역시 착하다니까…….

미우라는 잇시키를 데리고 회의실 출입구로 향했다.

미우라를 기다리는 중인지, 문 앞에는 유이가하마와 에비나 양과 카와사키, 그리고 어쩌지? 어쩌지? 하고 셋이서 회의 중인 자이모쿠자와 유희부원들도 있었다. 아무래도 안경 트리오도 끼워주기로 한 눈치였다. 역시 착하다니까…….

그들이 회의실을 나서는 모습을 무심코 눈으로 좇고 말았다.

합동 프롬 준비가 시작된 후로 유키노시타와 유이가하마가 이것저것 이야기하는 모습은 종종 눈에 띄었지만, 일거리에 치이다 보니 내가 그 둘 사이에 낀 적은 없었다. 솔직히 말하자면 일을 핑계 삼아 많은 것들을 뒤로 미루어둔 채였다.

하지만 그것도 조만간 어떻게든 되겠지 싶었다.

모든 것을 끝내고 다시 특별할 것 없는 방과 후가 찾아올 무렵이면, 분명 어떻게든 될 거라고 나는 마음속 어딘가에서 믿고 있었다.

턱을 괴고 문 쪽을 바라보는데, 누군가 내 팔을 콕콕 찔렀다. 그 힘이 너무 약해서 간질간질하게 느껴진 데다 예상하지 못했던 일이기도 해서, 나는 흠칫 몸을 떨었다.

흘끗 곁눈질하자, 유키노시타가 수줍은 미소를 지어 보였다.

"……우리도 식사하러 갈까?"

"……그래."

대답하고 우리도 자리에서 일어섰다.

× × ×

합동 프롬 개최일이 며칠 앞으로 다가오자, 작업 역시 절정으로 치달았다.

카이힌 측에 반쯤 떠넘기다시피 해버린 예산은 약간의 적자가 예상되기는 해도, 어느 정도는 윤곽이 잡힌 상태였다. 행사장도 무사히 예약을 끝마쳤고, 이제는 정말 죽도록 일하는 일만 남았다.

그러나 행사장을 사용할 수 있는 날은 필요한 물품을 반입하는 전날과 프롬 당일뿐이다. 그 밖에는 별도로 작업장을 마련할 필요가 있었기에, 결국 우리는 계속 커뮤니티 센터에 진을 친 채로 밤낮없이 작업에 몰두했다.

거듭되는 회의와 소품 제작이 주를 이루었지만, 소부 고등학교와 카이힌 종합고 모두 인력이 제법 모인 덕분에 간당간당하지만 가까스로 시간에 맞출 수 있을 것 같기는 한 것도 같다…… 정도의 페이스를 유지했다.

다만 순조롭게 진행되었다고 할 수 있었던 것은 얼마 전까지로, 지난 며칠간은 툭하면 작업 속도가 더뎌지고는 했다.

가장 큰 원인은 부쩍 봄기운이 완연해진 날씨였다. 멤버들의 사기가 드높아지는 데 발맞추듯 기온도 쑥쑥 올라갔다.

그 바람에 서류 작업을 할 때면 따사로운 햇살에 졸음이

솔솔 밀려오고, 몸 쓰는 일을 하면 어중간하게 땀이 나서 뭘 하든 대체로 짜증이 치솟는 상황에 처하고 말았다.

게다가 마감이라는 인류악이 24시간 정신을 좀먹어댔다.

일 하나를 마무리하고 찰싹 달라붙은 셔츠 앞자락을 펄럭펄럭 흔들다 보니, 저절로 푸념이 새어나왔다.

"으으, 더워……. 오늘은 이만 집에 갈까?"

그러자 맞은편에 앉은 유키노시타가 한 손에 에너지 드링크를 들고 의아한 기색으로 고개를 갸웃했다. 오늘은 머리를 위로 틀어 올려서 목덜미가 다소 시원해보였다.

"너는 어제도 그제도 집에 갔잖니. 설마 오늘도 갈 생각이었어?"

"왜 매일 가면 안 되는데? 내게는 아직 돌아갈 곳이 있어. 이렇게 기쁜 일이 또 있겠냐고."

미안해……. 이해해줄 거지? 일은 언제든지 만나러 갈 수 있으니까……. 그렇게 마음속으로 중얼거리는데, 유키노시타가 나직하게 한숨을 쉬었다.

"……그래도 집에 일거리를 가져가는 모양이니까, 불평할 마음은 없지만."

뭐야, 들켰잖아? 역시 뉴타입인가?

"그러는 너도 일거리 싸들고 가잖아. 한계에 부딪치기 전에 처리 중인 일감 몇 개 이쪽으로 넘겨."

내가 다소 강경하게 나가자, 작업하던 유키노시타의 손이 멎었다. 그리고 반성하는 기색으로 힘없이 고개를 떨구더니,

의외로 순순히 수긍했다.

"응……."

"야, 응이라니……."

얘 진짜로 엄청 피곤한가 본데……? 어휘력이 죽어가기 시작했잖아.

"괜찮아? 좀 위험한 거 아니냐?"

"위험해. 도저히 시간에 맞출 수 있을 것 같지가 않아. 위험해. 가볍게 죽을 것 같아."

유키노시타는 이미 탈진 상태였다. 행동거지가 리얼하게 위험이 위태로웠다.

유키노시타는 다시 서류와 눈싸움을 벌이며 컴퓨터 키보드를 치고, 계산기를 두드렸다. 삐뚜름하게 흘러내린 블루라이트 차단 안경과 이마에 찰싹 붙인 쿨 시트가 보기 애처로웠다. 책상 앞에는 긴급 칼로리 섭취를 위해서인지 아니면 누군가 공물이라도 바쳤는지, 초콜릿과 전병 과자가 무더기로 쌓여 있었다.

언뜻 보기에도 무진장 바쁜 눈치인 게, 한계에 다다르기 직전은 약과고 이미 두 발짝쯤 선을 넘어버린 느낌이 났다. 그런 모습에 주위에서도 타박타박 지원군이 도착했다.

"유키농, 이거 가져갈게."

"아, 그럼 전 이걸 가져갈게요~."

유이가하마와 잇시키는 여러모로 유키노시타에게 신경을 써주었고, 지나쳐갈 때마다 간식과 함께 서류뭉치와 계산기를

거두어갔다. 과연 여러 번 같이 수라장을 헤쳐 나온 전우다웠다. 염려하는 부분은 다들 비슷한 눈치였다.

내가 할 수 있는 일이라고는 『에너지 드링크보다는 카페인 알약하고 포도당을 들이붓는 게 더 빠르단다!』 같은 꿀팁을 전수하는 것 정도였다.

그 밖에는 강제로 일감을 빼앗아서 휴식을 촉구하는 것 정도이려나……?

자, 그럼 어떻게 일감을 압수해서 쉬게 만든다? 속으로 궁리하는데, 뒤에서 시커먼 그림자가 쑤욱 드리워졌다.

이마에는 꽈배기 머리띠를 두르고, 입에는 못을 세 개쯤 문 자이모쿠자였다. 망치로 어깨를 툭툭 치며 턱을 쓰다듬는 그 모습에서는 묘한 관록이 느껴졌다.

"하지만, 자재가 부족하다."

"미스터 맥스[#73]에 가서 사와야겠구만. 내가 갈 테니까 같이 가서 짐 좀 들어주라."

"그러지. 가는 김에 빗쿠리 동키[#74]에 들러도 되겠나? 걱정 마라. 그저 한 잔 하려는 것뿐이니."

말을 마친 자이모쿠자가 뭔가를 꿀꺽 들이켜는 시늉을 했다.

"어…… 딱히 상관은 없다만. 근데 너한테는 카레만이 아니라 햄버그스테이크도 음료수[#75]냐?"

#73 미스터 맥스 마트형 잡화점.
#74 빗쿠리 동키 햄버그스테이크 전문점.
#75 카레만이 아니라 햄버그스테이크도 음료수 음식 빨리 먹기로 유명한 일본 연예인 우간다 토라의 유행어. 그 영향으로 「카레는 음료수」라는 카레 체인점이 생겨났고, 같은 회사에서 「돈가스는 음료수」라는 돈가스 체인점도 냈음.

제정신이냐, 이 녀석…… 하고 연민의 눈빛을 보내자, 어찌 된 영문인지 자이모쿠자가 우쭐한 표정을 지었다.

"요즘은 돈가스도 음료다……."

그게 뭐야, 무서워…….

전율을 금치 못하는데, 우리의 대화를 엿들었는지 잇시키가 살금살금 다가왔다.

"그거 좋네요~. 슬슬 밥 먹을 때도 됐으니까요. 그쵸, 그쵸?"

그렇게 말하며 잇시키는 찡긋 한쪽 눈을 감아 신호를 보냈다. 뭐지? 윙크? 외로운 열대[#76]냐? 그렇게 생각한 순간, 좀 알아먹으라고 타박하듯 잇시키가 내 옆구리를 폭 때렸다.

아야야…… 하고 입속말로 신음하는데, 잇시키가 턱짓으로 슬쩍 유키노시타 쪽을 가리켰다. 돌아보니 유키노시타가 기진맥진 모드로 멍하니 시계를 보고 있었다. 옳거니, 걔한테서 일을 빼앗기에는 최적의 타이밍이로군…….

유키노시타는 관자놀이를 꾹꾹 누르며 지친 듯 한숨을 쉬었다.

"……벌써 시간이 이렇게 됐구나. 그러면 식사를 할까? 나갔다 오는 길에 먹을 것 좀 사다주겠니?"

"그래. ……어, 아니, 사오는 건 좀 힘들 거 같다만. 시간이 엄청 걸릴 거라서."

"어째서?"

유키노시타가 의아한 기색으로 고개를 갸웃했다. 나는 더없

#76 외로운 열대어 아이돌 그룹 Wink의 노래 제목.

이 진지한 목소리로 천천히 입을 열었다.

"……사우나 한판 때리고 올 거거든."

"뭐?"

유키노시타가 열 받은 듯 딱 한마디로 응수했다. 그 태도가 영문을 모르겠다고 말하고 있었다.

하지만 네가 좀 쉬어야 하니까 운운해봐야 아직은 괜찮다는 말만 돌아올 게 뻔했다. 그렇다면 다른 핑계를 대어 납득시키는 수밖에 없다.

다행히도 자재를 사러 갈 예정이었던 미스터 맥스 바로 옆에는 유케무리 요코쵸(湯けむり横丁)라는 큰 목욕탕이 있다. 사우너(saunner, 사우나 마니아)가 사우나 근처까지 왔으면 발끝이라도 담가야 하는 법이다.

나는 유키노시타의 파트너로서, 그리고 한 사람의 사우너로서 성심성의껏 유키노시타를 설득했다.

"자, 내 말 잘 들어봐. 이건 일하는 데도 중요한 거라고. 사우나를 하면 흐트러진 자율신경이 회복되고, 심신이 편안해져서 작업의 효율이 높아져. 그야말로 지금의 우리에게 가장 필요한 일이라고. 고로 어떤 의미에서는 사우나란 우리 노동자를 위한 복리후생이라고도 할 수 있어. 심지어 필요 경비로 처리해야 마땅할 정도라고. 영수증은 받아올 테니까 어느 항목에 넣어야 하는지만 알려주라."

"……그, 그러니?"

중간부터는 거의 100퍼센트 사우너로서의 견해가 되어버렸

지만, 내가 몸을 내밀고 열변을 토하자 유키노시타도 살짝 움츠러들었다.

그 열기는 이윽고 술렁임이 되어 사방으로 퍼져나갔다.

"……사우나, 그런 것도 있었나."

"아아, 승천하고 싶다……."

"찜질 좋지……."

"그렇지. 뢰일리, 일명 핀란드식 사우나지. 아우프구스라고 불릴 때도 있지만."

자이모쿠자와 유희부원들을 중심으로, 남자들이 입을 모아 동조하고 나섰다. 타마나와는 아예 숙련된 열파사[#77]도 울고 갈 만큼 현란한 손놀림으로 공기를 마구 휘저어대기까지 했다. 그 아우프구스로 일어나는 열풍을 갈구하듯, 카이힌 쪽 남학생들도 쌍수를 들고 찬성했다.

"냉탕의 매력에 눈뜨면 단숨에 사우나에 빠져든다니까."

"맞아. 사우나의 수준은 냉탕에서 드러나니까. 중요하지."

"냉탕 하니까 한 번쯤은 시키지[#78]에도 가보고 싶네."

최근에는 젊은 층에서도 사우나가 폭발적인 인기를 누리고 있다. 유행을 선도하는 트렌디한 영스터들 사이에서 핫플로 자리매김했으니, 시류에 민감해 보이는 카이힌 학생들도 주목하는 거겠지.

그러니까 내가 누누이 말했잖아. 사우나 애니메이션은 무조

#77 열파사 사우나에서 수건과 부채로 열풍을 일으키는 역할을 하는 종업원.
#78 시키지 천연 냉탕으로 유명한 사우나.

건 대박 난다고! 지금부터 사우나 스파 건강 어드바이저 자격증[#79]을 따서 전국을 후끈 달아오르게 해야 돼(사우나니까)! 나는 이미 사우나 스파 프로페셔널 자격증을 따버렸단 말씀!

나를 필두로 줄줄이 일어서는 남자들을 보고, 유키노시타가 관자놀이에 손을 얹으며 한숨을 쉬었다.

"……그러면 잠시 쉬었다가 하자. 일단 그 장소를 좀 가르쳐주겠니?"

그렇게 말하며 유키노시타는 노트북을 탁 닫았다.

× × ×

노천탕 수면이 기울기 시작한 햇살을 받아 반짝반짝 빛났다.

커뮤니티 센터를 나선 우리는 바깥에서 육체노동에 힘쓰던 테니스부와 축구부 도우미들까지 규합하여, 이곳 유케무리 요코쵸에서 막판 스퍼트 전의 본격적인 휴식에 돌입했다.

모두가 삼삼오오 느긋하게 쉬는 가운데, 나는 홀로 조용히 사우나를 즐겼다.

사우나 안에는 TV도 달려 있었지만, 결코 소란스럽지는 않았다. 오히려 그 적당한 소음이 딱 좋았다. 그 잡음은 활짝 열린 땀샘으로 서서히 스며들어 규칙적인 심장 고동과 일체화되었고, 그 소리와 열기가 합쳐져 마음을 편안하게 해주었다.

#79 사우나 스파 건강 어드바이저 자격증 일본 사우나 · 스파 협회에서 발행하는 공식 자격증으로, 건강 어드바이저 자격증을 딴 사람만 프로페셔널 자격증 시험에 응시할 수 있음.

뜨거운 공기와 실오라기 하나 걸치지 않은 맨살이 맞닿아 열기를 교환한 결과, 몸속에서부터 점차 피가 끓어오르는 감각이 느껴지기 시작했다.

머리 한구석에 딱딱하게 굳어 있던 응어리가 융해되어 배출되고 나면, 그 후에는 무념무상. 오로지 『공(空)』만이 남는다.

한동안 열풍을 쏘이고 나면 모든 이념과 관념, 개념이 싹 사라지고, 오직 「뜨겁다……. 뜨거워……」라는 말 이외에는 달리 표현할 방도가 없는 절대적인 깨달음을 얻게 된다. 처음에는 이것저것 잡생각이 들지만 이윽고 만사가 귀찮아지고, 끝내는 뜨겁다는 생각만 남는다.

따라서 그것은 어떤 의미로는 그야말로 궁극의 집중임과 동시에, 최고의 긴장 해소라고도 할 수 있으리라. 뜨겁다.

그러나 사우나의 참맛은 사우나실 내에서 끝나는 것이 아니다. 충분히 몸을 덥힌 다음 물을 끼얹어서 땀을 씻어내고, 다시 냉탕에 몸을 담그면 급격하게 머리가 맑아진다. 아니, 더 정확하게는 머리뿐만 아니라 온몸의 세포 하나하나가 깨어나는 감각에 가깝다. 거기다 체온으로 데워진 물이 마치 날개옷처럼 몸을 감싸며 압도적인 아늑함을 선사한다. 그리고 그 날개옷을 자신의 손으로 찢을 때, 인간은 용기를 배우게 된다. 따스한 집을 떠나서 삭풍이 휘몰아치는 황야로 나아가는 것이나 마찬가지인 그 의지야말로 용기라 부르기에 손색이 없다. 그나저나 뜨겁구만…….

하나만 더 보태자면 바로 그 냉탕의 다음 단계야말로 사우

나 최대의 매력이라고 해도 과언이 아니다. 이른바 외풍 쐬기다. 한껏 달아올랐다 식은 몸을 실외에서 느긋이 쉬게 하는 그 순간, 사람들은 처음으로 정화되는 느낌, 소위 「승천」하는 감각에 눈뜨게 된다.

사우나에서 뜨끈하게 달아오른 몸은 냉탕에서 차게 식고, 그러면서 혈관이 수축된다. 그러나 바깥바람을 쐬며 편히 쉬다 보면 몸은 다시 열을 생산하기 시작해, 심장이 고동치고 혈관이 확장되며 대량의 산소를 실어 나르기 시작한다. 그 일련의 과정을 반복함으로써, 인간은 모두 정화되어 승천해간다.

그것은 마치 지구의 역사와도 같다.

맨틀에서 용암이 뿜어져 나오던 시대로부터 만물이 꽁꽁 얼어붙었던 빙하기를 거쳐, 산소를 한껏 들이마실 수 있는 현재에 이르지 않았는가. 온열과 냉각을 되풀이하는 교대욕(交代浴)의 끝, 냉정과 열정 사이에서 인류는 살아간다는 말의 의미를 언어가 아니라 맨몸으로 체감하게 된다. 사우나에서 달궈진 몸은 체내에서 확실한 열을 만들어내고, 냉탕의 차가움에 그 온기를 빼앗기지 않으려고 꽉 조여들었다가 바깥공기에 노출되었을 때 비로소 모든 것을 해방시킨다. 온갖 억압에서 벗어나 진정한 자유를 맛보는 것이다. 으으, 뜨거워.

후텁지근한 열기로 기분 좋게 몽롱해져갈 때쯤, 사우나 안의 시계를 흘끗 곁눈질했다. 얼추 5분이 되어가는 참이었다.

대개 사우나 7분에 냉탕 2분, 외풍 3분을 더해서 총 12분을 한 세트로 잡고, 그 과정을 세 번 반복하는 게 내 습관이

다. 그렇게 하면 사우나 안에 있는 12분계[#80]를 풀로 활용할 수 있다. 다만 그 방식은 어디까지나 내가 마음대로 이상적인 형태라 규정한 것으로, 실제로는 실내 온도(98도 이상이 바람직함), 냉탕의 수온(16도 이하가 바람직함), 승천 공간의 유무(몸을 누일 수 있는 덱 체어가 있는 게 바람직함)에 따라서 그 시간이 변동한다. 사우나의 혼잡도와 컨디션을 고려해 최선을 다하는 것이야말로 모범적인 사우너의 자세라 할 수 있다.

노천탕이 있고 날씨도 화창하니, 바깥바람을 맞으면 틀림없이 상쾌할 테지……. 그러니 오늘 같은 날은 외풍 쐬는 시간을 늘리는 것도 나쁘지 않다.

아아, 얼른 냉탕에 들어가고 싶다. 그리고 승천하고 싶다…….

뜨겁다, 뜨거워. 뜨거워 죽겠네.

이윽고 모든 잡념이 안개처럼 흩어지고, 땀과 함께 배출되었다.

뜨겁구만…….

"뜨어~! 여기 겁나 뜨거! 무리야, 무리무리! 개 뜨거!"

그렇게 걸걸한 목소리조차도 뜨거움 앞에서는 흐릿하게 사라져갈 따름이었다. 뜨거워…….

"자자잠깐! 하야토, 여기 장난 아니걸랑?! 뜨어, 거긴 안 돼! 맨 위는 대박 뜨겁다고! 것보다 히키타니, 넌 거기서 우째 글케 태연해? 쩐다~."

……토베, 시끄러워. 어찌나 호들갑을 떨어대는지 그만 집중

#80 12분계 12분마다 한 바퀴를 도는 사우나용 내열 타이머.

력이 박살나고 말았다.

천천히 눈을 뜨자, 토베에 뒤이어 하야마와 토츠카, 자이모쿠자가 줄지어 들어오는 게 보였다.

"하치마안~! 같이 앉자~!"

반갑게 내 이름을 부르며 옆에 앉은 것은 예상대로 그 사람.

바로 자이모쿠자 요시테루였다. 토츠카가 목욕수건을 칭칭 감은 이유는 대충 이해가 간다만, 자이모쿠자까지 완전무장 상태인 이유는 뭔데?

자이모쿠자를 개무시하고 몸을 홱 돌리자, 반대편 옆에는 천사가 있었다.

"진짜 덥다……. 정신이 아득해지는 거 같아."

토츠카가 손으로 얼굴에 파닥파닥 부채질을 했다. 그럴 때마다 진주 같은 땀방울이 백자처럼 매끄러운 피부를 타고 흘러내렸고, 움푹한 쇄골에 고여서는 보석처럼 영롱한 빛을 뿜어냈다. 그런 모습을 보이는 게 부끄러운지, 토츠카는 몸을 감싼 수건을 추켜올리며 난처한 기색으로 시선을 피했다.

그 모습을 보고 한순간 의식이 날아갈 뻔했다.

아니, 십중팔구 날아갔다.

"근데 사우나, 심심하지 않어?"

걸걸한 목소리에 퍼뜩 정신을 차렸을 때는 몇 초간의 기억이 사라진 후였다.

"할 게 없잖어? 오래 참기 대회라도 하까?"

"입 다물어. 사우나는 그런 데가 아냐."

난 지금 잃어버린 기억의 연속성을 되찾으려고 필사적이란 말이다. 집중하게 내버려두라고. 뭣보다 사우나는 인내하는 공간이 아냐. 뭐랄까, 자유롭고 위안이 되어야 한다고. 다만 오물 투척(냉탕에 들어가기 전에 땀을 씻지 않음)이나 땀퓨저(땀 닦은 수건을 사우나 스톤에 대고 짬) 같은 만행을 저지르는 놈들은 문답무용으로 유죄니까, 눈에 띄는 날에는 암록으로 아작을 내버릴 테다☆

물론 그렇게까지 하지는 않았지만, 나는 꾸짖는 말투로 토베의 망언에 바로 퇴짜를 놓았다. 하지만 보아하니 토베 역시 몇 초 전의 기억을 상실하는 타입인 모양이었다.

"끝까지 버티는 사람이 이기는 걸로 하까?"

토베가 다시 얼토당토않은 소리를 늘어놓았다. 그러자 하야마가 지긋지긋하다는 얼굴로 제지했다.

"들어온 시간이 제각각이니까 불공평하잖아."

"아항! 그럼 뜨겁다고 하는 사람이 지는 건 우뗘? 힛뜨나 뭐 그런 비슷한 말도 안 되는 걸로. 안 그럼 결판이 안 나잖어?"

"그래그래, 자, 시작."

하야마는 토베를 상대하는 게 귀찮다는 티를 팍팍 내며 무성의하게 대꾸하고, 손뼉을 짝 쳤다.

시작 신호가 떨어지자, 한동안 아무도 입을 열지 않는 침묵의 시간이 흘러갔다.

그러나 그로부터 다시 몇 초 후, 토베가 초조한 기색으로 긴 머리카락을 마구 헝클어뜨리며 말했다.

"끄어, 심심해……. 말 안하는 거 반칙이잖어? 뭔가 얘기하자고!"

"그럼 토베 네가 대화를 주도하든가."

"엥? 내가? 어……."

하야마의 말에 토베는 잠시 고민하는 눈치더니, 뭔가 생각났다는 듯 손가락을 딱 튕겼다.

"핫, 맞다. 히키타니. 혹시 말야, 유키노시타랑 사겨?"

사우나 안에 웅성웅성 술렁임이 일었다.

하야마와 토츠카는 얼굴을 마주보고 난감한 기색으로 한숨을 내쉬었다. 자이모쿠자는 「어허, 그럴 리가. ……아니지? 그렇지? 아니라고 해. 사실대로 말해도 된다니까. 괜찮다니까 화 안 낸다니까. 응?」 하고 내 귓가에서 고주파음처럼 엄청나게 빠르고 앵앵대는 소리로 쫑알쫑알 지껄여댔다.

"……."

내가 침묵을 지키자, 토베가 대답을 종용하듯 슬쩍 이쪽으로 돌아앉았다. 그런 토베의 머리를 하야마가 쿡 찔렀다.

"말하지 말라니까……."

"맞아. 물어보면 분명히 부정할 테니까 다 함께 조용히 지켜보자고 했잖아."

토츠카도 목소리를 낮추고 조곤조곤 토베를 타일렀다.

헉…… 그게 뭐야……. 다들 어렴풋이 짐작하면서도 배려차원에서 내버려뒀던 거였어……? 뭐랄까, 그쯤 되면…….

나는 땀도 훔칠 겸 휙 천장을 올려다보았다.

아아, 죽고 싶다…….

진심으로 그런 생각을 하며, 뜨겁고 깊은 한숨을 내쉬었다.

그리고 뿌리치듯 입을 열었다.

"어…… 아까 금지어를 입에 담았으므로…… 토베, 아웃!"

"아웃!"

되는 대로 지껄인 말에 토츠카와 자이모쿠자가 장단을 맞춰주었다.

"엥? 뭐야, 내가 왜?! 나 뜨겁단 말 안 했거든?!"

시끄러. 내 『금구(터부)』의 능력 앞에서는 그따위 변명은 안 먹힌다고. 『뜨』와 『겁』과 『다』를 연속해서 말하면 아웃이라는 건 이 세계의 상식이잖아? 그리고 뜨겁다와 비슷한 말도 금지했으니 토베의 「핫, 맞다」도 규칙 위반이다.

휘이휘이 손을 내저어 내쫓는 시늉을 하자, 토베가 떨떠름한 기색으로 일어섰다. 그 모습에 자이모쿠자가 자기 허벅지를 철썩 때리더니, 뒤따라 일어났다.

"으음, 본관도 뜨거워서 한계다!"

"나도……."

자이모쿠자가 토베를 떠밀어내다시피 하며 나가자, 토츠카도 비틀비틀 그 뒤를 따랐다.

사람이 줄어들자, 사우나 안은 순식간에 조용해졌다.

남은 사람은 나하고 하야마뿐이었다. 하야마는 명상이라도 하듯 묵묵히 앉아서 꿈쩍도 하지 않았다.

서로 말 한마디 없이, 오로지 습기 찬 숨소리만이 오갔다.

인내심 대결을 벌이듯 부동자세로 계속 찜질을 하고 있자니, 하야마가 불쑥 입을 열었다.

"실제로는 어때?"

무심한 어조로 물었지만, 그 속에서는 내 살갗을 이글이글 태우는 것 같은 압력이 느껴졌다. 대답을 듣기 전에는 결코 물러설 마음이 없다고, 그 광배근이 말하는 듯했다.

"그런 게 아냐. ……정확히는 그럴 상황이 아니라고."

내가 한숨을 쉬며 그렇게 말하자 하야마가 움찔했다. 그리고 푸핫, 웃음을 터뜨리더니 배꼽을 잡고 웃어대기 시작했다.

한동안 폭소하다가 웃음을 그치는가 싶더니, 하야마가 깊은 숨결을 흘리며 일어섰다. 그리고 비스듬히 몸을 돌려서 나를 보더니 씨익, 서글서글하지만 그 이면에는 빈정거림이 담긴 재수 없는 미소를 지어 보였다.

"……뜨겁네."

시원스럽게 내뱉고, 하야마는 느긋한 걸음걸이로 사우나실을 나섰다.

× × ×

실컷 한껏 정화하고 승천하고 나자, 몸도 마음도 무척 가뿐해졌다.

산뜻한 기분으로 신발장으로 향하며, 휴대폰을 두드려서 코마치에게 『저녁 안 먹는다』고 연락했다. 그러자 재깍 『응! 준

비 잘해! 프롬, 코마치도 갈 거니까!』라고 답장이 왔다.

안 와도 되는데…… 하고 쓴웃음을 지으며, 신발을 갈아 신고 밖으로 나왔다.

목욕탕 출입구의 포렴을 쓱 들추니 해는 이미 뉘엿뉘엿 기울어, 바다 저편을 활활 불사르고 있었다.

걸음을 옮기며 방금 산 차가운 맥캔을 이마와 목에 댔다. 달아오른 피부를 스치는 봄바람이 기분 좋았고, 환한 저녁 햇살이 눈을 찔러와 나는 눈꼬리를 가늘게 휘었다.

"힛키."

부르는 소리에 돌아보자, 벤치에 앉은 유이가하마가 살랑살랑 손을 흔들어보였다. 그 옆에는 작업할 때 틀어 올렸던 머리를 싹 풀고, 은은하게 상기된 얼굴로 만족스러운 한숨을 내쉬는 유키노시타가 있었다.

그 어깻죽지 옆에서 잇시키가 고개를 쏙 내밀더니, 나무라듯 새치름한 시선을 보내왔다.

"선배님, 느려요."

"너희가 너무 빠른 건 아니고?"

맨 마지막으로 나왔다는 자각이 있음에도 불구하고 적당히 응수하며, 나도 벤치로 향했다.

"다른 애들은?"

흘끗 주위를 둘러보았지만, 근처에 다른 사람은 눈에 띄지 않았다. 물어보자, 유키노시타가 짤막하게 대답했다.

"먼저 식사하러 갔어."

"그래?"

그 말을 끝으로 대화가 끊어졌다. 그렇다고 다른 애들이 식사 중일 터인 빗쿠리 동키로 향할 기색도 없었다.

유키노시타와 유이가하마, 잇시키 세 사람은 계속 벤치를 지켰다. 나도 그 자리에 멈춰 서서 손에 쥔 맥캔을 가볍게 흔들고 칙, 소리 내어 캔을 땄다.

벤치 옆에서 벽에 등을 기대고 홀짝홀짝 캔 커피를 마시는 동안에도 역시 아무도 입을 열지 않았고, 조용하고 평화로운 시간이 흘러갔다.

그저 말없이 따끈따끈한 몸으로 저녁바람을 쐬며, 넷이서 물끄러미 석양을 바라보았다.

같은 공간에 있음에도 대화가 없는 이 순간은 본디 지루하고 불편한 시간이어야 할 터였다. 휴대폰을 들여다보며 어색함을 달랜다 해도 이상할 게 없었다.

그러나 신기하게도 모두가 차분하게 그 고요함에 젖어 있었다.

그것은 언젠가의 방과 후, 그 부실에 흘렀던 분위기와 어딘가 비슷했다.

별다른 말이 오가지 않아도 질리지 않고, 언제까지나 이곳에 머물 수 있을 것만 같은 기분이 들었다.

잇시키는 프롬에 단골로 쓰이는 댄스곡을 허밍으로 흥얼거리며 리듬에 맞춰 다리를 흔들어, 치맛자락을 아슬아슬하게 나풀대고 있었다.

띄엄띄엄 이어지는 그 허밍은 저녁노을 때문인지 향수를 자

극하는 울림을 지녀, 어딘가 자장가처럼 들렸다.

그래서인지 유키노시타는 졸음이 오는 눈치였다. 목욕 후의 편안함도 한몫했는지, 후암 작게 하품을 하며 그때마다 유이가하마의 어깨에 머리를 콩 기댔다.

맞닿은 곳에서 희미하게 전해져오는 온기를 놓치지 않도록, 유이가하마는 그쪽으로 어깨를 바짝 붙였다.

불현듯 계절에 뒤처진 싸늘한 밤바람이 휘잉 불어와, 나는 몸을 움츠렸다.

행여나 한기가 들지 않을까 싶어 벤치를 슬쩍 내려다보았지만, 그쪽은 바람이 지나는 길목이 아닌 듯했다.

여전히 따스한 양달이었다.

햇살 가득한 그 방을 빼닮은 아늑한 양지.

수평선 너머로 저물어가는 저녁해에 수면이 반짝반짝 빛나고, 그 광경을 눈부시게 바라보곤 했던 그 방, 그 공간을 빼닮은 양지.

어쩌면 나는.

또는 우리는.

이 석양이 언젠가 저물 것을 이해하기에, 이런 시간이 다시는 찾아오지 않을 것임을 알기에, 그 양지에 영원히 머무를 수 있기를 바랐는지도 모른다.

하지만 이제는 그곳을 떠나야 할 때가 왔다.

섭섭하지 않다면 거짓말이다. 미련이 없는 것은 아니다. 아쉬움이 남기는 한다.

그런 생각이 들어버릴 만큼.

나는 그 시간을, 그 공간을 좋아했다는 사실을 뒤늦게나마 인정할 수밖에 없었다. 인정하지 않으면 떠날 수가 없을 것 같았다.

너무도 밝고 눈부셔서 화상을 입히기에 흔적이 남는다. 상처 입어 흉이 지기에 잊지 못한다. 그 상흔을 보며 그것은 틀림없이 존재했노라고, 언젠가 죽도록 후회하면 된다.

잔광이 사라지기 전에 나는 한 발짝 걸음을 내딛어, 따스한 그 공간을 떠났다.

"……슬슬 갈까?"

비스듬히 돌아보며 말을 걸자, 꾸벅꾸벅 졸던 유키노시타가 반짝 눈을 떴다.

"그래……."

짤막하게 대답하고는 기댔던 몸을 일으켰다. 그리고 유이가하마에게 작은 목소리로 고마움을 표한 다음, 흐트러진 옷깃을 정돈했다.

그것을 기다리지 않고, 잇시키는 파닥거리던 다리를 모으더니 땅을 박차듯 힘차게 일어섰다. 로퍼가 자박, 모래를 밟았고, 뒤이어 발뒤꿈치를 축으로 빙그르르 돌았다.

"그래야죠. ……갈까요?"

잇시키가 후훗 다정한 미소를 띠며, 돌아본 방향에 있는 유이가하마에게 물었다.

황혼을 등지고 선 우리를 유이가하마는 눈부신 듯 올려다

보았다. 그러다 조용히 눈을 감더니 두어 번 고개를 끄덕이고, 나직하게 중얼거렸다.

"응, 이제 가야지……."

대답한 유이가하마는 망설임 없이 몸을 일으키더니, 뒤돌아보지 않고 곧장 걸음을 내딛었다. 그리고 이내 앞서가던 잇시키를 따라잡아 어깨를 나란히 하고 그 자리를 떠났다.

벤치에는 옷매무새를 추스른 유키노시타가 있었다.

우리도 갈까? 눈짓으로만 그렇게 묻자, 유키노시타는 가만히 고개를 끄덕이고 몸을 일으키려 했다.

그 앞으로 나는 말없이 손을 내밀었다.

내 의도를 가늠하기 어려웠는지, 유키노시타는 살짝 고개를 갸웃하더니 이내 옅은 쓴웃음을 머금었다.

"혼자 일어설 수 있는데……."

"알아."

유키노시타가 혼자 일어설 수 있다는 것도, 또 그렇게 말하리라는 것도 알고 있었다.

하지만 그래도 나는 손을 내밀 것이다.

아마 앞으로도 계속.

완전히 저물기 전의 석양이 한층 찬란한 빛을 뿜어냈고, 그림자는 더욱 짙게 드리워져갔다. 유키노시타와 내 그림자가 포개져, 이제는 누구의 그림자인지도 분간할 수 없었다.

내 얼굴도 유키노시타의 뺨도 하나같이 붉은빛으로 물든 세상 속에서, 유키노시타는 못 말리겠다는 듯 미소 지으며 살

며시 내 손을 잡았다.

interlude…

곧 합동 프롬이 시작된다.

개장 준비는 거의 끝났고, 이제는 손님이 오기를 기다리는 일만 남았다.

나는 접수 담당이라 더는 준비다운 준비도 할 게 없어서, 멍하니 입구 근처를 지키고 있었다.

그렇게 내가 있었던 곳을 바라보고 있었다.

라운지 안쪽에서는 그와 그녀가 뭔가 의논 중이었고, 얼마 전 같았더라면 나도 거기 있었을 테지.

하지만 앞으로 저기에 나는 없겠구나. 멀리 떨어진 곳에서 그렇게 생각했다.

예전처럼 먼발치에서, 내가 들어갈 수 없는 곳을 바라보기만 할 뿐.

"유이 선배님, 왜 그러세요?"

부르는 소리에 돌아보니 이로하가 있었다.

"아, 그냥. 아무것두 아니야……."

전혀 아무것도 아닌 게 아닌 듯한 대답이 흘러나오는 바람에, 나는 얼버무리듯 미소 지었다. 그것을 이로하는 아무 말 없이 웃는 얼굴로 받아주었다.

뭐라고 해야 좋을지 몰라 나는 다시 얼버무리듯 어설픈 미소를 지어 보이고, 습관처럼 당고머리를 꼬물꼬물 매만졌다.

"유이 언니!"

귀에 익은 목소리에 휙 시선을 돌렸다.

그러자 우리 학교 교복을 입은 코마치가 힘차게 손을 흔들며 달려오는 게 보였다. 그 모습에 어쩐지 감동해서, 나는 반사적으로 팔을 뻗고 말았다.

"코마치! 교복! 귀여워! 좋아해!"

"끄윽……."

내 품안에서 괴상한 소리로 신음하는 코마치를 보고, 이로하가 응? 하는 소리를 냈다. 흘끗 보니 누구지……? 하는 표정을 하고 있었다. 그러고 보니 이 두 사람은 초면일지도 모른다.

"아, 얘는 코마치라구, 힛키 동생이야."

코마치를 끌어안고 있던 팔을 풀고 소개하자, 이로하는 가늘게 뜬 눈으로 이쪽을 빤히 응시하더니 아하, 하고 고개를 끄덕였다.

"선배 동생……? 아, 그 쌀 비슷한 사람[#81]요?"

"으음……. 네, 아마 맞을 거예요."

이로하의 미묘한 표현에 코마치가 미묘한 표정을 짓자, 이로하가 꾸벅 고개 숙여 인사했다.

"선배의 후배인 잇시키 이로하예요. 잘 부탁드려요."

"네, 안녕하세요. 이로하 선배님이시군요. 저희 오빠랑 친하

#81 쌀 비슷한 사람 아키타 코마치라는 벼 품종이 있음.

게 지내주셔서 고맙습니다. 오빠의 동생인 코마치예요. 오빠의 뒤치다…… 도우미 노릇을 하러 왔답니다!"

어려울 것 같은 단어를 알기 쉽게 고쳐 말하고, 코마치가 깜찍하게 경례했다. 그리고 두리번두리번 주위를 살폈다.

"근데 우리 오빠는 어디 있어요?"

나는 아까까지 계속 보고 있었던 곳으로 흘끗 시선을 향했다.

"저기 있는데……. ……회의 중이니까 조금 이따 가는 게 좋을지두 몰라. 방해하면 안 될 거 같거든."

"그래요……?"

조금 쓸쓸한 코마치의 미소를 보자, 이 아이도 어렴풋이나마 사정을 아는구나 하는 생각이 들었다. 어쩌면 그가 제대로 설명했는지도 모른다.

어쩐지 마음 쓰게 한 것 같아서 미안하다는 생각에 나직한 숨결이 흘러나왔다.

아주아주 조그맣게 내쉬었다고 생각했는데, 어찌된 영문인지 후아, 하고 큰 소리가 났다. 옆을 보니 이로하가 후아암, 하품을 하는 중이었다.

"딱히 상관없지 않아요? 방해해도요."

태연하다 못해 사뭇 당연하다는 느낌이 나는 말투였다. 엉겁결에 고개를 갸웃하며 응? 하고 되묻자, 이로하가 씨익 음흉하게 웃었다.

"방해하든 말든 저 둘이 오래 갈 리가 없잖아요."

"그럴까……?"

"그렇다니까요. 양쪽 다 지독하게 꼬였잖아요. 뭔가 계기만 있으면 바로 깨질 것 같은 느낌 아닌가요?"

"어…… 아뇨. 동생 입장에서는 그건 좀……."

"그, 그러게……."

코마치와 내가 떨떠름한 표정을 짓자, 이로하가 생긋 웃었다.

"자자, 앞으로 3년만 지나면 술 마실 수 있게 될 거 아녜요? 그러면요. 취한 척하고 확! 확! 기정사실을 만들어버리면 이쪽의 승리라고요. 선배, 책임감의 화신이니까요."

"그, 그건 좀……. 게다가 3년 후의 일이라니, 전혀 모르겠구……."

머릿속에서 온갖 상상이 폭주하는 바람에, 나 스스로도 느껴질 만큼 얼굴이 화끈 달아오르고 말았다. 뭐라고 해야 이 상황을 수습할 수 있으려나 고민하는데, 코마치가 의아한 표정으로 고개를 갸웃했다.

"근데 유이 언니가 술을 마실 수 있게 되는 건 2년 후잖아요? 3년 후는 이로하 선배 이야기 아닌가요?"

"시끄러 오코메[#82], 시끄러."

"오코메?! 코마치예요! 코마치 이름은 코마치라고요!"

"왜요~? 귀여운 별명이잖아요~☆ 여자들하고는 처음 만났을 때 이렇게 호칭으로 명확하게 서열정리를 해두지 않으면 나중에 마찰이 생겨서."

"으아…… 뭐야, 이 사람. 성격 한번 끝내주네……."

#82 오코메 오코메(お米)는 일본어로 쌀을 뜻함.

"하핫, 너한테는 그런 말 듣고 싶지 않거든?"

큰일이네. 이로하랑 코마치, 마음이 잘 안 맞나봐……. 나로서는 둘이 사이좋게 지내주는 게 기쁘고 편한데…….

어떻게 잘 달래볼 수 없을까 고민하며, 일단「자자, 그만……」하고 쓴웃음과 함께 양손으로 두 사람을 말렸다.

그러자 코마치가 허리에 손을 얹고 한숨을 푹 쉬었다.

"에휴~. 이래서 정도를 모르는 여동생 포지션의 연하는 안 된다니까요. 잘 모르시나 본데, 우리 오빠는 수도승이라서 그 정도로는 씨알도 안 먹힌다고요. 본격적으로 취하기 전에 자는 척해서 그 상황을 모면하려 드는 게 하치만 멘탈이니까요."

손가락을 까닥까닥 흔들면서 설명하는 코마치의 말에 이로하도 나도 흠흠, 고개를 끄덕였다. 맞는 말이다. 분명 그럴 거다. 이해가 간다. 그렇게 생각했더니, 이로하도 공감하는 기색으로 중얼거렸다.

"아하, 두부 멘탈……."

"아뇨, 호시노 커피[#83] 수플레 팬케이크 멘탈이에요."

"아, 그거 맛있어서 좋지~."

이로하의 반응에 이번에는 코마치가 힘주어 고개를 끄덕였다. ……마음이 맞는 건가? 애들은 잘 모르겠어.

그렇게 생각하는데, 코마치가 이로하를 보며 피식 업신여기는 듯한 웃음을 지었다. ……역시 잘 안 맞나?

"그 정도라면 이로하 선배를 언니라고 부를 수는 없겠네요."

#83 호시노 커피 일본 프랜차이즈 카페. 수플레 팬케이크로 유명.

"네? 그러거나 말거나 딱히 전혀 눈곱만큼도 상관없거든요 그딴 거 원하지도 않거든요? ……근데 얘요. 대체 왜 이러는 거예요?"

이로하가 으~ 하고 입매를 찡그리며 나를 돌아보았다.

"그게, 코마치는 꽤 브라콤 기질이 있어서……."

"당연하죠. 전 아무에게도 사랑받지 못하던 오빠를 지난 15년 내내 사랑해온 사람이라고요. 어린 시절의 오빠는 정말이지 눈물 나게 귀여워서……."

내가 쓴웃음을 지으며 설명하자, 코마치는 우쭐한 기색으로 가슴을 탁 치더니 주섬주섬 휴대폰을 꺼냈다. 아무래도 옛날 사진을 보여주려나 보다.

"아, 나두. 나두 보여줘."

"으아……. 관심은 없지만, 좀 궁금하긴 하네요."

내가 고개를 쓱 내밀어 휴대폰을 들여다보려 하자, 이로하도 꿍얼꿍얼 볼멘소리를 하며 가세했다. 그러자 코마치가 사진을 찾으며 물었다.

"눈이 죽기 전이랑 눈이 죽은 후, 그리고 눈이 썩은 후도 있는데요. 뭘 보실래요?"

"아니, 귀여울 때만 보여주면 되는데……. 근데요. 선배 정말 귀여웠던 게 맞긴 해요?"

이로하가 도저히 못 믿겠다는 투로 물었다.

"본인이 그렇게 말하긴 했는데……."

예전에 둘이서 외출했을 때 그런 이야기를 나누었던 기억이

나서 조금 가슴이 아파와, 약간 미소가 어색해졌다.

그러자 이로하가 휴우 한숨을 쉬었다.

"아, 네. 그런 사람 있죠. 어렸을 때는 귀여웠다 자랑, 니초메[#84]에서는 잘나간다 자랑. 대개는 평가 기준을 뒤틀어서 점수를 따려 드는 별 볼일 없는 쓰레기지만요."

"평가가 가차 없잖아?! 저, 저기, 그치만 그런 건 아닌 거 같구……. 아, 맞다! 봐! 코마치는 어디루 보나 예쁜걸!"

코마치의 어깨를 덥석 붙잡아 내 앞에 세웠다. 그러자 코마치는 꼼지락꼼지락 수줍수줍하며 눈만 빼꼼 들어 이로하를 보았다. 그리고 말하기 껄끄러운 기색으로 손끝을 콕콕 맞부딪쳤다.

"……있잖아요."

"네?"

새치름한 눈초리로 이로하가 코마치를 쏘아보았다. 그러자 코마치는 강아지처럼 울망울망한 눈으로 물었다.

"언니라고 불러도 될까요? 일단 (임시)부터 부탁드려도 될까요?"

"왜요?! 싫거든요?!"

"에헤헤, 오빠를 잘 아는구나 하는 생각이 좀 들어서요."

"뭐?"

"코마치는 늘 오빠를 상대하려면 위에서 끌어올리거나 아래에서 밀어 올리는 수밖에 없다고 생각했는데 말이죠……. 그렇

#84 니초메 게이를 비롯한 퀴어 업소가 많은 것으로 유명한 지역.

구나. 평범하게 똑같은 쓰레기들끼리 엮어주는 방법도 있었네."

"뭐? 얘가 뭐래는 거야……? 저기요. 아무리 그래도 전 그 정도로 글러먹지는 않았거든요……? 외모는 저 꼴에 머릿속은 저 모양이고, 성격은 개차반이잖아요."

"게다가 쓰레기라고요! 남의 마음은커녕 자기 마음조차도 짓밟는 인간 말종이라니까요?!"

"뭐야? 오코메, 왜 기뻐하는 건데……?"

신이 나서 희희낙락 외치는 코마치를 보고 떨떠름해하던 이로하가 영문을 모르겠다는 얼굴로 내게 도움을 청하는 시선을 보내왔다.

"그게, 코마치는 꽤 브라콤 기질이 있어서……."

이번에도 나는 역시 쓴웃음을 지으며 그렇게 설명할 수밖에 없었다. 하지만 코마치는 에헤헤 쑥스러운 미소를 짓더니, 깍듯하게 꾸벅 고개를 숙였다.

"그 정도로 못난 오빠니까요. 사람 될 때까지 조금만 더 친하게 지내주세요."

"그야 어차피 싫어도 앞으로 일 년은 더 부대껴야 하니까 상관없지만요……."

이로하는 독기가 빠진 눈치였지만, 그럼에도 전방위로 불만을 표출하듯 내키지 않는 기색으로 그렇게 대꾸하고…… 나를 돌아보았다.

"유이 선배님은요? 어떡하실 거예요?"

"난……."

그 질문에 나는 역시 말문이 막히고 말았다.

"유이 선배님의 그런 면, 개인적으로는 꽤 좋아하지만요~."

이로하는 어쩔 수 없다는 듯 한숨을 쉬었다. 그리고 한 발짝 두 발짝 이쪽으로 다가오더니, 내 옆에 서서 소곤소곤 속삭였다.

"여자 친구 있는 사람은 좋아하면 안 된다는 법 있어요?"

"응……? 없다……구 생각하는데……."

"그렇죠?"

내 옆에서 쓱 떨어진 이로하는 후훗 도발적으로, 성숙한 여성처럼 미소 지었다.

너무나도 사랑스러운 그 웃음은 어쩌면 나도 언젠가 지었을지도 모르는, 사랑에 빠진 소녀의 미소였다.

"……이로하두 그래?"

"네? 아뇨 전혀 다르지만요. 아직 한 번 더 하야마 선배로 날 기회가 있으면 좋겠다고는 생각해요. 최악의 경우 상대가 패를 잘못 내서 제가 이득을 본다면 그것도 상관은 없다는 느낌이지만요. 상대가 날 것 같다는 이유로 노림수를 바꾸거나 손패를 버리면서까지 안전빵을 추구할 마음은 없어요."

이로하는 인상을 팍 쓰며 손사래를 쳤다.

"어라, 그럼 왜 그런 소리를 했어……?"

"그야 뻔하잖아요."

이로하는 못 말린다는 느낌으로 조금 어이없다는 듯 한숨을 쉬었다. 그리고 머리카락을 사륵 넘기더니, 그 손을 그대

로 얼굴 옆으로 가져갔다.

"포기하지 않아도 되는 건 여자의 특권이니까요!"

얼굴 옆에서 조그맣게 V자를 만들어 보이고 후훗 도발적으로, 누구보다도 깜찍하고 영악하게 웃었다. 의도적으로 여자답고 애교스러운 분위기를 연출했으련만, 그 웃는 얼굴이 최강으로 멋있었다.

그 표정을 홀린 듯 바라보다가, 무심코 중얼거리고 말았다.

"그렇구나……."

한숨이 아니다. 의미를 지닌 말도 아니다.

그래도 내 진심에서 우러난 목소리였다.

그 말에 코마치와 이로하가 생긋 웃어주었다. 타이밍도 딱 맞는 게 아까 티격태격 실랑이를 벌일 때와는 전혀 달라서, 어쩐지 마음이 따스해졌다.

나는 응, 맞아, 하고 계속 고개를 끄덕였다. 그렇구나…… 하고 여러 번 곱씹어보았다.

그런 나를 보고 이로하와 코마치가 서로 얼굴을 마주하고 후훗 웃었다. 그리고 살짝 거리를 좁히더니 속닥속닥 이야기를 나누기 시작했다.

"근데 오코메는 이래도 괜찮겠어요?"

"훗, 코마치는 코마치 나름대로 다 생각이 있다고요."

"아하~."

"잠깐, 그 관심 없다는 듯한 대답은 뭐예요?"

"아니, 실제로 별로 관심이……."

"자자, 그런 이로하 선배한테도 과히 나쁜 이야기는 아니라고 보는데요. 잠시 귀를 좀 빌려주시면……."

코마치가 소곤소곤 귓속말을 하자, 이로하가 인상을 팍 썼다.

"저기…… 오코메는 대체 누구 편이야?"

"물론 오빠 편이죠. 아, 방금 한 말이요. 코마치 기준으로 포인트가 높았답니다."

"으아, 얘 뭐야? 진짜 극혐이네."

"뭐라고요?! 말이 심하잖아요! 코마치, 이로하 선배 편만은 절대 안 될 거예요!"

"부탁한 적도 없거든?"

저 둘은 사이가 나쁜 것 같으면서도 은근히 죽이 맞는 느낌이어서, 옆에서 보고 있자니 나도 저절로 웃음이 나왔다. 어쩌면 이건 두 사람 나름의 위로인지도 모른다.

기쁜 마음에 와락 끌어안자 코마치는 꼬옥 마주 안아주었고, 이로하는 거북한 듯 고개를 돌려 외면했다.

마음의 정리는 전혀 안 됐지만.

그게 바람직하다고는 생각하지 않지만.

이런 건 잘못됐음을 알지만.

그래도 나는 아직 조금 더 머물러도 괜찮을지 모른다.

그 따스하고 눈부신 양지에.

"좋아! 기운 났어! 가자!"

나는 두 사람의 어깨를 감싸 안고, 그들이 내게 힘을 불어넣어준 만큼 그 등을 힘껏 떠밀며. 앞을 향해 걸음을 내딛었다.

그리고 나는.

내가 있고 싶은 곳으로 달려 나갔다.

9

그 푸른빛은 세월에 빛바래도 변함없이 푸르다.

정해진 형식에 맞추어 격식 있게 치러진 이임식을 마치고 나자, 비로소 우리 나름의 이별을 할 준비가 끝났다.

단상에서의 인사도, 꽃다발 증정식도, 눈물겨운 배웅도 없는 이별. 참가자들은 신나게 떠들고 놀며 즐거운 시간을 보내게끔 하고, 그 뒤를 책임지는 우리는 이별의 감상에 젖을 여유조차 없을 만큼 기진맥진할 게 분명한, 그런 작별이다.

다사다난한 우여곡절을 거쳐, 합동 프롬은 가까스로 실현에 이르렀다.

많은 이들의 도움에 힘입어 당일 행사 준비는 순조롭게 진행되었다. 각종 벌룬 아트와 꽃들이 각각의 플로어를 화려하게 장식했고, BGM도 미리 살짝 틀어서 만반의 준비를 갖추었다. 일반 입장객보다 먼저 들어온 관계자들 역시 꽉 빼입은 데서 오는 고양감 때문인지, 웅성웅성 들뜬 기색이 역력했다.

기대감이 높아져가는 것을 피부로 느끼며, 유키노시타와 나는 라운지 한쪽에서 마지막 회의에 들어갔다.

"그러면 히키가야, 너는 소부고 측 플로어 총괄, 홀 스태프 관리를 맡아주렴."

"오케이."

"그리고 테니스부와 축구부에게 부탁한 행사장 외부 안내와 경비 업무도 토츠카나 하야마와 연락해서 수시로 확인하도록 하고."

"알았어."

"또 음식에도 어느 정도 신경은 쓰도록 하렴. 라운지는 휴식용으로 개방해둘 테니 자이…… 자이…… 그쪽과 협력하도록 하고."

"포기해버렸냐……."

"참고로 재입장객을 위한 스탬프 찍기 작업은 카이힌 측에서 담당할 예정이야. 단 해변으로 나가는 손님들을 위해 깔아둔 매트를 적시에 갈아주는 작업은 장내 스태프를 총괄하는 네가 챙기렴. 홀에 모래가 들어오지 않도록."

"알겠…… 내가 할 일이 너무 많은 거 아니냐? 말이 관리총괄이지, 그냥 잡일 담당 아냐?"

내 항의에 유키노시타가 어리둥절한 표정을 지었다.

"그야 전체를 파악하고 있는 사람이 우리 둘뿐이니 어쩔 수 없잖니. 나는 이벤트를 진행해야 하니까 짬이 안 나고……. 아니면 설마 내 파트너는 그 정도도 못하는 거니?"

그리고 어깨에 내려앉은 머리카락을 손등으로 사륵 쓸어 넘기며 생긋, 도발적으로 웃었다. 그렇게 승부욕 넘치는 눈빛으

로 바라보면, 내가 할 수 있는 대답은 하나뿐이다.

"할 수 있고말고……."

파트너라는 소리를 들어버리면 썩 내키지 않든, 입속으로만 웅얼거리든, 자신만만하게 선언하지는 못할지라도 그렇게 대답할 수밖에 없다.

알아들었는지는 확실하지 않지만, 유키노시타가 후훗 웃었다.

회의가 잠시 중단된 순간, 행사장 안이 갑자기 조용해졌다. 마치 긴긴 가을밤의 풀벌레 울음소리마냥 내내 멀리서 웅성거리는 소음이 들려오고 있었건만, 그 소리가 별안간 뚝 그쳤다.

무슨 일인가 싶어서 돌아보니, 좌중을 압도하며 유키노시타의 어머니와 유키노시타 하루노가 들어오는 참이었다. 저들이 의도한 바는 아닐 테지만, 누가 뭐래도 고급스러운 기모노를 입은 묘령의 귀부인과 어깨와 등, 가슴이 대담하게 드러나고 허리 아래는 유려한 머메이드라인을 그리는 화려하기 그지없는 드레스로 단장한 미녀가 함께 걸어오는 중 아닌가. 또 그 뒤에는 바지 정장을 차려입은 박력 넘치는 미인, 남장여인으로 착각할 정도로 멋진 히라츠카 선생님까지 있었다. 이 정도면 시선을 끌지 않는 게 더 이상하다.

인파를 가르며 세 사람이 우리 쪽으로 다가왔다. 그 모습을 유키노시타가 흘끗 보더니, 도발적으로 웃었다.

"어머, 왔네?"

딸의 방약무인한 태도에도 유키노시타의 어머니는 환하게 웃었다.

"그래. ……그러니 성과를 똑똑히 보여주려무나."

그러나 그 말끝에서는 적의에 가까운 박력이 묻어났다. 엄마야, 이 사람 여전히 무섭잖아……. 그렇게 생각하며 유키노시타 뒤에 살금살금 숨어서 남몰래 부르르 떠는데, 그런 긴장감에도 아랑곳없이 하루노가 너스레를 떨었다.

"아, 난 그냥 공짜 술 마시러 왔을 뿐이야."

"알코올은 제공하지 않는데."

유키노시타가 어이없다는 듯 대꾸하자, 하루노는 옆에 있는 히라츠카 선생님의 손을 끌어당겨 그대로 팔짱을 꼈다.

"걱정 마. 술이 당기면 저쪽 레스토랑에서 시즈카 짱이랑 마실 거니까."

"나는 차 끌고 왔다만……."

히라츠카 선생님은 난감한 기색으로 그렇게 대꾸하면서도 하루노의 손을 뿌리치지는 않았다. 마치 어른들의 데이트 같은 분위기로, 히라츠카 선생님은 유키노시타와 나를 차례로 보더니 빙그레 미소 지었다.

"오늘은 나도 즐겁게 놀다가도록 하겠다."

"유키노, 힘내. 히키가야도 힘내서……."

하루노가 중간에 말을 끊더니, 성큼 한 발짝 다가와서 조용히 그 뒷말을 내 귓가에 속삭였다.

"……각오 단단히 해두렴."

"어……."

대사와 음성 둘 다 무서워서, 등골이 오싹해졌다. 그 바람

에 얼떨결에 한심한 소리가 흘러나오고 말았다. 그런 내 반응을 어떻게 해석했는지 하루노가 빙그레 웃더니, 더 바짝 붙어 서서 소곤소곤 귓속말을 했다.

"뭔가 힘든 일이 생기거든 이 누나한테 말하고. 도와줄 테니까."

"솔직히 댁을 상대하는 게 제일 힘들거든요……?"

이례적인 제안에 이때다 싶어 빈정대자, 하루노는 딱 한순간 의아한 표정을 지었다. 그러나 휘둥그레졌던 눈은 곧 사냥감을 노리는 맹수처럼 쓱 가늘어졌다.

"정말이지 히키가야는 귀엽다니까……? 이제부터는 우리 유키노랑 동급으로 예뻐해 줄게."

마치 여태까지는 봐준 거라는 듯한 말투였다. 말도 안 돼. 이보다 더한 게 있는 거냐고…….

하기야 생각해보면 상대는 유키노시타 하루노 아닌가. 그 정도로 납득해줄 리 없다. 그러니 앞으로도 나는 변함없이 계속 시험당할 테지.

그 증거라는 듯 하루노가 내 귓가에서 고혹적으로 웃었다. 반사적으로 몸을 뒤틀자, 드러난 맨살에 살짝 닿은 데다 달콤한 숨결이 귓불을 간질이고, 뒤이어 향긋한 꽃냄새가 코끝을 스쳐가서 등줄기에 소름이 돋았다. 엄마야, 역시 이 사람 무서워…….

두려움에 사시나무처럼 떠는데, 유키노시타가 성큼성큼 사이로 끼어들어 하루노의 손을 찰싹 때리더니, 엄지손가락으

로 바깥을 척 가리켰다.

"언니, 레스토랑은 저쪽이야."

"에고, 야단맞았네. 그럼 간다~."

넉살 좋게 대꾸한 다음 손을 흔들어 보이고, 하루노는 히라츠카 선생님의 에스코트를 받으며 유유히 라운지를 떠났다. 한숨을 내쉬며 그런 언니를 배웅하고, 유키노시타는 시선을 어머니 쪽으로 향했다.

모녀의 대치는 방금 전 자매의 대치와는 딴판으로 냉랭한 분위기를 자아냈다. 유키노시타의 어머니는 들고 있던 부채를 턱에 대더니, 얼음처럼 차가운 목소리로 말했다.

"……유키노. 새로이 무언가를 시작할 때는 반드시 모종의 저항에 부딪치기 마련이란다. 그 어떤 이유를 대도 모든 사람을 납득시킬 수는 없어. 하물며 확고한 뒷배가 없는 이런 행사는 더더욱……. 그러니 끝난 후에는 틀림없이 학교 측, 더 나아가서는 우리에게 클레임이 들어올 테지."

"알아."

"일단 충고한 이상, 네 편에 설 마음은 없단다. ……설령 어떤 기발한 계책을 들고 나온다고 해도 말이야."

그리고 그 서릿발 같은 눈빛으로 나를 쏘아보았다. 과거의 사건을 암시한 전적이 있는 나를 견제하려는 의도인지도 모른다.

하지만 쓱 내민 손이 그 시선을 가로막았다. 반 발짝 앞으로 나선 유키노시타는 눈앞에 선 여인을 쏙 빼닮은 차디찬 미소를 지었다.

"문제없어. 책임을 지는 게 책임자의 역할이니까. 처음부터 예상했던 일이야."

"그래? 그러면 어디 솜씨를 좀 구경해볼까?"

후훗 웃은 유키노시타의 어머니는 유쾌한 기색으로 호전적인 미소를 지었다.

언뜻 보기에는 불꽃 튀는 설전을 벌이는 것 같으면서도 어딘가 장난스럽게 투닥거리는 듯한 그 모습은 흡사 새끼를 가르치는 맹수 같았다. 그 공격은 십중팔구 독립을 앞두었을 때 가장 거세질 테지.

언젠가 하루노가 했던 말이 떠올랐다.

적의 존재야말로 사람을 성장시키는 가장 큰 힘이라고.

어렴풋이 짐작했던 일이지만, 비로소 확신이 생겼다.

이 모녀에게는, 또는 이 자매에게는 대립이 곧 소통이며, 적대가 곧 교육이나 마찬가지인 셈이다. 뭐냐고, 얘네 집 나찰의 집[#85]이냐고. 보아하니 일가족 모두 피곤한 성격이겠구만?

가급적 얽히지 않도록 조심해야지! 하고 생각하며, 나는 슬그머니 반 발짝 물러섰다. 하지만 그 낌새를 챘는지, 유키노시타의 어머니가 내게 생긋 미소 지었다.

"히키가야 군, 고생이 많겠지만 잘 부탁해요."

"엇, 어, 아, 네……. 뭐 일이니까요……."

나조차도 마음을 빼앗길 만큼 환한 미소를 지으며 하는 말에 차마 「아뇨 무리거든요」라고는 못하고, 징긋 애매한 쓴웃

#85 나찰의 집 며느리와 시댁 식구들의 전쟁을 다룬 일본 만화와 드라마 제목.

음을 지으며 어정쩡하게 대답할 수밖에 없었다.

하지만 그런 내 어설픈 대답에도 만족하셨는지, 유키노시타의 어머니는 부채 뒤에서 의미심장하게 웃더니 다소곳하지만 어딘가 흥겨운 걸음걸이로 멀어져갔다.

그 뒷모습을 배웅하고, 유키노시타가 한숨을 푹 쉬었다.

"겨우 갔구나……. 회의를 계속할까?"

"아직도 뭐가 남았냐……?"

맥이 빠져서 묻자, 유키노시타가 두통을 참듯 관자놀이를 눌렀다.

"그래. 자존심 상하지만 마무리의 허술함을 지적당했거든."

"엉?"

언제 어디서 누가 무엇을 어떻게 왜? 육하원칙을 총동원해서 묻고 싶었으나, 그 전에 유키노시타가 입을 열었다.

"알코올 문제는 맹점이었어. 직접 제공하는 것은 아니지만, 그렇다고 반입하는 사람이 없으리라는 보장은 없으니까. 순회할 때 일단 주의를 기울이도록 하렴."

"일거리가 늘어났잖아……. 아무튼 알았다. 또 뭐 시킬 거 있냐?"

질문하자, 유키노시타가 턱을 만지작거리며 흐음 고민에 빠졌다.

"글쎄……."

한동안 그렇게 생각에 잠긴 채 이리저리 눈을 움직이는 게 뭔가 할 말을 찾는 눈치였지만, 이윽고 나직하게 중얼거렸다.

"지금으로서는 우선 그 정도…… 아닐까 싶어."

"오케이. 그럼 슬슬 시작할까?"

"그래."

유키노시타가 쓱 고개를 들었다. 우리는 마주보고 살짝 고개를 끄덕인 다음, 누가 먼저랄 것 없이 무대 뒤로 향했다.

그리하여 마지막 파티의 막이 올랐다.

× × ×

합동 프롬이 시작된 이후로 제대로 쉬어본 기억이 없다.

처리해야 할 업무량이 워낙 많다 보니, 시간은 그야말로 눈 깜짝할 사이에 흘러갔다.

눈에 들어오는 풍경은 하나같이 화사했고, 알록달록한 드레스가 사방을 누비는 모습은 마치 봄바람에 흩날리는 꽃잎처럼 보였다. 이별의 장에 이토록 잘 어울리는 풍경도 없을 테지.

각 플로어에서는 클럽 뮤직이 흘러나왔고, 그 속으로 낯익은 얼굴들이 분주하게 돌아다녔다. 이놈이고 저놈이고 할 것 없이, 그들 모두가 나하고 마주칠 때마다 불평과 욕설과 빈정거림을 쏟아내기에 바빴다.

이것도 다 관리 총괄 플로어 매니저라는 빌어먹을 완장 탓이다. 직함은 번듯하지만, 실상은 클레임 처리 담당이나 다름없었다. 그 덕분에 온갖 섹션과 끊임없이 연락을 주고받으며, 시시각각으로 발생하는 문제에 대처해야 했다.

그렇게 또다시 터져 나온 소소한 문제를 해결하느라 동분서주하는 와중에, 뒤에서 누군가가 나를 불러 세웠다.

"힛키."

나를 그 이름으로 부르는 사람은 오직 한 명뿐이다.

걸음을 멈추고 고개를 돌리자, 유이가하마가 있었다.

"어, 그래. 수고가 많다. 그쪽은 어떠냐?"

"이쪽은 괜찮아. 이제 많이 여유로워진 느낌이야. 근데 이로하가 스태프 룸에서 뻗어버렸어. 힛키는?"

"완전 죽겠어. 위험해. 잇시키 상태는 나중에 살펴보마. 그보다 음식이 부족한데 스태프 룸에 뭐 먹을 만한 거 좀 없냐?"

"간단한 과자 같은 건 있던데, 그거라두 꺼내놓을까?"

"미안하다, 부탁하마. 지금 자이모쿠자 일당이 허둥지둥 사러 갔는데, 걔들이 돌아올 때까지 버텨야 해서 필사적으로 양을 부풀리는 중이거든."

그러자 유이가하마가 피식 웃었다.

"글쿠나, 후훗."

"웃기려고 한 말은 아니었는데."

내 말에 유이가하마가 일단 웃음을 거두었다.

"응, 그냥……. 이런 거, 왠지 우리다운 거 같아서."

하지만 가슴 따스해지는 그 미소는 아무리 애를 써도 완전히 시리지지 않았고, 유이가하마는 또다시 미소를 머금었다. 그 모습에 아주 조금 가슴이 아려왔지만, 나는 머리카락을 가볍게 쓸어 넘기며 결코 능숙하지는 않은 미소를 지었다.

"미안하다. 결국 도움을 받아버려서."

"아니야."

유이가하마는 별거 아니라는 듯 살짝 고개를 젓고, 그 다정한 눈빛으로 주위를 둘러보았다. 그곳에는 드레스 차림으로 신나게 춤추며 시끌벅적하게 웃고 떠드는 초대객들과 정신없이 돌아다니는 유키노시타, 그리고 녹초가 되어 시체처럼 축 늘어진 스태프들이 있었다.

그 모습을 보고 유이가하마는 부드럽게 미소 지었다.

"이게 내가 보구 싶었던 풍경이라구 생각하니까."

"……그래?"

나도 그만 웃고 말았다.

유이가하마의 말처럼 이 광경은 우리가 늘 보아왔던 것과 비슷했다. 깔끔하게 마무리한 적은 한 번도 없었다. 번번이 다투고 꼬이고 부딪쳐서 옥신각신한 끝에 결국 이러지도 저러지도 못하다가, 막판에 와서야 될 대로 되라는 식으로 얼렁뚱땅 매듭지어버리고는 했다.

하지만 그렇게 스릴 넘치는 나날들이었기에 즐거웠다고 할 수도 있다.

지금만 해도 그렇다. 이딴 가당치도 않은 행사를 기획한 장본인을 먼지 나게 패버리고 싶을 만큼 바쁘지만, 이러니저러니 해도 나는 이런 삶이 마음이 들었다.

"……있잖아."

"응?"

속삭이듯 부르는 소리에, 나는 귀에 있던 인터컴 이어폰을 뺐다.

그러자 유이가하마는 말끝을 흐리며 고개를 저었다.

"아무것두 아니야. 다음에 이야기할게."

"어, 그, 그래……."

"자, 일해야지! 서둘러, 얼른!"

"어, 그, 그래……."

재촉을 당해 다시 부리나케 달려가는 내 뒤에서 힘내, 하고 작게 격려하는 소리가 들려왔다. 그런 말을 들었으니 분발하는 수밖에 없다.

애초에 이래저래 불만을 토로하면서도, 해야 할 일이 있으면 똑바로까지는 아닐망정 변명의 여지는 있도록 60퍼센트 정도는 어찌어찌 해내는 게 내 신조다.

모든 문제는 해결과는 거리가 멀고, 그나마 해소만이라면 아슬아슬하게 겨우겨우, 이런저런 허세와 거짓말과 궤변을 늘어놓아가며 가까스로 그 상황만을 모면하고 뒤로 미룬다.

아마 조만간 그 업보가 돌아와 미뤄둔 빚을 모조리 토해내고, 알거지가 될 때까지 남김없이 책임을 져야 하는 처지가 되겠지.

하지만 십중팔구 나는 그러고 싶은 거다.

지금처럼 너덜너덜해져서 사방팔방 뛰어다니며 불평을 늘어놓고, 그러면서도 부지런히 일을 하며.

그렇게 모조리 불사르고 후회에 후회를 거듭한 끝에, 청춘

따위 잘못된 것투성이에 좋을 거 하나 없다고, 늘그막에 툇마루에서 코마치의 손자인 손자(孫, 마고)마치에게 신세타령을 해대고 싶다.

그렇게 그야말로 노인의 넋두리 같은 망언을 주절주절 꿍얼꿍얼 늘어놓으며, 온갖 잡일들을 처리해나갔다.

발바닥에 땀나게 뛰어다니는 사이 날이 저물고, 창문으로 내다보이는 도쿄만이 붉게 물들기 시작했다.

어떤 이들은 바닷가로 향하고, 또 어떤 이들은 라운지에서 휴식을 취하고, 어떤 이들은 모닥불을 둘러싸고 담소를 나누었다.

그렇게 모두가 각자의 방식으로 시간을 보내다가, 이윽고 하나의 플로어로 모여들었다.

마지막 댄스 타임이 시작된 것이다.

음향과 조명 모두 지난번 프롬보다 화려하게 업그레이드되어, 분위기도 한층 열광적이었다. 그 인파를 피해가면서 일하자니 꽤나 뼛골이 빠졌다.

커다란 스피커에서 댄스파티의 단골곡이 흘러나왔다. 스포트라이트가 현란하게 춤을 추었고, 미러볼 조명이 쏟아져 내렸다. 그 빛의 격류가 어딘가 주마등을 떠올리게 해서, 원치 않아도 곡이 바뀔 때마다 끝이 다가옴을 실감할 수밖에 없었다.

나는 홀로 열광의 도가니에서 빠져나와, 그 모습을 물끄러미 바라보았다.

벽에 몸을 기대자, 피로와 만족감이 뒤섞인 한숨이 새어나

왔다.

유행하는 EDM과 흥겨운 댄스, 플래시처럼 눈을 찔러대는 조명 모두 내 취향은 아니었지만, 플로어 한구석의 어둠 속에서 음악에 젖는 시간은 나쁘지 않았다.

하지만 그렇게 멍하니 지켜볼 수 있었던 것도 잠시뿐.

인터컴이 나를 호출했고, 지시와 욕설이 쉴 새 없이 날아들었다. 그 말에 나는 그저 알겠다고만 대답하고, 숨 돌릴 틈도 없이 또다시 달음박질쳤다.

× × ×

합동 프롬은 그 태생부터가 중대한 문제를 내포하고 있었다. 그러나 행사 당일에는 사소한 사건사고는 많았을망정 치명적인 과실이라고 할 만한 것은 없었고, 결과적으로 비교적 무사히 막을 내렸다.

실제로 분위기는 좋았다고 생각한다. 두 학교의 졸업생과 재학생 일부에 극소수 관계자들이 뒤섞여, 신나게 노래하고 춤추며 떠들썩하게 놀았다.

그래서인지 축제가 끝난 후에는 유난히 적막감이 감돌았다.

파티가 끝난 행사장에는 쥐새끼 한 마리 눈에 띄지 않았다. 지금 이곳에 남아 있는 사람은 플로어 책임자, 즉 관리총괄 플로어 매니저인 나뿐이었다.

부지런히 쓰레기 수거와 분실물 확인 등의 뒷정리를 하다

가, 황량한 플로어를 둘러보았다. 방금 전까지만 해도 스포트라이트와 음악, 요란한 환호성이 가득했건만, 이제는 귀가 먹먹할 만큼 싸늘한 정적만이 가득했다.

느긋한 걸음걸이로 플로어 구석구석을 체크하는데, 불현듯 또깍 리놀륨 바닥을 밟는 소리가 들려왔다.

돌아보니 히라츠카 선생님이 있었다.

"아직 안 가셨어요?"

"그래. ……실은 두고 간 게 있어서 말이다."

그렇게 대답하며 히라츠카 선생님은 또깍또깍 플로어 중앙으로 걸어왔다. 두고 간 게 있다는 말과 달리 그 발걸음에서는 망설임을 찾아볼 수 없었다. 아무래도 어디다 놓고 갔는지 아는 눈치였다.

하지만 여기 있을 만한 분실물은 내가 막 확인을 마친 참이었다.

"대충 살펴보기는 했는데요……."

실수로 빠뜨린 게 있었나 싶어 나는 주위를 둘러보았다.

"내가 두고 간 건 이거다."

히라츠카 선생님이 내 앞에 멈춰 서더니, 살며시 손을 내밀었다.

하지만 그 손은 뭔가 쥐고 있지도 않았고, 그렇다고 손바닥 위에 뭔가 놓여 있지도 않았다. 그저 손바닥을 위로 향한 채 이쪽으로 내민 게 다였다. 손의 각도로 보건대 악수하자는 뜻도 아닌 듯했다. 히라츠카 선생님의 의도를 짐작하기 어려워,

나는 그만 「엥……?」 하고 얼빠진 소리를 내고 말았다.

그러자 그 손이 쓱 내 앞으로 뻗어왔다.

"너하고 춤춘다는 걸 깜빡하고 가버렸다."

마치 왕자님처럼 정중하게 내 손을 잡더니, 히라츠카 선생님이 몹시 남자답게 씨익 웃었다. 하지만 느닷없이 그런 말을 들은 나는 얼떨떨해서, 제대로 된 반응을 보이지 못했다.

"네?"

입을 떡 벌리고 히라츠카 선생님의 얼굴을 뚫어지게 쳐다보자, 아무래도 조금 쑥스러웠는지 선생님이 수줍게 웃었다. 방금 전까지만 해도 남자답기 그지없었건만 지금은 마치 앳된 소녀 같아서, 그 갭에 현기증이 나려 했다.

어안이 벙벙해서 멀거니 쳐다보자, 히라츠카 선생님이 무슨 말이든 좀 해보라는 듯 내 손을 살짝 잡아당겼다. 그 바람에 퍼뜩 정신이 들어, 나는 우선 생각나는 대로 내뱉었다.

"……어, 저기, 전 제대로 된 춤은 춰본 적 없는데요."

"나도다."

그러나 히라츠카 선생님은 내 거절에도 아랑곳없이 웃으며 대답했다.

그리고 잡고 있던 손을 휙 힘차게 치켜들었다.

시작 신호조차 없이, 히라츠카 선생님은 그대로 자유분방하게 엉터리 스텝을 밟아나갔다.

음악도 없고, 어지럽게 춤추는 스포트라이트도 없었다. 레이저 조명도, 드라이아이스 연기도 없었다.

있는 거라고는 오로지 히라츠카 선생님이 적당히 흥얼거리는 노랫소리뿐이었다.

그렇지만 그 힐이 경쾌하게 리듬을 타며 흥겨운 허밍이 플로어에 울려 퍼지자, 그것만으로도 충분하다는 생각이 들었다.

어차피 피차 춤에는 조예가 없다. 그래서 어디선가 눈대중으로 보고 익힌 안무를 불쑥 끼워 넣기도 하고, 되도 않는 탭댄스를 흉내 냈다가 익살스럽게 재킷을 펄럭여보기도 하고, 삐익 손가락 휘파람을 불어 보기도 했다.

바보 같다. ……바보 같을 만큼 즐거운 시간이었다.

불현듯 몸이 맞닿자, 히라츠카 선생님이 뿌리치듯 내 손을 놓더니 빙그르르 화려하게 턴을 했다. 예상하지 못한 행동에 나는 균형을 잃고 휘청 헛발질을 했다.

그러자 히라츠카 선생님은 내가 고꾸라지기 전에 또다시 내 손을 덥석 잡고, 우격다짐으로 내 몸을 부웅 휘둘렀다.

그리고 한층 신나게 랄랄라 목청 높여 노래한 순간.

히라츠카 선생님의 힐이 내 발을 콱 밟았다.

"아야야……."

그 격렬한 통증에 비틀하며 몸의 균형이 무너졌고, 히라츠카 선생님과 나는 그대로 포개지듯 우당탕 쓰러졌다. 나는 등을 찧었고, 그런 내 위로 히라츠카 선생님이 풀썩 엎어졌다.

히라츠카 선생님의 몸은 내 생각보다 훨씬 가벼웠지만, 부드러운 부분에는 무게감이 있었다. 선생님이 「아얏……」 하고 나직하게 신음하는 소리가 귓가를 간질여 몸을 뒤틀자, 찰랑

이는 긴 머리카락이 내 목덜미와 얼굴에 닿아 숨쉬기조차 조심스러웠다.

바짝 밀착되었던 몸을 천천히 일으킨 히라츠카 선생님이 털썩 바닥에 주저앉더니, 헝클어진 머리를 손으로 빗어 넘기며 어른의 여유로움으로 씨익 웃었다.

"횡재했군."

"……저는 힐에 있는 힘껏 밟혔거든요?"

나는 바닥에 털퍼덕 주저앉아 욱신거리는 발등을 주물렀다. 정말이지 진심으로 저런 발언은 자제해줬으면 한다. 저 양반 너무 무신경한 거 아냐? 사춘기 소년의 유리 같은 섬세함을 무시하는 거냐고. 이쪽은 짓밟힌 발도 마음도 지독하게 아프거든요? 그래도 손해는 안 봤으니까 오케이입니다.

"후아~ 피곤한걸? 그래도 재미있었다."

다리를 쭉 펴고 앉아 있던 히라츠카 선생님이 책상다리로 자세를 바꾸더니, 내 등을 등받이 삼아 기대앉았다.

엉터리 춤을 춘 탓이겠지. 히라츠카 선생님의 입에서는 깊은 숨결이 흘러나왔고, 실제로 꽤 피곤한 느낌이 났다. 그 바람에 나는 어쩔 수 없이 성실하게 그 등받이 역할을 수행하며, 등 뒤에서 들려오는 선생님의 목소리에 귀를 기울였다.

"이러니저러니 해도 멋진 행사가 됐구나. 그 심각한 상황에서 새빨간 거짓말을 늘어놨을 땐 괜찮으려나 걱정했는데 말이다……."

씁쓸하게 흘러나온 말은 아마도 지난번에 응접실에서 벌어

진 사건을 가리키는 거겠지. 유키노시타의 어머니와 하루노, 유키노시타 앞에서 합동 프롬 개최가 결정된 줄은 나도 몰랐다고 모르쇠로 일관하려 했다. 하지만 딱히 거짓말을 했다고 할 정도는 아니다. 단순히 시치미를 뗐을 뿐이다. 그래서 나는 또다시 어깨를 으쓱하며 시치미를 뗐다.

"딱히 거짓말은 안 했는데요. 잡아떼기는 했지만요."

"나쁜 남자로군."

그렇게 말하며 못 말린다는 듯 한숨을 쉬고, 히라츠카 선생님이 고개를 뒤로 젖혀 야단치듯 콩 머리를 박았다. 아프지는 않았지만, 사르륵 흘러내린 긴 머리카락이 닿아서 간질간질했다. 향긋한 냄새까지 더해져 몸을 뒤틀자, 히라츠카 선생님이 유쾌한 듯 피식 웃었다.

"……하긴 네 나름대로 청춘을 보내는 방식이라고 할 수는 있겠지."

"네?"

그 기묘한 표현이 마음이 걸려, 미심쩍은 표정으로 뒤돌아보았다. 그러자 히라츠카 선생님도 어깨 너머로 흘끗 나를 곁눈질했다. 그 입가에는 장난스러운 미소가 감돌았다.

"들어본 적 없나? 청춘이란 거짓이며, 또한 악이다……."

손가락을 척 치켜세우고, 히라츠카 선생님이 낭랑한 목소리로 뭔가를 암송하기 시작했다. 그 대사에 고개를 갸우뚱하려다가 이내 그 정체를 깨닫고, 화들짝 놀라 다시 히라츠카 선생님을 돌아보았다.

“헉, 지금 들으니까 죽도록 쪽팔리잖아……. 으윽, 제발 그만하세요.”

무심결에 양손으로 얼굴을 감싸고 말았다. 자기가 옛날에 쓴 글을 보여주는 것만큼 부끄러운 일은 없다. 정말이지 죽고 싶어진다고요!

내 반응에 히라츠카 선생님은 한동안 유쾌하게 웃었지만, 이윽고 미소를 거두었다. 그리고 다정한 음성으로 물었다.

“지난 일 년은 어땠지? 뭔가 달라졌나?”

그 질문이 그날 썼던 글을 떠올리게 했다.

풋내 나도록 새파랬던 그 책등[#86]은 상응하는 세월이 흘러 볕에 잔뜩 그을리고, 조금은 빛바래서 칙칙해지고 말았다.

하지만 그럼에도 아직 충분히 푸르다고 하기에 손색이 없었다.

“……달라지지 않았네요.”

지독하게 짧고 터무니없이 길었던 지난 일 년을 천천히 돌아보듯 느릿하게 대답했다. 하지만 그 대답은 히라츠카 선생님을 만족시켜드리지 못했는지, 또다시 뒤통수를 콩 부딪쳐왔다.

“질문을 잘못한 것 같군. ……네 진실된 것은 찾았나?”

이번에는 대답하는 데 오랜 시간이 필요하지 않았다. 왜냐하면 그건 선생님에게서 배운 것이었으니까.

고뇌하며 괴로움에 몸부림치고, 발버둥 치며 고민해서…… 내 답은 정해졌다. 그래서 머리를 콩 마주 부딪치고, 나는 피식 입꼬리로 웃었다.

#86 풋내 나도록 새파랬던 그 책등 역내청 원서 표지는 파란색임.

"글쎄요. 그렇게 쉽게 찾아낼 수 있을 만큼 간단한 게 아니잖아요?"

"들으면 화낼 거다. 아니면 안 보이는 데서 훌쩍훌쩍 울거나."

"성가셔……. 그런 리얼한 발언은 삼가주셨으면 하는데요……. 그보다 그거 누구 이야기예요? 그런 거 아니라고요."

"그래, 그런 게 아닐지도 모르지."

히라츠카 선생님은 어깨를 들썩이며 웃더니, 웃차 엉덩이를 들어 내 옆에 나란히 앉았다.

"공감과 친밀감, 호기심, 연민, 존경, 질투, 그리고 그 이상의 감정을 한 사람에게 품었다면, 그건 분명 좋아한다는 말만으로는 부족할 테니까."

책상다리 위로 턱을 괴고 손가락을 하나씩 꼽아서 다양한 감정을 세어나가며, 히라츠카 선생님이 나를 가만히 응시했다.

"그래서 헤어지거나 떨어지지 못하고, 거리가 생겨도 시간이 흘러도 서로에게 끌린다면……. 그건 진실된 것이라고 부를 수 있을지도 모르지."

"글쎄요. 그럴까요? 알 수 없는 일이지만요."

어깨를 으쓱하고, 나는 시니컬하게 웃어 보였다.

우리의 선택이 옳았는지는 아마 영영 알 수 없으리라. 사실 지금도 잘못된 게 아닐까 생각할 때가 있다.

그렇지만 설령 다른 누군가가 유일무이한 정답을 제시한다 할지라도, 나는 그것을 인정하지 않을 테지.

"그러니까 앞으로도 계속 의심하려고 합니다. 아마도 우리

둘 다 그렇게 쉽게 믿지는 못할 테니까요."

"정답과는 거리가 멀지만, 백점 만점인 대답이로군. 하여간 귀여운 구석이 없다니까. ……암, 그래야 내 최고의 제자지."

히라츠카 선생님이 손을 쓱 뻗더니 내 머리를 난폭하게 쓰다듬어, 머리카락을 엉망으로 헝클어뜨렸다.

그 손길에 목까지 사정없이 흔들리는데 귀에 낀 인터컴 이어폰에서 치익, 잡음이 일더니, 몇 초간 텀을 두고 유키노시타의 목소리가 들려왔다.

『—히키가야, 지금 우드 테라스로 와줄 수 있니?』

그 말에 바로 대답하는 대신, 나는 히라츠카 선생님을 돌아보았다.

"죄송합니다. 아직 할 일이 남아서요. 슬슬 가봐야겠어요."

"그래? 그럼 나도 이만 가보도록 하지."

읏차 기합을 넣으며 자리에서 일어난 히라츠카 선생님이 내게 손을 내밀었다. 일으켜주려는 거겠지.

그 제스처에 웃는 얼굴로 고개를 저어 보이고, 내 힘으로 일어섰다.

히라츠카 선생님은 조금 쓸쓸한 얼굴로 웃고는 내밀었던 손을 내리려 했다. 하지만 그 전에 내가 그 손을 꽉 잡았다.

그리고 꾸벅 고개를 숙였다.

"그동안 감사했습니다."

히라츠카 선생님은 당황했는지 말문이 막힌 기색이었지만, 이내 그것이 악수임을 깨닫고 피식 웃었다.

"그래. 너는 정말 손이 많이 가는 제자였다."

찰싹 손을 때리고, 히라츠카 선생님이 내 손을 놓았다. 그리고 호주머니에 손을 찔러 넣더니, 한쪽 무릎을 살짝 굽히고 씁쓸한 미소를 지었다.

"……작별이로구나."

"안녕히 가세요, 선생님."

나도 입가를 살짝 일그러뜨려, 조금은 어른스러운 미소를 지었다.

그러자 히라츠카 선생님은 만족스럽게 고개를 끄덕이고, 출구를 향해 천천히 걸음을 옮겼다. 한 발짝 두 발짝 멀어져가는 그 모습을 눈에 아로새기고, 나도 빙글 몸을 돌렸다.

인터컴의 마이크를 꽉 쥐고, 재빨리 설명했다.

"미안하다. 바빠서 대답을 못했어. 지금 가마."

그러자 오래지 않아 알겠다는 대답이 들려왔다. 나는 약간 걸음을 재촉해, 선생님과는 반대편 출구로 향했다.

걸음을 옮기는 내 등 뒤에서 힐이 또깍또깍 바닥을 딛는 소리가 들려왔다.

그 소리가 불현듯 멎었다.

"히키가야."

부르는 소리에 뒤돌아보니, 히라츠카 선생님은 몸을 비스듬히 틀어 어깨 너머로 나를 보고 있었다. 그리고 입가에 양손을 대고, 큰소리로 외쳤다.

"리얼충 폭발해라~!"

"그거 한물 간 지 오래거든요? 10년 전 드립이라고요."

맞받아치고 나는 다시 걸음을 옮겼다.

그러나 두세 걸음도 채 못 가서 도로 뒤돌아보고 말았다.

히라츠카 선생님은 코트자락을 펄럭 나부끼며 등을 돌렸다.

흐트러짐 없는 걸음걸이로 핀 힐을 또깍또깍 경쾌하게 울리며, 망설임 없이 똑바로 걸어갔다.

그리고 내가 보고 있는 줄 알 리도 없건만.

아무 말 없이, 가볍게 손을 들어 보였다.

그 뒷모습을 향해 꾸벅 고개를 숙이고, 나도 발길을 돌렸다.

그리고 그녀 곁으로 달려갔다.

× × ×

댄스홀로 쓰이던 플로어를 빠져나와 우드 테라스로 향했다.

바깥은 이미 밤의 어둠에 휩싸여 깜깜했다. 황금 같은 오션뷰도 지금은 멀리 수평선 근처에 선박에서 새어나온 듯한 빛이 점점이 떠다닐 뿐이었다.

다만 바다 전경을 감상할 수 없는 대신 해안선을 따라 오른쪽을 보면 도쿄 빌딩숲의, 왼쪽을 보면 케이요 공업지대의 야경이 각각 펼쳐져, 나름대로 볼 맛이 났다.

그런데 유키노시타는 어디 있지……? 그렇게 생각하며 주위를 둘러보니, 유키노시타는 우드 테라스 중앙에 있는 난로 옆에서 서류를 정리하는 중이었다. 소슬한 바람이 불어오기 시

작한 와중에도 그곳만은 따스해보였다.

난로 안에서는 고깔 형태로 쌓아올린 장작불이 어슴푸레하게 타올랐다. 일렁이는 그 불길이 유키노시타의 희고 갸름한 얼굴을 비추어, 평소보다도 한결 몽환적인 분위기가 감돌았다.

이대로 계속 바라보고픈 기분에 사로잡혔지만 장작이 탁 갈라졌고, 그 바람에 유키노시타가 쓱 고개를 들고 말았다. 나를 발견하자, 불꽃에 은은하게 달아오른 그 뺨에 부드러운 미소가 어렸다.

"왔구나, 히키가야. 고생 많았어."

"고생했다. 미안, 오래 기다렸지?"

유키노시타가 건넨 말에 대답하며, 나는 난로 쪽으로 다가가려고 했다. 그러자 유키노시타가 손을 들어 나를 제지했다.

"잠깐만. 그전에 발밑을 좀 봐주겠니?"

"엉? 발밑……?"

하지만 내 발밑에는 모래투성이 매트가 깔려 있을 뿐이었고, 그 밖에 뭔가 특별한 것은 눈에 띄지 않았다. ……어라? 뭐지? 수수께끼인가?

어리둥절해져서 고개를 갸우뚱하자, 유키노시타가 한숨을 내쉬었다. 그리고 서류를 테이블에 탁탁 쳐서 정리한 다음, 그 종이다발을 품에 안고 성큼성큼 이쪽으로 다가왔다.

그리고 치맛자락을 누르며 살며시 쪼그려 앉아 바닥을 손가락으로 쓱 훑더니, 길고 가느다란 손가락을 내 눈앞에 들이댔다.

"보렴, 이렇게 모래가 잔뜩 굴러다니잖니."

"아하……."

그런 퍼포먼스를 보여줘도 그러네요, 하는 생각밖에 들지 않았다. 뭐지? 시어머니 흉내인가? 의아해하는데 유키노시타가 물티슈로 손끝을 닦고 관자놀이를 지그시 누르며 말했다.

"내가 말 안했니? 홀에 모래가 들어오지 않도록 매트를 적시에 갈아주라고."

"아……."

네, 말씀하셨지요. 물론 눈이 핑핑 돌도록 바빠서 그것까지 챙길 틈이 없었습니다만. 그렇게 변명하지는 않고, 아차~라는 표정으로 대답을 대신했다.

설마 오로지 잔소리를 할 목적으로 날 여기까지 불러낸 건가……?

방금 전까지 감돌았던 몽환적인 분위기는 온데간데없이 사라지고, 극도로 현실적인 광경만이 펼쳐졌다. 덧없는 인상마저 풍겼던 유키노시타는 사뭇 억척스러워지다 못해, 엄마를 넘어서 시어머니의 향기가 느껴질 지경이었다. 허리에 손을 얹은 유키노시타가 지극히 냉정하게 지시했다.

"알았으면 완전히 철수하기 전에 그쪽을 청소해두렴."

"네……."

나는 시선을 떨구듯 힘없이 고개를 끄덕였다. 빗자루하고 청소 도구가 어디 있더라? 그렇게 생각하며 건물 쪽으로 걸음을 돌리려는데, 유키노시타가 「아참, 그리고……」 하고 다시 토

를 달았다.

뭐냐고, 또 뭔가 빠뜨린 게 있냐고. 그렇게 생각하며 돌아보자, 유키노시타가 턱에 손을 얹고 덧붙였다.

"가는 김에 대기실도 좀 확인해주겠니? 아마 너와 내 물건밖에 남아 있지 않을 테지만, 혹시 모르니까. 그동안 나는 추가 주문한 금액을 결제하고 열쇠를 반납하고 올 테니까, 모쪼록 잘 부탁해."

"그, 그래……. 일거리가 늘었잖아……. 그래도 뭐, 네, 알겠습니다."

지시한 일만 끝마치면 정식으로 보직 해임되어 완전 철수를 하게 될 터였다. 길고도 짧았던 합동 프롬도 이것으로 마침내 끝이 난다. 뺨을 스치는 밤공기와 아득히 먼 곳에서 가물거리는 야경까지 더해져, 감개무량하기 그지없었다.

그렇게 생각하기가 무섭게 유키노시타가 입술을 가만히 쓰다듬더니, 다시 입을 열었다.

"……그리고 다 끝난 후에 모이는 장소는 현관 앞으로 해도 되겠니? 기다리는 동안 주차장도 한번 살펴봐주면 고맙겠어. 아직 남아 있는 사람이 있으면 주의를 주렴."

"……알겠슴돠."

대답은 그렇게 했지만, 내 가슴속에서는 불길한 예감이 스멀스멀 피어오르기 시작했다. 설마 이거, 가만있으면 계속 일거리가 불어나는 저주받은 시스템 아냐? 불안감에 전전긍긍하는데, 참으로 놀랍게도 또다시 뭔가가 떠올랐는지 유키노

시타가 아, 하고 나직하게 중얼거렸다.

"그리고……."

"또야? 이제 되지 않았어? 괜찮지 않냐고?"

신물이 나서 대꾸하자, 유키노시타가 쓱 한 발짝 다가오더니 진지한 표정을 지었다.

"안 돼, 마지막으로 딱 한 가지 꼭 말해둬야 할 게 있거든."

그렇게 설명한 유키노시타가 내게서 시선을 떼더니, 나직하게 헛기침을 했다.

그리고 아까까지의 달변이 무색하게 입을 꾹 다물었다. 이윽고 그 입술이 살포시 벌어지는가 싶더니 후하 심호흡을 하고, 품속의 서류다발을 더 세게 꼬옥 끌어안았다.

뒤이어 내리깔았던 시선을 천천히 들어 그 아름다운 눈으로 나를 똑바로 응시하며, 유키노시타는 속삭이는 듯한 어조와는 달리 또렷한 말을 내뱉었다.

"너를 좋아해, 히키가야."

완전히 허를 찔려 뻣뻣하게 굳어 있는데, 유키노시타가 부끄러운 듯 수줍은 미소를 지었다. 벚꽃색으로 물든 뺨을 서류다발로 가리고 반응을 살피듯 한순간 흘끔 눈만 들어 나를 보더니, 결국 침묵에 못 이긴 듯 슬금슬금 뒷걸음질 쳤다.

그리고 내 대답은 들을 생각도 안 하고, 도망치듯 후다닥 뛰어가 버렸다.

뭐야, 진짜냐고. 하여튼 성가시구만, 저 녀석.

자기 할 말만 하고 튀어버리면 난 아무것도 할 수가 없잖아.

뭐야, 이러면 다음 기회에 나도 다시 정식으로 뭔가 이야기해야 되는 거 아냐? 그런 거 완전 스트레스거든요? 진짜 성가시다.

—하지만 그렇게 죽도록 성가신 구석이, 죽도록 사랑스러웠다.

그래서 히키가야 하치만은 그렇게 말했다.

고교생활 마지막 봄이 시작되었다.

새 교실 창가에서 내려다본 벚꽃은 아직 만개하지는 않았지만, 보란 듯이 꽃잎을 흐드러지게 피워내고 있었다.

봄의 스타트 대시는 스톤월드에서나 일상세계에서나 중요하기 이를 데 없지만, 그런 면에서 나는 그야말로 최악의 스타트를 끊었다고 해도 과언이 아니었다.

한마디로 최악의 반 배정이었다.

아는 사람이 없거나 친구가 없는 건 상관없다. 교실에서 시간을 죽이는 것도, 체험활동에서 조를 짤 때 깍두기로 끼어들어가는 데에도 익숙하다.

오히려 어중간하게 아는 사람이 있는 게 가장 골치 아프다.

몇몇 아는 사람 중에서도 하필이면 하야마 하야토와 에비나 히나라는, 개인적인 관점에서는 반 편성 가챠에서 거의 최악이라 할 수 있는 결과에 당첨되어 장렬하게 폭사하고 말았다. 이럴 바에는 차라리 토베가 나았겠다고…….

하야마와 에비나 양은 나와 마주칠 때마다 이것저것 지극히 짧고 무난한 대화를 시도해왔다. 좌중의 시선을 끄는 두 사람이 말을 걸어오면, 나까지 호기심 어린 시선에 노출되는 게 미묘하게 괴로웠다. 애초에 잡담에 소질이 없는 것도 한몫해서, 스트레스로 내 수명이 광속으로 줄어드는 느낌이었다. 그래서 교실에 있는 시간을 가급적 제로로 만들고자, 수업이 끝났음을 알리는 종이 치자마자 쌩하니 교실을 나섰다.

특별관으로 가는 공중 연결통로에서 내려다본 안뜰에서도 화단에 핀 꽃들이 봄이 찾아왔음을 알려주었다.

그러나 계절이 바뀌고 학년이 바뀐다 해서 과거의 빚이 탕감될 리 없는지라, 무리하게 강행한 합동 프롬의 여파는 고스란히 남아 있었다.

이미 그 역할을 다했을 터인 부실에 유키노시타와 나는 여전히 머물러 있었다.

이른바 합동 프롬의 뒤처리를 위해서였다.

이별 선물 대신인지 히라츠카 선생님의 배려와 학생회의 허가를 얻어낸 덕분에, 원래 봉사부 부실로 사용했던 방을 잠정적으로 빌려 쓰게 되었다.

둘만 있기에는 지나치게 넓은 공간이었지만, 그 여백을 메우듯 일거리가 넘쳐흘렀다.

일명 합동 프롬에 관련된 청구서 다발을 해치우고, 영수증의 산을 헤치고, 보고서의 골짜기에 파묻혀가며, 그 모든 일을 하나하나 차례대로 세심하게 처리해나갔다.

평소 같으면 이 정도는 순식간에 끝냈을 터인 유키노시타도 왠지 여유로운 분위기였다.

어쩌면 조금이라도 오래 이 여운에 잠겨 있고 싶은 건지도 모른다. 나처럼.

"잠시 쉬었다 하지 않겠니?"

"그래."

작업을 중단한 유키노시타는 어깨를 가볍게 두드리더니, 조용히 홍차를 타기 시작했다.

내내 방치되어 있었던 내 찻종지와 유키노시타의 세련된 찻잔에 선명한 빛깔의 홍차가 가득 차올랐다.

꺼내지 않고 남겨둔 머그컵은 먼지 하나 없이 깨끗하게 씻어놓은 채였지만, 그 속에서 김이 피어오르는 일은 없었다.

"마시렴."

"땡큐."

내밀어온 찻종지를 받아들고 홀짝홀짝 홍차를 마셨다. 유키노시타도 한 모금 마시더니 후우, 나직한 숨결을 흘렸다.

"이 페이스라면 내일은 끝나겠구나."

"아마 그렇겠지."

"그러면 여기도 정리해야겠지."

유키노시타가 비품을 둘러보며 말했다. 양이 특별히 많은 것은 아니지만, 티 세트는 부피가 제법 될 듯했다.

"짐 나르는 것 정도는 도와주마. 내 물건은 거의 없으니까."

"그러니? 그러면 부탁해도 될까?"

빙그레 웃은 유키노시타는 거의 텀을 두지 않고, 변함없이 미소 띤 얼굴로 그냥 흘려 넘길 수 없는 말을 덧붙였다.

"오는 김에 내일 저녁 먹고 가지 않겠니? 엄마가 괜찮으면 같이 먹자고 했거든. ……상당히 마음에 들었나 봐."

"……그거, 거절하면 안 되냐?"

"내가 거절할 수 있을 것 같니?"

"……어, 나 내일은 그거다만."

기억……났다! 라는 것처럼 내가 핑계를 대려 하자, 유키노시타가 아리송한 기색으로 고개를 갸웃했다.

"코마치라면 동아리 선택으로 늦어진다던데? 토츠카도 테니스 스쿨이 있고. 자이…… 자이츠? 자이츠는 다음에 봐도 되잖니?"

유키노시타는 별일 아니라는 분위기로 말했지만, 아무렇지도 않게 내 주위 사람의 스케줄을 죄다 꿰고 있다니 공포스럽기 그지없었다. 내가 떠올릴 수 있는 거의 모든 변명거리를 이것도 저것도 그것도 모조리 사전에 차단당하고 말았다. 어, 어어…… 하고 쩔쩔매면서 말을 잇지 못하자, 유키노시타가 책상에 턱을 괴더니 내 얼굴을 빤히 쳐다보았다.

"그러면 이제 뭐가 남았니? 하야마?"

"아니, 아냐. 그건 아냐. 절대 아니라고."

내가 왜 그 녀석과 방과 후를 함께 보내야 하는 거냐고. 다른 건 다 제쳐두더라도 그것만은 양보 못한다고 강력하게 반발했다. 그러자 유키노시타가 승리의 미소를 지었다.

"그러면 다른 일정은 없다는 소리구나. 잘됐네."

기쁜 듯 생긋 미소 짓는 유키노시타를 보자, 나도 더는 반박할 수가 없었다.

내일 약속에서 물리적으로 탈출할 수는 있을 테지. 하지만 그래봤자 별 의미가 없다. 어차피 나중에 또 똑같은 상황이 반복될 테니까.

유키노시타 유키노 개인과 식사하는 거라면 기꺼이 응할 마음도 없지는 않고, 오히려 바라는 바다 못해 어느 나리타케 라면집 갈까? 하고 적극적으로 묻지 못할 것도 없다. 그러나 상대가 유키노시타 집안이라면 이야기가 달라진다.

일차적인 장벽은 제거했지만, 그 안의 장벽은 여전히 건재한 것이다.

이 일을 어쩐다……? 초조한 마음이 강해지자, 시선은 자연스럽게 도피처를 찾아 문 쪽으로 향했다.

그때 누군가 그 문을 똑똑똑 경쾌하게 노크했다.

"네, 들어오세요."

살았다 싶어 내가 냉큼 대답하자, 문이 활짝 기운차게 열렸다.

"안녕하세요! 입부하러 왔습니다!"

낭랑한 목소리로 그렇게 외치며 들어온 사람은 아직 새것 티가 나는 교복을 입은 내 여동생, 히키가야 코마치였다.

"코마치, 어서 오렴. 역시 교복이 잘 어울리는구나."

"유키노 언니! 고맙습니다!"

코마치가 유키노시타를 와락 끌어안았다. 유키노시타는 그

반응에 난처해하면서도 얌전히 그 품에 안겨 있었다. 적당한 타이밍에 말려야겠다 싶어, 나는 코마치에게 말을 걸었다.

"코마치, 봉사부는 이제 없어. 부원 모집도 안 하고, 활동도 안 한다고."

"……맞아. 지금은 그저 적당한 구실을 붙여서 여기를 실효 지배하고 있을 뿐이니까."

"으아, 표현이 살벌하잖아……. 하지만 걱정하실 것 없답니다. 왜냐하면……."

그렇게 말하며 코마치가 부실 출입구를 돌아보았다.

그러자 활짝 열린 문 옆에 잇시키가 서 있었다. 문틀에 손을 짚고 헉헉 가쁜 숨을 몰아쉬는 중이었다.

"오코메, 왜 이렇게 발이 빨라……? 영문을 모르겠어……."

"잠깐, 오코메라니……. 뭐야, 그거 별명이냐? 그야 물론 코마치는 이제 일본인의 마음[#87]이라고 부르기에 손색이 없는 존재다만……."

즉 세계의 여동생에 이어 일본인의 마음이라는 칭호까지 획득한 셈이니, 내 여동생은 실질적으로 2관왕을 달성한 거 아냐? 한순간 그런 생각에 빠져들 뻔했지만, 그보다도 저 두 사람이 한꺼번에 나타났다는 사실이 훨씬 더 큰 의문을 자아냈다. 재들 구면이었던가……? 멀뚱하게 생각한 순간, 유키노시타가 비슷한 의문을 표시했다.

"잇시키까지…… 무슨 일이니?"

#87 일본인의 마음 쌀은 일본인의 마음이라는 말에서 나온 것.

여전히 코마치에게 끌어안긴 채 유키노시타가 미심쩍은 얼굴로 묻자, 잇시키는 후아 커다란 숨을 내쉬더니 드르륵 문을 닫았다.

그리고 우리 앞으로 다가와서 종이 한 장을 척 내밀었다.

그 위에는 동아리 개설 신청 운운하는 제목과 함께 『봉사부』란 글자가 적혀 있었다. 덤으로 부장 항목에는 히키가야 코마치라고 쓰여 있었고, 그 밑에 유키노시타와 내 이름이 나열되어 있었다.

각종 필요사항도 꼼꼼하게 기입을 마친 눈치였고, 학생회의 인가를 받았음을 뜻하는 선명한 인장도 눈에 띄었다.

"그러니까 오늘부터 여기는 봉사부의 활동장소로 쓰일 예정이에요."

"뭐?"

천연덕스러운 잇시키의 선언에 유키노시타와 내 입에서 당황한 목소리가 흘러나왔다. 우리의 반응에 코마치가 씨익 웃었다.

"이제 문제없죠? 그럼 바로 동아리 활동을 시작하자고요!"

"문제투성이다만……."

상식적으로 이거 사문서 위조 아니냐? 범죄 아냐? 유죄 아니냐고?

"활동이라고 해봐야…… 할 일도 없잖니."

당혹스러운 기색이 역력한 유키노시타의 지적에 코마치와 잇시키가 서로 얼굴을 마주보았다. 그리고 잇시키가 어깨를

으쓱하더니, 못 말리겠다는 듯 휴우, 나직한 숨소리를 냈다.

"곧 올 거예요."

"뭐가?"

지체 없이 물었지만, 잇시키도 코마치도 대답 대신에 씨익 능구렁이 같은 미소만 지어 보일 따름이었다.

너희들, 어째 사이가 좋구나……. 여동생과 후배가 합쳐져 최강으로 보이는걸?#88

후배와 여동생이 합심해서 사이좋게 잘 지내는 것은 오빠이자 선배로서 더없이 기쁜 일이다. 기쁜 일이다만…… 둘 다 워낙에 보통내기가 아닌지라 긴장을 늦출 수 없었다.

코마치는 얄팍한 주제에 속이 시커멓고, 잇시키는 약아빠진 속물이다. 그런 두 사람이 힘을 합쳐 뭔가 사고를 치려고 한다……. 큰일이다. 불안하기 짝이 없다. 너희들, 대체 무슨 짓을 하려는 거냐……?

그 의문의 해답은 갑작스럽게, 방문객의 조심스러운 노크 소리와 함께 찾아왔다.

"……들어오세요."

어딘가 수상쩍어하는 느낌이 나는 유키노시타의 허락에, 문 너머에서 대답 소리가 들려왔다.

"시, 실례합니다~."

긴장했는지 다소 상기된 음성이었다.

#88 여동생과 후배가 합쳐져 최강으로 보이는걸 빛과 어둠이 합쳐져 최강으로 보인다」라는 일본 인터넷 밈 패러디.

드르륵 문이 열리며 좁은 틈이 생겨나자, 그리로 몸을 끼워 넣듯 그녀가 들어왔다. 꼭 누가 볼세라 서두르는 듯한 분위기였다.

루즈하게 멋을 내서 입은 교복과 연분홍빛 감도는 갈색 머리. 부실로 한 발짝 들어서자, 그 움직임에 맞추어 당고머리가 살랑 흔들렸다.

"야, 야헬롱……."

겸연쩍은 듯 어색한 미소를 지으며 익숙한 인사를 하고, 유이가하마 유이는 빼꼼 손을 들어 보였다.

그 모습을 보자마자 유키노시타는 덜컹, 의자를 밀어젖히며 일어섰다. 촉촉하게 젖은 그 눈동자는 감동에 차서, 당장이라도 눈물을 쏟을 것 같았다. 목이 메어오는 음성으로 유키노시타가 애틋하게 그 이름을 불렀다.

"유이가하마……. 와줬구나……."

"에헤헤……. 와버렸어……."

유이가하마는 쑥스러운 기색으로 머리에 손을 얹고, 꼬물꼬물 당고머리를 만지작거렸다.

유이가하마가 존재하는 것만으로도 이 부실에 빠져 있었던 퍼즐 조각이 철컥 끼워진 느낌이 들었다.

진심으로 다행이라는 생각과 함께 이제 유이가하마에게 뭐라고 말을 걸어야 하나 고민하며, 나는 홍차를 꿀꺽 들이켰다.

바로 그 순간, 눈에 들어오고 말았다.

만족스러운 눈치로 음흉하게 웃는 코마치와, 씨익 입가에

불순하기 짝이 없는 미소를 머금는 잇시키의 얼굴이…….

그리고 힐끗 이쪽을 살피는 유이가하마의 시선도.

세 가지가 합쳐지자, 걷잡을 수 없이 마음이 불안해졌다. 아니, 더 정확하게 말하자면 불길한 느낌이 들어 견딜 수 없었다.

이럴 때 내 예감은 대개 적중한다.

"우움…… 사실은 의뢰랄까, 상담을 하려구 왔는데……."

유이가하마가 운을 떼자, 유키노시타가 미소 띤 얼굴로 힘주어 고개를 끄덕였다. 만사 제쳐놓고라도 반드시 성공시키고야 말겠다고, 그 생기 넘치는 눈동자가 말하고 있었다.

생생하게 살아나는 유키노시타의 눈빛과는 대조적으로, 내 눈빛은 시들시들 죽어가는 게 느껴졌다.

이윽고 유이가하마가 후읍 숨을 들이쉬더니, 가슴에 손을 얹었다.

"내가 좋아하는 애한테 여자 친구 같은 사람이 있는데, 걔가 내 가장 소중한 친구거든……. ……그치만 앞으로두 계속 사이좋게 지내구 싶어. 어떡하면 좋을까?"

유이가하마가 흘끗 의미심장한 시선을 보내오는 바람에, 나는 슬그머니 고개를 돌렸다.

그러자 이번에는 유키노시타와 눈이 딱 마주쳤다. 그 눈빛은 섬뜩할 만큼 차가웠다. 시선의 도피처를 찾아, 나는 두 손으로 감싸 쥔 찻종지를 보았다.

하지만 거기 도피처가 있을 리 만무했고, 그저 찻물만 찰랑찰랑 물결칠 뿐이었다.

"……자세한 사정을 들려주겠니?"

생긋 미소 지은 유키노시타가 옆에 있는 의자를 뺐다. 유키노시타와 나 사이에 줄곧 공석인 채로 놓여 있었던 의자였다.

"여기 앉으렴. 길어질 것 같으니까."

"……응, 그럴지두 몰라. 오늘만으루는 안 끝나서, 내일두, 모레두…… 쭈욱 이어질 거 같으니까."

유이가하마는 유키노시타를 똑바로 바라보며 에헤헤, 꾸밈없는 미소를 지었다. 그 모습을 보고 유키노시타는 한순간 의아한 기색을 내비쳤지만, 이내 후훗 웃었다.

"그래. ……틀림없이 쭉 이어질 거야."

뒤이어 비어 있던 머그컵에 호박색 홍차가 차올랐다.

따스한 김과 홍차 향기가 방 안으로 퍼져나가고, 저물기 시작한 저녁 햇살이 창가로 새어들었다.

봄볕 가득한 평화로운 양지가 그곳에 생겨났다. 그 따스함에 나는 등골이 오싹해지고, 얼굴이 파랗게 질렸다.

옳거니, 이게 바로 푸른 봄, 청춘(青春)인가. 그렇게 나는 또다시 새로운 계절이 찾아왔음을 사무치게 실감했다.

아아, 역시 그렇다.

역시라고 말할 수밖에 없다.

—역시 내 청춘 러브코메디는 잘못됐다.

끝

■작가 후기

안녕하세요. 와타리 와타루입니다.

너무나 오랜만에 쓰는 후기이다 보니, 그동안 어떤 내용을 써왔는지 까맣게 잊어버리고 말았습니다.

이 후기를 쓰기에 앞서 앞권을 다시 읽어보려 해도, 자신이 옛날에 쓴 글을 읽는 것은 꽤나 용기가 필요한 행위라서 말이지요. 슬쩍 들춰보기만 해도 으아아아아악! 하고 비명을 지르며 곧바로 책을 덮어버리게 됩니다.

사람에 따라서는 지극히 냉정하게, 심지어는 「어머나~! 옛날의 나, 정말 풋풋했구나~! 이때는 진짜 재밌었지~!」 하고 파티족 특유의 미친 긍정성을 발휘해서 즐겁게 읽어볼 수 있는 사람도 있을 테지만, 그런 당신은 본능적으로 외향 인간에 핵인싸. 오늘의 럭키 아이템은 GALFY[#89] 추리닝입니다!

제가 써놓고서 할 소리는 아니지만, GALFY 추리닝이라는 말로 얼마나 많은 사람들에게 그 의미가 전달될지 조금 불안해졌습니다. 흰 고양이 샌들이라고 하는 게 더 와 닿으려나요?

도통 못 알아듣겠다는 분들을 위해 간단히 주석을 달아보자면, 저희 세대 치바인 기준으로 GALFY 추리닝에 흰 고양

#89 GALFY 캐주얼 의류 브랜드.

이 샌들을 신고서 돈키호테 잡화점 앞에 죽치고 있는 사람은 거의 예외 없이 양아치랄까, 불량해 보이는 녀석은 거의 다 친구[#90]라는 느낌입니다. 대놓고 편견이지만요. GALFY는 정말 좋은 브랜드지만요.

그렇지만 양아치가 아니어도 돈키호테에는 가고, 어린 소녀가 흰 고양이 샌들을 신고 다니는 경우도 있으니 말 한마디, 단어 하나로 무언가를 완벽하게 표현하게는 불가능하지 않나 싶습니다. 단 GALFY 추리닝을 입은 녀석은 무조건 백퍼센트 양아치라고.

다만 양아치라고 해도 갱단 비스무리한 어둠의 세계에 몸담은 부류가 있는가 하면 주말에는 가족들과 이온 마트 식품 코너에서 장을 보는 마일드한 전직 트러블 메이커도 있고, 양쪽 다 GALFY를 입으니 한마디로 정의하기는 무척 어렵지만 말입니다.

이래서 말이란 어렵다니까요.

단 한마디로 전할 수 있는 마음도 있지만, 갖은 말을 늘어놓아도 전해지지 않는 감정도 있기 마련입니다. 그렇기에 온갖 수단을 동원해서 그것에 형태를 부여하려고 노력하는 거겠지요.

예를 들면 소설이야말로 그쪽 방면의 최고봉이 아닐까요?

설명하지 않기에 전해지는 것이 있는가 하면, 장황하게 설

#90 불량해 보이는 녀석은 거의 다 친구 일본 밴드 Dragon Ash의 노래 「Grateful days」의 가사.

명함으로써 무엇 하나 전하지 않는 경우도 있습니다.

그 해석의 대부분은 결국 독자 여러분에게 맡길 수밖에 없습니다만, 부디 조금이라도 많이 이 마음이 전해지기를 바라며 저는 날마다 글을 써내려갑니다.

어쩌면 그와 그녀도. 더 나아가서는 그도, 그녀도.

그렇게 이야기를 자아내고 마음을 이으며, 계속되는 하루하루를 살아가는 게 아닐까 합니다.

그런 마음으로 『역시 내 청춘 러브코미디는 잘못됐다』 12, 13, 14권을 보내드렸습니다.

원래는 각 권마다 후기가 들어가야 했습니다. 그렇지만 12~14권은 이른바 최종장을 상중하로 나눈 3부 구성이어서 중간에 후기를 넣으면 분위기가 깨질 것 같다는 생각이 들었고, 연출상으로도 후기가 없는 게 낫겠다고 판단하여 이번 권에 한꺼번에 몰아서 작성하기로 했습니다.

마지막 권이니 시리즈 전체를 관통하는 이야기를 쓰는 게 좋으려나 생각하기도 했습니다만, 그랬다가는 양이 엄청나게 불어날 것 같아서 말이지요. 다음 기회에 『역시 내 청춘 러브코미디는 잘못됐다. 후기』라는 형태로 한 권을 통째로 쓰게 해주셨으면 하는 소박한 바람이 있는지라, 다소 짧아서 죄송하지만 먼저 감사의 말씀을 드리도록 하겠습니다.

1권 출간이 2011년 3월. 그로부터 약 9년이 흘렀습니다.

도중에 오랜 휴식기를 가지기는 했지만, 그래도 무사히 시리즈를 완결 지을 수 있었습니다. 써야 할 것도, 전하고 싶은

것도 작중에 모두 담아냈다고 생각합니다.

이 시리즈, 이 한 권, 이 한 챕터, 이 한 구절, 이 한 문장, 이 한 마디.

그것을 쓰기 위해서 지금껏 계속 써온 게 아닐까 싶습니다.

제가 고등학교 2학년이었던 시절은 아주 오래 전이지만, 이제야 비로소 제 고등학교 2학년이 끝난 느낌이 듭니다.

인생에서 가장 긴 일 년이었습니다.

하치만을 비롯한 모두와 함께 청춘을 보내온 분들, 한 발 앞서 어른이 되어버린 분들, 그리고 앞으로 고등학교 2학년이 될 분들까지.

모든 분들이 즐겁게 읽어주셨기를 바랍니다.

정말 감사했습니다.

『역시 내 청춘 러브코미디는 잘못됐다』, 이것으로 완결입니다.

……그렇게 말씀드리고 싶습니다만, 실은 조금 더 계속된다네.

앞으로의 역내청을 이야기하자[#91].

향후 일정을 말씀드리자면 우선 단편집이 나올 예정입니다. 시기는 아직 미정입니다만, 이런저런 이야기를 쓸 수 있었으면 좋겠다~ 쓰고 싶다~라는 생각으로 열심히 준비하는 중입니다.

그리고 『역시 내 청춘 러브코미디는 잘못됐다』 앤솔로지 소설 출간이 결정되었습니다! 그게 실은요…… 제가 사랑해 마

#91 앞으로의~이야기하자 마이클 샌델의 『정의란 무엇인가』의 일본판 제목 『앞으로의 정의를 이야기하자』의 패러디.

지않는 작가 분들이 참여해주셔서 말이지요……. 상당히 진심으로 기쁘답니다……. 집필진이 어찌나 호화로운지 기뻐서 지려버릴 지경입니다. 저도 참여할 예정이고요. 큰일이다, 쓸 게 넘쳐나…….

또한 TV 애니메이션 3기가 2020년 봄부터 TBS 등에서 방영에 들어간다고 합니다. 이번에도 끝내주게 매력적인 재미난 애니메이션입니다. 많은 기대와 성원 부탁드립니다.

그리고 말이지요.

앞으로 어떻게 할지는 여유를 되찾은 후에 생각하려 합니다만, 앞으로도 한동안, 조금만 더 하치만을 비롯한 모두의 성장을 지켜보며 이따금 그들의 세계를 그려나갈 수 있었으면 하는 바람입니다.

그러나 예정은 미정. 정해진 것은 아무것도 없습니다만, 여러분께 또 무언가 새로운 소식을 전할 수 있었으면 좋겠습니다.

마지막으로 감사의 말 코너입니다.

퐁칸⑧ 신.

진정으로 신이셨습니다. 「당신은 신을 믿습니까?」라는 질문을 받으면 「뭐래? 같이 일하거든?」이라고 대답하지 않을까 싶습니다. 신의 캐릭터가 있었기에 이 작품을 쓸 수 있었습니다. 늘 최고의 일러스트를 그려주셔서 감사합니다. 햇수로 9년, 우선 고생 많으셨습니다. 당분간 계속 신세를 지겠습니다. 앞으로도 잘 부탁드립니다.

호시노 담당 편집자님.

에이, 아무리 그래도 최종권은 껌이겠지요, 크하핫! 하고 큰 소리 뻥뻥 쳐댔던 나날들, 이제는 그저 그립기만 하군요…….

10년 전, 제가 갓 데뷔했을 무렵에는 이렇게 오랫동안 함께하게 될 거라고는 솔직히 예상 못했습니다. 맨 먼저 가가가 문고가 없어질 줄 알았거든요. 번번이 폐를 끼쳐서 죄송할 따름입니다. 감사합니다. 다음에도 잘 부탁드립니다! 크하핫!

오이카와 감독님을 비롯한 TV 애니메이션 스태프와 미디어 믹스 관계자 여러분.

딱 봐도 애니메이션이나 만화로 만들기 어려울 타입인, 모놀로그 중심에 텍스트가 폭주하는 이 작품을 매번 아주 근사한 형태로 제작해주셔서 감사합니다. 역내청의 세계가 넓어진 것은 다 여러분 덕분입니다. 곧 TV 애니메이션 3기가 시작되는데, 이번에도 모쪼록 잘 부탁드리겠습니다.

그리고 끝까지 함께해주신 독자 여러분.

약 9년. 실제로 숫자를 놓고 보면 그 엄청난 길이에 놀라고 맙니다. 그토록 긴 시간동안 이 작품을 지켜봐주셔서 정말 감사합니다. 사인회 등의 행사에서 뵈었을 때, 「이 장면이 좋아요!」라고 말씀해주셔서 고맙습니다. 용기가 마구마구 솟아났습니다. 그리고 편지로 감상과 함께 근황을 알려주실 때도 정말로 기뻤습니다. 소중하게 읽고 또 읽으며 그때마다 언젠가 답장을 드리고 싶다고 생각했지만, 전혀 보내지 못해서 죄송합니다. 하다못해 책이라도 보내드려야겠다는 마음으로 분발하는 원동력이 되었습니다. 설령 말로, 글로, 목소리로 표현하

지 않으셨다 해도 여러분의 응원이 있었기에 이 작품이 존재할 수 있었습니다. 당신이 읽어주신 덕분에 이 이야기가 계속되는 셈입니다. 그대가 있기에 내가 있다![#92]

정말 감사했습니다. 앞으로도 잘 부탁드립니다.

그럼 『역시 내 청춘 러브코미디는 잘못됐다. 스타즈!』로 다시 만나요!

10월 모일, 한 손에 MAX 커피를 들고 『쇼생크 탈출』에 버금가는 포효를 내지르며

와타리 와타루

#92 내가 있다 『역시 내 청춘 러브코미디는 잘못됐다』의 일본 공식 줄임말인 『오레가이루(俺ガイル)』는 「내가 있다」는 뜻이기도 함.